KB121124

야릇한,

여름

야릇한, 여름

2022년 2월 7일 초판 1쇄 인쇄
2022년 2월 10일 초판 1쇄 발행

지은이 요조
발행인 김정수 강준규

기획 편집 정시연 이은정 이해인
마케팅 지원 배진경 임혜솔 송지유 이영선

발행처 (주)로크미디어
출판등록 2003년 3월 24일
주소 서울시 마포구 성암로 330 DMC첨단산업센터 318호
편집 문의 (02)6365-5156 **구입 문의** (02)3273-5135
홈페이지 rokmedia.blog.me
E-mail romance@rokmedia.com

ⓒ 요조, 2022

값 10,000원

ISBN 979-11-354-7452-1 03810

요조 장편 소설

아른한, 여름

오늘은 그저 모든 게

모든 순간이 좋은 그런 날이다

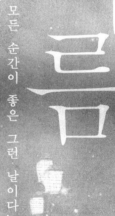

목차

프롤로그

처음의 설렘이나 떨림, 뭐 그런 시작하는 연인들에게서 보이는 감정들은 이미 두 사람에게 옅어진 지 오래였다. 서로의 감정에 충실한 채로 본능적으로 움직이는 게 최선이었다. 감정에 솔직한, 그리고 그보다 본능에 먼저 반응하는 연인인 이재와 서준은 서로를 안느라 분주했다.

"하아."

이재의 등이 현관문에 부딪쳤다. 무언가 뒤에서 몸을 받쳐 준다는 사실에 이재는 마음껏 서준을 받아들였다. 만남의 목적이 사랑을 나누는 게 될 때가 있을 만큼 두 사람은 황홀함에 흠뻑 취해 있었다. 지금껏 만났던 그 누구보다 부족함 없이 완벽하게 잘 맞았다.

"아까부터 이 단추가 얼마나 풀고 싶었는지 알아요?"

거친 호흡을 내뱉으며 서준이 이재의 귀에 대고 말했다.

"안달 나게 하려고 입은 거예요."

서준의 입술을 찾아 고개를 돌리며 이재는 들릴 듯 말 듯 속삭였다. 서준은 웃으며 그녀의 입술을 집어삼켰다. 이미 뜨겁게 달아오른 둘의 호흡에 주변 공기마저 달궈졌다. 현관 센서등이 꺼졌다 켜지기를 반복했다.

단추를 다 푼 서준은 블라우스를 발아래로 떨어뜨리고 이재를 번쩍 안아 올렸다. 서준에게 몸을 맡긴 채로 이재는 그의 목을 두 팔로 감싸 안았다. 침실로 걸어가면서 서준이 이재의 입술을 다시 찾아 더듬거렸다.

은은하게 퍼지는 그의 냄새에 이재는 기분이 좋아졌다. 이미 그에게, 그의 냄새에 중독된 듯했다.

"사랑해요."

거친 숨을 몰아쉬며 이재가 먼저 고백해 버리고 말았다. 누가 먼저 해도 상관없는 말이었다. 그의 키스에 저절로 마음이 열려 버렸다.

사랑이 듬뿍 담긴 사랑스러운 눈길로 바라보며 맛있는 걸 입에 넣어 주던 서준을 볼 때도 그렇게 말하고 싶었다. 손을 잡고 집까지 데려다주던 밤에도 말하고 싶었다. 어쩌면 서준을 처음 본 순간부터 말하고 싶었던 건지도 모르겠다.

"한 번 더."

서준의 입술이 이재의 목에 내려앉으며 감미롭게 말했다.

"사랑해요, 진서준 씨."

어느새 실오라기 하나 걸치지 않은 몸으로 이재는 서준의 아래에서 짓눌린 채로 그에게 사랑을 고백하고 있었다.

"사랑해, 서이재."

어렴풋이 서준의 고백이 들렸다. 목덜미에 입을 맞추며, 아니, 그보다 더 아래로 내려가면서 그가 분명 그렇게 말했다.

"한 번 더요."

이재는 한 번 더 서준의 고백을 듣고 싶었다. 서준은 가슴으로 입술을 내리며 젖꼭지를 물기 직전 이재가 들을 수 있도록 말해 주었다.

"사랑해, 아주 많이."

웃음을 가득 머금고 이재는 고개를 뒤로 젖혔다. 서서히 서준의 몸놀림이 빨라지고 있었다. 그와 같이 호흡하기 위해 이재도 심호흡을 했다. 안으로 밀고 들어오는 그는 춤을 추듯이 유연했고 그러면서 재빨랐다.

"아."

짧은 비명과도 같은 소리가 이재의 입술을 가르고 터져 나왔다. 서준은 더는 늦추지 않고 안을 차지했다. 서준으로 가득 들어찬 이재는 만족스럽게 아랫입술을 깨물었다.

그가 들어온 지금 이 순간이 이재는 너무 좋았다. 하나가 된 것 같은 느낌이 좋았다. 그의 길고도 격한 움직임이 좋았다. 짜릿했고 감동적이었다.

그는 분명 격하게 움직이고 있었지만 세세하게 이재를 배려했다. 자신의 무게를 감당하지 못할까 싶어 입을 맞추면서도 한 손으로 침대를 짚으며 무게를 나누려 했고, 키스를 하면서도 적절하게 숨을 쉴 수 있게 해 줬다.

분명 계산된 행동은 아니었다. 그는 분명 취해 있었고, 충분히 달아올라 있었다. 사랑하는 사람을 위한 서준의 본능적인 배려인 거였다.

사랑받고 있구나, 절로 느끼게 해 줬다. 그래서 먼저 말해 버렸다. 억울하지는 않았다. 그의 대답을 들을 수 있어서 좋을 뿐이었다.

"아!"

절정의 순간에 이재는 입을 벌려 짧게 비명을 질렀다. 눈을 질끈 감은 이재의 입술을 서준이 덮쳤다. 이재의 비명까지도 집어삼킬 듯이 그는 격렬하게 혀를 움직였다. 그의 입안에서 이재는 파르르 입술을 떨었다.

서준이 커피를 타는 사이 이재는 시트로 몸을 감싸고 천천히 서준의 집을 둘러봤다. 오늘로 세 번째 오는 집이었지만 그동안은 딱히 관심을 둘 시간적 여유도, 마음의 여유도 없었다.

남자와의 하룻밤이 고팠고, 그다음은 배가 고팠다. 셰프와 연애를 하면 집에서 요리를 해 주지 않을까 내심 기대했지만 사실 행복의 절정이 끝난 후에는 서로 너무 허기져서 먹을 걸 찾아 급하게 집 밖으로 나와야 했었다. 돌아보면 그때의 모습들이 우습기도 했다.

"어?"

유리로 된 벽장식 위에 가족사진이 놓여 있었다. 기억을 더듬어 보아도 전에는 보지 못했던 것이었다.

이재는 호기심 어린 눈으로 사진을 들여다봤다. 그다지 오래되어 보이지 않는, 그래도 지금보다는 어려 보이는. 그래 봤자 학생이겠지만 어쨌든 서준의 앳된 모습이 그녀의 눈을 사로잡았다.

이재는 작은 액자를 손으로 들어 좀 더 자세히 보기 위해 얼굴을 바짝 들이밀었다.

"좀 웃지."

입술을 앙다물고 있는 게 화난 사람처럼 보이기도 했다. 다 커서 가족사진을 찍으려니 어색했는지 사진 속 서준은 별로 행복해 보이지 않았다. 그래도 잘생긴 건 여전했다. 그녀는 서준의 얼굴을 손가락으로 꾹 눌렀다.

문득 사진 속 서준보다 훨씬 어렸을 때의 모습도 보고 싶어졌다. 그때는 장난기 가득한 얼굴로 익살스럽게 웃고 있지 않을까 혼자 상상해 보면서 픕, 낮은 웃음을 터트렸다. 사랑스럽게 바라보던 눈길을 거둬들이며 사진을 제자리에 놓고 돌아서는데…….

서준의 옆에 있던 다른 사람의 얼굴이 돌아서는 이재의 뇌리에 잔상처럼 남았다. 그녀는 고개를 갸웃거리며 다시금 사진을 향해 똑바로 섰다. 그리고 사진 가까이 다가갔다.

1.
살랑살랑, 봄이 오려나 봐요

　식재료 정리를 끝내고 서준은 잠시 바람을 쐬기 위해 밖으로 나왔다. 바람은 차지만 햇살은 따뜻한 게 이제 곧 봄이 오려는 듯했다. 빼곡하게 늘어선 빌딩 사이로 새파란 하늘이 삐죽 보였다. 시야가 확 트일 정도로 푸르른 하늘 아래 서 있고 싶었다.

　"후우."

　숨을 크게 들이마셨다가 내쉬면서 서준은 오늘 하루도 무사히 지나가기를 기도했다.

　전보다 많아진 예약 손님 덕분에 주방에 들어서면 그때부터는 숨을 내쉬며 허리를 곧게 펴는 것조차 버거울 정도였다. 느릿느릿, 그리고 하나하나 정성스럽게 준비하는 건 여전했지만 너무 여유가 없었다. 요리를 하는 셰프의 입장에서는 조금은 아쉬웠지만 레스토랑의 사장으로 보자면 꽤 좋은 바쁨이었다.

"셰프님!"

안에서 직원이 핸드폰을 들고나왔다.

"왜?"

"전화 왔습니다."

그에게서 핸드폰을 받아 들고 서준은 일단 누군지 확인부터 한 후 전화를 받았다. 어제도 통화했던 잡지사였다.

"네, 진서준입니다."

ㅡ 아직 바쁜 시간 아니죠?

"괜찮습니다."

ㅡ 일정이 나왔는데 우선 셰프님이랑 조율을 해야 할 것 같아서요.

이미 반년 전부터 조르고 졸랐던 인터뷰였다. 자신을 일찌감치 알아봐 준 편집장에게 거절의 말을 하는 게 서준은 쉽지 않았다. 우연히 식사를 하러 왔던 편집장은 계산을 하면서 자신의 명함을 놓고 갔고, 이틀 후부터 줄기차게 전화를 했었다. 멋쩍고 귀찮아서 거절했지만 끈질긴 노력에 결국 두 손을 들고 말았다.

"인터뷰는 손님들 없이 매장이 쉬는 날 했으면 하는데요."

ㅡ 괜찮아요. 어차피 사진은 미리 찍어도 되고 인터뷰한 다음에 찍어도 되니까요. 그럼 다음 주 괜찮으신 거죠?

"네."

ㅡ 질문 정리해서 먼저 보내 드릴게요.

"네."

통화를 끊으며 서준은 숨을 크게 내쉬었다.

"하아."

괜히 좋은 일이 생길 것만 같은 오늘이었다. 약속이 있는 것도 아니고 특별한 예약이 있지도 않았지만 그냥 기분이 그랬다. 통화를 끝내면서 뺨에 닿았던 바람이 시원해서였을지도 모르겠다.

그는 굳은 근육을 일제히 깨우려는 듯 크게 기지개를 켜면서 기분 좋은 미소를 가득 머금었다.

❖ ✖ ❖

늘어지게 늦잠을 자던 이재는 잡지사에서 걸려 온 전화에 무거운 몸을 일으켜야만 했다. 프리랜서를 선언한 후로 고맙게도 일이 끊이지 않게 해 주는 곳이라 아무리 잠에 취했어도 감사한 마음으로 전화를 받아야 했다.

"네, 그럼요."

방금 자다 깬 얼굴이지만 목소리만큼은 가볍고 상쾌했다. 마치 부지런히 자판을 치며 일을 하는 커리어우먼 같았다.

"일단 정리해서 메일로 넣어 주세요. 언제까지 넘겨야 해요?"

손에 잡히는 대로 대충 메모를 하고 그녀는 거실로 터덜터덜 나왔다. 소파에 쓰러지듯이 앉은 후 그녀는 상냥하게 인사하고 전화를 끊었다. 마당으로 시선을 던지며 이미 대문 앞까지 찾아온 봄빛에 눈을 가늘게 떴다.

오늘은 바람도 잠잠하고 햇살도 따사로운 게 딱 봄 날씨였다. 이제 겨우 2월이지만 눈이 오지 않은 탓에 마음은 이미 봄이었다.

이러다 또 언제 추워질지는 알 수 없었지만 어쨌든 오늘은 소풍이라도 가고 싶은 날이다. 간단하게 도시락을 싸고 마실 것도 준비해서 돗자리 하나 들고 다 같이 나들이라도 가면…….

"바빠?"

생각과 동시에 이미 이재의 손에는 핸드폰이 들려 있었다.

─ 바쁘지. 일어났으면 나와서 좀 돕지?

괜히 전화했다.

"부탁이야, 협박이야?"

─ 후자.

"그래, 바로 나갈게."

집주인의 협박에 이재는 몸을 벌떡 일으켰다. 욕실로 들어가서 후다닥 세수를 하고 손목에 있던 고무줄로 단발의 머리칼을 끌어당겨 질끈 묶었다. 거울을 스윽 보며 보기 흉한지 점검을 하고 그녀는 옷을 갈아입었다.

모든 준비를 마치는 데까지 단 5분밖에 걸리지 않았다. 그리고 방에서 나와 마당을 가로질러 커피숍까지는 30초.

"친구야, 안녕."

반갑게 인사를 하고 이재는 익숙한 듯 수북하게 쌓인 설거지 앞으로 가서 앞치마를 동여맸다. 이제 막 점심시간이 지났는데 커피숍 안은 사람들로 북적였다. 아직 아침도 먹지 않은 이재는 사람들의 부지런함이 새삼 놀라웠다.

"나 이거 하고 아침 먹어도 돼?"

그림처럼 멋있는 포즈로 커피를 내리고 있는 재헌과 테이블마다 그런 재헌을 힐끔힐끔 보며 빈한 깃 같은 표정을 하고 있는 젊은 여자 손님들을 보면서 이재는 속으로 진저리를 쳤다.

"점심이겠지."

"어쨌든. 뭐 해 줄 거야?"

"진이가 햄버거 사 온대."

"진이 오늘 쉬어?"

"아니, 잠깐 들른대."

"왜?"

"몰라."

"언제 오는데?"

"서이재."

"응?"

"나 멋있지?"

"햄버거를 사 오는 게 네가 아니지만 오늘 기분이 좋아서 그렇다고 해 주지."

"역시."

한껏 자기 멋에 취한 재헌은 여자들의 시선을 즐기며 커피 내리는 걸 마무리했다. 어차피 듣고 싶은 대로 들을 거면서 묻기는 왜 묻는 건지 모르겠다.

"근데 기분 왜 좋아?"

"일 들어왔어. 이번 달도 아슬아슬하지만 카드값을 해결할 수 있게 됐어."

"축하해."

"고마워."

"오늘 저녁은 간만에 삼겹살 좀 구워야겠군."

"뭐 그렇게까지 대단한 일이 들어온 건 아닌데……."

재헌은 눈에 하트를 그리며 목을 빼고 기다리는 여자들에게 다가갔고 이재는 머릿속으로 계산기를 두드렸다.

17

'뭐 어떻게든 되겠지.'

삼겹살도 사고 쌀도 사야겠다. 그리고 오늘은 소주가 아니라 맥주도 마셔야겠다. 돈이 들어오기도 전에 쓸 것부터 생각하는 자신은 참 합리적인 소비를 하는 사람이라며 스스로를 칭찬하는 것도 까먹지 않았다.

❖ ✖ ❖

한차례 몰려들었던 손님들이 빠지고, 세 사람은 진이가 사 온 햄버거로 늦은 점심을 해결했다.

"근데 왜 나왔어?"

이재는 이미 햄버거 하나를 뚝딱 해치우고 감자튀김을 먹고 있었다.

"예약이 두 개가 취소돼서 시간이 비어서."

"왜?"

"모르지. 왜 취소했는지는."

"원장 눈치 보이겠다."

"우리 원장님 그런 걸로 눈치 주고 그러는 분 아니야."

"하긴 돈 많은데 뭐."

"부부가 쌍으로 억대를 벌어들이니 사는 게 참 여유롭고 아름답더라."

"갑자기 햄버거가 목구멍을 막는 느낌이다."

재헌은 답답한지 제 가슴을 주먹으로 쳐 댔다. 옆에서 이재가 알 것 같다는 표정으로 재헌의 등을 두드려 줬다.

"친구야, 너도 할 수 있어."

이재는 진이에게 주먹을 불끈 쥐며 응원을 해 줬다.

"미용업계의 탑은 될 수 있어도 배우랑 결혼하는 일은 없을 거야."

"아, 맞네. 그래도 일하는 친구가 집에서 굶고 있을 친구들을 생각해서 이렇게 햄버거도 사 오고. 이것만으로도 넌 성공한 인생이야."

이재의 응원은 계속됐다. 이번엔 진이도 고개를 끄덕이며 친구의 응원을 받아들였다.

"오늘 저녁은 삼겹살이다."

재헌의 말에 진이가 눈을 동그랗게 떴다.

"서이재 오늘 일 들어왔대."

"오, 멋지다."

"오늘은 소주 말고 맥주다."

진이와 재헌이 동시에 박수를 쳐 댔다. 인생 뭐 별거 있나, 이렇게 돈 벌어서 친구들 맛있는 거 사 주고 주말 저녁 진하게 한잔하고 그러는 거지.

"내일 머리도 자르자."

"벌써 한 달 됐나?"

집에 헤어 디자이너가 있어서 참 좋다.

"자를 때 됐어."

한 달에 한 번 이재와 재헌은 진이에게 머리를 잘랐다. 미용실을 안 간 지 몇 년이 됐는지 기억나지 않았다. 유명 헤어 디자이너인 진이는 미용 일을 전문적으로 시작하기 전부터 친구들의 머리를 시험 삼아 잘라 줬고, 두 사람은 기꺼이 제 머리를 진이에게 맡겼다.

"내일 쉬는 주말인가?"

"어."

"너는 언제부터 일하는데?"

재헌의 물음에 이재는 선뜻 대답하지 못하고 진이와 시선을 교환했다.

"자료 조사를 해야 한다는 둥 둘이 뭘 하기로 했다는 둥 그런 즉흥적이고도 얄팍한 속임수는 먹히지 않는다고 미리 일러둘게."

"젠장."

"내일은 다 같이 대청소 좀 하자."

여자 둘에 남자 하나. 집안의 살림꾼은 남자 하나인 재헌의 몫이었다. 이렇게 불시에 들어오니 미처 말을 맞추지 못한 두 여자는 소심하게 눈만 흘길 뿐이었다.

"묵은 먼지 좀 싹 털어 내고 커튼도 떼서 빨고……."

"아, 봄은 언제 오려나."

이재의 눈이 창밖으로 옮겨졌다. 또다시 밀려오는 식곤증을 이길 생각이 없는 듯이 이재는 팔베개를 하고 아예 테이블 위로 머리를 떨어뜨렸다. 그녀의 한쪽 뺨이 노랗게 익어 갔다. 햇살만큼은 이미 봄이었다.

"눈 감지 마."

못 들은 척 이재는 눈을 감았다. 하지만 재헌이 곧 이재의 눈을 억지로 뜨게 했다.

"안 잔다고."

이재는 입을 씰룩거리며 몸을 일으켰다.

"너 살찐 거 같다?"

진이의 시선이 이재의 뱃살을 가리켰다. 이재는 체념한 듯 제 옆구리 살을 손으로 꾸욱 잡았다.

"쪘나?"

"쪘어."

"둔해 보여."

진이와 재헌의 말에 이재는 금세 시무룩해졌다.

"나이 들어서 살까지 찌면 안 되는데."

"역시 사람은 일을 해야 돼."

"나도 일하거든?"

"규칙적으로."

이재는 잘 다니던 잡지사를 때려치우고 한동안은 집에서 먹고 자고만 했었다.

대학을 들어가고 죽어라 공부해서 졸업 전에 꽤 큰 잡지사에 취직을 했었다. 패션 쪽을 담당했을 때는 하루가 멀다 하고 잔업이고 출장이었다. 거의 매일을 야근해 가며 인터뷰를 했고, 마감을 했었다.

그렇게 꼬박 6년을 일하고 나니 어느 날 맥이 탁 풀려 버렸다. 아무것도 하기 싫었다. 그래서 과감하게 사표를 던지고 반년을 쉬었다.

노는 것도 지겨워질 무렵, 고맙게도 잡지사에 있는 선배들로부터 일거리가 들어오고 지금은 프리랜서도 자리를 잡은 터였다. 그래도 회사를 다닐 때보다는 시간적으로 꽤 여유가 있었다.

그래서일까, 살이 오르고 게을러지긴 했다. 연애도 조금 게을러진 것 같다. 일을 할 때는 연애도 일처럼 끊임없이 해 댔었다. 환승의 시간이 길지 않았다. 이게 진짜 사랑인지를 따질 틈이 없었다. 그냥 좋으면 만나고 싫으면 그만뒀다.

"나 그게 하고 싶어졌어."

"그게 뭐야?"

"남자랑 하는 그거."

한 템포 느리게 말뜻을 알아채는 순진무구한 진이였다.

"갑자기?"

"어, 갑자기."

"햄버거 먹다가 갑자기 그게 하고 싶어졌다고 하면 우리는 어떻게 해야 하니?"

진이는 한심하다는 듯이 고개를 저었다.

"나 얼마나 안 했지?"

"정확히는 모르지."

이재의 발언에 심각한 건 재헌뿐이었다. 아직 처녀이고 결혼 전까지는 혼전순결을 지향하는 진이는 이런 대화에는 적극적으로 끼지 못했다. 친구들을 잘 둔 덕에 이론적으로는 많은 것을 알고 있어도 실제 경험은 전무했다.

"나 좀 오래된 것 같아."

"마지막 연애가 거의 3개월은 됐지."

"와, 나 그럼 최소 3개월은 못 한 거네?"

"아마도. 그러고 보니까 김치도 담가야겠다."

연애가 끝이 나면 이상하게도 이재는 김치를 담갔다. 배추며 마늘이며 재료를 잔뜩 사 와서 손질했다.

"내일 김치도 담그자."

"야, 서이재!"

불똥이 왜 김치로 튀는 걸까. 그런 의도는 아니었는데…….

"배추랑 쪽파랑…… 고춧가루 있나?"

재헌은 이미 내일 사야 할 것들을 핸드폰에 메모하고 있었다. 대청소에 김치까지. 졸지에 할 일이 산더미처럼 불어났다.

❖ ✖ ❖

든든하게 먹고 기분 좋게 술을 마시고 잠이 들었다. 술이 깨기도 전에. 아니, 잠이 깨기도 전에 대청소가 시작됐다. 햇살은 짜증 나게 좋았고 하늘은 환장하게 청명했다. 그냥 밖으로 뛰쳐나가고 싶은 주말이었다.

"아, 이 화창한 주말에 우리는 왜 이러고 있을까."

"이건 집주인의 횡포야."

"대들까?"

"아니."

"그래."

금방 체념하고 이재와 진이는 재헌이 시켰던 대로 청소를 마저 했다. 집 안에 있는 창문이란 창문은 모조리 활짝 열고 마루를 걸레로 닦고 먼지를 털어 냈다. 아침부터 일찍 움직인 탓에 아직 시간은 10시도 채 안 됐다. 서서히 배꼽시계가 울려 댔다.

"나 배고파."

이재가 칭얼거리기 시작했다. 다른 건 몰라도 배고픈 건 절대 참지 못하는 그녀였다.

"이것만 하고 줄게."

"뭐 줄 건데?"

"자장면."

"진짜?"

이재의 눈에 금방 총기가 서렸다. 먹을 것 앞에서는 누구보다 약해지고 빠릿빠릿해졌다.

"탕수육도?"

잠시 고민하는 척하더니 재헌은 알았다는 듯 고개를 끄덕였다.

"그럼 고량주도?"

"적당히 해라."

"어, 미안."

재헌은 주방 정리를 위해 들어갔고 마루에는 탕수육에 눈이 먼 이재와 진이가 남았다.

사실 셋이 있으면 지루할 것도 없고 힘들 것도 없었다. 어려서부터 함께해서인지 그저 일상이 재미있었다. 지루한 일상도 그냥 좋았다. 이렇게 살 수만 있다면, 평생을 이렇게 살면 얼마나 좋을까 진지하게 생각해 본 적도 있었다.

각자 연애에 대한 생각도, 결혼에 대한 로망도 다 다르지만 좋은 사람을 보는 기준은 같았다. 세 사람을 친구로 이해할 수 있는 사람이어야 했다. 그건 그렇게 하자고 정한 게 아니라 지금까지 연애를 보면 그랬다.

왜 남자와 한집에 사는지 이해하지 못해서 헤어진 경우도 있었고, 재헌의 옆에 있는 이재와 진이의 존재에 질투심을 느껴서 헤어지기도 했었다.

셋을 온전히 친구나 가족으로 볼 수 있는 사람을, 진정한 사랑을 세 사람은 여전히 바라고 꿈꾸고 있었다.

먼저 청소를 끝낸 재헌이 중국집에 음식을 주문하는 사이, 이재는 다 된 빨래를 갖고 나와 볕이 좋은 마당에 건조대를 펴고 널었다. 그리고 조금 전 진이가 걸레로 싹 닦아 둔 평상 위에 대자로 누웠다.

몇 년 전 크리스마스 선물이라며 재헌이 마당에 짜 둔 평상은 세 사람의 밥상이 됐고 술상이 됐다. 평상 위에 누워서 밤하늘의 별도 보고 이별을 위로받기도 했고, 사랑을 축하받거나 눈물을 닦아 주기도 했다.

"아, 개운하다."

청소를 끝낸 재헌도 이재 옆에 누웠다. 바람이 차면서도 시원하니 좋았다. 오늘은 집에서 놀기 아까운 날이다.

"밥 먹고 나가자."

"어디?"

"몰라, 아무 데나."

"연극 볼까?"

진이까지 합세해서 세 사람은 나란히 하늘을 보며 누웠다. 콧노래를 흥얼거리며 누운 재헌의 양옆에서 이재와 진이는 무엇을 할지 떠들어 댔다.

"이렇게 늙어 가는 것도 좋을 것 같아."

"셋이?"

"별론가?"

"너 좋아하는 그건 어떻게 해결하고?"

"그건…… 안 되겠다."

즉흥적이고 판단이 빠른 이재는 금방 고개를 저었다.

"어제 태훈이한테 연락 왔더라?"

25

"왜?"

"보고 싶다고."

"헤어진 지가 언젠데."

재헌은 대수롭지 않다는 듯 넘겼다. 하지만 진이는 목소리 톤이 높아지며 심각하게 물었다.

"그래서 연락했어?"

"아니, 좀 전에 봤어."

이재의 마지막 연애이자 가장 오래 했던 연애였다. 한때는 태훈이 마지막 사랑이라고 생각했던 적도 있었다. 사랑이라고, 어쩌면 사랑인 것 같다고 착각했었다. 아니, 그 순간엔 분명 사랑이었다. 그가 다른 여자와 바람을 피우지 않았더라면 아마 결혼까지 생각했을지도 모를 일이다.

"왜 자꾸 연락을 하니? 걔는 진짜 양심도 없다."

"나도 뭐 가끔 보고 싶기는 해."

"뭐?"

재헌이 고개를 돌렸다.

"그냥 보고 싶을 때가 있다고."

"그것도 하지 마. 그럴 가치도 없는 놈이야."

헤어질 때는 참 깔끔했다. 하지만 정리를 깨끗하게 끝낸 후로 태훈은 잊을 만하면 문자를 보냈다. 잘 지내는지, 밥은 먹었는지, 아프지는 않은지 연애 때 하던 짓을 그대로 하면서 미련 있는 듯이 굴었다.

좋은 추억이 많았기에 그의 그런 태도에 흔들린 적도 있었다. 하지만 이제 그의 연락에 화도 나지 않고 어이가 없지도 않은 걸 보면 그에 대한 마음이 완전히 식었다는 걸 알 수 있었다. 그저 지금은 20대의 무모하고도 대책 없이 화려했던 시절을 함께했던 동기 비슷한 느낌이었다.

딩동.

오래된 낡은 초인종이 반가운 소리를 냈다. 셋이 동시에 자리를 박차고 일어나 자장면을 맞이했다. 일사불란하게 움직였다. 재헌은 계산을 했고 이재와 진이는 자장면을 날랐다. 겨울의 끝자락에 먹는 자장면은 또 얼마나 맛있을까.

"잘 먹겠습니다."

진이의 말에 일제히 포장을 뜯어내고 먹기 시작했다. 노동후 먹는 자장면 맛은 그야말로 최고였다. 더구나 오늘처럼 날까지 좋으니 무엇을 더 바랄까.

딩동.

그러나 곧이어 초인종 소리가 또 났다.

"뭐 빠뜨렸나?"

진이가 자리에서 일어났다.

"누구세요?"

누군지 물으며 상대방이 대답을 하기도 전에 대문을 열었다. 그리고,

"어?"

진이가 굳어진 채로 앞에 서 있는 태훈을 쳐다봤다.

"누구야?"

만나면 면전에 대고 욕이라도 해 주고 소금을 바가지로 퍼서 뿌려 주겠노라 말했지만 진이는 이재와 태훈이 헤어진 후로 그를 만날 때마다 번번이 그러지를 못했다. 카리스마 넘치고 세상 까칠하게 생긴 얼굴과 달리 진이는 마음이 약했다.

27

"저기⋯⋯."

진이는 대문을 붙잡은 채로 옆으로 살짝 비켜섰다. 난처한 표정으로 뒤를 돌아보는 진이를 재헌이 먼저 무섭도록 노려봤다. 일어나려는 재헌을 붙잡고 이재가 먼저 평상에서 일어났다. 길게 한숨을 쉬고 슬리퍼를 신으며 이재는 대문 앞으로 터덜터덜 걸어왔다.

"왜?"

"그냥, 무슨 일이 있나 싶어서."

진이는 가지도 못하고 두 사람의 가운데에 선 채 금방이라도 울 것 같은 표정을 짓고 있었다. 이럴 때는 언제나 재헌이 해결사로 나서 줬다.

"이진이, 자장면 먹어."

진이를 불러다 앉혀 놓고 진이가 있던 자리에 재헌이 섰다. 팔짱을 낀 채로 태훈을 잡아먹을 듯이 노려봤다.

"별일 없어. 그리고 무슨 일이 있든 이제 네가 궁금해할 입장은 아니지. 나 막 점심 먹으려던 참이야."

"아, 그래?"

"그만 돌아가지?"

재헌의 얼굴이 일그러지기 시작했다.

"들어오라고 하면 들어갈까 했는데."

"뻔뻔하네."

날이 선 재헌의 말에 태훈은 아무렇지 않다는 듯이 말했다.

"지질하게 구는 것보단 낫잖아."

"이렇게 찾아오는 게 지질한 거야."

"그런가?"

태훈은 갈 생각이 없어 보였다.

"먹는 거 구경하고 싶으면 들어와."

이재가 옆으로 비켜서면서 자연스럽게 재헌의 앞을 가로막았다. 태훈은 망설임 없이 안으로 들어왔다. 진이는 놀라서 젓가락을 입에 문 채로 굳었고, 재헌은 어이없어서 헛기침만 했다.

"무슨 생각이야?"

재헌이 물었다.

"그냥 보여 주고 싶어서."

"뭘?"

"잘 먹고 잘 놀고 잘 살고 있다는 거. 내가 힘들어하는 걸 보고 싶어서 온 거 같아서 틀렸다는 걸 보여 주려고."

재헌의 물음에 태훈을 보면서 말하는 이재였다. 미련이 있는 건 태훈이었다. 그걸 이재는 알고 있었다.

"보고 싶은 대로 보고 싶은 것만 볼 텐데 무슨 의미가 있어?"

"그래도."

"보여 줘도 몰라."

"그럼 말고."

두 사람은 여전히 태훈을 앞에 두고 대화를 이어 나갔다.

"둘이 너무 나를 투명인간 취급하는 거 아니야?"

"이 집에 들어온 이상 넌 투명 인간이야."

"그래도 한때는 친구였는데 너무한다."

"친구였던 적 없는데?"

"그래? 난 친구라고 생각했는데."

"내 친구의 남자 친구였겠지."

"매정하네."

이재와 재헌은 각자의 자장면 앞에 앉아서 사이좋게 나무젓가락을 반으로 갈랐다. 보기 좋게 자장면을 비비는데 절로 침이 넘어갔다. 이재가 먼저 자장면을 크게 한 젓가락 들어 입으로 가져갔다. 그리고 재헌도 먹기 시작했다. 먹지 못하는 건 진이뿐이었다.

"그걸 목으로 넘기는 너희들이 부럽다."

눈치가 보여서 도저히 먹을 수가 없었다. 그러거나 말거나 이재와 재헌은 탕수육도 쩝쩝 소리를 내며 먹어 댔다. 오늘따라 튀김이 바삭바삭하니 맛있었다.

진이가 흘깃 태훈을 쳐다보자 얼른 먹으라는 듯 손짓을 했다. 참 어이없고 기가 막힌 상황이지 않을 수 없다.

"고량주 대신 맥주 한잔?"

이재가 재헌에게 간절한 눈빛을 보냈다.

"좋지."

신나는 몸짓으로 이재가 주방으로 뛰어 들어갔다.

"참 잘 지내는구나."

투명인간 태훈이 씁쓸하게 말했다.

"그래도 현실을 왜곡하지는 않네."

"왜곡하고 싶다."

"개새끼."

재헌은 속으로만 하려고 했던 욕이 입 밖으로 튀어나왔다. 하지만 당황하지 않고 꿋꿋하게 자장면을 먹었다. 이재가 맥주를 가지고 밖으로 나와 친구들 손에 하나씩 쥐여 줬다. 태훈이 손을 뻗었지만 그의 몫은 없었다. 뻘쭘하게 뻗은 손을 도로 집어넣으며 그가 어색하게 웃었다.

"근데 왜 문자 안 봐?"

"봤어야 해?"

이재는 맥주 캔을 따면서 태훈에게 물었다.

"그래, 안 봐도 돼. 그래서 내가 이렇게 왔으니까."

"아, 볼걸."

셋은 맥주 캔을 부딪치며 오늘의 대청소를 축하했다. 어느새 진이도 익숙해진 듯 그냥 조금은 특이한 점심을 즐겼다.

"아, 시원하다."

이재는 몸을 부르르 떨었다. 맥주 몇 모금에 금방 기분이 좋아지는 걸 보면 맥주만큼 끝내주는 보약이 없었다.

"맛있겠다."

태훈은 혼자 입맛을 다시며 세 사람의 먹방을 라이브로 시청했다. 마지막 남은 탕수육을 먹어 치울 때까지도 셋 중 누구도 태훈에게 같이 먹자고 하는 사람은 없었다. 하여간 의리 하나는 끝내주는 사람들이다.

"나 저녁에 인터뷰 가야 해."

"오늘?"

"어."

"주말인데?"

"시간이 이번 주말밖에 없다나 봐."

"유명한 사람이야?"

"떠오르는 샛별이라고나 할까? 뭐 이쪽에서는 꽤 실력 있다고 소문난 사람이야. 그동안 인터뷰 자체를 안 했는데 일단 단독으로 딴 거니까 무조건 그쪽 스케줄에 맞춰야지."

이름은 여러 번 들었지만 디테일하게 소개된 게 없어서 이재도 궁금했던 셰프였다.

단독으로 열 페이지나 실리는 기사에 자신을 써 주는 게 의아하긴 했다. 그렇게 되면 프리랜서인 이재한테는 새로운 이력이 되는 셈이니 보통 소속 기자를 쓰는 게 대부분이었다. 믿고 써 준다니 일단 감사하긴 했다.

"양식?"

"아니, 한식."

"몇 살이래?"

재헌이 슬쩍 물었다.

"서른 중반쯤 됐겠지?"

"미혼이래?"

"어."

"야, 확 꼬셔 버려."

이번엔 확실히 태훈을 의식해서 한 말이 분명했다.

"그럴까?"

"꼬시면 뭐 넘어오기나 한대? 괜히 공과 사 구분하지 못하고 그러지 마."

태훈이 나서서 정색하며 말했다.

"일단 예쁘게 하고 가. 이진이, 너 오늘 서이재 확실하게 꾸며 줘."

"화장도?"

"아니야, 화장은 한 듯 안 한 듯 자연스럽게 하고 머리를 그…… 커리어우먼 느낌이 확 나게 다듬어."

재헌은 이재를 이쪽저쪽으로 살피며 코치했다. 한 발짝 떨어

32

져서 본 세 사람은 이 순간 진심으로 진지했다.

"우리 얼른 먹고 머리부터 자르자."

"좋았어. 간만에 강남 언니 느낌으로 잘라 주겠어."

죽이 맞아도 너무 잘 맞는 세 사람이다. 저렇게 셋이 합이 좋으니 다른 사람이 끼어들 수가 없지. 하긴, 넷이었을 때도 끼워 주기는 잘했었다. 그 틈을 박차고 나온 건 자신이었다. 아무리 탓하려고 해도 되지 않는다. 변명의 여지가 없다.

"후우."

태훈의 기다란 한숨 소리가 땅으로 내려앉았다. 그는 고개를 푹 숙였다.

"불쌍한 척 그만하고 가."

이재가 탕수육 하나를 손가락으로 집어 먹으며 말했다.

"난 왜 이렇게 생겨 먹었을까?"

"그건 네 엄마한테 물어야지. 내가 어떻게 알아?"

"엄마 여행 가셨어."

"그래서 밥 달라고 온 거야?"

"어."

"염치 더럽게 없네."

"그냥 배고프니까 서이재가 생각나서."

재헌과 진이는 혀를 끌끌 차며 태훈을 한심하다는 눈으로 쳐다봤다.

"내가 밥을 해 준 적도 없는데 왜 내 생각이 나? 꽃을 보니까 생각이 났다든지, 해가 쨍하게 반짝여서 생각이 났다든지 해야지. 왜 하필 밥이야?"

"너랑 밥 먹을 때가 제일 행복했으니까."

태훈은 알 수 없는 표정을 지으며 고개를 들었다. 그리고 자리에서 일어났다.

"나 갈게."

시무룩한 얼굴로 그가 몸을 돌렸다. 누구도 가겠다는 그를 잡지 않았다. 그저 대문 밖으로 태훈이 나가자마자 진이가 쪼르르 나가서 대문을 걸어 잠글 뿐이었다.

"이제 뭐 아예 잡는 척도 안 하네."

안에서 미친놈, 비슷한 소리가 난 것 같았다.

❖ ✖ ❖

취재할 장소가 집에서 멀지 않은 곳이라 운동도 할 겸 약속 시간보다 1시간쯤 일찍 집에서 나온 이재는 찰랑이는 머리칼 덕에 기분이 좋아졌다. 머리칼이 걸을 때마다 슬쩍슬쩍 턱 아래를 건드리면서 가볍게 흔들렸다.

금손 친구를 둔 덕분에 취재가 아니라 좋은 데로 좋은 사람을 만나러 가는, 데이트하러 가는 그런 기분이었다.

이마로 떨어지는 늦은 오후의 햇살도 좋았고 뺨에 닿는 바람도 좋았다. 오늘은 그저 모든 게, 모든 순간이 좋은 그런 날이다.

계단을 오르는 걸음도 가볍기만 했다. 지나다니면서 눈으로 보기만 했던 회색 건물, 그 건물 1층에 자리한 식당. 그곳이 오늘의 인터뷰 장소였다.

가 보지 않은 곳이라 설렜고 처음 보는 셰프가 기대됐다. 어떤 사람일지, 어떤 요리를 할지, 어떤 가치관을 가진 사람일지 궁금했다.

그렇게 몇 개의 계단을 남겨 두고 있을 때였다. 햇살을 머금은 남자의 정수리가 보였다. 그리고 그 남자가 내뱉은 짙은 호흡 소리가 들렸다.

"하아."

고개를 길게 빼고 남자를 찬찬히 훑었다. 하늘에 닿을 듯 쭉 뻗은 손끝에 마치 그림처럼 노란 햇살이 걸렸다. 남자의 행동 하나하나에 슬로 모션이 걸린 듯 느리게 움직였다.

이재는 마른침을 목으로 넘기며 자석에 끌리듯 남자에게로 다가갔다. 기다랗고 늘씬한 몸으로 기지개를 쭉 켜면서 남자가 고개를 이재 쪽으로 돌렸다.

그와 눈이 마주쳤다. 가까이 다가갈수록 남자의 눈동자는 그윽한 갈색빛이다. 아니, 햇살과 닮은 빛이다. 신기하다.

그냥 저 남자가 오늘 만나기로 한 사람이겠구나, 하는 생각이 들었다. 절로 입가에 미소가 지어졌다. 웃어야겠다고 생각하지 않았는데 얼굴은 이미 웃고 있었다.

"서이재 씨?"

남자가 이재의 이름을 불렀다.

"진서준 셰프님?"

"네."

남자가 내민 손을 잡기 위해 이재는 손을 내밀었다. 손끝이 스치듯 닿으면서 꽉 찬 따스함이 손바닥 안으로 그득하게 들어왔다.

호흡이 멈춘 듯했다. 아니, 무엇에 그렇게 매료된 건지 모르겠다. 남자와 눈을 마주하고 있는 순간 팔에 소름이 사르륵 돋았다.

　"안녕하세요."

　"반갑습니다."

　살랑살랑, 봄이 오려나 보다.

2.
운명을 믿으십니까

인터뷰를 진행하는 내내 서준은 이재에게서 시선을 떼지 않았다. 원래 인터뷰를 이끄는 이재를 보면서 말하는 건 당연한 거였지만 어쩐지 그녀에게서 시선을 떼고 싶지가 않았다.

그녀가 말하는 것, 숨 쉬는 것, 얼굴을 찡그리는 것까지 전부 놓치지 않고 눈에 담았다. 그의 진득한 시선에도 이재는 흔들림 없이 인터뷰를 이끌어 갔다. 질문하고 공감하며 서준과의 대화를 매끄럽게 진행했다.

잡지사에서 기자에 대한 프로필을 간략하게 보낸 적이 있었다. 먼저 요청한 건 서준이었지만. 어쨌든 사진에서 보던 것보다 이재는 예뻤다.

웃는 게 참 매력적인 여자였다. 웃을 때 코끝을 찡긋하는 것도 귀여웠다.

"오늘 인터뷰 어떠셨어요?"

이재는 인터뷰 내내 서준이 자신을 호기심 가득한 눈으로 바라보고 있었다는 걸 알고 있었다. 이재가 느꼈던 감정을 서준도 똑같이 느끼고 있는 건지 자신 있게 말할 수는 없지만 그는 분명 자신에게 호감을 보이고 있었다.

처음 느껴 보는 심장이 쿵 하고 떨어지는 느낌은 인터뷰를 시작하기 전, 잠시 화장실에서 호흡까지 가다듬게 했었다. 다행스럽게도 아무에게도 들키지 않고 일을 마칠 수 있었다. 사실 너무 오랜만에 느끼는 감정이라 이게 뭐지 하는 혼란도 오기는 했었다.

"괜찮았습니다."

"사진 몇 장 더 찍을게요."

서준에게 인사를 하고 그가 사진을 찍을 수 있도록 몇 발짝 옆으로 물러났다. 그리고 사진을 찍는 서준을 마음 놓고 감상했다.

잘생겼다. 섹시하다.

외적으로 보이는 게 딱 이재 스타일이었다. 아니, 그동안 만났던 사람들보다 잘생기고 잘나기는 했다. 요리를 하는 사람이 아니라 모델이라고 해도 믿을 것 같은 비주얼이었다.

잘생긴 남자에게 그렇게 데여 놓고 아직도 그건 포기하지 못하는 자신에게 짜증이 좀 나려고 했다. 하지만 보는 눈은 좀처럼 아래로 내려가려고 하지를 않았다.

이재는 서준에게서 고개를 돌렸다. 그리고 식당 안을 천천히 둘러봤다. 모던하면서도 세련된 인테리어였다. 테이블이 생각보다 많지는 않았다. 곳곳에서 묻어나는 그의 감성이 고스란히 전해졌다.

그가 어떤 사람인지 알 것 같았다. 섬세하고 감각적이고 또 직설적일 듯싶다.

"이제 요리 몇 가지 사진 좀 찍겠습니다."

고개를 끄덕이며 서준은 주방으로 들어갔다. 그리고 곧이어 진서준의 요리가 시작됐다. 한식이 그러하듯 정적이면서도 고요했다. 식재료를 다루는 손끝이 상당히 야무졌다. 그의 길고 하얀 손가락을 보고 있으니 절로 그의 요리에. 아니, 진서준에게 매료되는 것 같았다.

무슨 남자가 저렇게 손가락이 긴 건지, 무슨 남자가 저렇게 손이 하얀 건지.

'뭐야, 나 또 반한 거야?'

이재는 속으로 스스로에게 어이가 없어서 혀를 찼다. 왜 잘생긴 남자만 보면 도전 의식이 생기고, 정복하고 싶고, 반하는 건지 모르겠다.

이유는 모르겠지만 어쨌든 진서준 셰프는 어떤 여자가 봐도 반하지 않을 수가 없는 외모다. 거기다 요즘은 요리하는 남자가 대세 아니던가.

"원래 그렇게 보십니까?"

요리에 집중하던 서준이 접시에 묻은 양념을 닦아 내면서 물었다.

"네?"

"너무 집중해서 보시니까 좀 부담스러워서요."

"기사 쓰려니까 집중을 안 할 수가 없네요."

역시 순발력 하나는 끝내준다. 당황하지 않고 차분하고 침착하게 잘 대답했다. 전혀 떨지도 않고 버벅거리지도 않았다.

"한 발짝 물러나서 볼까요?"

"아니요, 괜찮습니다."

서준의 입가에 피식 짧은 웃음이 번졌다. 이재는 그 순간을 놓치지 않고 봤다. 자신의 말을 전적으로 믿지 않는 듯한, 분명 비웃음이 절반은 섞인 웃음이었다.

"나 잠깐만."

사진을 찍던 김 기자는 회사에서 전화가 왔다며 핸드폰을 들어 보여 주고는 잠깐 자리를 비웠다. 넓지 않은 주방 안에 이재와 서준 둘이 남겨졌다.

"오늘은 원래 쉬시는 날이죠?"

"네."

"쉬시는 날 죄송하게 됐네요."

"그럼 술 한잔 사세요."

"네?"

"사진만 더 찍으면 되는 거 아닙니까?"

서준은 고개를 들어 이재와 눈을 맞췄다. 이재의 얼굴에 순간 경계심이 확 내려앉았다.

"싫습니까?"

"네."

"왜요?"

"실수할 것 같아서요."

아직 밖은 추웠지만, 아직 봄은 오지 않았지만, 아직 이 남자에 대해 아는 게 없지만 오늘은 왠지 그러면 안 될 것 같다. 오늘 이 남자와 술을 마시면 이 남자와 곱게 헤어지지 못할 것 같다.

✤ ✖ ✤

집에 들어와 샤워를 한 서준은 이재에게서 받은 명함을 들여다보며 맥주를 들고 거실로 나왔다. 계단을 올라오는 이재를 본 순간, 아 저 사람이구나 싶었다.

이미 그녀의 얼굴을 사진을 통해서 봤지만 실제로 보는 것보다 상당한 에너지가 느껴지는 사람이었다. 밝았고 맑았다. 그냥 처음 보는 순간부터 호감이 갔다. 예쁜 얼굴이라서 그럴 수도 있겠다.

"서이재……."

인터뷰가 진행되는 동안 자신을 뚫어져라 보던 이재의 눈빛이 떠올랐다. 턱 끝에서 찰랑이며 움직이던 머리칼도 꽤 매력적이었다. 전문직을 가진 여자에게서 느껴지는 당돌함도 있었다. 그리고 자신이 매력적이라는 걸 본인 스스로가 잘 알고 있는 여자였다. 눈빛에서, 말투에서 고스란히 전해졌다.

"훗."

본능적으로 끌렸다. 처음으로 새로운 소스를 연구해서 성공했을 때와 비슷한 느낌이라고나 할까. 몇십 번, 몇백 번을 실패하고 또 연구하고를 거듭 반복한 끝에 비로소 혀끝에 닿은 소스의 맛이 머릿속으로 그렸던 그 맛과 일치했을 때의 짜릿했던 그 전율과 같았다. 후회하더라도 이 사람을 놓치는 것보다는 덜할 것 같았다.

"서이재."

한 번 더 이재의 이름을 소리 내서 나직하게 불렀다. 그리고 생각을 굳힌 듯 입술 끝을 끌어 올리며 서준은 들고 있던 명함을 탁자 위에 내려놨다.

리모컨을 집어 TV를 켜고 적막감이 감돌던 집 안에 생기를 불어넣었다. 난방 시간을 설정해 둔 탓에 집 안은 온기로 가득했다.

하지만 어딘가 쓸쓸했다. 집이 너무 넓어서다. 무엇이든 크고 넓고 비싼 것만 고집하는 어머니 탓에 집을 고를 때도, 그 안에 가구를 들일 때도 크고 작은 다툼을 해야만 했었다.

집은 어쩔 수 없이 어머니 뜻에 따라 골랐지만 그 안의 물건들은 전부 서준이 도맡아서 고르고 구매했다. 살면서 딱 필요한 것만, 그 어떤 장식이나 미술품도 없었다. 그래서 1년 넘게 살고 있는데도 집은 여전히 휑하고 사람 냄새가 나지 않았다.

"너무 넓다."

집을 휘이 둘러보며 서준은 한숨을 내쉬었다. 입술 사이로 내뱉은 한숨 자락 끝에 다시금 이재의 명함이 닿았다. 그는 천천히 그것을 바라보다 이내 손으로 집어 들었다. 그리고 씩 웃으며 핸드폰을 찾았다.

❖ ✖ ❖

이재는 집에 돌아오자마자 옷을 갈아입고 거실로 나와 얼굴에 팩을 붙이고 있는 진이 옆에 벌러덩 드러누웠다.

"인터뷰는 잘했어?"

"어. 근데 진짜 잘생겼더라."

"누가?"

"그 셰프."

"그래?"

"잘 거 같아서 얼른 들어왔어."

"졸렸어?"

"아니, 확 자빠뜨리고 싶더라고."

"미친년."

"나도 팩 좀 할까?"

"화장대 서랍에 있어. 갖다가 해."

"내일부터 할래."

이재는 바닥에 누운 채로 발가락만 꼼지락거리며 좀처럼 움직이지 않았다. 그다지 피곤한 일을 한 것도 아니고 원고는 아직 시작도 안 했는데 왜 이렇게 피곤한 건지 모르겠다. 대문 손잡이를 잡는 순간부터 피로가 순식간에 몰려왔다.

"나 다시는 회사 못 다니겠다."

"왜?"

"생각만 해도 몸살 걸릴 것 같아. 그동안은 어떻게 다녔나 모르겠어."

"다니는 동안 하루를 48시간처럼 썼으니까 그렇지. 네가 너무 지쳐서 그래."

"그건 그래."

"저녁은?"

"안 고파."

사실 서준이 한 음식 사진을 다 찍고 난 후에 먹어서 배가 고프지 않았다. 하지만 입은 심심했다.

"뭐 먹을 거 없어?"

"안 고프다며?"

"그냥 입이 심심해."

"재헌이한테 들어오면서 뭐라도 갖고 오라고 하든지."

"얘는 왜 안 들어와?"

이재는 상체를 일으켜 밖으로 고개를 길게 뺐다. 아직 커피숍의 불이 환하게 켜져 있었다. 분명 들어왔다고 커피숍에 들러 인사를 할 때는 손님이 하나도 없었다. 그런데 재헌은 30분넘게 들어오지 않고 있었다.

"오겠지."

다시 누운 이재는 발가락 끝으로 바닥을 더듬거려 핸드폰을 찾았다. 그리고 재헌에게 전화를 걸려는 순간,

"누구지?"

모르는 번호로 전화가 걸려 왔다.

"여보세요."

– 뭐 합니까?

대뜸 뭐 하는지 묻는 남자의 목소리에 이재는 미간을 좁히며 핸드폰을 귀에서 떼서 화면을 다시 바라봤다. 역시나 모르는 번호였다.

"누구세요?"

– 진서준입니다.

놀란 이재는 소리가 나지 않도록, 그러나 상당히 빠른 몸짓으로 자리에서 일어나 자세를 고쳐 앉았다. 소파에 누워 있던 진이가 그런 이재를 쳐다봤다.

"아, 네."

– 자는 건 아니죠?

"네, 원고 쓰고 있었어요."

진이가 소리 없이 입 모양으로 누구냐고 물었다. 이재는 핸드폰을 손으로 가리고 역시나 입 모양으로 진서준이라고 대답했다.

"뭐 하실 말씀 있으세요?"

— 내일 뭐 합니까?

"원고 쓰겠죠."

— 그럼 내일 저녁에 봅시다.

"무슨 일이신데요?"

이건 확실한 데이트 신청이었다. 분명 오늘 진서준은 인터뷰 내내 호감이 있는 눈빛을 하고 있었다. 그건 연애를 쉼 없이 해 온 이재에게는 단번에 눈치챌 수 있는 거였다.

— 같이 밥 먹고 싶어서요.

"사적으로?"

— 네, 사적으로.

이재의 입가에 미소가 번졌다. 진이도 어느새 이재 옆에 바짝 붙어서 통화를 엿듣는 중이었다.

"어디서 볼까요?"

— 레스토랑으로 와 줄 수 있습니까?

"몇 시에 갈까요?"

— 9시.

"내일 봐요."

도도한 톤을 유지하며 이재는 전화를 끊었다.

"뭐야? 만나자는 거야?"

진이가 호들갑스럽게 물었다.

"너한테 반한 거야? 첫눈에?"

대답을 할 틈도 없이 진이는 계속해서 질문을 던졌다. 입술을 깨물며 이재는 기쁨을 애써 감추고 있었다. 그때 재헌이 피곤한지 목을 이리저리 돌리며 들어왔다.

"맥주 있어?"

"지금 맥주가 중요한 게 아니야."

"그럼?"

재헌은 피곤해 죽겠다는 얼굴로 진이 옆에 털썩 앉았다. 진이가 그런 재헌의 손을 움켜잡았다.

"뭔데 이래?"

재헌이 이재를 보며 물었다.

"맞아? 데이트야?"

"뭐 대충 그런 뉘앙스인 것 같은데?"

이재는 기쁨을 억누르며 최대한 침착하게 대답했다.

"만나서 뭐 하자는 건데?"

"그건 만나 보면 알겠지?"

"누구를 만나는데?"

"진서준."

이재 대신 진이가 대답했다. 재헌은 얼굴을 찡그리며 되물었다.

"그게 누군데?"

"오늘 인터뷰한 셰프."

"오늘 일하러 간 거 아니었어?"

"맞아."

"근데 가서 셰프를 꼬셨어?"

"내가 막 마음먹고 꼬신 것도 아니고 그냥 가만히 있어도 매력이 철철 넘쳐서 남자들이 알아서 넘어오는데 어쩌라고."

거만이 하늘을 찔렀다. 이재는 제법 도도한 표정을 지으며 바닥에서 소파로 올라가 앉았다. 반대로 진이와 재헌이 소파에서 바닥으로 내려와 앉았다.

"오늘은 딱히 매력 어필을 한 것도 없고 슬쩍슬쩍 꼬리를 친 것도 아닌데 이러네."

"아무 짓도 안 했어?"

재헌이 의심스럽다는 듯이 물었다.

"전혀."

"머리발인가?"

진이가 심각한 표정을 하며 이재를 쳐다봤다.

"그것도 한몫했겠지."

이재와 진이가 동시에 고개를 끄덕였다. 재헌은 입술을 있는 대로 비틀며 고개를 절레절레 저었다.

"바람둥이 아니야?"

재헌의 물음에 이재는 주춤했다.

"그런가?"

"아무나 만나고 돌아다니지 마라."

"아무나는 아니지."

금세 다운된 목소리로 이재는 재헌의 눈치를 살폈다.

"원나잇은 꿈도 꾸지 마."

"아직 만나지도 않았는데 무슨 원나잇이야."

"그래, 아무리 서이재라고 해도 처음 만나서 무슨."

진이는 이재를 돌아보며 확인하는 듯한 눈빛을 해 보였다. 이재는 어정쩡하게 웃으며 고개를 끄덕였다. 사실 남녀 사이라는 게 순간 통하면 그다음은 알 수 없는 거였다. 굳이 본능이 하라는데 이성이 그걸 막는 건 아니라고 본다.

"첫눈에 반해서 한 번 더 보고 싶은 그런 거겠지. 그렇지?"

"너는 생긴 건 엄청 연애 잘하게 생겨서 꼭 그렇게 순진한 말을 하더라? 너 서이재 몰라?"

"알지."

"지금 쟤 눈빛이 너랑 같은 것 같아?"

재헌의 말에 진이는 이재의 눈을 뚫어지게 쳐다봤다. 이재는 슬금슬금 진이의 눈을 피했다.

"진짜 잘 수도 있어?"

"그거야 뭐……."

이재는 진이의 눈을 피하며 말을 돌렸다. 그런데 이게 서른을 코앞에 둔 친구들끼리 할 수준의 말인가 하는 의구심이 들었다.

"야, 좀 어이없다?"

"뭐가?"

"죽으면 썩을 몸인데 좀 쓰고 살아야지, 언제까지 아끼기만 할 건데? 아끼다 똥 된다는 말도 있잖아."

"그래서 잔다고?"

"엄청 섹시해."

"얼마나?"

"나 진짜 오늘 그 주방에 드러누울 뻔했잖아."

"그 정도야?"

확신에 찬 표정을 하며 이재는 고개를 힘 있게 끄덕였다.

"섹시하다잖아."

48

이 보였다. 어제보다 한결 가벼운 발걸음이었다. 그리고 이재에게서 빛이 났다. 머리 위에서부터 아래로 그녀만을 비추는 듯한 빛이…….

서준의 눈이 이재에게서 그 옆에 있는 남자로 옮겨졌다. 멈춰 선 이재가 남자를 향해 몸을 돌렸다. 짧은 시간 동안 길지 않은 대화를 나누는 듯 보이는 두 사람은 곧이어 멀어졌다. 하지만 멀어지는 이재를 남자는 오랫동안 끈질기게 바라봤다. 그리고 그 남자의 시선이 계단 위에 앉아 있는 자신에게 닿았다.

남자와 눈이 마주쳤다. 멀었지만 분명 그렇게 느껴졌다. 시선을 피하지 않는 남자는 줄곧 서준을 노려보듯 쳐다봤다. 그 눈빛에 담긴 그의 감정을 읽기는 어려웠지만 그다지 호감은 아닌 듯했다.

"왜 나와 계세요?"

계단을 올라오는 이재를 서준은 묘한 눈으로 응시했다. 그리고 이재에게 물었다.

"사귀는 사람 있습니까?"

"아니요. 사귀는 사람 있어요?"

이재가 서준에게 한 걸음 더 다가오며 물었다.

"아니요. 근데 곧 생길 것 같습니다."

서준의 대답에 이재는 딱 세 계단을 남겨 놓고 걸음을 멈췄다. 서준이 자리에서 일어나 이재에게로 내려왔다.

"확실합니까?"

"뭐가요?"

"사귀는 사람 없다는 거."

"네, 없어요."

이재의 눈을 응시하며 서준은 그녀에게 물었다.

"운명을 믿습니까?"

대답하지 않고 이재는 가만히 그의 말을 기다렸다.

"나는 안 믿습니다."

단 한 번도 물질적으로 부족함을 느끼지 못하고 살았다. 풍족했고 여유로웠다. 원하는 게 있으면 말만 하면 가질 수 있었다. 하지만 행복하지는 않았다.

고등학교에 들어갈 무렵부터 조금 덜 풍족하더라도 도덕적인 부모님을, 존경할 수 있는 부모님을 바랐다. 돈 많은 부모님보다 사랑이 많은 부모님을 바랐었다.

학교 갔다가 돌아오면 어머니가 간식을 해 놓고 대문을 열어 주고, 주말이면 세 식구가 가까운 곳으로 외출을 하는 그런 평범함을 원했었다. 바라는 게 큰 건 아니었다. 그저 소소하게나마 행복하기를 그렇게 꿈꿨다.

하지만 그건 불가능하다는 걸 어느 날 아침 문득 깨달은 게 아니라 크면서 자연스럽게 알아 버렸다. 돈 벌기에만 급급한 아버지, 마찬가지로 돈 되는 일만 하려는 어머니. 식구들 모두가 재산을 불리는 데만 급급했다.

밥에 김치를 싸더라도 어머니가 해 주는 도시락이 먹고 싶었을 뿐이었다.

친구들은 배부른 소리 한다고도 했었다. 다 가진 사람이 겨우 하나 가진 걸 부러워한다며 재수 없다고 욕하는 친구도 있었고, 부자면 좋은 거라고, 불편할 것도 투정 부릴 것도 없는 거라고 말하던. 살인만 하지 않으면 뭘 해도 용서해야 하는 거라고 극단적으로 말했던 친구도 있었다.

하지만 시간이 지나고 성장하면서 그건 아니라는 걸 점차 깨달았다. 번 돈을 제대로 쓰지 못하는, 점점 양심이라는 걸 잃어가는 부모님을 보면서 실망스러웠고 죄스러웠다. 주눅이 들기 시작했고 사람들 눈치를 보기 시작했다.

　탐욕스럽게 모은 돈으로 먹고살면 그 테두리 안에서 부모님이 살아온 방식 그대로 똑같이 뻔뻔하게 살아야 할 것 같았다. 그러고 싶지 않았다. 그래서 공부를 했고, 좋아하는 일이 무엇인지 찾기 위해 노력했었다. 그래서 찾은 게 요리였고 그걸 찾는 과정에서 부모님과 멀어졌다.

　후회는 하지 않는다. 그리고 지금 원하는 삶을 살아가고 있으니 만족스럽다고도 할 수 있었다. 지금까지 앞만 보고 달려왔으니 이제는 누군가를 만나도 될 것 같았다.

　"그런데 이제 믿어 볼까 합니다. 나랑 사귀어 봅시다."

　처음이었다. 첫눈에 반한다는 말은 전부 거짓인 줄 알았다. 처음 보는 순간 그 사람에게서 빛이 났다는 말도 그냥 듣기 좋으라고 하는 말인 줄 알았다. 하지만 이재를 보는 순간 거짓은 사실이 됐다. 소유욕이 생겼다.

　"술이나 마시죠."

　좋다, 싫다의 대답이 아니었다. 이재는 방금 전 서준의 고백을 못 들은 것처럼 태연하게 굴었다. 그리고 몸을 돌려 올라왔던 계단을 다시 내려갔다.

❖ ✖ ❖

　분위기 좋은 와인 바 대신 왁자지껄 시끄러운 포장마차를 택했다. 이재는 서준이 주는 술을 받아 들고 그를 쳐다봤다. 첫 만남에 사귀자는 고백을 들을 줄은 몰랐다. 당황스럽다기보다는 이 남자에게 진짜로 흥미가 생겨 버렸다.

"짠."

서준의 눈을 보며 짠을 하고 그대로 소주를 비워 냈다. 뜨겁게 식도를 타고 내려가는 소주 한 잔에 이재는 기분 좋게 미간을 찡그렸다.

"안 마셔요?"

서준은 여전히 술잔을 들고만 있었다.

"네."

"혹시 소주 안 좋아해요?"

"좋아해요."

"근데 왜 안 마셔요?"

"그냥 오늘은 마시면 안 될 것 같아서요."

서준은 빨간색 플라스틱 테이블 위에 들고 있던 소주잔을 내려놨다. 그리고 팔짱을 끼고 자신을 보고 있는 이재와 눈을 맞췄다.

"사귀자는 말에 아직 대답 안 했습니다."

"첫눈에 반했어요?"

"네."

흔들림 없는 눈빛으로 서준은 주저 없이 대답했다.

"나한테 왜 반했는데요?"

"보통은 언제 반했는지 묻지 않아요?"

"그럼 언제 반했어요?"

이재의 말에 서준은 기억을 떠올리려는 듯 눈을 굴리며 생각하는 척했다.

"그날은 아침에 일어날 때부터 개운하고 기분이 그냥 좋았어요. 출근해서도 모든 게 완벽했고 재료도 신선한 게 들어왔고, 또 직원들 복장 상태부터 홀 청소까지 다 좋았어요. 그리고……."

"그리고?"

"서이재 씨가 나타났어요, 모든 게 완벽했던 그 순간에."

지그시 눈을 바라보며 서준은 진심을 전했다. 그 진심이 왠지 고스란히 전달된 느낌이었다.

"그럼 다섯 번만 더 보고 그때도 같은 마음이면 그때 다시 대시해요."

"왜 그래야 합니까?"

"내가 겁이 많아졌거든요."

빈 소주잔을 서준 앞에 내밀었다. 서준은 소주병을 들어 이 재의 잔을 채워 줬다. 이재는 잔에 넘치지 않게 딱 적정선까지 술이 채워지는 걸 가만히 지켜봤다.

"사실은 오늘 가벼운 마음으로 진서준 씨랑 놀 생각 하면서 나왔거든요."

"그런데 내가 느닷없이 고백을 해 버려서 가벼웠던 마음이 무거워졌다?"

"무겁다기보다는 슬쩍 발을 뒤로 빼게 했죠."

사적으로 보는 진서준은 어제와 달랐다. 눈빛이 진했고 그게 그의 진심으로 보였다. 이대로 들여다보고 있으면 철없는 짓은 할 수 없을 것만 같았다. 까만 눈동자가 순수해 보일 정도였다.

"연애는 해 봤어요?"

이재는 서준을 보며 물었다.

"네."

"얼마나?"

"두 번."

서른 넘은 남자가 연애를 두 번 해 봤다는 건 사실 연애 경험
이 없거나 한 번 하면 길게 한다는 뜻이었다. 반면 이제 스물아
홉인 이재는 수도 없이 많이 해 본 게 연애였다. 고등학교 시절
부터 남자가 끊이지 않고 있었다. 한 달 만나고 헤어진 남자부
터 몇 년을 만났던 남자까지 다양하고 풍족했다.

"두 번 다 지금처럼 첫눈에 반했어요?"

"첫눈에 반했다는 게 불편한 겁니까, 아니면 지금 이 상황이
불편한 겁니까?"

"후자?"

"다섯 번 만나 봅시다."

서준이 선하게 웃었다. 이제야 조금 이 남자와 진지하지 않
게 놀 수 있을 것 같다는 생각이 들었다. 생각했던 것보다 훨씬
좋은 남자일 수도 있을 것 같다는 생각도 들었다.

짠.

두 사람은 술잔을 부딪쳤다.

❖ ✖ ❖

포장마차에서 자정이 넘도록 두 사람은 아니, 이재는 혼자
술을 마시며 거나하게 취했다. 눈을 부릅뜨고 정신을 차리려고
애쓰는 모습이 마냥 귀여웠다.

이미 혀가 짧아지고 테이블에 기댄 팔꿈치가 밖으로 툭툭 떨

어지면서도 이재는 아닌 척하느라 안간힘을 써 댔다. 소주 한 병에 취하는 걸 보면 생각보다 술이 센 여자는 아닌 듯하다.

"나 이제 그만 마실래요. 더 마시면 집까지 네 발로 갈 것 같 아요."

"버리고 안 갈 테니까 걱정 마요."

서준은 이재 앞에 술잔 대신 물컵을 슬쩍 밀어 줬다. 처음 건 배를 한 후로 서준은 술을 마시지 않고 있었다.

"아, 정신 차려야지."

이재는 제 뺨을 두 손으로 짝짝 소리가 나게 쳐 댔다. 오늘은 유난히 술이 취하는 날이었다. 더 마시면 첫눈에 반했다는 이 남자 앞에서 추태를 보일 수도 있을 것 같다.

"일어날까요?"

고개를 끄덕이며 이재는 주섬주섬 가방을 챙겨 자리에서 일 어났다. 하지만 일어남과 동시에 몸이 휘청했다. 순간적으로 손을 뻗은 순간, 그 손을 서준이 아닌 태훈이 잡았다. 갑자기 나타난 태훈으로 인해 이재는 눈이 커다래졌다.

"뭐야? 갑자기 어디서 나타났어?"

"가자, 데려다줄게."

태훈은 너무나 아무렇지 않게 이재의 허리에 손을 두르려고 했다. 그 손을 서준이 쳐 내면서 이재 앞을 가로막고 섰다.

"뭐 하는 겁니까?"

커다란 등짝이 눈앞을 가로막자 순간 심장이 쿵 하고 내려앉 았다. 별것도 아닌 거에, 그리고 지금 상황과 그다지 어울리지 않는 포인트에서 주책없이 내려앉는 심장에 이재는 재빨리 정 신을 차렸다.

"처음 만난 여자를 이렇게까지 취하게 하는 건 무슨 속셈이 있다고 밖에 볼 수가 없네요."

태훈의 말에 기가 막힌 건 이재였다.

"가자."

태훈은 서준 뒤에 서 있는 이재에게 손을 뻗었다.

"내가 취하긴 했는데 아직 네가 윤태훈인 건 알 수 있거든?"

"데려다줄게."

싫증 난 얼굴로 이재는 고개를 저었다. 이렇게까지 하는 태훈의 마음을 이제는 알 수가 없었다. 이건 미련도 아니고 후회도 아니었다.

"가요."

이재는 서준에게 말하고 먼저 포장마차를 나왔다. 그 뒤를 태훈이 따라 나왔다. 이재의 팔을 붙잡고 그는 상처받은 것 같은 표정을 하고 있었다.

"그런 표정 이제 안 먹힌다고 했잖아."

"이재야."

"이제 좀 지겨워지려고 한다. 그만 좀 하자."

태훈이 잡고 있던 팔을 매정하게 뿌리치며 이재는 길게 한숨을 내쉬었다.

"너 때문에 술이 확 깨잖아."

"데려다만 줄게."

"너나 가."

이를 악물며 말하고 포장마차에서 나오는 서준을 쳐다봤다. 얼른 윤태훈이 갔으면 하는 마음뿐이었다.

"한 번만 더 내 눈에 띄면 죽여 버릴 거야."

서준에게 들리지 않도록 조용히, 하지만 진심을 담아 말했다.

"집까지 가는 것만 보고 갈게."

"야."

태훈은 뒤로 한 발 물러섰다. 그리고 서준이 이재 옆에 서는 걸 지켜봤다. 그의 볼이 움푹 파이는 게 보였다.

"우리가 다섯 번을 만날 때마다 나타날 생각인 걸까요?"

서준은 태훈을 보며 이재에게 물었다.

"설마요."

단호하게 아니라고 말할 수 없는 게 화가 났다. 저 인간은 왜 이제 와서 저 지랄을 하는 걸까. 정말 질리고 싫다.

운명을 말하는 남자와 운명이라고 믿었던 남자. 이재는 망설임 없이 서준에게로 몸을 돌렸다.

"가요."

그녀가 서준을 보며 눈웃음을 지었다. 기분 좋게 올라왔던 취기가 어느새 사라지고 말았다. 하지만 기분만큼은 여전히 괜찮았다. 뒤에서 태훈의 발소리가 들렸지만 더는 신경 쓰지 않기로 했다. 그저 서준에게 미안했다.

"아직 끝나지 않은 겁니까?"

보폭을 맞춰 걷던 서준이 먼저 얘기를 꺼냈다.

"끝난 걸 인정하고 싶지 않은가 봐요."

"우리 사이에 변수가 될 수도……."

"아니요. 그건 절대 아니에요. 이미 3개월 전에 감정 정리까지 완전히 끝났어요. 애 달고 나온 이모가 된 것 같아서 정말 미안하지만 내 잘못이 아니라는 건 알아줬으면 좋겠어요."

"확실한 거죠?"

"네."

이재는 단호하게 대답했다.

"됐습니다, 그럼."

두 사람은 천천히 걸었다. 어디를 가는지 묻지 않고 서준은 이재의 옆을 지키며 말없이 걸어 줬다.

3.
두근두근, 참 좋다

　골목 입구에서 대충 커피숍을 가리키며 저기가 집이라는 걸 그에게 말해 주고 이재는 아쉬움 가득한 미소를 지으며 돌아섰다. 서준에게 손을 들어 인사를 하고 이재는 대문 앞까지 걸어왔다.
　첫 만남에서 집을 알려 주는 게 자주 있는 일은 아니지만 어쨌든 오늘은 그냥 그러고 싶었다. 집까지 멀지 않은 길을 걸어오는 것도 나름 좋았고, 그와 대화를 나누는 것도 괜찮았다.
　대문 앞에 다다라서 그녀는 뒤를 살짝 돌아봤다. 서준은 여전히 그 자리를 지키고 서서 이재가 들어가는 걸 보고 있었다.
　남자에게 배웅을 받는 게 처음도 아닌데 참 든든하고 좋았다. 그리고 서준보다 뒤에 서 있는 태훈도 봤다. 정말이지 남아 있는 손톱만큼의 정이 확 떨어진다.
　"왜 저래, 진짜."

이를 갈며 혼자 조용히 읊조렸다. 그리고 서준을 향해 미소를 지어 주며 살짝 손을 들어 흔들어 줬다.

한 번 더 웃으며 대문을 열고 들어가려는데 커피숍 앞에 누군가 웅크리고 있는 게 얼핏 보였다. 그다지 크지 않은 덩치로 보아 분명 여자였다.

술 취해서 잠들었나 싶어 눈살을 찌푸리는데 여자가 공포 영화 속 한 장면처럼 쓱 고개를 들었다.

"하이, 이모."

고개를 길게 빼고 여자를 쳐다봤다. 자신을 이모라고 부르며 괴기스럽게 인사한 여자는 바로 유이였다.

"너…….."

뉴질랜드에 있어야 할 유이가 왜 서울에, 그것도 자신의 눈앞에 있는지. 설마 지금에서야 술이 오르는 건지 싶어서 이재는 헛것을 본 것처럼 아무 말도 못 했다.

"일단 저기 저 남자들 먼저 보내야 하지 않을까?"

"맞다."

이재는 얼른 서준에게 고개를 돌려 인사를 하고 대문 안으로 쏙 들어가는 척했다. 왜 그래야 했는지 알 수는 없지만 어쨌든 그가 간 걸 확인하고 다시 밖으로 나왔다. 유이는 엉덩이를 털고 일어나 옆에 있던 커다란 가방을 챙겼다.

"너 진짜 온 거야?"

"배고파."

"엄마한테 말하고 온 거야? 설마 가출했어?"

"라면 있어?"

유이는 이재를 슬쩍 옆으로 밀고 낑낑거리며 대문 안으로 들어왔다.

"다 자나?"

"맞아? 가출이야?"

"삼촌! 이모!"

동네 사람 다 깨우려는 심산인지 유이는 큰 목소리로 재헌과 진이를 불러 댔다.

"진짜 미쳤어. 뉴질랜드에서 서울까지 가출을 한 거야? 너 진짜 대단하다."

"무슨 소리야?"

그때까지 안 자고 있던 재헌과 진이가 맥주 캔을 든 채로 거실 창을 활짝 열었다. 그리고 조금 전 이재와 똑같은 표정으로 유이를 봤다.

"뭐야?"

"쟤가 왜 여기 있어?"

눈을 깜박이는 것까지도 똑같았다. 놀란 세 사람과 달리 유이는 마치 여행을 하고 돌아온 사람처럼 가방을 마당에 버려둔 채로 신발을 벗고 안으로 들어섰다. 뒤에서 이재가 입을 떠억 벌리고 유이를 따라 들어왔다.

"네가 왜 여기 있어?"

재헌의 넋 빠진 물음에 유이는 그저 어깨를 가볍게 들었다 내릴 뿐이었다. 그리고 진이를 끌어안으며 미국식 인사를 건넸다. 뉴질랜드에서 왔으니 뉴질랜드식 인사라고 해야 하나.

"이모, 오랜만."

"어? 어."

얼떨떨한 표정으로 진이는 유이의 인사를 받았다. 그리고 어느새 진이의 손에 있던 맥주 캔이 유이에게로 옮겨 가 있었다. 그걸 마시려고 유이가 고개를 드는 순간, 재빨리 재헌이 맥주를 뺏어 들었다.

"말해. 뭐야?"

입맛을 다시며 유이가 털썩 소파에 앉았다.

"여기서 살려고."

이재와 재헌, 그리고 진이는 서로를 쳐다봤다. 이재가 입 모양으로 뭐냐고 물었지만 누구도 지금 상황에 대해 알지 못하는 듯했다.

"나 어디서 자?"

"어?"

"졸려."

유이는 당장이라도 눈을 감을 것 같은 표정으로 소파에 드러누웠다. 이재는 재헌에게, 재헌은 진이에게 방을 내주라는 무언의 신호를 보냈다.

"내 방에서 자."

착한 진이가 제 방을 내줬다. 유이는 진이 방으로 들어가고 세 사람은 이재의 방에 서둘러 모였다.

"지금 내가 꿈꾸는 건가?"

"아니야, 내가 술 취한 거 같아."

영 상황 파악이 안 됐다. 책상에 걸터앉은 재헌만이 유일하게 생각이라는 걸 하는 듯 보였다.

"아무 연락도 못 받았어?"

"어."

진이의 물음에 재헌도 모르겠다는 대답만 했다.

"쟤 진짜 뭐냐?"

3년 전, 하나밖에 없는 딸을 위해 좋은 환경에서 공부를 시키겠다며 재헌의 사촌 형은 뉴질랜드로 이민을 갔었다. 그 하나밖에 없는 딸이 이유이었고, 공부를 위해 유학을 간 아이였다. 그런데 지금 뉴질랜드에 있어야 할 유이가 한국에 있었다.

"잠깐 놀러 온 건가?"

"말도 없이 이렇게 불쑥? 뉴질랜드가 그렇게 가까웠나?"

"지금 몇 시지?"

세 사람은 일제히 시계를 쳐다봤다. 그리고 곧장 재헌은 뉴질랜드로 전화를 걸었다. 신호가 이어지고 얼마 지나지 않아 전화를 받았다.

"형?"

통화하는 재헌의 옆에서 이재와 진이는 바짝 붙어서 엿들었다.

"어, 어, 어."

무슨 통화가 '어'로 시작해서 '어'로 끝났다. 상당히 심각한 얼굴로.

"어, 어."

길지 않은 통화가 끊기고 이재는 재헌을 쳐다봤다.

"뭐래?"

"휴가래."

"어?"

"학교를 그만뒀대."

"어?"

"여기서 같이 살래."

"어?"

이재와 진이가 동시에 눈이 커져서 놀람 섞인 비명을 질렀다.

공부를 잘해서 더 잘하라고 이민을 갔지만 유이는 적응을 못했고. 아니, 적응을 안 하려고 했고. 오히려 형네 부부만 생각보다 가게가 너무 잘돼서 신나게 살고 있고. 그래서 유이가 한국으로 가고 싶다고 하자 형은 쿨하게 그러라고 했다는, 뭐 그런 내용의 통화였다.

세 사람은 맥주 한 캔씩을 들고 마당으로 나왔다.

"뭐가 그렇게 쉽지?"

"그러게."

하고 싶은 대로, 원하는 대로 살고 있는 사람들 같았다. 재헌의 엄마도 그랬지만 그 집 핏줄이 그런 건지 이모에 사촌 형까지도 저세상 쿨함을 갖고 있었다.

"근데 우리 같이 살아야 하는 거야?"

진이가 재헌을 돌아봤다. 재헌은 말없이 맥주만 홀짝였다. 진이는 다시 재헌을 지나쳐 이재를 바라봤다. 이재는 가만히 고개를 끄덕였다.

"하아."

진이의 한숨이 길게 늘어졌다.

"얘들아."

재헌이 친구들을 불렀다.

"어."

"우리 집 알아보자."

세상을 포기한 듯한 얼굴을 하고 재헌이 말했다.

"그래야 할까?"

시무룩한 표정으로 진이는 고개를 푹 숙였다.

"이제 커피숍도 잘되고 살 만해졌는데…….'

세 사람은 동시에 바닥으로 고개를 떨어뜨렸다. 왠지 길 것 만 같은 밤이다. 아니, 새벽이다.

"어땠어?"

무겁게 가라앉은 침묵을 깨고 진이가 넌지시 물었다.

"뭐가?"

"데이트."

"아, 다섯 번 만나 보고 결정하기로 했어."

"뭘?"

"사귈지 말지."

"왜?"

"그 사람이 첫눈에 반했대."

"아."

이제 첫눈에 반하는 사랑 따위 다시는 하지 않을 거라고 언 젠가 이재가 말했었다. 아마도 태훈과 끝내고 돌아온 날 그랬 던 것 같다.

"오늘은 건전하게 술만 마셨어."

"잘했네."

"윤태훈도 같이."

"어?"

진이가 놀라서 고개를 홱, 돌렸다.

"한 테이블에서 마신 건 아니고 따로 마셨는데, 아무튼 그렇 게 됐어."

"걔는 갑자기 왜 그런대?"

"받아 주지 마."

"그럴 마음 없어."

"개새끼."

진이가 맥주를 마시기 전 짧게 욕을 했다. 재헌은 옆에서 고개를 끄덕였다.

"그 셰프는 뭐래?"

"뭘?"

"윤태훈에 대해서 뭐라고 안 해?"

"신경 쓰지 말라고 했어."

"그래서 신경 안 써?"

"어."

"괜찮네."

재헌이 인정하듯이 고개를 두어 번 끄덕였다.

"어, 괜찮은 사람 같아."

"다섯 번 잘 만나 봐."

"그러려고."

"그나저나 우리는 어쩌냐."

세 사람의 고개가 진이의 방을 향해 돌아갔다. 그리고 동시에 한숨을 땅이 꺼져라 쉬었다.

"우리가 설마 저 아이와 한집에 살게 되는 건 아니겠지?"

"설마."

누구도 아니라고 단정 지어 말하지는 못했다. 세 사람이 감당하기에는 너무도 벅찬 아이였다.

❖ ✖ ❖

술이 깬 김에 이재는 아침까지 원고를 마저 써서 아예 보내 버렸고, 진이는 퀭한 얼굴로 출근을 했다. 그리고 재헌은 근심 가득한 얼굴로 진이의 방문을 내리 1시간 동안 가까이 쳐다보고 있었다.

“깨워?”

“아직.”

“오빠한테 내가 전화해 볼까?”

“뭐라고 할 건데?”

“고이 비행기에 태워 보낼 테니 오빠가 키우라고.”

“과연 고이 비행기에 태울 수 있을까?”

그래, 그게 문제였다. 제 발로 여기에서 살겠다고 왔다면 돌아갈 때도 제 발로 가려고 할 거다. 유이에게 강제로 무언가를 한다는 건 말이 안 됐다.

고집이 말도 못 하게 세고, 머리가 어마무시하게 똑똑해서 말로는 절대 당할 수 없는 아이였다. 그 비범함을 높이 사며 키우느라 형네 부부가 고생을 하기는 했다.

지금은 거의 포기 상태거나 아니면 제 인생 자기가 알아서 살라고 믿어 주는 것 같기도 하다. 그런데 그 믿음을 왜 동생에게 떠넘기려고 하는 걸까.

Rrrrr.

방에서 이재의 핸드폰이 울려 댔다. 이재는 방으로 다다다 뛰어 들어갔다. 이름이 저장되지 않은 번호였다.

“여보세요.”

– 잘 잤어요?

서준이었다.

"아직 안 잤어요."

– 네?

"출근했어요?"

– 네.

하루 사이에 뭔가 가까워진 느낌이었다. 아침에 일어나 제일 먼저 안부를 챙기면서 하루를 시작하는, 연애를 시작하는 보통의 연인과 비슷했다.

– 다섯 번 중에 처음, 오늘 봅시다.

"오늘은 안 될 것 같아요."

– 약속 있어요?

"약속은 아니고 집에 일이 좀 생겨서요."

– 심각한 일은 아니죠?

"뭐, 그럴 수도 있고 아닐 수도 있고."

남자와 소소한 일상을 주고받는 게 얼마 만인지 모르겠다. 물론 소소한 것보다 훨씬 더 심각한 수준의 문제가 밖에 존재하지만 어쨌든 이런 통화 참 반갑다.

"일단 일이 해결이 되면 연락할게요."

– 그래요. 무슨 일인지는 모르지만 잘 해결되기를 바랄게요.

"고마워요."

– 서이재 씨.

"네."

– 다섯 번, 얼른 끝냅시다.

"아직 한 번도 시작을 안 했는데?"

– 그러니까 얼른얼른 끝내자고요.

"왜요?"

– 나는 서이재 씨가 볼수록 좋아질 것 같거든요.

혹 하고 서준이 몽롱한 이재의 마음을 건드렸다. 다섯 번의 만남을 끝으로 친구로 남을 수도 있겠지만 지금으로서는 이 남자와의 연애가 왠지 설렐 것만 같았다. 스물아홉 서이재의 인생에도 파릇파릇한 봄날이 찾아오려나 보다.

거실로 나오자 여전히 같은 자세로 한곳을 응시하고 있는 재헌이 보였다. 어쩐지 측은한 마음에 이재는 다가가서 가만히 재헌의 어깨를 토닥여 줬다.

사실 집주인이자 유이와 피를 나눈 친척인 재헌이 제일 힘들고 난처할 일이었다. 얼마나 머리가 터지게 복잡하면 가게 문도 안 열고 저러고 있을까.

"오늘 쉴 거야?"

"어."

"그래, 쉬면서 해결할 방법을 찾아보자."

"안 자?"

"죽으면 평생 잘 건데 하루 안 잔다고 어떻게 되겠어? 괜찮아, 난 괜찮아."

입술을 굳게 다물며 이재는 힘주어 고개를 끄덕였다.

"일단 밥부터 먹자."

"나 국이랑 밥 먹고 싶어."

"그래, 이 누나가 다 해 줄게."

이재는 팔을 걷어붙이고 주방으로 들어갔다. 일단 냉장고를 열어 재료들을 스캔하고 비장한 표정으로 시금치와 된장을 꺼냈다. 쌀을 꺼내서 씻어 밥솥에 안치고 시금치를 씻기 시작했다.

❖ ❋ ❖

이재와 재헌이 늦은 아침밥을 먹고 설거지를 끝낼 때까지도 진이의 방문은 열리지 않았다. 점심시간이 훌쩍 지나고 이재가 막 졸려고 하던 그때, 진이의 방문이 벌컥 열렸다. 기지개를 켜면서 나오는 유이를 재헌은 세상 다정한 눈빛으로 바라봤다. 밥을 먹으며 살살 달래 보자고 의견을 모은 탓이었다.

"잘 잤어?"

목소리마저도 달달했다.

"아니, 침대가 삐걱거려서 못 잤어. 이모는 돈도 잘 벌면서 왜 저런 침대를 써?"

"그래, 그랬구나."

조마조마한 심정으로 이재는 재헌의 옆에 바짝 붙어 있었다. 여차하면 재헌에게서 유이를 보호하자는 마음이었다. 아니, 유이에게서 재헌을 보호해야 하나.

어쨌든 두 사람을 중재시키기 위해 이재는 자리를 지키고 있었다. 제발 무사히 지나가길 빌었다. 가장 평화로운 해결책은 유이가 사실 몇 년까지 살던 곳인데 특별히 관광할 일이 있겠는가 싶지만 며칠 한국 관광을 하고, 예쁘게 손을 흔들며 공항에서 이별하는 게 바라고 원하는 모습이기는 했다.

"우리 유이, 뭐 하고 싶어?"

재헌이 먼저 부드러우면서도 전혀 강압적이지 않은 투로 유이에게 살갑게 물어봤다.

"아무것도."

"왜?"

"아무것도 안 하고 싶으니까."

"그렇지. 안 하고 싶으니까 안 하겠다는 거겠지."

이재는 눈치를 보며 유이의 말을 되풀이했다.

"언제까지?"

"몰라."

유이는 스트레칭을 하며 주방으로 저벅저벅 걸어 들어갔다. 그 뒤를 재헌과 이재가 따라붙었다.

"배고파?"

"어."

유이는 냉장고 안을 이리저리 뒤졌다.

"뭐 해 줄까?"

"아니, 그냥 과일이면 돼. 근데 없네?"

"사 오면 되지."

이재는 어느새 지갑을 챙겨 들고 밖으로 나갔다. 빛보다 빠른 그녀의 움직임에 재헌은 막중한 책임감 같은 게 느껴졌다.

이 아이를 하루라도 빨리 이 집에서 내보내야 한다. 절대 한 공간 안에서 살 수 없다. 자기 부모도 어쩌지 못하는 문제아를 어떻게 데리고 있을 수 있겠는가.

"삼촌."

"어?"

"나 떡볶이 먹고 싶어."

"사 오면 되지."

"아니, 삼촌이 해 주는 거."

"그래, 해 줄게."

만족스럽다는 듯이 싱긋 웃으며 유이는 다시 거실로 나갔다. 리모컨을 찾아 TV를 켜는 유이 옆에 재헌이 자리를 잡고 앉았다.

"유이야."

유이는 어려서부터 워낙 별난 아이였다. 유치원 때는 서서 볼일을 보는 친구들을 보고 반년 가까이 서서 볼일을 해결했고, 초등학교에 들어가서는 축구에 농구에 야구까지 온갖 스포츠를 섭렵했다.

중학교 때는 이미 고등학교 수학을 어렵지 않게 풀어서 부모들뿐만 아니라 학교 선생님들까지 엄청난 아이가 나타났다며 흥분하게 만들었고, 그러다 어느 날 갑자기 수학이 싫어졌다며 시험을 볼 때마다 빵점을 받아 왔었다. 그리고 오토바이를 타고 돌아다니며 사고를 쳐서 하루가 멀다 하고 경찰서를 들락거렸다.

그래도 금방 오토바이에 싫증이 나서 오래 못 간 것이 다행이었지만 학교 가다가 부산 가는 버스를 타고 부산으로 바다를 보러 가기도 하고, 책에 빠져서는 수업도 빼먹고 도서관에서 자고 먹고를 반복하기도 했었다.

아무튼 유이의 기행과도 같았던 학창 시절은 그냥 말로 하기는 버거운 수준이었다. 그러다 뒤늦게 공부가 재미있다는 딸을 위해 한국에서의 모든 걸 포기하고 뉴질랜드로 이민을 갔는데 가자마자 유이는 공부를 놔 버렸다.

"네가 지금 몇 살이지?"

"삼촌은 조카 나이도 몰라?"

이를 악물고 화를 참으며 재헌은 차분하게 말을 이었다.

"그래, 네가 지금 어쨌든 성인은 아니지?"

"아니지."

"그럼 뭘 해야 할까?"

"음⋯⋯."

진지하게 생각이라도 하는 듯 유이는 눈을 굴리며 고심했다. 그리고.

"뉴질랜드로 돌아가서⋯⋯."

"돌아가서?"

기대 가득한 눈으로 재헌은 마른침을 꿀꺽 삼켰다. 그래, 유이는 사실 많이 단순한 아이였다. 좋아하는 걸 하게 해 주고 며칠 동안 자유를 주면 될지도 모른다. 그냥 어린아이의 반항 같은 거였을 거다.

"공부에 매진하며 밝게 빛날 내 미래를 위해 한 발 한 발 나아가며 최선을 다하는 거지."

"그렇지."

재헌은 박수까지 쳐 대며 유이의 발언을 지지했다. 하지만.

"근데 삼촌."

"어."

"나 돌아가기 싫어."

"어?"

"거기서는 행복하지가 않아."

"응?"

"나는 행복하고 싶어. 행복한 사람으로 살고 싶어."

말문이 턱 막힌 재헌은 그저 TV를 보면서 행복하고 싶다고 말하는 유이를 가만히 응시했다. 그리고 그때 과일을 사러 갔던 이재가 돌아왔다.

"귤이랑 사과 사 왔어. 뭐 줄까?"

"둘 다."

　낯선 공기가 흐르는 거실을 곁눈질로 힐끔거리며 이재는 주방으로 들어가 과도와 접시를 들고나왔다. 이재는 귤 하나를 유이에게 던져 주고 소파 앞에 앉아 사과를 깎기 시작했다. 그때까지도 재헌은 말없이 그저 멍한 표정으로 있었다.

"너 왜 그래?"

"내가 행복하고 싶다고 했거든."

"응?"

"이모랑 삼촌은 내가 돌아갔으면 하고 바라겠지만 나는 안 돌아가."

"어?"

　사과를 깎던 이재의 손이 주춤하다 이내 어색하게 웃었다.

"바라기는. 나는 너 돌아가기를 막 바라고 그러지 않아."

"그래?"

"그럼. 단지 네가…….. 그러니까 한창 공부를 해야 할 네가 여기서 시간과 재능을 낭비하고 있어도 되나, 뭐 그런 걱정이 되는 거지."

　반듯하게 깎은 사과 하나를 유이에게 건넸다.

"걱정하지 마. 난 노는 데 더 재능이 있거든."

　사과를 받아 들며 유이는 태연하게 대답했다.

"얼마나 놀 건데?"

"몰라."

"언제까지 놀 건지 얘기해 주고 놀면 안 될까?"

"왜?"

"아니, 뭐 그래야 우리도 마음의 준비 같은 걸 하고 또…….''

"포기해."

"뭘?"

"나는 절대 안 가."

"우리 유이 많이 놀고 싶구나?"

"여기에 뼈를 묻을 거야."

그 말을 끝으로 세 사람의 대화는 중단됐다. 재헌이 밑도 끝도 없이 길길이 날뛰며 돌아가라고 괴성을 질러 대자 이재는 그런 재헌을 온 힘을 다해 막아야 했고, 유이는 어디서 개나 짖나 보다 귀를 후벼 파며 TV를 봤다.

❖ ✖ ❖

진이까지 퇴근을 하고 나자 세 사람은 일단 재헌의 커피숍에 모여 대책 회의에 돌입했다. 어둑하게 불이 켜진 카페 안, 세 사람은 머리를 맞대고 심각한 표정을 지어 보였다.

"유이는?"

"거실에."

"거실에서 뭐 해?"

"명상."

"응?"

"몰라. 아무것도 안 하고 가만히 있어. 근데 그게 더 무서운 거 알아?"

이재는 팔에 돋은 소름을 두 손으로 문지르며 몸을 부르르 떨었다. 알 것 같다는 표정으로 진이는 얼굴을 구겼다.

"대책은?"

"없어."

재헌이 반쯤은 포기한 듯한 목소리로 대답했다. 하루 종일 같이 있어 본 결과 누구도 유이를 말로 이길 상대는 없었다. 무슨 애가 말을 그렇게나 조리 있게 잘하는지 기자라는 이재는 명함도 못 내밀 정도였다.

"그럼 우리 왜 모인 건데?"

퇴근하자마자 집이 아닌 카페로 오라는 연락에 진이는 빛의 속도로 퇴근을 했다.

"한잔하려고."

"왜?"

"안정이 필요해."

아, 그렇구나. 고개를 끄덕이며 진이는 이재를 돌아봤다.

"왜?"

"데이트 안 가?"

"못 가지."

"어차피 해결도 못 하는데 뭘. 그냥 가."

"그럴까?"

이재는 스윽 핸드폰을 확인했다. 마침 레스토랑 문을 닫을 시간이기는 했다. 재헌의 눈치를 살피려고 고개를 드는데 잡아 먹을 것 같은 악마의 눈을 하고 재헌이 이미 이재를 노려보고 있었다. 이재는 슬그머니 핸드폰을 주머니에 넣었다. 하지만 눈치 없는 핸드폰이 요란하게 울려 댔다.

"누구야?"

서준이었다. 이재는 핸드폰을 들어 재헌에게 보여 준 후 재헌의 허락하에 전화를 받을 수 있었다.

"네."

– 못 나오는 겁니까?

"그게…… 나가려면 나갈 수도 있는데……."

재헌의 눈을 보아하니 나갈 수는 없을 듯하다.

"이쪽으로 오실래요?"

그렇다면 서준을 이쪽으로 오게 하면 된다.

– 네. 30분 후에 봅시다.

서준은 이쪽이 어디인지 묻지도 않고 그러겠다고 대답한 후 전화를 끊었다. 너무 깔끔하게 끝나 버린 통화에 이재는 잠시 어리둥절해했다.

"되게 쿨하다."

진이의 말에 이재가 동의했다.

"그러게."

"설마 여기로 오겠다는 거야?"

재헌이 물었다.

"아마도?"

"안 그래도 골치 아픈데 너는 좀 참아 주면 안 되니?"

"한 번에 아픈 게 낫지."

진이가 현명하게도 이재의 편을 들어줬다.

"어차피 한 번은 봐야 되는데 그냥 오늘 보자."

"다 같이 보자고?"

이번엔 이재가 어정쩡한 표정을 했다.

"어."

"왜?"

"사귈지도 모르는 남자니까."

"그러니까 내 연애를 왜 너희들이 같이하지?"

"친구니까."

"아."

사실 할 얘기도 다 끝이 났고, 더 한다고 해서 뾰족한 방법이 생기는 아니었기에 재헌과 진이를 들여보내고 서준과 단둘이 카페에서 볼 생각이었다. 간단히 인사 정도는 나누겠다고 생각했지만 지금의 꼴을 보아하니 아예 자리를 잡고 앉아서 시어머니 노릇을 하겠다는 듯했다.

"친구들아."

"응."

"우리 인사만 하는 건 어떨까?"

"왜?"

"나도 아직 진서준에 대해 잘 모르고, 지금은 서로 알아가자 하는 단계고, 또……."

"그러니까 같이 알아봐 줄게."

진이는 어지간히 해맑은 눈동자를 하고 앉아 있었다. 그리고 옆에서 재헌은 진이가 무슨 말만 하면 고개를 끄덕이며 그녀의 말에 동의한다는 뜻을 내비쳤다.

"윤태훈 같은 놈이면 어떡해."

"내가 연애가 처음인가?"

"그 연애라는 게 많이 한다고 잘하는 건 아니더라."

"그래?"

"응. 내가 이번에 너 보고 확실히 알았잖아."

"아, 그랬구나."

"원래 그런 건 객관적으로 봐야 하는데 넌 이미 주관적이잖아. 걱정하지 마. 내가 확실하게 봐줄게. 내가 미용만 몇 년이니? 사람 딱 보면 대충 견적 나와."

"아, 그렇구나."

어이가 없어서 말이 안 나온다. 그래, 생긴 걸로만 보면 진이는 하루에 한 명씩 바꿔 가며 연애를 하게 생겼다. 하지만 실상은 아직 그것 한 번 못 해 본 처녀였고 제대로 된 연애도 경험도 없었다.

"나만 믿어."

이재는 진이가 대체 뭘 믿고 저렇게까지 자신하는 걸까 의심스러웠다.

커피숍을 들어서는 서준도 적잖이 당황한 듯 보였다. 시어머니 같은 포스로 팔짱을 끼고 앉은 두 사람을 보고 놀랐고, 어두침침한 실내에 한 번 더 놀랐다.

"……많이 놀랐죠?"

한때 유행했던 로봇 말투를 흉내 내며 이재는 서준에게 다가가 어색하게 눈을 굴렸다.

"네, 뭐."

"이쪽은 가족보다 가까운 내 친구들."

이재의 소개에 그때서야 재헌과 진이가 팔짱을 풀고 자리에서 일어났다.

"진서준입니다."

서준이 손을 내밀었고 재헌과 악수를 했다.

"이재헌입니다."

"이진이라고 해요."

진이가 상냥하게 웃으며 인사를 건넸다. 아직 연애를 시작하지도 않은 남자에게 이런 큰 시련을 준 게 이재는 여간 미안했다.

"다섯 번 중의 한 번인 겁니까?"

서준이 이재의 귀에 대고 속삭이듯이 물었다.

"그거야……."

"오늘은 빼고 합시다."

왜냐고 묻는 이재에게 그가 한 번 더 속삭였다.

"단둘이 아니니까."

하여간 이 남자 재미있다.

"커피 드릴까요?"

"네, 감사합니다."

재헌이 커피를 내리는 동안 진이는 서준에게 하나씩 질문을 하기 시작했다. 솔직히 실례기는 했지만 이것도 진서준을 파악하는 단계일지도 모른다는 마음으로 이재는 그저 가만히 지켜봤다.

"첫눈에 반하셨다고요?"

"네."

"어떤 거에 반하셨어요?"

"그 순간 제 마음이 그랬습니다."

"네?"

"딱 하나를 꼬집어 말하기는 어려워서요."

"아."

"집하고 연결되어 있는 겁니까?"

"네. 저기 저분이 이 커피숍과 집의 주인이고 나랑 진이는 엊혀살고."

"쟤가 돈이 좀 많거든요."

진이는 다 들리게 속삭였다.

"가족 관계가 어떻게 돼요?"

커피를 내리면서 재헌이 알아야 할 것들에 대해 노인네처럼 묻기 시작했다.

"외동입니다."

"부모님은 두 분 다 살아 계시고요?"

"네."

취조하듯이 묻는 재헌에게 서준은 꼬박꼬박 친절하게도 대답했다. 그렇다고 옆에서 그만하라고 말리는 사람도 딱히 없었다.

"재산은요?"

"적당히 해라."

이재가 눈치를 줬음에도 재헌은 꿋꿋하게 질문을 해 댔다.

"사실 우리 나이에 연애를 하면서 재산이 얼마인지 묻는 건 크게 실례가 아니지 않을까 싶은데요."

언제부터 저렇게 뻔뻔해진 걸까. 하지만 재헌을 노려보면서도 한편으로는 이재도 서준의 대답이 궁금했다.

"저도 뭐 이제 겨우 자리 잡은 입장이라 모아 둔 돈이 많지는 않습니다."

97

"아, 네."

"그래도 제 스스로 꽤 근사한 요리를 한다고 생각하니까 성공이라는 것도 금방 하지 않을까요?"

서준의 말에 재헌은 요리와 스스로에 대한 자신감이 얼마나 높은 사람인지는 알 것 같았다.

"기본적인 것들은 전부 알았고……. 사실 저는 갑자기 다른 게 궁금해졌어요."

이제는 진이 차례인가보다.

"네."

알고자 하는 것들을 대충 알았는지 재헌은 그쯤에서 입을 다물었다. 커피를 서준의 앞에 내려놓으며 재헌은 자리에 앉았다. 간단히 고맙다는 인사를 하고 서준은 커피를 한 모금 마셨다.

"혹시 해 봤어요?"

별생각 없이 커피를 마시던 이재와 재헌이 동시에 입 밖으로 커피를 뿜어냈다.

"푸읍!"

당황한 이재가 호들갑스럽게 테이블 위와 서준에게 튄 것들을 정리했다.

"미안해요, 진짜 미안해요."

연애를 해 볼까 어쩔까 하는 남자 앞에서 입에 든 걸 뿜어내지를 않나, 친구라고 있는 게 이상한 걸 물어보지를 않나. 아무래도 오늘은 만나는 게 아니었다.

"얘들은 예의 없이 왜 이래?!"

진이는 아무것도 모른다는 순진한 얼굴을 하고 제 옷에 묻은 걸 손으로 털어 냈다.

"안 아파요?"

이번엔 대놓고 한 번 더 묻는 진이를 보며 이재는 그야말로 경악했다.

"진이야, 너무 늦었다. 너 피곤하지? 그만 들어가서 쉬어."

서둘러 진이의 팔을 붙잡았다.

"아니? 나 안 피곤한데?"

재헌도 이재를 도와 진이를 일으켜 세웠다.

"너 피곤해."

"괜찮다니까?"

갈 마음이 전혀 없다는 듯이 진이는 두 사람을 떼어 내고 다시 자리에 앉았다. 서준은 가볍게 옷에 묻은 커피 방울을 툭툭 털어 냈다.

"안 아파요."

이재와 재헌은 그대로 얼어붙었다.

"전혀?"

"네, 전혀."

침도 삼킬 수 없을 정도였다. 혹시 진이가 미용실에서 술을 마시고 온 건 아닐까, 방금 재헌이 준 게 커피가 아니었던 걸까. 별의별 생각을 다 했다.

"난 아직 한 번도 안 해 봤는데."

진이는 울상을 지으며 어깨를 축 늘어뜨렸다. 이제 포기다. 이미 갈 데까지 갔다. 이재는 자리에 털썩 주저앉았고 재헌은 눈을 질끈 감아 버렸다.

"해 볼까?"

굿을 한 번 해야겠다. 집터가 안 좋은 것 같다.

"어머, 내가 지금 무슨 말을 하는 거야? 죄송해요. 요즘 제 관심사가 그거라서요."

"아닙니다."

"잠깐."

절망하는 이재를 대신해서 재헌이 미간을 좁히며 서준과 진이의 대화 사이에 끼어들었다.

"둘이 하는 얘기가 정확히 뭐야?"

"어?"

"그러니까 방금 네가 물은 게, 그러니까 그게 뭐였냐고."

"어? 피어싱?"

"피어싱?"

"보니까 귀에 했던 자국이 얼핏 보이는 것 같아서."

진이는 긴 머리칼을 뒤로 넘기며 제 귀를 만지작거렸다. 그때서야 조금 전 해 봤느냐, 아팠느냐 물었던 게 그거였구나 싶었다.

"나 요즘 저거에 꽂혔잖아."

이재는 재헌을 쳐다봤다. 그리고 재헌은 고개를 가로저었다. 그리고 들리지 않게 안도의 한숨을 쉬었다. 집터가 문제가 아니라 두 사람에게 썬 음란 마귀가 문제였다.

"다른 걸 상상했나 봅니다."

서준은 재미있다는 듯 이재에게 물었다. 그의 눈빛은 이미 지금 상황이 어떤 상황인지 제대로 전부 파악하고 있는 눈빛이었다.

"제 친구들이 워낙 특이해서요."

이재를 대신해서 재헌이 웃음기 가득 머금은 채로 대답했다.

두 남자는 알 수 없는 눈빛을 주고받으며 동시에 미소를 지었다. 남자가 본 남자 진서준은 일단 괜찮았다. 음흉하지도 않았고 가벼워 보이지도 않았다. 연애할 때의 모습은 몰라서 사람으로서는 특별히 모난 구석이 보이지 않았다.

"커피 다시 드릴게요."

재헌은 먼저 일어나서 서준의 커피를 가져갔다. 경계심이 조금은 느슨하게 풀어진 듯했다. 이재는 한결 가뿐해진 마음으로 서준을 힐긋 쳐다봤다. 그리고 그와 눈이 마주쳤다.

"주변에 남자가 더 있습니까?"

"아니요, 이제 없어요."

훗, 웃으며 이재가 대답했다.

"그럼 다섯 번 중에 처음은 내일 보는 걸로 합시다."

"네, 좋아요."

이재는 눈을 빛내며 대답했다.

"오늘은 그냥 보는 겁니다."

확답을 받듯이 서준은 한 번 더 이재에게 물었다.

"네."

재헌은 따뜻한 커피를 내오고 눈치 없는 진이는 쿠키를 내왔다. 다시금 네 사람이 한 테이블에 둘러앉았다.

"우리는 어려서부터 이렇게 지냈습니다."

재헌의 말에 서준은 고개를 끄덕였다.

"오해는 안 하셨으면 합니다."

누군가 애인을 소개할 때면 나머지 두 사람이 늘 하는 말이었다. 처음부터 오해하지 말라며 못 박듯이 말했다.

"네, 안 합니다."

처음 보는데 이상하게 편안했다. 세 사람 사이에 있는 서준의 모습이 낯설지가 않았다. 오래전부터 줄곧 이렇게 넷이었던 것처럼 익숙했다.

나이가 들어서도 이 모습 그대로 일상적인 것들을 얘기하며 차를 한 잔 마시는 그림을 가만히 머릿속으로 상상해 봤다. 제법 잘 어울린다. 늘 셋이었던 상상에 진서준이 더해졌지만 겉돌지 않았다.

이상하고도 우스운 일이다. 그런 상상을 하고 있는 자신도, 그 상상 속에 아무렇지 않게 들어와 있는 서준도 참 재미있었다. 이재는 피식, 혼자만 아는 웃음을 나직이 터트렸다. 두근두근 기분 좋은 떨림이 가슴 언저리에서 시작됐다.

"나만 빼고 뭐 해?"

불쑥 뒷문이 열리며 잠시 잊고 있던 오늘의 골칫거리 유이가 튀어나왔다. 유이는 저벅저벅 걸어 의자를 끌어와서는 진이 옆에 앉았다.

"진이 이모 옆에 있으면 안전할 것 같아."

아무도 묻지 않은 걸 혼자 대답하며 유이는 서준을 빤히 쳐다봤다.

❖ �֎ ❖

짧지만 긴 것만 같았던 시간을 보내고, 서준은 이재의 친구들과 인사를 한 후 커피숍을 나왔다. 정신없고, 정겹고, 재미있고. 어쨌든 독특한 첫인사였다.

"오늘 나 좀 미안하고 그렇네요."

친구들이 안으로 들어가는 걸 뒤돌아 확인하면서 이재는 공연히 서준의 눈치를 살폈다.

"뭐가 말입니까?"

두 사람은 천천히 골목을 걸어 나왔다.

"당황하게 만들었잖아요."

"그렇기는 했죠."

"그냥 제대로 연애하기 전에 테스트 봤다 생각해요."

"통과는 한 겁니까?"

"통과 못 한다고 우리가 못 만나고 그러는 건 아니에요. 단지 쟤들이 뒤늦게 나를 좀 과보호한다고 생각하면 돼요."

"뒤늦게? 뭔가 마지막 연애가 바람직하지 못했던 게 아닌가 싶네요."

'바람직하지 못한……'

이재는 괜한 생각이 떠올라 씁쓸하게 웃었다.

"그때 그 남자?"

서준은 이재의 바람직하지 못했던 연애가 그때 봤던 그 남자일 거라는 생각이 들었다. 굳이 생각을 깊게 하지 않아도 알 것 같았다.

"지질하게 앉아 있던 그 남자가 한때는 진짜 괜찮은 남자라고 믿었던 때가 있었거든요."

이재는 잠시 걸음을 멈추고 서준을 돌아보며 마주 섰다.

"뭔가 시작부터 나를 다 보여 준 것 같아서 그렇지만 그게 다가 아니라는 건 알아줬으면 해요."

"네."

슬쩍 웃음을 머금고 서준이 대답했다. 이재는 눈을 흘기며 서준을 쳐다봤다.

"앞으로 정신 못 차릴 건데?"

"왜요?"

"나 매력이 엄청난 여자예요."

"그래 보여요."

"그럴 때는 한 템포 쉬고 잠깐 생각이라는 걸 하는 것처럼 보여 준 다음에 고개를 끄덕이면서 대답해야죠."

서준은 이재의 말처럼 진지한 표정으로 고개를 끄덕이면서 다시 대답했다.

"네. 서이재 씨 엄청 매력 있어요."

하아, 이재는 길게 한숨을 내뱉으며 서준을 노려보다 이내 웃어 버렸다.

"신경 쓰지 말라고 해서 나는 신경 안 씁니다. 내 신경은 지금 온통 서이재라는 여자한테만 향해 있거든요."

서준이 웃음기를 거두고 이재의 눈을 응시하며 말했다. 그의 말에 마음이 일렁였다.

"노멀하지 않은 시작이지만 이것 역시도 매력적이고, 지금 내 앞에서 눈을 빛내며 나를 보고 있는 천진한 서이재 씨도 상당히 매력적이고."

"천진한?"

"일할 때와는 달라 보여요."

"귀엽다는 뜻인가?"

"그렇다고도 할 수 있죠."

이재는 눈썹을 찡그렸다. 그 덕에 결이 고운 이재의 눈썹이 꿈틀거렸다.

"방금도 귀여웠어요."

뭐가 귀엽냐고 묻는 이재를 보며 서준은 손으로 그녀의 눈썹을 매만졌다. 이재의 눈을 들여다보면서 그는 눈썹 한 올 한 올을 세듯이 조심스러우면서도 세심하게 매만지는 걸 반복했다.

"예쁘네."

갑작스러운 서준의 스킨십과 속삭이듯 말하는 그의 부드러운 음성에 이재는 순간 심장이 쿵 내려앉는 것 같았다. 꽤 긴 시간이 흐른 것 같은 착각이 들었다. 두 사람을 제외한 모든 것이 멈춘 것처럼 느껴지기도 했다. 이런 떨림은 오랜만이었다.

"나 되게 떨렸어요."

이재는 서준의 시선을 피하지 않고 지금 느끼는 감정을 고스란히 얘기했다.

"아주 많이."

서준의 입술이 천천히 이재에게로 다가왔다. 다물어진 입술을 가르고 그의 입술이 이재의 윗입술을 살포시 물었다. 박하사탕을 머금은 것 같은 그의 청량한 숨이 입안으로 스윽 들어왔다.

다급하지 않았고 성급하지 않았다. 그저 오래도록 여운이 남는, 진하지 않은 맞춤이었다.

"우리는 분명 첫 데이트를 안 한 겁니다."

가만히 입술 끝을 늘어뜨리면서 이재는 고개를 끄덕였다.

❖ �֍ ❖

얼떨결에 친구들과의 상견례를 마무리하고 서준은 무사히

돌아갔다. 물론 돌아가는 그의 뒷모습이 유난히 지쳐 보이기는 했지만.

어쨌든 첫 만남은 무난했고, 아찔했던 입맞춤은 잠시 가슴 속에 고이 묻어 두기로 했다.

알코올이 전혀 들어가지 않은 말짱한 정신으로 서준의 가족 관계와 그의 직업관, 그리고 현재 하고 있는 일로 인해 얼마나 버는지, 혹 다른 경제적 능력과 앞으로의 비전을 전혀 티 나지 않게, 그러면서도 상당히 꼼꼼하게 체크했다.

전에는 사실 이런 적이 없었다. 이재가 만나는 사람을 친구들은 그냥 믿었고, 가끔은 같이 만나서 노는 데 그쳤다. 개망나니 같은 남자들은 처음부터 이재 주변에 얼씬하지 않았고, 그 정도 사리 분별력은 이재가 아주 똑 부러지게 갖고 있었기 때문이었다.

하지만 태훈에게 대차게 데인 후로 이재는 스스로의 선택과 판단에 불안해했고, 그걸 눈치챈 재헌과 진이는 말하지 않아도 알아서 앞에 나서 줬다. 그게 바로 오늘 빛을 발한 거였다.

"사람 괜찮네."

진이는 커피숍을 나오며 그렇게 말했다.

"그래?"

이재는 눈을 반짝이며 입가에 설핏 미소를 띠었다. 이 남자다 할 것까지는 아직 없었지만 그래도 가장 친한 친구로부터 첫인상을 인정받으니 안심이 됐다.

"뭐 속까지야 알 수 없지만 느낌이 그래. 사람 속이고 거짓말 하고 그럴 것 같지는 않아."

"뭘 보고?"

진이의 팔짱을 끼고 조용히 듣고만 있던 유이가 입을 뗐다.

"눈이 선하잖아."

"그러니까 그걸 어떻게 아느냐고."

감정 섞이지 않은 평이한 어투로 유이가 한 번 더 물었다. 조금 전까지 자신만만하게 대답하던 진이가 주춤했다.

"그거야……."

"사람은 겪어 보지 않으면 절대 모르는 거야. 일단 만나 봐. 만나다 보면 저절로 알게 되는 것도 있을 거고 죽을 때까지 모르는 부분도 있을 거고."

이재와 진이가 뒤늦은 깨달음을 얻은 듯이 동시에 고개를 끄덕였다. 그리고 유이를 따라 유이의 방. 아니, 진이의 방으로 홀린 것처럼 걸어 들어갔다. 유이는 침대에 털썩 드러누웠고 진이와 이재는 바닥에 앉아 10대의 입에서 어떤 주옥같은 말이 나올지 기다렸다.

"사람은 누구든지 저 사람을 속이자 마음먹으면 죽을 때까지 속일 수 있어. 그러다 보면 자신에게도 거짓이 사실인 것처럼 느껴지지. 그런데 아무리 그렇다고 해도 거짓이 사실이 되지는 않아."

"무슨 말이야?"

진이가 이재를 돌아보며 물었다. 이재는 가만히 고개를 저었다. 유이는 한숨을 내쉬며 자리에서 일어나 앉았다.

"이모들."

"응?"

"아까 그 남자에 대해 뭘 알아?"

"뭐 아직은 직업이랑 나이랑 이름이랑……. 맞다, 아까 외아

들이라고 했으니까 가족 관계도 알았고 또⋯⋯."

"그게 중요해?"

이재는 미간을 좁히며 대답을 하지 않았다. 사실 이제 막 만나기 시작한 사람의 가족 관계는 딱히 중요하지 않았다.

"끌리는지가 제일 중요하지."

"그렇지."

"그러면 일단은 이모 마음을 들여다봐야지."

"그리고?"

"만나고 싶은지, 계속 만나고 싶은지."

"만나고 싶으면?"

"그때부터는 굳이 들여다보지 않아도 들리지 않을까?"

"뭐가?"

"마음의 소리."

"아."

이번에도 이재는 커다란 깨달음을 얻은 듯이 감탄을 자아냈다.

"계속 만나고 싶으면 만나는 거고, 그러다 결혼이 하고 싶으면 하는 거고. 그렇게 자연스럽게 흘러가면 그게 사랑인 거지 뭐. 인생 뭐 별거 있어?"

인생을 통달한 사람처럼 유이는 아주 천연덕스러웠다. 그게 또 이상하게도 그렇게 어울릴 수가 없었다.

"너 몇 살이지?"

"열일곱. 아, 아니다. 해 바뀌었으니까 열여덟이다."

"아이씨."

이재가 침대에 머리를 박았다.

"왜?"

"나 쟤한테 언니라고 할 뻔했어."

이해한다는 듯이 진이가 입술을 앙다물고 이재의 어깨를 토닥였다.

"나와!"

밖에서 재헌이 소리쳤다. 무슨 일인지 묻지도 않고 이재와 진이는 자연스럽게 일어났고 멀뚱히 있던 유이도 덩달아 일어났다.

"빨리!"

재차 재촉하는 재헌의 소리에 이재는 큰 소리로 대답했다.

"나갈게!"

세 명이 동거하던 오래된 한옥 집은 미성년자 한 명이 추가되어 이제는 넷이 함께하는 집이 되었다.

4.
자연스럽게, 어른처럼

뭔가 색다르고, 어색하고, 그러면서 설레는 공식적인 첫 데이트를 하는 날이었다. 마치 데이트가 처음인 것처럼 이재는 아침부터 떨렸다. 서른을 코앞에 둔 어른인데 왜 이렇게 가슴이 콩닥거리는 건지 모르겠다. 거울 앞에서 진이의 옷까지 가져다 여러 벌을 대보기도 하고 웃는 표정까지 연습하면서 이재는 첫 데이트를 준비했다.

"좋아?"

거울을 보며 생글생글 웃던 이재는 유이의 소리에 고개를 스윽 돌렸다. 방문에 기댄 채로 아이스크림을 먹으면서 유이는 심드렁한 표정을 짓고 있었다.

"서른을 코앞에 둔 여자에게 남자와의 데이트만큼 신나는 게 또 있을까?"

"그건 그렇지."

"넌 오늘도 집콕이야?"

"어."

"가고 싶은 데 없어?"

"한국에 처음 온 것도 아닌데 뭐."

한국에 온 지 며칠이 지났지만 유이는 마치 처음부터 이곳에 있었던 것처럼 자연스럽고 꽤나 무료한 일상을 보내고 있었다. 너무 혼자 뒀나 싶어서 은근히 미안해지는 순간이었다.

"내일 놀이공원 갈까?"

"설마 놀아 주려고?"

"진이도 쉬는 날이고."

"쇼핑 갈래."

"어디로?"

"홍대."

"홍대는 쇼핑하기에 그다지 적당한 곳이 아닌 것 같구나."

"내일 밤 9시에 나가자, 이모."

싱긋 웃으며 유이가 이재를 쳐다봤다. 어딘지 흠칫 놀라게 되는 섬뜩한 미소에 이재는 가만히 고개를 끄덕였다. 요즘은 10대가 호환마마보다 무섭다더니 유이를 보면 그 말이 정확히 맞는 것 같다. 그냥 웃고만 있어도 덜컥 겁이 난다. 무슨 생각을 하는 건지 도통 알 수가 없다.

똑똑똑.

열린 방문을 재헌이 노크하며 들어왔다.

"오늘 늦어?"

"지금 나가면 어차피 늦는 거 아니겠니?"

이미 시간이 저녁 7시를 넘어가고 있었다.

"그럼 우리끼리 먹는다?"

"어. 근데 뭐 먹을 건데?"

입술에 립스틱을 바르며 이재가 물었다.

"그냥 뭐 소고기나 구워 먹을까 하고."

"뭐?"

이재가 눈을 커다랗게 치켜뜨고 재헌을 홱 돌아봤다.

"나도 없는데?"

"그러니까 늦을 거냐고 물었잖아."

"야, 지금 나가는 사람한테 늦을 거냐고 묻는 게 그게 묻는 거야? 그냥 내일 먹어."

"그래."

재헌은 너무나 쿨하게 돌아섰다.

"뭐야?"

"뭐가?"

"왜 그렇게 순순히 그러겠다고 하느냐고."

"무료해."

등을 돌렸던 재헌이 어깨가 축 쳐진 모습으로 다시금 이재를 보며 돌아섰다.

"오늘 바빴잖아."

"육체적으로 말고 정신적으로."

바람이 따뜻함을 머금고 살랑살랑 불기 시작하면서 재헌은 엉덩이가 들썩였다. 이재는 데이트를 한다고 신나 있고, 진이는 여전히 평일에는 바빴고, 유이는 떡하니 거실을 차지하고 있었다. 며칠 전부터 가슴이 답답하고 일상이 지루해지기 시작했다.

"얼마나?"

이재는 위험을 감지하고 조심스럽게 재헌에게 물었다.

"7 정도?"

5를 넘어섰으니 이 정도면 심각한 수준이었다. 저러다 모든 걸 손에서 놔 버리면 큰일이었다. 집 안은 돼지우리가 될 거고 커피숍은 곧 문을 닫을 거다. 그렇게 되면 이재와 진이는 생업을 포기하고 재헌을 돌봐야 할 수도 있다. 언젠가 재헌이 진짜 좋아했던 여자와 헤어졌을 때도 지금과 비슷했다. 지금보다는 우울한 정도가 높았지만 어쨌든 그때도 비상사태였었다.

"내가 오늘은 꼭 데이트를 해야 하거든?"

"그래."

"대신 내일은 집에 있을게."

"어."

"하루 종일 커피숍에서 너 돕고 저녁도 내가 할게. 아니, 진이랑 내가 할게."

"어."

"친구야."

"응?"

"제발 정신 줄을 꽉 붙잡고 있어."

이재는 결의에 찬 눈빛을 하며 두 주먹을 불끈 쥐어 보였다.

"그래, 꽉 잡아 볼게."

힘없이 대답하고 재헌이 또다시 몸을 돌렸다. 멀어지는 재헌을 보면서 이재는 진이에게 문자를 보냈다.

[비상! 비상! 이재헌 우울 7!]

일하는 중이라 진이는 문자를 바로 보지는 못할 것이다. 일단 문자를 보내 놨으니 진이도 곧장 집으로 퇴근해서 올 거고, 당장 오늘 재헌이 무슨 일을 벌이지는 않을 것 같았다. 안심을 하고 이재는 공식적인 첫 데이트를 하기 위해 집을 나섰다.

❖ ✖ ❖

저녁 먹지 말고 나오라는 서준의 말에 이재는 한껏 기대를 하고 그의 레스토랑에 들어섰다. 레스토랑에서 들어서며 이름을 말하자 직원은 주방이 가장 잘 보이는 곳에 위치한 테이블로 그녀를 안내했다.

한창 요리에 집중하고 있던 서준이 고개를 들어 이재를 바라봤다. 그와 눈을 맞추고 이재는 싱긋 눈인사를 전했다.

"기다리시면 곧 가져다드리겠습니다."

"뭘요?"

"음식이요. 셰프님이 준비하셨습니다."

"아, 네."

뭔가를 알고 있는 듯한 미소를 지으며 직원은 테이블에서 멀어졌다. 한 사람을 위해 자리를 비워 두고, 음식도 미리 주문을 해 뒀고, 조금 전 눈인사도 건넸다. 굳이 말하지 않아도 대충 둘 사이를 직원들이 눈치채지 않았을까 싶었다.

갑자기 민망해져서 이재는 서둘러 주위를 돌아봤다. 눈이 마주치는 직원마다 이재에게 다 안다는 눈빛을 해 보였다.

"뭐야."

혼잣말을 속삭이며 이재는 어색하게 웃었다. 뭔가 진서준에 대해 제대로 알기도 전에 제 정체가 먼저 까발려진 기분이었

115

다. 혼자만 홀딱 벗고 있는 것 같아서 여간 불편하고 낯 뜨거운 게 아니었다.

Rrrrr.

마침 진이에게 전화가 걸려왔다.

"너 진짜 타이밍 죽인다."

– 왜?

"이 사람도 저번에 이런 기분이었을까?"

– 뭔데?

"레스토랑으로 오라더니 주방이 가장 잘 보이는 곳에 테이블을 준비해 놨더라고."

– 그런데?

"근데 이게 나랑 진서준 둘만 있는 게 아니라 손님들도 있고 직원들도 있고, 아무튼 그래. 되게 뻘쭘하고 쪽팔리고."

– 멋있다. 그 사람. 낭만적이야.

"어, 그래."

심드렁하게 대답해 주고 이재는 다시 진이에게 속삭이듯이 물었다.

"근데 왜 전화했어?"

– 재헌이가 왜 우울이 7이야?

"아, 맞다. 걔 오늘부터 잘 감시해. 아무래도 봄 타나 봐. 유이 온 것도 한몫한 것 같고. 아무래도 불안해."

– 그래?

"퇴근했어?"

– 지금 가는 중이야. 나 그럼 오늘 저녁 해야 해?

"아니, 아니, 절대 저녁은 하지 마. 그래도 먹을 건 제대로 먹

116

어야 되지 않겠니?"

미용은 금손인데 요리는 똥손인 진이였다. 뭘 해도 맛이 없었다. 심지어 인터넷에 나온 레시피를 그대로 따라 했는데도 맛이 이상했다. 사람이 먹을 수 있는 것이 아니었다.

— 그래. 그건 그렇지. 설거지나 해야겠다.

통화를 하면서 주방을 연신 힐끔거리던 이재는 자신을 보며 짧게 웃는 서준을 보자 스르륵 마음이 녹아내리는 것만 같았다.

"저 남자는 왜 저렇게 섹시하게 웃는 걸까?"

— 이미 시작됐군.

"뭐 나온다. 끊어."

재빨리 전화를 끊고 이재는 차분하면서도 지적인 분위기로 앉아 첫 음식을 맞았다. 노르스름한 잣이 두 개 장식된 흑임자죽이었다.

이재는 숟가락을 들고 차분한 마음으로 죽을 한 숟가락 떠서 입으로 가져갔다. 고소한 향이 순식간에 입안으로 퍼졌다. 절로 눈이 감겼다. 죽이 까끌까끌하지 않고 부드럽게 목으로 넘어갔다. 묘하게 개운한 맛도 더해지는 듯했다. 흑임자죽 한 입에 뒤이어 나올 음식에 대한 기대감이 한층 커졌다.

화려하진 않지만 꽤 멋스럽게 플레이팅한 음식들이 줄지어 테이블에 차려졌다. 적은 듯했지만 하나씩 맛을 보니 제법 배가 부르기도 했다. 음식의 밸런스가 좋았고 간이 대체적으로 세지 않았다.

이재는 나온 음식들을 전부 맛봤고 접시마다 깨끗하게 비워내는 걸로 셰프의 솜씨를 칭찬했다. 빈 그릇이 주방으로 들어

갈 때마다 서준은 기분 좋은 미소를 얼굴 가득 머금었다.

❖ ❈ ❖

뒷정리를 하고 직원들이 퇴근할 때까지 이재는 테이블에 앉은 채로 서준을 기다렸다. 물론 중간에 서준은 이재가 앉은 테이블로 와서 함께했지만 사람들이 힐끔힐끔 보는 데서 공개적인 데이트를 하는 게 그다지 설레지만은 않았다. 그렇다고 딱히 화가 나지는 않았다.

"일부러 그런 거예요?"

마지막 직원이 인사를 하고 레스토랑을 나가자마자 이재는 서준에게 물었다.

"뭘 말입니까?"

"내 친구들 앞에서 이런 기분이었다, 뭐 나도 똑같이 느끼게 하려고 그런 거 아닌가 싶어서요."

"어땠는데요?"

"부끄럽고 민망하고, 그러면서 은근 설레고."

중간중간 고개를 들 때마다 눈이 마주쳤고 그러면 서준은 싱긋 웃어 줬다. 무표정한 얼굴로 요리에 집중하다 한 번씩 웃을 때마다 공연히 설렜다. 저 넓은 공간에서 오로지 자신만을 위해 요리하는 것 같은 착각도 들었다.

"설레고?"

서준의 입술 끝이 장난스럽게 올라갔다.

"자기 일 열심히 하는 남자는 언제나 설레죠."

"섹시하지는 않았고?"

118

"뭐 섹시하기도 했고."

"성공이네요."

"의도한 거예요?"

"네."

솔직하면서도 직설적인 서준이었다. 자신만만한 그의 말투와 행동이 그를 더 매력적으로 보이게 했다.

"나가서 걸을래요?"

"여기서 먹고 나가서 걷고. 오늘 데이트 코스예요?"

"집 앞까지 데려다주면서 가볍게 입 맞추고. 여기까지가 오늘 데이트 코습니다."

서준의 농담 섞인 진담에 이재는 픽 웃음을 터트렸다. 돌려 말하지 않고 조금은 저돌적이다 싶은 이 남자의 방식이 꽤 마음에 들었다. 진서준 이 남자에게 푹 빠져들 것만 같은 예감이 들었다.

"나갑시다."

이재는 서준의 말에 재킷을 챙겨 들고 자리에서 일어났다. 문을 열고 레스토랑 밖으로 나오자 훈훈했던 실내의 공기와 다르게 밖은 싸늘하니 제법 추웠다. 몸을 가볍게 떨며 그녀는 서둘러 재킷을 입었다.

단추를 잠그려는데 서준이 그녀를 보며 마주 섰다. 그리고 이재의 눈을 바라보며 단추를 잠가 줬다. 순간 입술을 열어 숨을 내쉴 수가 없었다. 너무 가까웠고, 너무 떨렸다.

"단추가 몇 개 더 있었다면 좋았을 텐데……."

"그랬으면 뭐가 좋은데요?"

대답을 알 것 같았지만 그녀는 짐짓 모른 척 물었다.

"더 길게, 그리고 더 깊이 서이재 씨 눈을 들여다볼 수 있었겠죠."

"그게 다예요?"

이재는 눈을 가늘게 뜨면서 한 번 더 그에게 물었다.

"아니요."

"그럼?"

"솔직히 말할까요, 아니면 데이트 첫날임을 감안해서 말할까요?"

입술을 앙 모으고 옆으로 비틀면서 이재는 나름 진지하게 고민했다.

"그냥 말하지 마요."

"왜요?"

"나 혼자 상상할래요."

"야할 텐데?"

"그러니까 혼자 해야죠."

서준은 잠깐 이재를 쳐다보다 이내 하하하하 목을 뒤로 젖히고 기분 좋게 웃었다. 그의 웃음소리에 이재는 주위를 빠르게 돌아보다 같이 웃어 버렸다.

❖ ✖ ❖

첫 데이트의 밤은 길고도 깊었다. 11시가 넘도록 두 사람은 끊이지 않고 얘기를 주고받으며 동네를 몇 바퀴나 돌고 또 돌았다. 그러다 지치면 잠깐 벤치에 앉아 있다가 또 걸었다.

지나가는 사람들이나 불이 켜진 가게들은 눈에 들어오지 않앉다. 어딘가로 들어가 무언가를 마시며 대화하지도 않았다. 몇 바퀴를 돌았는지도 중요하지 않았다. 뺨에 닿았던 차가운 바람과 둘 사이를 부유하던 그 밤의 공기만이 기억에 자리하는 밤이었다.

"운전 안 해요?"

"네, 무서워요."

대수롭지 않게 말했지만 아마도 운전은 이재가 평생 할 수 없는 유일한 한 가지가 아닐까 싶었다.

"차가 이재 씨를 향해서 달려오는 것 같고 그렇습니까?"

설핏 웃으며 묻는 서준에게 이재는 진지하게 말했다.

"나는 차도, 차를 운전하는 사람도 다 무서워요. 아마 운전은 평생 안 하지 않을까 싶어요."

"취재 다니고 하면 차 없이 힘들지 않아요?"

"뭐 웬만한 데는 버스 다니고, 아니면 택시도 타고, 가끔은 얻어 타기도 하고."

"하긴."

서준은 수긍하듯이 고개를 끄덕였다. 보통은 스무 살이 되면 제일 먼저 하는 일이 면허를 취득하는 일인 반면에 서준도 대학교를 졸업할 때쯤에야 시험을 봤었다.

"서준 씨는 왜 요리가 좋아요?"

"머리를 쉬게 해 주거든요. 하는 동안은 다른 잡생각은 전혀 안 하게 되고 그저 맛있고 아름다운 것만 생각하게 되니까 저절로 빠져들더라고요. 그리고 누군가를 행복하게 하는 일이니까."

서준이 보기 좋게 입꼬리를 끌어 올리며 웃었다. 얼굴 전체에 번지는 그의 미소를 이재는 가만히 들여다봤다. 편안하고 걱정은 없이 순수함이 가득했다. 서른 넘은 남자에게 이런 순수함이 있다는 게 이재는 마냥 신기했다.

"그렇게 뚫어지게 보면 더는 모른 척할 수 없는 거 알죠?"

"알고 있었어요?"

그때서야 서준이 고개를 돌려 이재를 바라봤다.

"보는 건 알았죠. 그런데 이렇게 보는 건 몰랐습니다."

"내가 어떻게 보는데요?"

"야릇하게."

이재는 눈살을 찌푸렸다.

"내가 느끼기에는 상당히 야릇해요."

"지금 그 말이 더 야릇한데요?"

두 사람의 시선이 뒤엉켰다. 부유하듯 떠다니던 공기마저도 멈춘 듯 서준은 이재의 시선을 놓치지 않고 끈질기게 붙잡았다. 바라보는 것만으로도 호흡은 거칠어지고 있었다.

겉으로 드러내지 않으려고 이재는 입술을 앙다물었다. 들썩이는 가슴을 잠재울 방법을 모르겠어서 이재는 입술을 깨물었다. 그때 서준이 이재에게로 다가왔다.

"그렇게 하면 아파요."

달달하고 부드러운 목소리로 말하며 서준은 얼굴을 이재에게 가까이 들이밀었다. 입술이 닿을 듯 가까워졌다. 깨물고 있던 입술을 슬쩍 놔 버리자 저절로 입술이 벌어졌다. 눈을 감아야 하나 말아야 하나를 잠시 고민하던 찰나.

"아직까지는 인내심이 조금 남아 있습니다."

서준의 손이 조금 전까지 깨물고 있던 입술에 닿았다. 누르듯이 이재의 입술을 건드리며 더는 깨물지 않도록 막았다.

"언제 바다나요?"

이재는 꽤 도발적으로 물었다. 물음과 동시에 서준의 눈빛이 흔들렸다. 흔들리는 눈빛을 응시하며 이재는 서준의 대답을 기다렸다. 그가 어떤 대답을 해도 결과는 달라질 게 없었다. 이미 그는 본심을 전부 들켜 버렸다.

"곧."

"그럼 오늘은 이쯤에서 헤어져야겠네요."

서준에게서 이재는 한 발 뒤로 물러섰다. 그리고 상당히 잔인하게 씩 웃었다.

"이대로 가겠다고요?"

"네."

"무책임한 거 아닙니까?"

"첫 데이트에서 바다까지 보려고 하는 게 무책임한 거죠. 난 진서준 씨 배려하는 거예요."

히죽 웃는 이재를 서준은 땅이 꺼져라 한숨을 쉬며 흘겨봤다. 하지만 이내 그는 사람 좋은 얼굴을 하고 이재에게 말했다.

"집까지 데려다줄게요."

"우리 좀 올드하게 데이트하는 것 같지 않아요?"

"그랬나요?"

"밥 먹고 걷고 얘기하고. 건전하고 올드하고."

술 마신 건 살짝 뺐지만 이재의 의도가 서준에게 전해진 듯했다. 서준은 동의한다는 듯이 고개를 끄덕였다.

"그럼 그만할까요?"

"그랬으면 좋겠어요?"

마주 보고 선 두 사람 사이로 때 이른 뜨거운 바람이 드나들었다. 섣불리 입을 여는 사람도, 위험하게 다가서는 사람도 없었다. 단지 서로에게서 시선을 떼지 않을 뿐이었다.

왜 이렇게 강렬하게 다가오는 건지는 알 수 없었다. 운명의 상대를 만난 걸까. 의구심이 꼬리에 꼬리를 물었다.

"올드하지만 해 봅시다. 나는 왠지 서이재 씨가 지나가는 바람이 아닐 것 같아요. 그래서 단단히 하고 싶어요."

먼저 속마음을 꺼내 놓은 건 서준이었다. 그의 눈빛이 진실로 느껴졌다. 이재는 한동안 말없이 그런 서준의 눈동자를 그윽하게 바라봤다.

"오늘 같으면 나는 오래는 못 할 것 같아요."

솔직해지기로 한 건 이재도 마찬가지였다. 그냥 감추고 내숭 떨고 싶지가 않았다. '나는 아무것도 몰라요' 하는 표정은 이재에게 어울리지 않았다. 솔직히 지금 당장이라도 서준의 윗도리를 벗겨 내고 그의 가슴에 입술을 비비고 싶은 충동이 일었지만, 그건 어디까지나 충동이었다.

"근데 다음에도 이런 감정일지는 알아보고 싶어요."

"다음에도 같으면?"

"글쎄요, 그건 다음에 생각해요."

이재가 다시금 서준에게서 한 발 뒤로 물러났다. 이제는 헤어지겠다는 확실한 의지였다.

"내일 만납시다."

서준은 곧바로 약속을 잡았다. 이재는 피식 짧은 웃음을 터트리고 고개를 끄덕여 줬다.

10대처럼 살짝 마음이 들떴다. 헤어지고 나서도 자꾸만 옆을 돌아보기까지 했다. 이재가 옆에 있는 것 같은 기분 좋은 착각에 서준은 집으로 돌아오는 길에 몇 번이나 옆을 돌아보곤 했다.

막 오피스텔 입구로 들어가려던 그는 안에서 걸어 나오고 있는 오 기사를 보고 걸음을 멈췄다. 서준을 알아본 오 기사가 안에서 재빨리 문을 열고 나왔다.

"안녕하셨어요?"

서준의 인사에 오 기사는 고개를 숙였다.

"늦으셨네요."

"무슨 일로 오셨어요?"

"사모님이 반찬을 해 주셔서요. 경비실에 맡겨 놨으니까…….
아니다. 제가 안까지 들어다 드릴게요."

어느새 나이가 예순이 넘은 오 기사는 여전히 서준을 깍듯하게 대했다. 갑자기 일을 그만뒀다가 몇 년 만에 나타나서는 다시 어머니의 일을 봐주기 시작했다. 어떤 일이 있었는지는 알수 없지만 그사이 오 기사는 훨씬 더 야위고 늙었다.

"아니에요, 제가 찾아서 들어가면 돼요. 늦었는데 그만 가 보세요."

"네, 그럼."

인사를 하고 돌아서고도 오 기사는 몇 번이나 뒤를 돌아보며 고개를 숙여 댔다. 어려서부터 봐서 좋은 사람이라는 걸 알지만 볼 때마다 여전히 자신을 불편하게 하는 건 지나치게 자신을 떠받드는 듯한 태도였다.

경비실에 들러 오 기사가 맡겨 둔 걸 찾았다. 풀어 보지 않아도 그게 밑반찬이라는 걸 알 수 있었다. 요리를 하는, 그것도 한식 요리를 하는 아들에게 직접 하신 것도 아니고 일하는 아주머니를 시켜서 만든 반찬을 왜 보내는 건지 이해가 가지 않았다. 이것도 대외적으로 보이기 위함인 걸까.

Rrrrr.

현관문을 열고 들어오자 안에서 전화벨 소리가 유난스럽게 울려 댔다. 어머니에게서 온 전화가 분명했다.

핸드폰이 있어서 집에 따로 전화는 필요가 없음에도 어머니는 본인의 편리를 위해 허락도 구하지 않고 전화기를 설치했었다. 서준은 어머니에게서 전화가 올 때에나 집에 전화가 있다는 걸 알게 된다.

"네."

— 오 기사 다녀갔니?

"네."

— 그래 밥 잘 챙겨 먹고 다녀.

이 늦은 시간에 누가 옆에 있기라도 하나? 왜 이렇게 살갑지?

— 집에는 언제 들를 생각이니?

"무슨 일 있으세요?"

셔츠 단추를 풀며 서준은 건성으로 물었다.

— 우리가 무슨 일이 있어야 보는 사이니? 네 아버지가 서운해하시는 것 같으니까 조만간 들르도록 해.

"시간 봐서요."

그냥 네 하고 대답하면 통화가 마무리될 텐데 미련하게 또 반항하듯 대답해 버렸다.

"네, 알겠어요."

서준은 서둘러 대답을 하고 통화를 마무리 지었다. 무슨 말을 하려던 차영희 여사는 알겠다는 대답을 하고 그대로 전화를 끊었다.

"후우."

데이트의 끝이 좋지 않았다. 좋았던 기분이 금세 찬물을 끼얹은 것처럼 돼 버렸다. 얼른 이 모래 알갱이들이 서걱거리는 머릿속을 비워 버리고 봄바람처럼 살랑이던 기분으로 바꿔 놔야겠다.

서준은 셔츠를 완전히 벗어 버리고 핸드폰을 집어 들었다. 지금 당장 필요한 건 이재의 목소리였다. 오랫동안 만난 사람처럼 그의 요즘 대부분은 서이재로 가득했다. 겨우 첫 데이트를 했을 뿐인데.

– 네.

통통 튀는 듯한 밝은 이재의 목소리가 핸드폰 너머로 들려왔다. 조금 전의 기분 따위는 사라진 지 오래였다. 이미 서이재에게 깊이 빠져들고 있었다.

아는 건 없었지만 지금의 느낌을 믿었다. 지금까지 이렇게 강렬하게 다가온 사람은 없었다. 빠르고, 그러다 어느 순간 지금처럼 느리게 흘러가는. 말로는 설명할 수 없는 느낌이었다.

"뭐 했어요?"

– 씻고 맥주 캔을 딱 따는 순간 진서준 씨한테 전화가 와서 받고 있죠.

사랑스럽다.

"그 맥주 같이 한잔하고 싶다."

― 올래요? ……라고 말하고 싶지만, 오늘은 첫날이니까.

"처음에 너무 많은 것을 부여하는 거 아닙니까?"

― 왠지 우리에게 중간이나 끝은 없을 것 같아서요.

어쩌면 이재도 자신과 같은 감정을 느끼고 있는 중일 것 같다는 생각이 들었다.

― 나는 좀 설레요.

이재는 잠시 뜸을 들이듯 말에 여운을 남겼다. 가만히 그녀의 말을 기다리며 서준은 가슴이 뛰었다.

― 데이트 한 번 한 건데 비실비실 웃음이 나요. 진서준 씨가 자꾸 생각나고, 지금도 옆에 있는 것만 같고, 괜히 수줍고, 그러면서 괜히 과감해지고 싶고.

전부 서준과 같았다. 지금 딱 마음이 그러했다.

"데이트, 오랜만입니까?"

― 내 기준에서는 오랜만이지만 평균적으로 보면 딱히 그렇지도 않아요.

"나는 오랜만입니다."

여전히 파닥파닥 뛰고 있는 심장에 서준은 지그시 손을 대봤다.

"그리고 처음입니다."

― 뭐가요?

"이렇게까지 심장이 뛰는 것도, 이렇게까지 여운이 오래가는 것도."

핸드폰 너머에서 발그레 볼을 붉히며 미소 짓고 있을 이재가 그려졌다.

"내가 아무래도 첫눈에 단단히 반한 것 같아요, 서이재 씨."

쌀쌀함이 묻어나던 밤의 기온이 어느새 따스함으로 변했다. 어느새 계절은 여름을 향해 가고 있었다. 푸릇푸릇하게 돋은 봄날의 새싹들이 무성하게 자라 시원한 그늘을 내어 줄 때쯤, 그 아래 나란히 앉아 어깨를 기대고 있을 두 사람의 모습이 그려지는 듯하다.

그 시간이 빨리 왔으면 좋겠다. 아니다, 지금의 더디게 흐르는 시간도 좋다. 떨리게 손을 잡고, 가슴 벅차게 그녀를 안아 줄 수 있는 여름을 기다리는 것도 꽤나 설레는 일일 것 같다. 그때는 '서이재 씨'가 아니라 '이재야' 하고 부를 수 있을 것만 같다. 그냥 그런 시간이 머지않아 올 것만 같다.

❖ ✺ ❖

잠을 자는 내내 설렜던 것 같다. 이른 새벽에 눈이 떠진 것도, 그리고 세상을 마주한 순간 입꼬리가 슬쩍 올라갔던 것도 처음이다. 자면서 기분 좋은 꿈을 꾼 것도 아닌데 왠지 눈을 뜨는 순간까지도 그 감정이 고스란히 이어졌다.

"하아."

가볍게 스트레칭을 하며 서준은 침대를 박차고 일어났다. 거실로 나가면서 그는 저도 모르게 콧노래까지 흥얼거렸다.

창문에 드리우고 있는 커튼을 힘껏 열어젖히고 아직 어둠으로 물든 세상을 휘이 둘러봤다. 고요하고 평화로웠다. 띄엄띄엄 켜진 불빛들이 사랑스럽기까지 하다.

한 번 더 기지개를 켜서 온몸의 굳은 근육들을 일제히 깨워 주고 서둘러 욕실로 들어갔다.

쏴아—

떨어지는 샤워기의 물줄기 아래에서 그는 여전히 콧노래를 흥얼거리며 샤워를 했다. 설렘을 느낀다는 사실에 그는 또 설렜다. 기분이 묘하면서도 짜릿하고 기대되고. 이래저래 좋았다.

샤워를 끝낸 서준은 옷을 갈아입고 곧장 집을 나왔다. 새벽 시장을 가기엔 딱 좋은 시간이었다. 요리를 제대로 시작하고 혼자 시장을 찾았을 때랑 비슷한 감정이 느껴졌다. 그때도 지금처럼 가슴이 뛰었었다.

쿵쿵쿵쿵.

서준은 가만히 왼쪽 가슴에 손을 얹어 봤다. 리드미컬하게 뛰는 심장의 움직임이 너무나도 좋았다. 살아 있다는 걸 느끼게 해 주는 순간이었다. 누구보다 열심히, 누구보다 열정적으로 살고 있었다. 그걸 깨닫게 되는 지금, 이 얼마나 설레는 일인가.

모두가 잠든 것만 같은 시간임에도 새벽 시장은 분주하기만 했다. 이곳에만 오면 열심히 살아야겠다는 다짐 같은 게 불끈 솟는다. 서준은 부지런히 움직여 장을 보기 시작했다.

레스토랑에서 필요한 것들부터 장을 봐서 퀵으로 보내 놓고 그다음 개인적으로 장을 봤다. 이재에게 해 주고 싶은 요리를 생각하고 그에 따른 재료를 신선한 걸로 골라 담았다.

평소보다 일찍 시장에 나온 이유가 서이재였다. 그냥 일어나는 순간 이재에게 도시락을 싸 주고 싶어졌다. 잘하는 게 요리

밖에 없으니 잘하는 걸 보여 주고 싶었다.

어린아이 같지만 잘 보이고 싶은 마음이 컸다. 누군가가 좋아지면 무조건 그 사람에게 좋은 사람이 되고 싶은 것. 그게 당연한 것 아닐까.

방금 바다에서 온 것 같은 신선한 해산물을 가득 사서 집으로 돌아온 서준은 곧장 요리를 하기 시작했다. 그는 4인분 같은 1인분을 준비했다. 아무래도 집에 같이 사는 사람들이 많으니 나눠 먹으라고 넉넉히 하는 게 좋을 듯했다.

한식을 공부하면서 일식 공부도 해 둔 덕에 서준은 한식과 일식을 결합한 퓨전 요리에 강한 편이었다. 그리고 요즘도 끊임없이 연구하는 중이었다.

좋아하는 사람을 위해 음식을 하니 신이 났다. 도마 위 칼질 소리가 평소와 다르게 경쾌하기까지 했다. 그러다 문득 이재가 부담스러워하면 어쩌나 싶어 그는 양파를 썰다 말고 칼질을 멈췄다.

"오버인가?"

잠시 서서 생각을 하다 슬쩍 시간을 확인하고 이재에게 문자를 남겼다.

[일찍 눈이 떠져서 도시락을 싸다 줄까 하는데 부담스러울까요?]

평소와 다르게 변명 같은 문자다. 그러다 문자 하나를 더 보냈다.

[전적으로 서이재 씨한테 잘 보이고 싶어서 하는 일입니다.]

솔직한 마음을 꾹꾹 눌러 담아 보내 놓고 그는 다시 칼을 들었다.

Rrrrr.

이재에게서 전화가 왔다.

– 나 많이 먹어요.

이재는 대뜸 그렇게 말했다.

"넉넉히 쌀게요."

이제야 마음이 놓이는 서준이었다.

– 안 잤어요? 도시락 싸다 주고 언제 출근하려고요?

"나 사장이에요."

– 아, 맞다.

낮은 웃음소리를 끝으로 잠깐의 정적이 흘렀다. 마치 서로의 숨소리를 들으려는 듯 두 사람은 동시에 말없이 상대의 호흡에 집중했다. 서준은 잠시 칼을 손에서 내려놓고 그 짧은 시간을 만끽했다.

그녀의 볼이 맞닿아 있는 것 같은 착각이 들었다. 따뜻하고 보드라운 느낌에 스르르 눈이 감겼다.

"큰일이네요."

침묵을 먼저 깨고 서준이 입을 열었다.

– 뭐가요?

"핸드폰에서 서이재 씨 체온이 느껴지는 것 같아요. 변태 같습니까?"

– 네.

눈을 깜박이고 있는데,

– 근데 그거 나도 느꼈어요.

라며 이재가 조금은 수줍게 말했다.

"1시간이면 가요."

– 기다릴게요.

그때부터 서준은 속도를 높였다. 머릿속에 그리고 있던 것들을 뚝딱 만들어 냈다. 과일부터 샐러드까지 알차게 3단 도시락을 준비하고 옷을 갈아입었다. 아침에 입은 옷이지만 왠지 새 옷으로 갈아입고 싶었다.

거울 보는 일도, 핸드폰 보는 일도 너무 잦아졌다. 이게 다 서이재 때문이라는 걸 숨기고 싶지 않았다. 지금 누구보다 이재에게 목말라 있고 애태우고 있는 서준이었다. 그저 이름만 들어도 심장이 쿵쿵거렸다.

서이재라는 이름을 생각만 해도 웃음이 새어 나오고 눈앞에 환영처럼 그녀가 보이는 듯했다. 왜 이렇게 빠져드는 건지는 알 수가 없었다. 정말 알 수 없었다.

❖ ✖ ❖

서준은 빠른 걸음으로 이재의 집 앞으로 걸어갔다. 그리고 그 순간 대문이 스르륵 열리고 안에서 이재가 나왔다.

"어떻게 알았어요?"

"1시간 걸린다고 했잖아요."

상상했던 것과 같은 모습으로 이재가 환하게 웃었다. 꾸미지 않은 편안함이 더 예쁜 여자였다.

"예쁘네요."

"마음먹고 안 꾸민 건데?"

"예뻐요."

"진짜 반한 것 같은 얼굴이네요?"

"맞아요, 반했어요."

솔직해지자 마음먹지 않아도 절로 솔직해지게 만드는 여자였다. 그녀에게서 뿜어져 나오는 선한 영향력이 좋았다.

"피곤하지 않아요?"

"전혀."

새벽부터 정성을 다해 싼 도시락을 이재에게 건네자 가슴이 두근거렸다. 슬쩍 긴장되기도 했다.

"고마워요."

"나 요리하는 남자잖아요."

"이건 나만을 위한 거잖아요. 새벽에 일어나서 내 생각 하면서 만들었을 텐데 그것만으로도 고마워요, 난."

"서이재 씨, 말도 너무 예쁘게 하는 거 알아요?"

후훗. 이재가 살포시 미소를 지었다. 수줍게 웃는 그녀의 얼굴이 고왔다.

"맛없어도 맛있게 먹어요. 넉넉하게 했으니까 같이 먹고."

"맛은 당연히 있을 거고. 사실 안에서 다들 준비하고 기다려요."

이재가 속삭이듯이 작게 말했다.

"도시락 싸 오는 거 알고 있어요?"

"이 집에 비밀은 없어요."

"아, 그렇군."

"들어갈래요?"

"아니에요. 출근해야죠. 얼른 들어가서 먹어요."

"고마워요."

돌아서려던 이재는 다시 고개를 돌려 말했다.

"근데 도시락은 다음부터 싸지 마요. 그 시간에 잠깐이라도 더 자요. 안 그래도 일찍 일어나는데 이거 싸려고 더 일찍 일어났을 거잖아요."

"괜찮아요."

"내가 안 괜찮아요. 이렇게 싸 주고 그러면 나 버릇돼요. 그러니까 다음부터는 하지 마요. 아니다, 저녁으로 싸 줘요. 식당에서 남은 걸로."

누군가 나를 생각하면서 정성껏 싸서 온 도시락. 내용물이 무엇이든 내미는 그 네모난 도시락이 주는 의미는 상당한 거였다.

"그건 안 되죠. 어떻게 감히 이재 씨한테 남이 먹다 남긴 걸 줍니까?"

그렇게 말하며 서준이 슬쩍 한 발 다가왔다.

"감히?"

웃음이 삐져나오려는 것을 간신히 참아 내며 이재는 서준의 눈을 응시했다.

"잘하고 싶어요."

"뭘요?"

"서이재 씨와 무엇을 하든 그걸 잘하고 싶어요."

서준의 눈빛을 들여다보며 이재는 어떤 감동을 느꼈다. 그의 진심이 고스란히 묻어났다. 잘하고 싶다는 말이 무엇을 의미하는지 알 것 같았다. 그리고 이재의 마음 역시 그의 마음과 같았다.

"빠르다고 생각하지 않았으면 좋겠어요. 그게 결코 성급한 건 아니니까. 그냥 내 마음에 서이재 씨의 자리가 커지고 있다고 그렇게 믿어 줘요."

"모든 남자를 내 끔찍했던 마지막 연애와 연결 지어서 일반화시키지는 않아요."

"그러면 됐어요."

안심하듯 서준은 안도의 미소를 머금었다. 어깨에 살포시 올라간 그의 손이 머리카락을 젖히고 이재의 뺨을 어루만졌다. 그 손길이 너무 뜨거워서 하마터면 헉하고 숨을 들이마실 뻔했다.

"좀 위험했어요."

"뭐가요?"

"지금 하고 있는 터치."

여전히 뺨을 부드럽게 만지고 있던 서준의 손이 이재의 말뜻을 알아채고는 갑자기 뭔가 야릇하게 움직이기 시작했다. 거기에 그의 눈빛까지 좀 전과는 달라졌다. 고개를 비스듬히 하고는 자신의 변화를 이재가 알아차리길 기다렸다.

"위험한 거 계속하려는 거죠?"

"아마도?"

"그 눈빛도 상당히 위험한데?"

뺨을 만지던 그의 손이 점점 목덜미로 향했다. 한 손에 들어오는 이재의 가는 목덜미는 조금만 힘을 가해도 부러질 것만 같았다.

"내가 어떤 반응을 보였으면 좋겠어요?"

서준의 눈빛을 오롯이 받아내는 이재도 제법 적극적이었다.

"1번, 한 걸음 뒤로 물러나며 수줍게 고개를 돌린다."

"으음."

"2번, 고개를 왼쪽으로 살포시 돌리며 다가오는 진서준을 맞이한다."

"2번이 좋겠네요."

미소를 머금은 채로 이재는 고개를 왼쪽으로 기울였다. 서준이 이재의 눈을 응시하며 그녀에게 다가왔다.

벌어진 서준의 입술 사이로 이재의 입술이 들어왔고, 두 사람은 느긋하고 진하게 서로를 음미했다. 과하지 않은 담백하면서도 부드러운 키스였다.

고개를 돌려 방향을 바꾸지 않고 그대로 입을 맞추면서 서로에게 한 걸음 더 다가갔다. 이쯤에서 둘은 그 어떤 의문도 들지 않았다. 왜 이렇게 빠른 건지, 이래도 되는 건지 하는 스스로에게 답을 구할 수 없는 질문은 하지 않았다.

"저녁에 봅시다."

아쉬운 듯 입술을 떼고 서준은 여전히 이재의 얼굴 근처에서 머물며 말을 이었다.

"지금 이건 다섯 번에서 제외죠?"

"당연하죠."

만족스럽다는 듯이 이재가 씩 웃었다. 그 모습이 너무 사랑스러워 서준은 한 번 더 그녀의 입술에 입을 맞췄다.

"갈게요."

아쉬움이 가득한 얼굴로 서준은 잡고 있던 이재의 손을 놨다. 이재는 사랑스러운 얼굴로 서준이 가는 길을 배웅했다. 그의 모습이 보이지 않을 때까지 손을 높이 들어 세차게 흔들었다.

❖ ❈ ❖

평소보다 조금 더 바쁜 하루를 보낸 서준은 저녁때가 되자 피로가 몰려왔다. 오늘따라 유난히 단체로 오는 손님이 많았다. 이재의 문자도 바빠서 보기만 하고 답을 하지 못할 정도였다. 그게 일하는 내내 마음에 걸려서 서준은 잠깐 주방에 여유가 생긴 틈을 타 핸드폰을 들고 밖으로 나갔다.

― 많이 바빴나 봐요?

"오늘은 이상하게 그렇네요."

목소리를 들으니 피로가 날아가는 기분이었다. 정말 이 여자한테 푹 빠졌나 보다.

― 저녁은 먹었어요?

"아직."

― 남들 저녁 해 주고 정작 본인은 못 먹고. 별로다.

걱정하듯이 눈을 샐쭉하게 흘기며 말하는 이재의 표정이 눈에 보이는 듯했다.

"지금 걱정해 주는 거죠?"

― 걱정이 되네요.

"나는 서이재 씨 걱정에 좋아서 심장이 뛰네요."

별것도 아닌 일에 웃음이 나오고 미소가 번지는 게 대체 얼마 만인지 모르겠다. 누군가의 얼굴을 떠올리면 절로 웃음이 새어 나온 적이 있었던가 싶다. 이 여자가 너무 좋다. 시간이 갈수록, 하루하루가 지날수록 더 좋다.

"내가 많이 좋아한다고 말했었나요?"

― 아니요.

"서이재 씨가 정말 많이 좋습니다."

잠깐의 정적이 두 사람 사이에 흘렀다. 그 정적에 심장이 점점 박동 수를 높여 갔다. 핸드폰을 쥔 손에서 슬쩍 땀이 나는 것 같기도 했다. 그렇게 몇 초가 흘렀을까. 그래 봤자 5초도 안 됐을 것을.

- 진서준 씨. 나도 진서준 씨가 좋아요.

이재의 말에 서준은 두 눈을 질끈 감았다. 그의 입술 끝이 스르륵 올라갔다가 내려올 줄을 몰랐다.

- 밖에서 히죽거리고 있는 거 아니죠?

"그러고 있을걸요?"

- 갑자기 웃고 있는 진서준 씨가 보고 싶네.

"나도 보여 주러 가고 싶네."

어쩌면 이 여자를 만나기 위해 그동안 혼자였던 건지도 모르겠다. 그동안 스쳐 갔던 인연들은 인연이 아니라 잠깐의 기억이었을지도 모르겠다. 그 기억들도 이제는 빛바래서 떠올리려 애쓰지 않으면 생각조차 나지 않는다. 가슴이 가득 차서 터질 것처럼 부풀고 온몸이 하늘로 붕 뜬 것 같은 기분. 정말 좋다.

"셰프님!"

안에서 부르는 소리에 서준은 알겠다는 제스처를 해 보였다.

- 얼른 들어가서 일해요.

"그래야겠네요. 이따 봅시다."

- 난 지금부터 진서준 씨 반할 정도로 꾸밀 작정이니까 이따가 너무 놀라지는 마요.

"오늘 작정하고 꾸미는 겁니까?"

- 그럴 예정이에요.

"마음의 준비를 단단히 해야겠네요."

기분 좋게 통화를 끝내고 서준은 두근거리는 가슴을 손으로 지그시 누르며 안으로 들어갔다. 하지만 주방으로 들어온 지 몇 초도 지나지 않아 그의 얼굴은 굳어졌다.

"언제 오셨어?"

"조금 전에요. 셰프님 찾으셔서 잠깐 자리 비우셨다고 하니까 어머님이라고……."

라스트 오더를 받아야 할 시간에 친구분들로 보이는 중년 여성 여럿과 레스토랑을 찾은 어머니……. 정말 싫었다. 그토록 레스토랑은 나오지 말아 달라고 부탁했건만, 결국 또 어머니는 친구들까지 대동해서 찾아오고 말았다.

처음 요리를 하겠다고 했을 때 어머니 차영희 여사는 비웃음과 조롱을 내보였다. 대놓고 무시하면서 아버지 일이나 배우라고 했었다. 그깟 요리 같은 거 해서 얼마나 벌겠느냐는 무식한 말도 서슴지 않았다.

서준은 돈밖에 모르고, 돈이 세상에서 최고라 말하는 어머니가 싫었다.

어린 시절에는 분명 사랑했으리라. 엄마가 전부였고, 엄마가 이상형이었을지도 모른다. 하지만 나이가 들고 점차 어른이 돼 가면서 서준에게 어머니와 아버지는 절대 닮고 싶지 않은 사람들이 되어 버렸다.

결국, 멀어지는 아들을 잡기 위해 차 여사는 노력했지만 그 노력이라는 것도 본인이 허용한 부분까지만 해당됐다.

"알았어."

날아갔던 피로가 다시금 배로 몰려오는 듯했다.

"일단 서빙해."

"네."

홀 쪽으로 시선을 돌리자 어머니와 눈이 마주쳤다. 서준은 한숨을 내쉬고 주방 밖으로 나갔다. 테이블로 다가오는 아들을 보고도 차 여사는 모른 척하며 일행들과 수다를 이어 갔다.

"오셨어요?"

서준이 코앞으로 다가와 인사를 건네자 차 여사는 몰랐다는 듯 손사래를 쳤다.

"어머, 조용히 식사만 하고 갈랬는데."

차 여사는 상당히 뿌듯한 표정으로 서준의 손을 잡았다. 그리고 일행들에게 소개했다.

"이쪽은 우리 아들이자 여기 사장."

"안녕하세요."

"어머나, 사장이 아니라 배우네. 아들이 엄청 잘생겼다."

"그러게 무슨 사장이 이렇게 잘생겼대?"

차 여사를 비롯해 일행들은 일제히 목소리를 높였다. 역시나 반갑지 않은 손님들이다.

"식사 곧 준비해 드리겠습니다."

"천천히 해도 돼."

차 여사의 표정에서 마치 자신이 주인인 것처럼 한껏 여유를 부리는 게 느껴졌다.

"라스트 오더예요."

하지만 서준은 다른 손님들과 마찬가지로 차 여사도 손님으로 대했다. 아들이 차가운 반응에 차 여사는 잠깐 눈을 흘겼지만 이내 아무렇지 않은 척했다.

"저녁은 먹었니?"

"아직이요."

"그럼 같이 앉아서 먹자."

"아니요, 일이 아직 안 끝났어요."

"종업원들 시키면 되지 사장이 무슨……."

"그럼 식사 맛있게 하세요."

역시 차 여사에게 서준은 요리를 하는 사람이 아니라 그저 이 레스토랑의 사장일 뿐이었다. 유명해지고 인기가 많아서 돈을 잘 버는 사장, 그 이상도 이하도 아니었다.

"애가 워낙에 책임감이 강해서 맡겨도 되는 일까지 다 한다니까."

호호호호! 차 여사의 경박한 웃음소리가 레스토랑 안을 맴돌았다.

❖ ✖ ❖

차 여사는 식사 값을 지불하지 않은 채 레스토랑을 떠났고, 그 금액은 서준이 채워 넣었다. 레스토랑 뒷정리를 부탁하고 그는 서둘러 밖으로 나왔다.

멀리서 다가오는 이재를 보자 그제야 안도의 한숨이 쉬어졌다. 서준은 빠른 걸음으로 걸어가 그대로 이재를 품에 안았다.

"그렇게 반가워요?"

"그거 알아요?"

"뭘요?"

"이재 씨 보니까 숨이 쉬어져요."

그 말이 무슨 뜻인지 대충 알 것 같았다. 턱 밑까지 숨이 차오르는 고된 하루는 아니었지만 그럼에도 왠지 알 것만 같았다. 이재는 두 손으로 서준의 허리를 꽈악 안아 줬다. 그렇게 한참이나 두 사람은 숨 고르기를 했다. 지나가는 사람들의 시선 따위 아랑곳하지 않았다. 그렇게 점점 둘만의 성을 탄탄하고 견고하게 쌓아 가는 중이었다.

"오늘 바빴어요?"

"조금."

손을 맞잡고 두 사람을 걷기 시작했다.

"자신감 좀 올라갔겠는데요?"

"왜요?"

"진서준 씨 요리를 좋아하는 사람이 더 늘었다는 거잖아요."

"그렇네요."

"잘난 척 마음껏 해요, 받아 줄게요."

고심하는 척하더니 서준은 고개를 저었다.

"왜요?"

"이 정도에 만족하는 건 아닌 것 같아요. 적어도 내 매장이 뉴욕에 생기고 난 후에 해야겠어요."

"우와, 꿈이 글로벌하네."

"그래야 서이재 씨랑 결혼할 수 있지 않겠어요?"

"나랑 결혼하고 싶어요?"

"해야 한다면 서이재 씨랑 하면 좋겠다는 생각을 했어요."

"언제부터?"

"지금 이 순간부터."

"우리 아직 데이트 다섯 번도 못 했는데?"

"다섯 번 하고 나면 해야 한다면이 해야만 한다로 변하지 않겠어요?"

"상당히 단순하고 저돌적이고 매력적이네요."

"매력적이라는 말 마음에 드네요."

서준은 잡고 있던 이재의 손을 더욱 세게 잡았다. 농담인 듯 농담 같지 않은 말들을 하면서 두 사람은 자연스럽게 고깃집으로 들어갔다.

서준은 테이블에 숟가락과 젓가락을 나란히 놓고 물컵에 물을 적당히 따랐다. 그의 행동을 가만히 지켜보다가 이재는 미소를 지었다.

"되게 친절한 거 알아요?"

"내가요?"

"네."

"아마 서이재 씨한테만 그럴 거예요. 나 어디 가서 친절하다는 소리 듣는 사람 아니거든요."

잠시 고민하는 척하다가 이재는 싱긋 웃으며 대답했다.

"믿을게요."

특별히 무언가를 하지 않아도, 그 어떤 약속을 하지 않아도 왠지 믿을 수 있었다.

그냥 서준의 눈빛에서 그게 읽혀졌다. 마음을 스르르 녹이는 그의 낮고도 굵은 울림이 이재는 좋았다. 눈을 맞추고 앉아서 하루 있었던 일을 늘어놓고, 그걸 또 들어주면서 때로는 맞장구를 쳐주는 일이, 정말 별거 아닌 이런 일상이 이렇게까지 좋아질 줄은 몰랐다. 서로가 느끼는 감정은 서준도 이재도 같았다.

144

"분명 어제와 다를 거 없는 오늘이었는데 그 오늘이 나한테는 엄청나게 큰 의미로 다가오는 거 알아요?"

서준의 고백과도 같은 말에 이재는 가만히 귀를 기울였다.

"이상하죠? 똑같이 요리하고, 똑같이 손님들을 대하고, 모든 게 사실 똑같은데 그 똑같은 일상 속에서도 나는 순간순간 떨리고 웃음이 나고 그래요."

감정을 상대방에게 오롯이 늘어놓는 것도 처음이었다. 주절주절 말이 많은 남자구나 할 수도 있겠지만 이재 앞에서는 숨기고 싶은 게 전혀 없었다. 그저 있는 그대로, 느끼는 그대로 전부를 말해 주고 싶었다.

"그거 압니까?"

"뭐요?"

"이재 씨가 그렇게 보고 있으면 꼼짝할 수 없다는 거요."

테이블 위로 서준이 이재의 손을 잡았다.

"아마도 나는 서이재 씨가 싫다고 해도 끈질기게 이 손을 안 놓을 것 같아요."

"있잖아요, 그 말이 무서워야 하는데…… 나는 왜 이렇게 좋죠?"

살살 녹는 치즈케이크처럼 부드러운 눈빛으로 이재는 낮게 속삭였다.

"그 다섯 번이 사실 나한테는 별 의미가 없어졌어요."

이재는 웃는 얼굴로 서준의 다음 말을 기다렸다.

"다섯 번을 만난 후에는 지금보다 마음이 더 커져 있을 거라는 걸 알거든요."

"어떻게요?"

"그냥 그런 느낌이 와요."

서준은 잡고 있던 이재의 손을 더 세게 그러쥐었다. 그 안에 가득 찬 열기가 손가락을 타고 얼굴까지 후끈하게 올라왔다. 얼굴 구석구석을 살피는 듯한 그의 시선에 이재는 이미 한껏 달아올랐다.

하지만 지금의 연애를 욕정과도 같은 감정 따위에 흔들리게 하고 싶지 않았다. 겁이 많아지기도 했지만 잘하고 싶은 욕심 때문에 더 그랬다. 이 남자와 오래도록 이 감정으로 만나고 싶었다.

지금보다 더 짙어질 감정이 가슴 떨리게 기다려졌다. 하루하루 커지는 마음을 부인할 생각은 없었지만 그렇다고 덥석 그에게 자신을 던지고 싶지는 않았다. 짜릿한 기다림은 이재도 마찬가지였으니까.

"우리 오늘은 걷지 말고 이렇게 마주 보고 있는 걸로 하죠."

"여기서?"

"아니, 다른 곳에서."

마주 보며 웃는 사이 주문했던 음식들이 나왔다. 두 사람은 여전히 끊이지 않는 대화를 나누며 함께 그 시간을 즐겼다.

서로에게 집중할 수 있도록 자리를 옮긴 곳은 음식점 바로 옆이었다. 사실 여러 곳을 둘러볼 여유가 없었다. 한창 이성에 눈뜬 10대처럼, 단지 좀 더 성숙한 어른으로 침착함을 유지한 채 음식점을 나오자마자 보이는 커피숍으로 손을 맞잡고 들어갔다.

커피를 주문하고 둥글고 좁은 테이블을 사이에 둔 채 두 사

146

람은 눈을 맞췄다. 한동안 아무런 말도 하지 않은 채로 손가락 깍지를 낀 채로 앉아만 있었다. 그러다 마치 마음이 통하기라도 한 것처럼 동시에 씩 웃었다.

"무슨 생각 했어요?"

이재의 물음에 서준은 싱긋 웃었다.

"이재 씨는 언제부터 예뻤을까 하는 생각."

"거짓말인 거 아는데도 기분은 좋네요."

"언제부터였어요?"

"태어나는 순간부터?"

옆에서 누군가 들었다면 눈살을 찌푸렸을 것 같은 대화였지만 두 사람에게는 그 어느 때보다 달콤한 순간이었다. 보통의 연애가 다 이렇지 아니한가.

"어려서부터 친구들이에요?"

"네, 그냥 가족이에요."

"가족……."

왠지 가족이라는 단어가 서준에게는 낯설게 느껴졌다.

"생리대 없으면 구시렁거리면서도 나가서 사다 주고, 밖에서 맞고 들어오면 눈에서 불꽃이 확 일어서 당장 쫓아가서 앙갚음해 주고, 맛있는 거 먹으면 다음에 같이 와서 먹어야지 하면서 제일 먼저 생각나고."

그 말을 하는 이재의 표정에 애정이 가득했다.

"다른 사람 앞에서는 하지 못하는 것도 전부 다 할 수 있고. 떼쓰고 지랄을 해도 전혀 쪽팔리지 않은. 나한테 재헌이랑 진이는 그런 사람들이에요. 그냥 가족."

"그런 친구들이 있다는 게 부럽네요."

"코흘리개 때부터 부모님들까지 전부 알아서 친구라고 말하는 게 사실 더 어색한 애들이에요. 내가 지금까지 웃으면서 살 수 있었던 건 다 걔들 덕분이거든요."

이재는 추억에 잠기듯 입술을 늘어뜨리며 어린 시절 얘기를 서준에게 들려줬다. 놀이터에서 재헌이 맞고 들어온 날, 싸움을 하기도 전부터 무서워서 벌벌 떠는 진이를 뒤에 달고 그 놀이터로 달려가서 놀고 있던 동네 오빠들을 흠씬 두들겨 패 준 일, 학교 끝나면 셋이 쪼르르 달려가 문방구 앞에서 오락하던 일, 학교 소풍 날 보물찾기를 하는데 진이가 하나도 못 찾아서 재헌과 둘이 눈에 불을 켜고 찾았던 일. 그리고.

"사고로 한날한시에 부모님을 잃었을 때 재헌이랑 진이가 날 지켜 줬어요. 다른 생각 못 하게 옆에서 먹고 자면서."

"그게 몇 살 때였는지 물어도 돼요?"

조심스럽게 묻는 서준에게 이재는 아무렇지 않은 듯 어깨를 으쓱하며 대답했다.

"열여덟 여름. 이제 10년 좀 넘었네요."

잠깐 동안 서준은 멍해졌다. 그리고 이재를 위로했다.

"많이 힘들었겠다."

한 번 더 서준은 이재의 손을 꽉 움켜잡았다.

"무서웠어요."

이재는 그때의 기억들이 떠올라 잠시 눈을 감았다가 떴다.

"내가 이러다 죽을까 봐 나도 무섭더라고요. 발아래 아무것도 없는 것 같아서 꼼짝도 할 수가 없었어요, 그때는."

"좋은 것만 기억해요. 힘든 기억은 애써 꺼내려고 하지 마요."

서준은 진심으로 안쓰러운 얼굴을 하고 있었다. 어떻게 해줄 수 없는 일임에도 그는 마음으로 아파했다.

　"갑자기 좀 놀랐죠?"

　서준이 고개를 저었다.

　"나는 놀랐어요. 이런 얘기를 왜 진서준 씨한테 하는 건지 모르겠네요. 그것도 뜬금없이 불쑥."

　이재는 겸연쩍은 듯이 웃었다. 오래도록 만났던 사람에게도 입 밖으로 꺼내지 않던 얘기였다. 꺼내는 순간 아팠던 기억이 되살아나서 이재는 일부러 떠오르려는 기억을 억눌렀었다. 그런데 정말 불쑥 튀어나왔다.

　"그렇게 보니까 그렇죠."

　"어떻게 봤는데요?"

　"다 말해도 되는 것 같은 눈으로."

　이재의 투정에 서준은 가만히 입술을 늘어뜨렸다.

　"내가 서준 씨한테 빠지기는 했나 보다. 이렇게 무장 해제시키는 거 보면."

　"내가 나도 모르는 상당한 능력을 갖고 있었네요."

　"나로 인해 발견하는 능력이 앞으로도 많을 거예요."

　훗. 서준의 짧은 웃음에 이재는 마음이 차분하게 내려앉는 걸 느꼈다. 안도, 바로 그거였다. 이 사람과 있으면 마음이 편안했다. 그러면서 동시에 발가락 끝에서부터 저릿저릿한 전율이 느껴지기도 했지만 어쨌든 차마 나조차 인정하지 못했던 일들까지도 전부 말해도 될 것만 같았다.

　"다섯 번, 그냥 없앨까요?"

　"그러고 싶어요?"

"그래도 될 것 같아요."

"오늘 밤만 지내 보고 내일도 같은 생각이면 확 없애 버립시다."

"오늘 밤은 왜요?"

이재의 입꼬리가 야릇하게 웃음을 머금으며 되물었다.

"배려라고 합시다."

"응?"

"사실 나는 처음부터 다섯 번의 의미가 없었는데 서이재 씨가 주춤하는 것 같아서 기다리고 있는 중이거든요."

"내가요?"

미간을 좁히며 이재가 물었다.

"처음부터 자고 싶다고 하면 날 쓰레기로 볼 거고……."

"이제 좀 솔직해지네요."

"안고 싶었어요. 처음 본 순간부터."

"나는 상상했어요. 처음 본 순간부터."

"뭘?"

"진서준 씨한테 안기면 어떤 느낌일지."

둘 사이를 오고 가는 눈빛이 제법 끈적해졌다. 서로에게 집중하고 있는 순간 주변의 소음은 아무런 방해도 되지 않았다. 테이블 아래 두 사람의 발이 서로를 건드리며 얘기의 야릇함을 대변했다.

"그렇다고 본능에만 충실한 만남을 추구하지는 않아요."

"서이재 씨를 상대로 그건 내가 안 합니다."

"오늘까지는 건전하게 갈까요?"

"그러는 게 좋겠어요?"

"좋지는 않겠지만 그래야 할 것 같아요."

"그럼 그렇게 하는 걸로 합시다."

결연에 찬 눈빛으로 서준은 한마디 덧붙였다.

"대신 다음 만남은 오늘보다는 훨씬 더 가까울 겁니다."

"그렇겠죠."

마치 다음 만남에서 어떻게 할지를 예고하듯 두 사람은 단호한 눈빛을 주고받았다. 그러고는 이내 웃음이 터져 까르르 웃어 버렸다.

5.
시작은 핑크빛

밖에서 들리는 소란스러움에 이재는 힘겹게 눈을 떴다. 소리만으로도 재헌이 꽤나 열이 받았다는 걸 알 수 있었다.

무릎까지 올라간 잠옷 바지를 발목으로 끌어 내리며 이재는 방문을 열고 밖으로 나왔다. 거실에는 마당에 있는 무언가를 구경하는 진이만 보였다.

"뭐야?"

"빨리 와서 구경해."

진이는 손을 휘저으며 이재를 재촉했다. 눈을 비비며 진이 옆으로 가자 마당에서 이불을 들고 있는 재헌과 거의 발가벗고 있는 유이가 보였다.

"둘이 아침부터 뭐 하는 거야?"

"싸움."

"어?"

"재헌이가 유이 옷 입은 거 보고 식겁해서는 담요 들고 와서 입으라고 난리 치고 유이는 태연하게 싫다고 버티는 중."

"유이 쟤는 왜 저렇게 벗고 있는 건데?"

"운동한다고."

"무슨 운동을 저렇게 벗고 해?"

"저렇게 입어야 사람들이 쳐다본대."

"저렇게 입고 밖으로 나가서 운동을 하려고 했다고?"

속옷과 다름없는, 사실 속옷인지 아닌지도 분간이 되지 않는 가슴만 덮는 탑과 팬티처럼 꽉 끼는 반바지를 입고 유이는 재헌과 대치 중이었다.

"설마 나가려고 했겠어?"

"그럼?"

"재헌이가 펄쩍 뛰니까 놀려 주려고 더 저러는 거겠지. 저렇게 입고 어떻게 밖을 나가니?"

"이유이잖아."

이재의 태연한 반응에 지금까지 쭉 지켜보고 있던 진이가 정신이 번쩍 들었는지 놀라서 마당으로 뛰쳐나갔다.

"너 진짜 이러고 밖을 나가려고 했어?"

"이모까지 왜 이래?"

"재헌아, 얘 잡아!"

이젠 재헌과 진이 둘이 유이에게 달려들었다. 그 바람에 마당은 더 시끄러워졌다.

"한시도 조용할 틈이 없구나. 아, 배고파. 얘들아, 모닝 라면 할까?"

"잡아!"

"이쪽이야!"

"더워! 덥단 말이야!"

마당에서 들리는 전쟁과도 같은 소음을 문을 닫아 막아 내고 이재는 유유히 주방으로 들어갔다. 아무래도 힘을 썼으니 넉넉하게 다섯 개는 삶아야겠다.

"여섯 개 삶을까?"

심각한 고민을 하듯 미간까지 찡그리며 고민하다 이재는 결국 여섯 봉지를 꺼냈다. 콧노래를 흥얼거리며 이재는 냄비에 물을 받고 냉장고에서 김치를 꺼냈다.

앞 접시 네 개를 꺼내 식탁에 세팅하는데 문득 세 개였던 앞 접시가 어느새 네 개가 된 게 놀랍고 신기했다. 다시 돌아가라고 그렇게 매일 잔소리를 해 대면서도 유이는 벌써 가족이 돼 있었다.

한창 먹을 나이라며 고기를 살 때도 한 근은 더 사고 쌀도 넉넉하게 채워 넣었다. 중간중간 간식 먹을 걸 생각해서 간식 창고는 과자와 빵 같은 주전부리들로 가득해졌다. 이 집이 점점 온기로 가득 차고 있다는 게 새삼 감사하기도 했다.

"아침부터 몸 풀었더니 배고프다."

씩씩거리며 들어올 줄 알았던 유이는 환해진 얼굴로 주방으로 들어와 물을 벌컥벌컥 마셨다.

"라면 끓여?"

"어. 너는 밥 줘?"

"밥도 주고 라면도 주고. 내가 아직 한창 클 때잖아."

"재헌이랑 진이 쓰러진 거 아니지?"

"마당에서 열 식혀."

아무 일 없었던 것처럼 유이는 태연하게 대답했다. 그러고는
식탁 의자를 빼서 걸터앉으며 유이는 손으로 턱받침을 하고 동
글동글한 눈을 굴려 댔다.

"뭐?"

"이모."

"난 왜 네가 사근사근하게 이모 하고 부르면 등골이 서늘해
지냐."

"그 아저씨 잘해?"

"잘하는 중이야."

"그래?"

유이가 뭔가 엉큼한 눈빛을 해 보이며 씩 웃었다. 그 미소의
진위를 파악하느라 이재는 눈을 가늘게 뜨고 한참이나 유이를
노려봤다.

"너 설마 내가 생각하는 그 뜻으로 물어본 건 아니지?"

"응? 이모가 생각하는 그 뜻이 무슨 뜻인데?"

"유이야."

"어, 이모."

이재는 유이 맞은편에 앉아 두 손으로 유이의 손을 끌어다
꼭 잡았다. 그리고 눈을 맞추며 세상 더없는 너그럽고 자상한
이모의 모습으로 말을 했다.

"너는 참 예쁘고 순수해."

"내가?"

"그럼, 너는 그냥 네 나이만으로도 그 어려운 걸 해낸 거야."

"그래?"

"이 이모는 너의 그 나이가 참 많이 부럽단다."

"그렇긴 하겠다."

이해한다는 얼굴로 고개를 끄덕이는 유이를 향해 꼭 잡고 있던 손이 튀어 나가려고 했지만 이재는 발바닥에 힘을 주며 겨우 참아 냈다.

"그러니까 이모가 하고 싶은 말은……."

"내 나이에 맞게 예쁘고 순수한 생각만 하고 예쁘고 순수하게 행동해라, 그거지?"

"그렇지!"

이재는 척척 알아듣는 유이의 명석함을 칭찬하듯 환하게 웃었다.

"이모."

"응?"

"나 안 순수해."

"어?"

"나 내일모레면 스물이야."

"그래서?"

"며칠 전까지도 성에 개방적인 외국에서 살다 왔어. 이모보다 내가 더 많은 걸 알고 있을 거란 생각은 안 해 봤어?"

"……뭐?"

이재는 그때부터 사고가 끊기기 시작했다. 아무 생각도 안 나고 아무 말도 떠오르지 않았다.

"이모는 참 맑고 순수해."

유이는 입을 굳게 다물고 무언가를 알겠다는 듯 안쓰럽다는 시선으로 고개를 끄덕였다.

"혹시 모르는 게 있거나 더 알고 싶은 게 있으면 언제든 날 찾아. 내가 이모의 멘토가 되어 줄게."

"무슨 멘토?"

갑자기 유이가 음흉한 미소를 지었다. 이재는 단번에 미소의
의미를 파악하고 유이의 등짝을 한 대 짝 소리가 나도록 때렸
다.

"아!"

기가 막히고 코가 막혀서 말이 안 나온다. 어떻게 저 맑고 고
운 눈을 가진 아이가 저런 사악한 미소를 지을 수 있는 걸까.

"이모?"

그제야 유이는 이재의 눈치를 살폈다. 이재는 눈으로 무시무
시한 경고를 날려 줬다. 입을 삐죽거리기는 했지만 그래도 알
아는 들은 모양이었다.

"물 끓어."

"맞다."

이재는 자리를 박차고 일어나 가스레인지 앞에 섰다. 그리고
기계적으로 라면 여섯 봉지를 뜯어 차례로 끓는 물에 넣었다.
여전히 사고는 정지한 상태였다.

❖ ✖ ❖

여전히 넋이 반은 나간 것 같은 얼굴로 이재는 서준에게 낮
에 있었던 일에 대해 설명했다. 말을 하면서도 믿을 수 없는 일
을 겪은 사람처럼 하, 하고 탄식과도 같은 한숨을 연거푸 내뱉
었다.

"상당히 조숙한 친구네요."

"조숙한……. 그렇죠. 조숙하죠."

이재는 한숨을 푸욱 내쉬었다. 그런 이재가 귀여웠는지 서준은 옆에서 웃었다.

"잘 지켜봐요. 만만하지 않은 친구 같으니까."

"만만한 게 아니라 아주 무서운 애라니까요. 진짜 제대로 감시 안 하면 큰일 나겠어요. 근데 가만히 있을 우리가 아니죠. 절대 그렇게 되게 안 둬요, 우리가."

이재는 주먹까지 불끈 쥐며 다짐했다. 가만히 보고 있는 것만으로도 서이재는 참 즐거운 여자였다.

"나는 내가 지금까지 상당히 진취적이고 개방적인 사고를 가졌고, 그래서 연애도 그렇게 했다고 생각했거든요?"

"그런데요?"

"아니었던 것 같아요. 잠시 내 연애의 흔적들을 돌아보게 만들었어요."

"나랑 같이 돌아보자는 말은 하지 마요. 어떤 연애를 했든지 질투 날 거 같으니까."

"서준 씨의 연애는 어땠어요?"

서준은 어깨를 으쓱하며 별거 없다는 시늉을 했다.

"우리의 연애는 어떨까요?"

"핑크빛이겠죠."

자신만만한 서준의 미소에 이재는 앞으로의 연애가 문득 궁금해졌다. 서준은 이재의 손을 잡으며 자리에서 일어났다.

"갑시다."

"어디를요?"

"좀 더 어둡고 은밀한 곳으로."

서준은 이재의 허리를 손으로 감싸 안았다. 허리에 닿은 서준의 손이 용암처럼 뜨겁다. 한낮에 느꼈던 공기보다 훨씬 더.

"올여름이 더 더운 거 같지 않아요?"

"종일 실내에서 일하니까 난 그걸 잘 모르겠더라고요. 주방은 여름에는 당연히 덥고 겨울에도 더운 곳이니까."

"안쓰러워."

"그 덕에 돈을 버니까 뭐."

"그럼 오늘은 진서준 씨가 사요."

두 사람은 나란히 발을 맞춰 걸었다. 후덥지근한 공기가 뺨에 닿아도 개의치 않았다. 시선 안에 닿는 건 오로지 서로의 눈빛이었다. 만나면 다른 게 먼저 떠오르는 건 마찬가지였다.

서로를 안고 서로의 몸을 탐닉하며 서로의 체온을 온전히 느끼고 싶었다. 이렇게까지 망설이고 뜸을 들인 건 처음이었다.

어른의 연애는 보통 몸이 이끄는 대로 움직이는 게 먼저였다. 그걸 누구도 헐뜯거나 탓하지 않는다. 하지만 이 연애만큼은 좀 더 신중하고 진지하고 싶어진다. 어쩌면 마지막일 수 있는, 인생의 가장 중요한 순간일 수 있을 테니까.

"우리 오늘로 몇 번째죠?"

서준이 가늘게 눈을 뜨고 이재를 흘겨봤다.

"사실 몇 번째인지 기억이 잘 안 나요. 하루에도 몇 번씩 만나고 또 만났는데 그게 횟수에 안 들어가기도 하고."

"그래서요?"

"우리 그냥……."

결국 이재는 먼저 속마음을 꺼내 보이려고 했다.

"끝냅시다."

먼저 확실한 매듭을 짓는 건 서준이었다.

"정말?"

"내 마음은 처음이나 지금이나 확실해요. 그리고 이재 씨도 그런 것 같고. 아닙니까?"

이재는 뜸을 들이다 고개를 끄덕였다.

"그럼 이제 다섯 번 만나는 건 없는 겁니다."

"좋아요."

"진짜 연애 시작하는 걸 축하합시다."

"어떻게요?"

"이렇게."

길을 걷다 갑자기 서준은 멋대로 이재를 향해 돌아섰다. 그리고 그대로 이재의 입술을 부드럽게 훔쳤다. 지나가는 사람들의 시선은 안중에도 없었다. 귓가에 들리는 수군거림도 더는 들리지 않았다. 모든 세포들이 서준에게만, 그리고 이재에게만 집중하기 시작했다.

입안으로 들어오는 서준의 혀는 젠틀했다. 교향곡에 맞춰 춤을 추듯이 은밀하게 안을 살피기 시작했다. 목덜미와 얼굴을 감싼 그의 손은 더할 나위 없이 부드러웠다. 집 앞에서 했던 키스보다 더 친밀하고 더 끈적였다.

치아를 건드리며 지나가던 혀가 그녀의 목젖 근처에서 서성거렸다. 더 깊이, 더 집요하게 감싸며 들어왔다. 숨을 쉴 수 있는 여유가 없었다. 발끝까지 건드리는 것처럼 자극적이었다. 뺨에 닿은 손바닥이 뜨겁게 달구어지는 사이, 어느새 이재는 서준의 키스에 안달 난 아이처럼 발끝을 들고 말았다.

"갈래요?"

이성의 끈을 살짝 놓친 그 순간, 서준이 이재의 입술 위에서 호흡하며 말했다.

"보는 시선이 꽤 많은데."

"응?"

그제야 이재는 눈을 뜨고 주변을 돌아봤다. 길 한복판에서 당장이라도 옷을 벗을 것처럼 헐떡이며 포개져 있는 두 사람을 사람들은 아예 발걸음을 멈추고 바라보고 있었다.

"어디로든 가야 할 것 같은데요?"

정신이 번쩍 들어서 이재는 서둘러 서준의 손을 잡았다. 두 사람은 빠른 걸음으로 그곳을 빠져나오기 시작했다.

"이유이 같았어요."

"쪽팔린다고 하죠, 이럴 때."

두 사람은 큰 소리로 웃어 댔다. 감정대로, 내키는 대로 행동하고 말았다. 어릴 때나 하던 짓인데 그걸 나이 먹어서 해 버렸다. 우습고 어이없지만 그럼에도 꽤나 짜릿했다.

"잊지 못할 키스가 될 것 같네요. 짧지만 강렬한 키스."

"짧지만 강렬한 첫 키스."

서준의 말에 이재는 미간을 좁히며 고개를 기울였다.

"연인이 된 후로 공식적으로 한 첫 키스니까."

서준의 능글맞은 대답에 이재는 한 번 더 웃어 버렸다. 이 남자와 있으면 웃을 일이 많아진다. 그게 참 즐겁다.

❖ ✖ ❖

쾌적하고 조금은 선뜻한 기분이 들던 서늘한 시트 위에서 이재는 나신이 된 서준을 두 눈에 담았다. 서준은 옷을 벗으면서도 시선을 이재에게서 단 한 번도 떼지 않았다. 그의 시선을 오롯이 받아 내면서 이재는 숨죽였다.

그가 성큼 자신에게 다가오자 가슴이 간질간질했다. 그는 짓궂은 미소를 머금고 그녀와 눈을 맞추며 그가 천천히 손을 움직이기 시작했다. 이재의 셔츠를 벗겨 내면서도 서준의 시선은 그녀의 눈동자에 머물렀다.

손길은 부드러웠고 눈빛은 사뭇 진지했다. 서준의 호흡이 이재의 인중에 내려앉았다. 그의 얼굴이 점차 이재의 얼굴 가까이 내려왔다. 어느새 가슴은 그의 손길에 자유로워진 후였다.

"내가 이 순간을 얼마나 원했는지 압니까?"

"얼마나 원했는데요?"

바쁘게 움직이는 손과 달리 그의 목소리는 느릿느릿 감미로웠다.

"나조차 믿기 어려울 만큼."

"언제부터요?"

"당신을 처음 본 순간부터."

"인내심이 대단한데요?"

스르르, 마지막 남은 팬티가 서준의 손길에 벗겨졌다. 그는 손으로 허벅지를 매만지며 이재의 반응을 기다렸다. 이재는 아랫입술을 지그시 깨물었고 서준은 그런 그녀의 얼굴을 손으로 감쌌다.

"아름답다고 말했었나요?"

"못 들은 것 같은데요?"

호흡을 조절하며 겨우 말을 이었다. 서늘한 공기에 한기가 느껴졌지만 금세 서준의 몸이 따뜻하게 몸을 데워 줬다.

단단하게 부푼 서준의 그것이 이재의 허벅지 사이를 파고들었다. 서준은 조바심 내지 않고 배려하듯이 움직였다. 서두르지 않는 그가 이재는 좋았다. 자신의 욕망만 채우는 것이 아니라 같이 즐길 수 있을 것 같았다. 그것만으로도 이미 오늘 밤에 대한 기대감은 충분했다.

"아프지 않게 할게요."

어떤 의미에서건 마음에 드는 말이었다. 그는 장거리 달리기를 하는 사람처럼 준비 운동을 철저히 했다. 이재의 몸 구석구석을 탐험하려는 듯이 그의 얼굴이 점차 아래로 내려갔다.

목덜미를 지나 가슴으로 내려간 입술은 오랫동안 굶주린 이재의 젖꼭지에 촉촉한 단비를 내려 주었다. 순식간에 짜릿함이 다리를 타고 올라왔다. 이재는 한 번 더 입술을 깨물어야 했다. 하지만 눈은 감지 않았다. 달빛에 어우러진 서준이 보고 싶었다.

"하아."

낮은 신음을 터트리며 이재는 서준의 머리칼 속에 손가락을 집어넣었다. 그러면서 그의 안으로 더욱 단단히 들어가기 위해 손에 힘을 줬다.

입안 가득 들어가 춤을 추기 시작한 젖꼭지는 새로운 쾌락을 선사했다. 그리고 서준에 의해 완전히 정복당한 아랫부분은 이미 어서 들어오라며 활짝 문을 열고 그를 기다렸다.

이재의 손가락이 머리카락 속을 헤엄치듯이 유유히 돌아다녔다. 하지만 얼마 지나지 않아 그런 여유를 부릴 수가 없었다. 허리를 타고 올라오는 짜릿한 전율에 그녀는 긴장하듯이 잔뜩 몸에 힘을 줬다.

"아웃!"

그의 커다란 물건이 이재의 안으로 들어오자 두 사람은 하나가 됐다. 이재는 얼굴을 들어 올리며 스스로조차 낯선 비명을 질러 댔고, 서준은 물고 있던 젖꼭지를 치아 사이로 밀어 넣었다.

서준은 규칙적으로 움직이며 이재의 반응에 귀를 기울였다. 아파하지는 않는지, 싫어하지는 않는지.

달콤하면서도 황홀했고, 눈을 뜨고 싶었지만 뜰 수가 없었다. 그는 어둠 속에서도 그녀의 표정을 살피느라 한 시도 눈을 떼지 않고 있었다.

다행히도 이재의 얼굴은 고통으로 일그러지지는 않았다. 눈을 뜨고 자신의 위에 있는 서준을 보면서 그녀는 예쁜 미소를 지어 보였다.

"서이재……."

숨을 내뱉듯 그의 입에서 이재의 이름이 흘러나왔다. 이재는 두 손으로 서준의 목덜미를 힘껏 감았다. 그리고 그의 어깨를 깨물었다.

"흐읏……."

뜻을 알 수 없는 기괴한 소리가 이재와 서준의 입에서 나왔다. 두 사람은 점점 합을 맞추며 달려갔다. 끝이 보인다 싶을 때 서준이 이재의 입술을 찾아 내려왔다. 절박함이 느껴질 정도로 다급하게 키스를 하며 두 사람은 끊임없이 움직였다.

어느새 서준의 등이 땀으로 흥건해졌다. 몸이 분리되는 것처럼 아래위가 다른 감정으로 들끓었다. 발바닥에 잔뜩 힘이 들어가고 아랫부분은 뜨거워졌다.

다른 건 아무것도 생각나지 않았다. 더는 버틸 수 없을 것만
같았다. 서준에게 악착같이 매달리며 이재는 입안에 들어온 그
의 혀를 아프지 않게 깨물었다. 서준은 얼른 물린 혀를 빼내고
그녀의 입속마저 정복해 나갔다.

숨을 쉴 수 없을 것 같았다. 하지만 괴롭지는 않았다. 서준이
느끼는 걸 오롯이 느낄 수 있다는 것만으로도 좋았다. 그 어떤
의심도 들지 않는 순간이었다.

점차 서준의 몸짓이 격렬해졌다. 이재는 숨을 헐떡이기 시작
했다. 숨이 멎을 것 같은 쾌락이 온몸을 엄습해 왔다.

"아……!"

결국 먼저 항복한 건 이재였다. 그리고 곧바로 서준도 이재
의 가슴 위로 얼굴을 묻으며 쓰러졌다. 그의 사정에 허리 부분
이 축축하게 젖어 왔다.

이 사람이 내 운명이구나. 이 사람이 내 하나뿐인 사람이구
나.

전부일 것만 같고 영원할 것만 같았다. 그 순간을 느낄 수 있
어서 그게 또 그렇게 좋았다.

서로의 눈을 보면서 같은 감정으로 행복해했다. 말은 필요
없었다. 그저 서로를 꼭 닮은 눈빛만으로도 모든 게 설명됐다.
만족스럽고 행복한 시간이 그렇게 흘러가고 있었다.

❖ ✖ ❖

한바탕 꿈처럼 황홀한 순간을 만끽한 두 사람은 늦은 시간

찾아온 허기에 냉장고를 뒤져 가장 간단하면서도 빠르게 할 수 있는 파스타를 만들었다. 재료를 다듬는 서준의 앞에서 이재는 재잘거리며 토마토를 입에 넣었다.

"요리하는 남자 섹시하다고 생각했는데 그 남자가 내 남자라 뭔가 세상을 다 가진 것 같고 승자가 된 기분이에요."

"너무 과찬의 말인데요?"

"서준 씨 섹시해요."

"토마토를 그렇게 먹으면서 그런 말을 하는 이재 씨가 더 섹시한 거 압니까?"

"그래요?"

이재는 일부러 게슴츠레한 눈빛으로 보란 듯이 혀를 날름거리며 토마토를 입에 넣었다.

"파스타는 내일 먹을까요?"

서준이 들고 있던 칼을 도마 위에 내려놓고 손을 스윽 셔츠에 닦으며 이재에게로 가까이 다가왔다. 이재는 깔깔깔 웃으며 손사래를 쳤다.

"방금 상당히 위험했습니다, 서이재 씨."

"미안해요, 안 그럴게요. 나 진짜 배고파요."

다시 요리를 시작하는 서준에게 이재는 이런저런 소소한 것들을 얘기하기 시작했다. 그러면 서준은 중간중간 고개를 끄덕이거나 추임새를 넣으며 그녀와의 대화에 귀를 기울여 줬다. 새벽 시간에 남자 집에서 그 남자의 셔츠를 입고 그 남자가 해주는 요리를 기다리며 얘기를 한다는 것. 뭔가 꿈같은 일이다.

"왜 이제야 나타났어요?"

"응?"

"더 일찍 나타나지."

혼잣말처럼, 그러나 서준에게 들리도록 이재는 제 마음을 말했다.

"대신 앞으로는 서이재 씨 혼자 두고 어디 안 갈게요."

"정말?"

"가라고 해도 안 가요."

그의 눈빛이 흔들림 없이 이재를 바라봤다. 이재는 고개를 끄덕였다. 장난처럼 한 말이지만 믿고 싶었다. 절대 곁을 떠나지 않을 것 같은, 언제까지나 옆에 있어 줄 것만 같은, 그랬으면 하는 사람을 만났다.

"먹어 볼래요?"

서준은 알맞게 익은 면을 이재의 입에 넣어 줬다.

"딱 좋아요."

만족스럽게 웃는 이재를 보면서 서준은 속이 뜨거워지는 걸 느꼈다. 앞으로 하는 모든 요리를 맛보여 주고 싶고, 모든 순간을 더 절실하게 이 여자와 함께하고 싶어졌다. 거짓 없이, 의심 없이 웃어 주는 이 여자를 위해서라면 무엇이라도 할 수 있을 것 같았다.

❈ ✱ ❈

둘이 함께 보낸 첫 밤이 지나고 두 사람의 오늘은 어제와 분명 달라졌다. 어제보다 더 가까워졌고, 어제보다 더 애틋해졌다. 서로에게 좀 더 편하게 기댈 수 있는 끈끈함이 생겼다.

"오늘 취재 간다고 하지 않았어요?"

"그래서 전화 안 했어요?"

"방해될까 봐 못 한 거죠."

레스토랑 영업이 끝난 후 서준은 늦게까지 서류 작업을 해야만 했다. 주방에 새로 들일 냉장고 견적을 보고, 직원들에게 나눠 줄 보너스도 계산하면서 그는 나름대로 머리 아프게 계산기를 두드렸다.

겨우 정리를 끝내 놓고 레스토랑 문을 닫고 나오자 밖에서 기다리고 있는 이재를 발견했다. 조금 전까지 어깨를 짓누르던 피곤이 날아가는 것 같았다.

손을 꼭 맞잡고 두 사람은 계단을 내려왔다.

"내일로 미뤄졌어요."

"그럼 진즉에 전화하죠."

"기다리니까 이렇게 보는데 뭐."

"그래도 더 일찍 볼 수 있었잖아요."

"오늘은 더 늦게까지 보면 되죠."

이재의 말에 서준은 야릇한 시선을 해 보였다.

"안 들어가도 되죠?"

"엄청난 상상들을 하며 진이는 얼굴을 붉힐 거고 재헌이는 욕을 해 대겠지만, 이제 곧 서른인데 굳이 허락을 받고 그래야 할까요?"

대수롭지 않다는 듯이 이재는 가볍게 어깨를 으쓱했다. 말이 끝나기 무섭게 서준은 이재의 어깨를 단단히 감싸 안고 빠르게 걸음을 옮기기 시작했다.

"왜 이렇게 빨리 걸어요?"

"빨리 안으려고요."

"그럼 뭘까요?"

두 사람은 시선을 교환하고는 정말 손을 잡고 달리기 시작했다. 후덥지근한 공기를 가르며 여름밤을 달리는 두 사람에게서 향긋한 샴푸 향이 나는 듯했다.

머리카락 속을 파고드는 여름밤의 향이 달콤했다. 이렇게 손을 잡은 채로 달리면 어디든지 갈 수 있을 것 같았다. 지금처럼 진서준이라면, 서이재라면 어디라도 좋을 것 같았다.

❖ ✖ ❖

처음의 설렘이나 떨림, 뭐 그런 시작하는 연인들에게서 보이는 감정들은 이미 두 사람에게 옅어진 지 오래였다. 서로의 감정에 충실한 채로 본능적으로 움직이는 게 최선이었다. 감정에 솔직한, 그리고 그보다 본능에 먼저 반응하는 연인인 이재와 서준은 서로를 안느라 분주했다.

"하아."

이재의 등이 현관문에 부딪혔다. 무언가 뒤에서 몸을 받쳐 준다는 사실에 이재는 마음껏 서준을 받아들였다. 만남의 목적이 사랑을 나누는 게 될 때가 있을 만큼 두 사람은 황홀함에 흠뻑 취해 있었다. 지금껏 만났던 그 누구보다 부족함 없이 완벽하게 잘 맞았다.

"아까부터 이 단추가 얼마나 풀고 싶었는지 알아요?"

거친 호흡을 내뱉으며 서준이 이재의 귀에 대고 말했다.

"안달 나게 하려고 입은 거예요."

서준의 입술을 찾아 고개를 돌리며 이재는 들릴 듯 말 듯 속삭였다. 서준은 웃으며 그녀의 입술을 집어삼켰다. 이미 뜨겁게 달아오른 둘의 호흡에 주변 공기마저 달궈졌다. 현관 센서 등이 꺼졌다 켜지기를 반복했다.

단추를 다 푼 서준은 블라우스를 발아래로 떨어뜨리고 이재를 번쩍 안아 올렸다. 서준에게 몸을 맡긴 채로 이재는 그의 목을 두 팔로 감싸 안았다. 침실로 걸어가면서 서준이 이재의 입술을 다시 찾아 더듬거렸다.

은은하게 퍼지는 그의 냄새에 이재는 기분이 좋아졌다. 이미 그에게, 그의 냄새에 중독된 듯했다.

"사랑해요."

거친 숨을 몰아쉬며 이재가 먼저 고백해 버리고 말았다. 누가 먼저 해도 상관없는 말이었다. 그의 키스에 저절로 마음이 열려 버렸다.

사랑이 듬뿍 담긴 사랑스러운 눈길로 바라보며 맛있는 걸 입에 넣어 주던 서준을 볼 때도 그렇게 말하고 싶었다. 손을 잡고 집까지 데려다주던 밤에도 말하고 싶었다. 어쩌면 서준을 처음 본 순간부터 말하고 싶었던 건지도 모르겠다.

"한 번 더."

서준의 입술이 이재의 목에 내려앉으며 감미롭게 말했다.

"사랑해요, 진서준 씨."

어느새 실오라기 하나 걸치지 않은 몸으로 이재는 서준의 아래에서 짓눌린 채로 그에게 사랑을 고백하고 있었다.

"사랑해, 서이재."

어렴풋이 서준의 고백이 들렸다. 목덜미에 입을 맞추며, 아니, 그보다 더 아래로 내려가면서 그가 분명 그렇게 말했다.

"한 번 더요."

이재는 한 번 더 서준의 고백을 듣고 싶었다. 서준은 가슴으로 입술을 내리며 젖꼭지를 물기 직전 이재가 들을 수 있도록 말해 주었다.

"사랑해, 아주 많이."

웃음을 가득 머금고 이재는 고개를 뒤로 젖혔다. 서서히 서준의 몸놀림이 빨라지고 있었다. 그와 같이 호흡하기 위해 이재도 심호흡을 했다. 안으로 밀고 들어오는 그는 춤을 추듯이 유연했고 그러면서 재빨랐다.

"아."

짧은 비명과도 같은 소리가 이재의 입술을 가르고 터져 나왔다. 서준은 더는 늦추지 않고 안을 차지했다. 서준으로 가득 들어찬 이재는 만족스럽게 아랫입술을 깨물었다.

그가 들어온 지금 이 순간이 이재는 너무 좋았다. 하나가 된 것 같은 느낌이 좋았다. 그의 길고도 격한 움직임이 좋았다. 짜릿했고 감동적이었다.

그는 분명 격하게 움직이고 있었지만 세세하게 이재를 배려했다. 자신의 무게를 감당하지 못할까 싶어 입을 맞추면서도 한 손으로 침대를 짚으며 무게를 나누려 했고, 키스를 하면서도 적절하게 숨을 쉴 수 있게 해 줬다.

분명 계산된 행동은 아니었다. 의심하지는 않았다. 그는 분명 취해 있었고, 충분히 달아올라 있었다. 사랑하는 사람을 위한 서준의 본능적인 배려인 거였다.

사랑받고 있구나, 절로 느끼게 해 줬다. 그래서 먼저 말해 버렸다. 억울하지는 않았다. 그의 대답을 들을 수 있어서 좋을 뿐이었다.

"아!"

절정의 순간에 이재는 입을 벌려 짧게 비명을 질렀다. 눈을 질끈 감은 이재의 입술을 서준이 덮쳤다. 이재의 비명까지도 집어삼킬 듯이 그는 격렬하게 혀를 움직였다. 그의 입안에서 이재는 파르르 입술을 떨었다.

부드러운 남자였는데 잠자리에서만큼은 아니었다. 야성적이고 저돌적이었다. 그가 하는 모든 것에 자신감이 넘쳤다. 마지막이겠구나 싶은 절정을 여러 번 맛보여 줬다. 맞아도 너무 잘 맞았다.

그의 템포에 이재는 점점 정신이 아득해지는 걸 느낄 수 있었다. 하지만 한순간도 놓치고 싶지 않았다. 온몸의 살아 있는 세포에게 고스란히 모든 걸 느끼게 해 주고 싶었다. 이재는 서준에게 안겨 있는 그 모든 순간에 아득해지려는 정신을 안간힘을 써서 붙잡고 있었다.

"좋아요……."

끊임없는 감탄사가 의지와 상관없이 방언을 쏟아 내듯 입 밖으로 터져 나왔다. 그건 서준에게 짜릿한 터치와도 같았다.

정신을 잃을 것처럼 이재의 목이 뒤로 넘어가며 숨소리와 함께 뱉어 낸 그 말에 서준은 전율했다. 고지를 향해 미친 듯이 달려가는 야생마처럼 그는 전력을 다해 질주했다. 이재도 그 템포를 놓치지 않고 따라왔다. 매달리고, 앙탈 부리고, 비명을 질러 대며 그녀도 결승점을 향해 내달렸다.

"아앗!"

두 사람은 동시에 끝에 도달했다. 다리 사이로 뜨거운 물줄기가 흘러내렸다. 그리고 그대로 몸은 바닷속에 가라앉은 배처럼 동력을 잃고 멈춰 버렸다.

❖ ✖ ❖

어쩐지 올여름 마지막일 것만 같은 비가 낮부터 쏟아졌다. 집에서 뒹굴거리다 이재는 진이와 함께 서점도 들를 겸 외출을 했다. 각자 좋아하는 책을 사고 근처 커피숍에 앉아서 내리는 비를 하염없이 바라보고 있었다.

"난 소설이 쓰고 싶었어."

뜬금없는 이재의 고백과도 같은 말에 진이는 천천히 시선을 돌렸다.

"네가?"

이재는 여전히 멍한 표정으로 창밖 어딘가를 응시하며 말을 이었다.

"어, 내가. 근데 소설에는 판타지가 있어야 하는데 난 그게 없더라."

"없기는 하지."

"아무리 쥐어짜도 결국엔 현실로 돌아오더라고. 그래서 일찌감치 포기했어."

"잘했어. 소설이라도 읽으면서 이 척박한 세상을 살아가는 걸 위로받아야지."

"그러니까 내가 작가가 아니라 기자가 됐잖아."

"진짜 잘했어. 넌 세상을 구한 거야."

진이는 손을 뻗어 이재의 머리를 쓰다듬었다.

"근데 진이야."

"어."

"나 갑자기 소설이 쓰고 싶어졌어."

"그러지 마라."

"진짜 죽이게 잘 쓸 수 있을 것 같아."

"그만."

"막 여기가 뜨거워지면서 저릿하고 눈물이 막 날 것 같고, 그러면서 웃음이 비실비실 나오는 그런 연애 소설을 쓰고 싶어."

이재는 제 왼쪽 가슴을 손으로 쥐어짜듯이 잡으며 말했다. 진이는 냉정한 표정을 잃지 않으며 그런 이재를 말렸다.

"너는 연애를 시작하면 늘 작가가 됐었어."

"그래?"

"어, 그랬어. 그냥 연애만 해."

"글이 쓰고 싶다니까?"

"일기 써."

"아."

큰 깨달음을 얻은 듯 이재는 입을 떡 벌리며 느릿느릿 고개를 주억거렸다.

"오늘은 안 만나?"

"만나."

"밤에만 만나느라 힘들겠다."

"어, 체력적으로 좀 힘들다."

"하지 마."

"뭘?"

"둘이 밤에 뭐 하는지 말하지 말라고."

"너한테 해 줄 얘기가 소설로 치면 거의 장편이야."

"그래도 하지 마."

진이는 두 손으로 귀까지 막으며 안 듣겠다는 시늉을 했다. 생긴 건 누구보다 밝히고 누구보다 야할 것 같은데 진이는 그런 쪽으로는 숙맥이었다. 어쩌다 영화에서 그런 장면이 나오면 두 손으로 귀를 막고 눈까지 질끈 감아 댔다.

"그래도 기본은 알고 있어야지. 네 나이가 열일곱 살도 아니고."

이재는 진이의 손을 귀에서 떼어 냈다.

"배울 건 배우고 알아야 될 건 좀 알고 있으라고."

"내 영혼을 더럽히지 마."

"난 왜 너만 보면 막 그게 하고 싶을까?"

"뭐?"

놀란 토끼 눈으로 진이는 이재를 쳐다봤다.

"막 정복하고 싶고 널 막 버려 놓고 싶고 그래."

"미쳤나 봐."

흐흐흐흐. 요상한 소리로 웃으며 이재는 진이에게 손을 뻗었다. 그리고 그 순간 이재의 핸드폰 벨이 울렸다.

"전화나 받아."

"아이씨, 확 잡아먹을 수 있었는데."

"사악한 년."

진이의 눈 흘김을 뒤로하고 이재는 핸드폰을 들었다. 서준에게서 온 전화였다. 이제 이름만 봐도 얼굴에 웃음이 번졌다.

"네."

— 어디예요?

"밖이요. 진이랑 나왔어요."

– 이재 씨 보고 싶은데.

"어딘데요? 레스토랑 아니에요?"

– 일찍 끝내고 나가려고요.

"사장이 자꾸 자리 비우고 그러면 손님 떨어지는데."

말은 그렇게 했지만 이재는 이미 주섬주섬 가방을 들고 자리에서 일어났다. 그리고 진이에게 입 모양으로 먼저 간다고 말했다. 진이는 웃으며 알겠다고, 얼른 가라고 손짓했다.

– 집으로 올래요?

"지금?"

– 기다릴게요.

"알았어요. 바람처럼 달려갈게요."

진이에게 손을 흔들어 주고 이재는 커피숍을 나왔다. 그리고 빠른 걸음으로 서준의 집으로 향했다.

❖ ✖ ❖

거의 뛰다시피 해서 서준의 집까지 온 이재는 건물 앞에 다다라서 잠시 허리를 굽히고 심호흡을 했다. 두 뺨이 벌겋게 달아오르고 이마에는 살짝 땀도 맺혔다. 그래도 기분은 날아갈 듯 좋았다.

"아, 맞다."

순간 꼴이 엉망일 거라는 생각이 들어 그녀는 서둘러 가방에서 거울을 꺼내 들여다봤다.

예상대로였다. 립스틱을 꺼내 덧바르고 손으로 땀을 닦아 내

며 머리카락을 정리했다. 아무리 좋아도 서준에게 엉망인 채로
나타나고 싶지는 않았다. 거울 속 모습을 이리저리 살피며 겨
우 단장을 끝내고 막 고개를 드는데 누군가 이재의 옆을 스쳐
지나갔다.

"어?"

이재는 그대로 굳어 버렸다. 눈을 어떻게 깜박였는지, 숨은
어떻게 쉬는 건지 기억이 나지 않았다. 온 신경이 아득하게 멀
어지고 있었다.

정신을 차려야 한다.

얼른 가서 방금 지나간 남자가 그 남자가 맞는지 확인해야
한다.

그러려면 움직여야 한다.

얼마나 그러고 있었을까. 그때부터 시간이 아니, 공기가 거
짓말처럼 느려졌다. 하지만 그와 반대로 잔잔해졌던 이재의 호
흡이 다시금 빨라졌다. 저 사람을 잡아야 한다는 생각이 머릿
속을 스쳐 가던 그때, 이재의 손은 이미 허공을 향해 뻗어 있었
다. 다급하게 지나간 남자를 붙잡았다.

"잠깐만요."

"네?"

남자는 갑자기 자신을 잡은 이재를 놀란 듯이 쳐다봤다.

"맞죠?"

눈물이 그렁그렁한 눈으로 아니, 사색이 된 얼굴로 자신의
팔을 붙잡고 바들바들 떨고 있는 여자를 보며 남자는 미간을
찡그렸다.

"누구십니까?"

"오명섭, 맞죠?"

한순간도 잊은 적 없는 이름이 입술을 가르고 튀어나왔다.

"네, 그런데 누구……."

남자의 얼굴이 순식간에 굳어졌다. 그리고 한 발 뒤로 물러나서는 당황한 듯한 얼굴로 손을 내저었다.

"아니요, 사람 잘못 보셨어요."

"맞잖아요! 아저씨 오명섭 맞잖아."

"아니, 아니에요."

남자는 다급하게 이재의 손을 뿌리치고 걸어가기 시작했다. 이재는 빠른 걸음으로 도망치듯 멀어지는 남자를 힘이 풀린 다리로 달려가 다시 붙잡았다.

"아저씨 맞잖아요."

"아니라고요."

남자는 힘껏 이재를 밀쳐 내고 차로 달려갔다. 그리고 차 문에 매달리는 이재를 애써 외면하며 시동을 걸었다.

"아저씨! 문 좀 열어 봐요!"

핸들을 붙잡은 그의 손이 파르르 떨렸다.

"이거 열라고요!"

창밖에서 절규하듯 소리를 지르는 이재를 뒤로하고 남자는 차를 출발시켰다. 백미러로 달려오는 이재의 모습이 보였다. 남자는 입술을 깨물며 액셀을 밟고 있는 발에 힘을 줬다. 부웅, 소리를 내며 차는 빠르게 이재에게서 멀어졌다.

순식간에 벌어진 일이었다. 숨이 턱까지 차오를 때까지 미친 듯이 달려갔지만 헛수고였다. 얼마 가지 않아 이재는 바닥에 나뒹굴었고, 차는 이미 시야에서 사라져 있었다.

그를 알아본 것도, 그를 붙잡은 것도, 그리고 그를 눈앞에서 놓친 것도 전부 눈 깜박할 사이에 벌어졌다.

"아악!"

이재는 허공에 대고 발악하듯이 소리를 질러 댔다. 숨이 턱 밑까지 차올랐지만 그대로 놓쳐 버렸다. 잡을 수가 없었다. 잡아야만 하는데 잡지 못했다.

"말도 안 돼, 어떻게 이럴 수가 있어!"

잊고 있었던 기억들이 되살아나며 미친 듯이 이재의 몸을 죄어 왔다. 분노와 억울함에 그녀는 제자리에서 방방 뛰며 소리를 질렀다.

❖ ✖ ❖

어떻게 집까지 왔는지 기억이 나지 않았다. 그냥 울면서 걸었다는 것밖에는 생각나지 않았다. 대문을 열고 들어오는 그녀를 재헌이 발견하고 놀라서 달려오는 걸 마지막으로 기억이 끊겼다.

"잠들었어?"

쉬이, 소리를 내며 재헌은 잠든 이재의 얼굴을 애틋하게 바라봤다. 퇴근하자마자 달려온 진이는 이재의 얼굴을 보자마자 왈칵 눈물부터 쏟았다.

"괜찮은 거지?"

"어, 약 먹고 잠들었어."

깊고도 긴 한숨을 토해 내듯 몰아쉬면서 진이는 입술을 깨물었다. 그렇게 얼마 동안 잠든 이재를 살펴보다 두 사람은 방문을 닫고 거실로 나왔다.

"어떻게 된 거야?"

"오명섭을 봤다는 말밖에 안 해서 나도 자세한 건 모르겠어."

"어디서 봤는지도 모르고?"

"어."

마당에 들어선 이재는 '오명섭을 봤어. 내가 봤어. 내가 잡을 수 있었는데 그 사람이 도망갔어. 어떡해? 나 어떡하지?' 하며 울부짖었다. 그리고 까무러치듯이 쓰러졌고 재헌이 이재를 안아 방으로 옮겼다.

침착하게 굳어지는 이재의 몸을 주무르며 괜찮다고, 괜찮을 거라고 말해 주면서 그렇게 한참 이재 곁을 떠나지 않았다. 차츰 정신이 돌아오고 이재는 그 사람을 찾아야겠다고 말했다. 그리고 약을 먹고 겨우 잠이 들었다.

"일단 재우자."

"이재 정말 괜찮은 거지?"

"괜찮을 거야."

바들바들 떨고 있는 진이의 손을 재헌은 꼭 움켜잡았다.

"오늘은 내가 이재 옆에서 잘게."

"어, 그게 좋겠다."

"유이는?"

"커피숍."

두 사람은 애먼 입술만 깨물며 소파에 앉아 있었다. 거실에 더운 공기가 가득했지만 둘 다 알아차리지 못했다. 그저 방에 누워 정신을 잃은 것처럼 자고 있는 이재가 걱정될 뿐이었다.

"만약에……."

진이가 어렵사리 말문을 열었다.

"그 아저씨를 찾으면 그때는 어떻게 해야 하는 거야?"

"글쎄."

그 답은 누구도 알지 못했다.

이해할 수 없는 그날의 일에 대해서 묻고 싶은 건지도 모른다. 아니면 그날 있었던 일에 대해 한 번이라도 진실을 말해 주길 기다리는 걸지도 모르겠다.

이미 조사가 끝나서 사건 종결이 됐고, 이재의 부모님도 돌아가셨다.

하지만 가족으로서 두 분이 왜 그렇게 허망하게 돌아가셨는지, 제발 진실이 무엇인지 알고 싶을 뿐이었다.

이재가 알고 재헌과 진이가 알고 있는 두 분은 절대 음주 운전 따위는 하지 않을 분들이었다. 어쩌면 이미 끝난 일에 대해서 어떻게든 무언가 있는 거라고 끊임없이 의심하면서 전해 들은 말이 진실이 아니었다고 믿고 싶은 걸 수도 있었다.

"우리 이재 한동안 또 아프겠다."

"이번엔 아픈 걸로 끝나지 않을 것 같다."

4년 전에도 비슷한 사람을 보고 오명섭이라고 착각하는 바람에 교통사고가 날 뻔했었다. 그때도 이재는 정신을 잃고 쓰러졌고 며칠을 일어나지 못했다.

먹지도 못하고 자지도 못하고. 저러다 죽는 게 아닐까 애간장을 끓이면서 며칠을 누워 있었다. 진이는 또 같은 일이 반복될 것 같아서 덜컥 겁이 났다.

"진짜 몇 년에 한 번씩 사람을 잡는다, 잡아."

"그러게. 우리 이재 어떡하니 정말."

"이겨 내야지."

재헌은 이재가 잠든 방을 바라보며 스스로에게 다짐하듯 힘주어 말했다.

❖ ✖ ❖

며칠째 아프다는 말 외에는 도통 얼굴을 볼 수 없는 이재 때문에 서준은 걱정이 돼서 미칠 지경이었다. 집으로 찾아갔지만 그럴 때마다 번번이 잠이 들어 있어서 잠든 얼굴만 겨우 보고 나왔다.

"괜찮은 거 맞습니까?"

– 네, 괜찮아요. 그냥 자는 겁니다.

알 수 없는 통증이 가슴을 훑고 지나가는 듯했다.

"병원은 안 가도 되는 거예요?"

– 잘 보고 있으니까 너무 걱정하지 마세요.

재헌의 목소리에서 이제 짜증이 묻어나는 것 같기도 했다. 하루에 몇 번씩 전화를 해서 이재의 상태를 체크하니 무던한 재헌도 말이 곱게 나가지 않았다.

"저녁에 끝나고 들를게요. 혹시라도 그 전에 일어나면……."

– 그냥 와서 보는 걸로 하죠.

"네, 그게 좋겠네요."

– 끊습니다.

통화를 끝내고 서준은 긴 한숨을 내쉬었다. 벌써 일주일이 다 돼 가고 있었다. 하루하루 송장처럼 자는 이재의 얼굴만 보는 것도 지쳤다.

183

대체 무슨 일인 건지 묻고 싶었다. 다 아는데 자신에게만 감추고 있는 일이 무엇인지 알고 싶었다. 하지만 이재와 그녀의 친구들은 그에게 어떤 말도 해 주지 않았다.

집으로 오겠다던 이재가 오지 않았고, 기다리다 전화를 했지만 받지 않았다. 놀라고 당황해서 이재의 집으로 찾아가자 재헌은 이재가 좀 아프다면서 잠들었으니 다음에 다시 오라고 했었다. 그때부터 지금까지 이재의 맑은 눈을 볼 수가 없었다.

"대체 무슨 일이야······."

서준은 신경질적으로 머리칼을 헝클며 또다시 한숨을 쏟아냈다. 일도 손에 잡히지 않았다. 다른 일로 요리에 집중을 못하기는 처음이었다. 직원들도 당황한 눈치였지만 누구도 묻지는 않았다.

Rrrrr.

집에서 걸려온 전화에 서준은 짜증이 솟구쳤다.

"네."

화가 핸드폰 속 어머니에게로 이어졌다.

– 밖이니? 어째 차 소리가 나는 것 같다?

"잠깐 나왔어요."

– 바쁜 시간일까 봐 망설이다 했는데 괜히 그랬구나.

"들어가 봐야 돼요. 무슨 일인지 말씀하세요."

– 내일이 무슨 날인지는 알고 있니?

"무슨 날인데요?"

– 하나밖에 없는 아들이 참 무심하구나. 네 아버지 생신이시다.

잊고 있었다. 사실 가족끼리 선물을 주고받고 무언가를 축하하는 건 익숙하지 않았다. 그냥 각자의 방식대로 각자 살아가는 게 편한 가족이었다. 하지만 최근 들어 차 여사는 부쩍 가족임을 강조하며 얼굴 보기를 강요했다.

"네."

— 7시까지 오거라. 같이 저녁 먹자.

"아버지께는 따로 전화 드릴게요."

— 못 온다는 거니?

"한창 바쁠 시간이에요."

— 그까짓 것 해서 얼마나 번다고 아버지 생신을 미뤄? 전화는 내일 아침에 드리고 저녁은 집에 와서 먹도록 해.

서준이 다른 말을 할까 봐 차 여사는 할 말만 하고 그대로 전화를 끊어 버렸다. 이미 헝클어진 머리칼에 서준은 다시 손을 댔다.

"셰프님."

뒤에서 직원이 난처한 표정으로 서준을 불렀다.

"어?"

"잠깐 들어와 보셔야겠는데요?"

"왜?"

"손님이 찾으세요."

"알았어."

직원이 안으로 들어가고 서준은 이재에게 문자를 하나 보냈다.

[아프지 마요. 내일은 제발 나 좀 봐줘요.]

이재가 편히 자기를 바라면서 그는 이재의 이름이 찍힌 핸드폰을 한참 동안 들여다보다 안으로 들어갔다.

185

아까부터 잠에서 깨 천장만 바라보고 있던 이재는 핸드폰이 울리는 소리에 손을 더듬거렸다. 그리고 서준이 보낸 문자에 갑자기 그가 보고 싶어졌다.

그가 따뜻하게 안아 주면서 등을 토닥여 주면 한결 나아질 것 같았다. 거실에서 자면서 며칠을 자신을 지킨 친구들도 있었지만 그것과는 또 다른 위로가 될 것 같았다. 그냥 서준에게 어리광을 부리고 싶었고, 서준에게 위로를 받고 싶었다.

"진서준 씨?"

진이는 따끈하게 끓인 죽을 들고 방으로 들어왔다.

"어."

"매일 밤 여기로 퇴근하더라."

"그랬어?"

"잠든 너 한참을 들여다보다 가고 그랬어."

그의 손길을 느꼈던 것도 같다.

"보고 싶다."

"오늘은 안 돼."

"알아."

"기다려 봐. 일 끝나면 올 거야. 이거 먹고 약 먹자."

진이는 오늘 하루 숍을 쉬고 하루 종일 이재 옆을 지켰다. 자다 깼을 때 아무도 없으면 슬플 거라고, 그런 생각 들게 하기 싫다면서 몇 개 남지 않은 휴가를 당겨썼다.

재헌도 일하는 틈틈이 안을 들여다보고 필요한 게 없는지 묻고 했다. 유이는 집안 분위기를 눈치채고 조용히 카페 일을 돕는 중이었다.

"너 때문에 이유이가 철들겠다."

"왜?"

"얌전하게 입고 카페에서 일하잖아."

"그래?"

진이는 이재의 몸을 일으켜 기대앉게 하고는 죽을 숟가락으로 떠서 그녀의 입에 넣어 줬다. 마치 엄마처럼.

"죽 지겨워."

"오늘까지는 먹어야 해."

"내일은 고기 먹을래."

"어. 먹고 싶은 거 다 해 줄게. 아프지만 마."

"어."

"말로만 그러지 말고 좀. 너는 어떻게 아프면 며칠을 앓아눕니? 그냥 조금씩 자주 아픈 게 낫겠어."

"내가 원래 크게 한 방이 있잖아."

진이는 떠먹여 주는 죽을 받아먹으면서 이재는 제법 농담을 했다. 이제야 좀 살 만해진 듯했다.

"진아, 내일은 출근해."

"내가 알아서 해."

"나 이제 괜찮아."

"그건 내가 알아서 해. 그만 말하고 입이나 벌려."

아프면 같이 아파 주고, 즐거우면 같이 즐거워해 주는 친구들이 있다는 건 행운이었다. 이들은 친구고 유일한 가족이었다. 그걸 알면서도 가끔 한 번씩 부모님이 그리운 건 어쩔 수 없었다.

"미안해."

"미안해할 일은 아니야."

"그래도."

"내일 보약 지으러 가자."

"안 먹어도 돼."

"누가 때린 것도 아닌데 며칠이나 기운 못 차리고 누워 있었 잖아. 너 그럴 때마다 내가 얼마나 놀라고 속상한지 알아?"

결국, 진이는 울먹였다. 입술을 깨물며 눈물을 참아 내는 진 이를 보니 이재는 공연히 미안해졌다.

"미안."

"미안하다는 말 그만하라고."

"알았어."

"내일 무조건 약 지으러 갈 거야. 싫다고 하지 말고 그냥 조 용히 따라와."

"어."

"진서준 씨한테는 그냥 몸살이라고 했어. 자주는 안 아픈데 몇 년에 한 번씩 심하게 아프다고."

"잘했어."

"아, 해."

"아."

죽을 목으로 넘기면 진이는 엄마처럼 바로 숟가락 가득 죽을 떠서 이재의 입에 넣어 줬다. 그러면서도 이제 제법 이재가 괜 찮다고 여겼는지 중간중간 잔소리를 잊지 않았다. 밥 잘 먹어 라, 골고루 먹어라, 연애도 좋지만 늦게까지 돌아다니지 말아 라, 가능하면 낮에 만나서 놀아라 등등. 이럴 때면 진이는 언니 같았다.

"좀 괜찮아?"

재헌이 열린 방문 사이로 삐죽 고개를 들이밀었다.

"어."

"됐어, 그럼."

안부만 확인하고 재헌은 쿨하게 등을 보이고 나가 버렸다.

"재헌이가 찾는대."

"뭘?"

"오명섭."

진이는 죽을 후후 불어 식히고는 이재의 입에 넣어 줬다. 시선을 내리깔고 재헌과 나눈 얘기를 이재에게 전달하기 시작했다.

"일단 찾는다니까 기다려."

"괜히 너희까지 나설 필요 없어. 내가 알아서 할게."

"찾으면 그때 사고에 대해서 물어봐. 네가 하고 싶은 거, 확인하고 싶은 거 다 해."

"내가 한다고……."

"그때까지는 너는 그냥 아무 일 없는 것처럼 맛있는 거 먹고 잠 잘 자고 일 열심히 하면서 있으면 돼."

"진이야."

"서이재."

진이는 고개를 들어 이재의 눈을 똑바로 쳐다봤다.

"네가 하고 싶은 일, 네가 해야만 하는 일은 전부 우리 일이기도 해. 괜히 남처럼 굴지 마. 나 그러면 진짜 속상해."

무슨 말이 하고 싶은 건지 알고 있었다. 같은 마음이라는 것도 알고 있었다. 알면서도 짐이 되는 것 같아서 차마 말을 할수 없었다. 그냥 지금처럼 옆에 있어 주는 것만으로도 든든한친구들이니까. 그들이 얼마나 크고 많은 것들을 희생하며 옆을지키고 있는지 알고 있으니까.

"나 속상해서 죽는 꼴 보고 싶지 않으면 가만히 있으라고."

"알았어."

"그럼 계속 먹어."

"어."

두 사람은 코를 훌쩍이며 죽을 떠먹이고 또 먹었다.

그만 편해지라고, 그만 잊으라고 말하고 싶었지만 그 말은차마 할 수가 없었다. 아니, 해서는 안 되는 말이라는 걸 누구보다 잘 알고 있었다.

어떻게 잊을 수가 있을까. 아무렇지 않은 척 웃으며 생활하는 이재의 속이 어떨까. 조금이라도 마음을 꺼내 보였으면 좋겠는데 늘 혼자 끙끙거리는 이재가 안타깝고 애달팠다.

명절이면 가족들 생각이 날까 봐 절대 혼자 두지 않았고, 가족 행사가 있을 때면 이재는 무조건 데리고 갔다. 다른 가족들도 그걸 당연하게 받아들여 주고 있었다. 때로는 재헌과 진이의 부모님이 이재를 더 살뜰하게 챙기고 보살폈다.

때마다 김장 김치나 농사지은 것들을 보내고, 멀리 뉴질랜드에서는 몸에 좋다는 영양제를 끊이지 않게 보내오고 있었다. 한국이 겨울이 되면 따뜻한 옷과 신발을 사 두었다가 보내기도했다.

그렇게 많은 사람들 틈에서 이재가 조금이라도 덜 외롭게 지냈으면 하는 게 모두의 바람이었다. 그런데 또 아픈 상처를 들쑤시게 됐다. 이번에는 아무래도 끝을 봐야 할 것 같다.

❖ ✖ ❖

　바람 한 점 없는 여름밤이었다. 고요하다 못해 적막감이 감돌 정도로 어둡고 음침한 기분마저 들었다. 그래도 옆에서 손을 꼭 잡고 걸어 주는 서로가 있어서 전혀 무섭지 않은 여름밤이었다.

　"그냥 집에 있으라니까."

　"갑갑해요."

　"사람 이렇게 걱정시켜도 되는 겁니까?"

　"미안해요."

　"병원은 왜 안 가요?"

　"몸살이었는데 뭘 병원까지 가고 그래요. 내가 원래 한 번씩 크게 앓아눕고 그래요."

　"내일 약 지으러 갑시다."

　"무슨 약?"

　"한약이요. 약도 먹고 몸에 좋은 걸로 몸보신도 해요. 일주일 사이에 얼굴이 진짜 반쪽이 됐어요. 명색이 애인이 셰프인데 이렇게 죽 한 그릇 못 얻어먹은 사람처럼 다녀서 되겠어요? 남들이 나 욕해요."

　서준은 며칠 사이 수다쟁이가 된 것처럼 끊임없이 잔소리를 늘어놓고 있었다. 사랑받고 있구나, 많이 걱정했구나 싶어서 마음 한편이 찡해졌다.

　"서준 씨 손잡고 걸으니까 다 나은 것 같다."

191

"내일 오전에 갑니다."

"나 진짜 괜찮아요. 그리고 진이가……."

말을 다 듣지도 않고 서준은 핸드폰으로 이름을 검색했다. 그리고 곧장 전화를 걸어 내일 예약을 했다.

"이 시간에 전화를 받아요?"

"개인적으로 잘 아는 선배라 부탁 좀 했어요."

"유난이라고 그러겠다."

"이재 씨 아픈 거 싫습니다. 아픈 이재 씨 보면서 아무것도 할 수 없는 내 자신이 너무 무능력하게 느껴져서 그것도 싫었어요."

"그냥 몸살인데요, 뭐."

걷던 걸음을 멈추고 서준은 이재를 향해 돌아섰다.

"나는 항상 이렇게 있을 겁니다. 그러니까 기대고 싶을 때, 울고 싶을 때, 그냥 아무것도 보기 싫을 때 전부 나한테 말해요. 내가 다 가려 주고 막아 주고 할 테니까."

고개를 끄덕이는데 눈물이 뺨을 타고 흘렀다. 서준은 손을 들어 이재의 뺨을 어루만지며 눈물을 닦아 줬다.

"지금처럼 울고 싶을 때도."

"그럴게요."

지금 이 순간 서준이 옆에 있다는 게 너무도 다행이었다. 기댈 수 있는 사람이 있다는 게 이렇게나 안도할 수 있는 일이라는 걸 몰랐다. 안아 주며 등을 토닥여 주는 사람이 이 사람이라 다행이다.

"이리 와요."

서준은 한 손을 잡아 다른 손으로 이재를 끌어당겨 품에 안

앉다. 품 안에 들어온 이재는 앙상할 정도로 말라 있었다. 불과 일주일 전에 안았던 이재와 너무도 달랐다. 쿵 하고 가슴이 내려앉는 듯했다.

"시간이 지나서 지금보다 내가 더 편해지면 그때 말해 줘요."

이재는 대답 대신 두 손으로 서준의 허리를 꽉 끌어안았다. 아직은 머릿속이 뒤죽박죽 엉켜 버려서 누구에게도 말을 할 수가 없었다. 나조차 정리하지 못한 것들을 누구에게 말할 수 있겠는가. 마음을 내보일 사람이 없어서가 아니었다.

❖ ✳ ❖

또다시 일상은 아무 일도 없었던 것처럼 흘러갔다. 그사이 재헌은 교통사고에 대해 알아보기 위해 아는 인맥이란 인맥을 총동원해서 나름 조사를 다시 하느라 바빴고, 이재는 머릿속을 비워 내고 앞으로 어떻게 할 건지에 대해 고민하느라 바빴다. 그리고 매일 출근하다시피 서준의 집 앞을 서성거렸다.

혹시라도 또 만나지 않을까 하는 생각에 그녀는 시간이 날 때마다 그 앞을 지켰다. 하지만 아직까지는 비슷하게 생긴 사람도 찾아볼 수가 없었다. 그럴수록 그때 그 사람이 오명섭이라는 확신은 더 커졌다.

하지만 오명섭이라는 이름으로 아무리 조회를 하고 찾아내려 해도 한국에서는 그 어떤 흔적도 나오지 않았다.

나와 있는 주소로 찾아갔지만 이미 몇 년 전에 이사를 갔고, 외국으로 온 식구가 이민을 갔다는 얘기만 전해 들을 수 있었다. 아무튼 그 후로 그의 이름으로 신고된 게 없었다.

기록상으로는 그는 한국이 아닌 외국에서 살아가고 있었다. 하지만 왠지 그 사람이 한국에 있을 것만 같았다. 이유는 알 수 없지만 왠지 그럴 것만 같았다.

이번에 기필코 찾아내서 그토록 듣고 싶었던 대답을 들어야 할 것 같다. 몇 년의 시간이 흘렀지만 그건 그에게도 잊지 못할 기억일 테니까.

"밥은 먹었어요?"

"네."

"뭐 먹었는데?"

이재는 서둘러 눈을 굴리며 몇 시간 전에 먹은 걸 기억해 내려 했다.

"그건 아침이겠죠. 지금은 점심이 훨씬 지난 시간이거든요?"

입술을 깨물며 귀엽게 웃는 이재 앞에 서준은 작은 도시락을 하나 꺼내 놨다. 레스토랑으로 나오라는 말에 하던 일을 멈추고 달려왔더니 그는 밖에서 그림 같은 포즈로 이재를 기다리고 있었다.

"뭐예요?"

"사랑의 도시락."

"나 이런 거 막 싸 달라고 약한 척하고 그러는 캐릭터 아닌데?"

"나는 이런 거 막 싸 주고 그러는 스위트하고 자상한 캐릭터 맞아요."

"서준 씨가 해 준 한약 잘 먹고 있어요. 괜히 이런 것까지 챙기고 그러지 마요. 일도 바쁜데 나까지……."

말을 하는데 서준이 입에 쏘옥 들어오게 쌈밥 하나를 넣어 줬다. 쌉싸름한 향이 순식간에 입안을 가득 메웠다.

"호박잎?"

서준이 흐뭇하게 웃으며 고개를 끄덕였다.

"올여름 처음 먹어 봐요."

"이건 머위. 이것도 먹어 봐요."

하나하나 골라 먹으며 이재는 연신 눈을 감으며 맛을 음미하고 감탄사를 연발했다. 누군가를 생각하며 음식을 했는데 그 누군가가 지금처럼 행복한 미소를 지으며 먹어 줄 때. 이때만큼 행복한 보람을 느낀 적은 없지 않을까.

"오늘 취재 있어요?"

"네, 이따가 저녁때."

"서울?"

"네, 홍대. 이미 유명한 밴드이기는 한데 오랜만에 홍대에서 공연한다고 해서 내가 하겠다고 자청했어요."

"그런 음악도 좋아해요?"

"들으면 신나요."

처음 입소문을 탈 때부터 좋아했던 인디 밴드였다. 여자 보컬의 목소리가 인상적인 그룹으로 지금은 결혼을 해서 아이가 둘이라고 하니 처음 듣는 사람은 놀라지 않을 수가 없었다. 보컬의 외모가 몽환적이면서도 상당히, 사실 꽤 동안이었다.

"같이 갈래요?"

"일하러 가면서 애인 달고 가도 돼요?"

"내가 꽤 유능하거든요."

"거기 막 어린애들만 가야 되는 곳 아니에요?"

"딱히 그렇지는 않아요. 대신 정장 빼입고 근엄하게 굴면 사람들의 시선을 따갑게 받기는 하겠지만 그것도 뭐 개성이라면 개성이니까."

고민이라도 하는 듯이 서준은 입술을 굳게 다물고 이렇다 할 대답을 쉽사리 내놓지 않았다.

"인터뷰하고 그날은 우리 어린애들처럼 놀아 봐요."

"그렇게 말하니까 우리가 진짜 노인네처럼 느껴지네요."

"그들에겐 그렇게 보일걸요?"

두 사람은 허무하게 지나간 듯한 지난 세월을 되돌아보며 씁쓸하게 웃었다.

"10시 공연이라 9시까지는 가야 해요."

"시간 맞출게요."

마지막 하나까지 이재의 입에 넣어 주고 서준은 만족한 듯 도시락 뚜껑을 닫았다. 배가 부른지 이재는 금방 나른해진 눈으로 하늘을 올려다봤다.

"이렇게 있다가 잠들 것 같다."

"자요. 내가 지켜 줄게."

"대낮에도 작업을 거네? 그것도 본인 직장 앞에서?"

믿지 않게 눈을 흘기며 이재는 서준을 쳐다봤다.

"좋아하는 여자한테 작업 거는데 밤낮이 어디 있습니까?"

"나 그렇게 쉬운 여자 아닌데?"

"나 그렇게 쉽게 물러나고 그러는 남자 아닌데?"

뜨거운 태양이 머리 위에서 이글거렸지만 두 사람의 온도는 딱 적당했다. 덥지도 않고 춥지도 않은, 데이트하기에 더할 나위 없이 좋았다.

"이렇게 이재 씨랑 놀았으면 좋겠다."

"가만히 앉아서?"

"키스도 하고 옷도 벗기고 야한 짓도 하고 그러면서."

태연하게 말하는 서준 때문에 이재는 화들짝 놀라서 주변을 돌아봤다. 다행히 들은 사람은 아무도 없는 듯했다.

"진짜 미쳤나 봐. 여기 진서준 씨 직장이에요."

"그래서 은밀하게 말한 건데?"

서준의 손이 이재의 뺨으로 쓱 다가왔다. 이재는 몸을 뒤로 빼면서 주변을 또다시 둘러봤다.

"이재 씨 못 안은 지 너무 오래됐다."

보채듯 안달하는 서준을 보는 재미가 괜찮았다. 자신이 꽤 매력적인 애인으로 느껴져서 나쁘지 않았다.

"오늘 밤 나 시간 되게 많은데?"

"안 돼요."

"응?"

"몸 상태 돌아오기 전까지는 안 안을 겁니다."

"나 말짱해요. 보약도 엄청 잘 챙겨 먹고 이렇게 영양가 많은 걸로 하루 세끼도 꼬박꼬박 챙겨 먹어서 컨디션 최상이라고요."

안달하는 건 오히려 이재였다. 수도승도 아니고 서준은 이재를 한껏 달아오르게 해 놓고는 시치미를 떼며 슬그머니 발을 뒤로 빼는 중이었다. 사실 하루에도 몇 번씩 그래서 이재는 약이 올랐다.

"혈색이 아직 별로예요."

"말도 안 돼. 청순 메이크업 몰라요? 나 그거 한 거예요."

머리카락을 귀 뒤로 넘기며 이재는 목을 한껏 빳빳하게 세웠다. 그럼에도 서준은 단호했다.

"우와, 지금 뭐지? 나 왜 이렇게 안달하지? 진서준 씨가 지금 나 안달 나게 하는 거예요?"

서준은 가만히 어깨를 들었다 내리며 천연덕스럽게 웃었다.

"알았어요. 그럼 오늘 밤에 그냥 눈으로만 봐요."

"뭘?"

"내가 엄청 섹시하게 당신 침대 위에 누워 있을 거거든요."

"그러지 마요."

"어디 얼마나 버티는지 보자고요."

"서이재."

"서이재?"

서준은 이재 가까이 얼굴을 들이밀고 낮은 중저음의 목소리로 말했다.

"시험에 들게 하지 마. 그러면 그대로 잡아먹히는 수가 있다."

이재는 서준의 반말에 미간을 찡그리다 웃어 버렸다. 오늘도 두 사람의 늦은 점심은 그렇게 평화롭게 흘러가고 있었다.

❖ ✖ ❖

입구부터 들리는 고막을 찢을 듯한 음악 소리에 서준은 정신이 하나도 없었다. 쿵쿵쿵 울려 대는 음악 속에서 사람들은 저마다 자유롭게 얘기하고 움직이며 각자의 방식대로 공연을 즐기고 있었다.

"나만 적응 못 하는 거 같은데요?"

바로 앞에 이재가 있는데도 서준은 소리를 지르듯이 크게 말해야 했다. 이재는 싱긋 웃으며 서준의 손을 잡았다.

"이쪽으로 들어가요!"

비좁은 곳으로 들어가자 안은 그래도 대화를 할 수 있을 정도는 됐다. 문 앞에 '라푼젤'이라고 적힌 종이가 붙어 있었다. 서준은 잠깐 미간을 좁히며 이재의 등 뒤에 서 있었다. 안에서 들릴지 안 들릴지는 몰라도 이재는 일단 노크를 했다.

똑똑똑.

세 번 노크를 하고 이재는 대기실 문을 열었다. 그리고 그 안에서 각자 공연 준비를 하느라 분주한, 사실 크게 분주해 보이지는 않았지만 어쨌든 여러 명의 사람이 모습을 보였다.

"안녕하세요! 오랜만이에요."

이재는 초면이 아닌 듯 반갑게 손을 내밀어 악수를 청했다. 그녀의 손을 맞잡으며 남자가 환하게 웃었다.

"서 기자님이 오신다고 해서 특별히 인터뷰한다고 한 거 아시죠?"

남자의 너스레에 이재는 엄지손가락을 올렸다. 두 사람은 다시 한번 반갑게 포옹까지 하며 친분을 드러냈다.

"우리 씨, 이게 얼마 만이야?"

여전히 긴 머리칼을 트레이드마크처럼 자랑하는 우리는 라푼젤 밴드의 멋진 보컬이었다. 결혼을 하고 아이를 낳았지만 전혀 그렇게 보이지 않았다.

앳되면서도 한편으로는 반항적인 눈빛이 매혹적이었다. 그리고 그녀의 목소리는 가히 환상이라고 할 수 있었다.

어떻게 저렇게 작고 여린 몸에서 그런 파워풀한 목소리가 나올 수 있는지 무대를 볼 때마다 의문이 들 정도였다. 무대 아래에 있을 때와 무대 위에서의 모습이 너무도 다른 사람. 그야말로 독보적인 존재였다.

"안녕하셨어요?"

"뭐야, 왜 점점 예뻐져요?"

"예뻐져서 죄송해요."

이재의 농담을 우리는 재치 있게 받아쳤다. 그 모습을 뒤에서 지켜보던 서준은 픽 웃어 버렸다. 우리가 옆으로 고개를 삐죽 내밀며 서준에게 시선을 돌렸다.

"이쪽은 내 일행인데……."

"안녕하셨어요. 오늘 이건 씨 같이 안 왔는데?"

이재는 놀란 눈으로 반갑게 인사를 나누는 두 사람을 번갈아 쳐다봤다. 아무래도 둘이 처음 만난 게 아닌 듯했다.

"어?"

"네. 이따가 온다더라고요."

"통화하셨어요?"

"네."

"둘이 아는 사이예요? 어떻게 알아요?"

"선배님 와이프."

"응?"

"현이건 셰프라고 내가 존경하는 선배 중 한 명이에요."

"아 정말요? 그럼 진즉에 말하지."

"혹시나 했어요. 아까 오기 전에 선배한테 전화해서 물어보니까 오늘 인터뷰한다고 하더라고요."

이재는 어쩐지 마음이 편안해지는 걸 느꼈다. 인터뷰하는 내내 서준이 신경 쓰일 것 같아서 걱정이 됐지만 먼저 가자고 했으니 그걸 말할 수는 없었다.

"오늘 사진은 안 찍기로 한 거 아시죠?"

라푼젤의 새로운 매니저가 친절하게 웃으며 말했다.

"네. 대신 오늘 공연 따로 찍어서 주신다고 했다던데요?"

"저희가 잘 찍어서 보낼게요."

"그럼 사진은 부탁드릴게요."

"지금 30분 정도 여유 있으니까 간단히 인터뷰하고 나머지는 공연 끝나고 하는 걸로 하죠."

"네. 그렇게 하는 걸로 하죠."

이재는 서준에게 눈을 찡긋해 보이고 바로 기자로 돌변했다. 달라지는 그녀의 눈빛에서 이재는 프로다움을 발견하고 속으로 감탄했다. 그녀를 처음 만났을 때도 지금과 같은 모습이었다. 그 모습에 반했었다.

멀찍이 떨어져 앉아서 인터뷰를 진행하는 모습을 보면서 서준은 흐뭇하게 웃었다. 조리 있게 물어보면서 중간중간 긴장하지 않도록 농담을 하고 그러면서도 핵심을 짚는 질문들이 멋있었다.

저렇게 멋진 여자가 자신의 여자라는 게 새삼 자랑스러웠다. 하지만 가끔씩 그녀의 얼굴에 그늘이 지는 건 서준도 어쩔 수가 없었다. 재헌에게 부모님 때문이라는 걸 대충 듣기는 했지만 자세한 얘기는 그 누구에게도 듣지 못했다. 미루어 짐작할 뿐이었다.

그녀가 더는 힘들지 않았으면 좋겠다. 강단 있고 잘 웃는 행복한 여자였으면 좋겠다. 그런 여자일 수 있도록 그녀에게 힘이 돼 주고 싶다.

그다지 화목하지 않은 부모님을 보면서 자랐지만 서준은 그 모습을 보면서 부정적인 시선이 커지기보다는 사랑에 대한 확신 같은 게 생겼다.

정말 사랑하는 사람을 만나면 세상 누구보다 행복하게 해 주겠다고 스스로 다짐했었다. 온 마음을 다해 세상을 선물할 거라고 늘 그렇게 마음먹었다. 그리고 지금 그 사람이 이재이기를 누구보다 바라고 또 바랐다. 서준에게는 이재가 그런 사람이 되어 가고 있었다.

그녀에게 덮친 불행의 그림자가 어서 사라졌으면 했다. 다른 사람이 아닌 자신 옆에서 서이재가 행복했으면 좋겠다.

"3분 있다가 올라갈게요."

진행 요원이 대기실 안으로 들어와 올라갈 차례임을 알려 줬다. 그다지 크지 않은 클럽임에도 갖출 건 다 갖추고 있었다.

무대로 올라갈 준비를 하는 밴드를 격하게 응원해 주고 이재는 서준과 함께 무대를 보기 위해 대기실 밖으로 나왔다. 어느새 서준이 이재의 손을 꽉 잡고 있었다.

"멋있었어요!"

"네?"

"사랑한다고요!"

라푼젤이 무대에 오르고 사람들은 저마다 환호성을 질러 댔다. 그리고 이재는 서준을 보면서 멍한 얼굴로 서 있었다. 잘못 들은 건가 싶었지만 그는 분명 사랑한다고 말하고 있었다. 그의 반짝이는 눈이, 그의 깊어진 눈빛이 그렇게 말하고 있었다.

"뭐라고 했어요?"

"사랑해요!"

서준은 한 번 더 힘주어 말했다. 그제야 이재는 환하게 웃었다.

"갑자기?"

세상 사람 전부 아니라고 해도 상관없었다. 진서준이 비로소 사랑하는 여자를 만났고, 그 여자가 서이재라서 다행이었다. 그거면 된 거였다.

"사랑해요, 서이재 씨!"

이재는 눈물이 핑 도는 눈으로 그대로 서준에게 입을 맞췄다. 처음 듣는 고백은 아니었지만 오늘은 유난히 감동이었다.

라푼젤 밴드가 연주를 시작하고 곧이어 우리의 목소리가 클럽 안을 가득 채웠지만 두 사람에게는 들리지 않았다. 서로가 내뱉는 호흡만이 전부였다. 서로에게 비친 상대방의 얼굴만이 보이는 전부였다. 서이재는 이제 진서준의 세상이었다.

6.
핑크빛을 파고드는 불안한 검은빛

푸르른 새벽빛에 부스스 눈을 뜬 이재는 옆에서 곤하게 잠든 서준의 얼굴을 한참이나 말없이 바라봤다. 사랑한다는 말을 처음 들었던 것도 아닌데 마치 태어나 처음 듣는 말처럼 뭉클하고 감동적이었다.

전혀 예상하지 못한 곳에서 생각지도 못한 타이밍에 서준은 진심을 보여 줬다.

"나도 서준 씨 사랑해요. 아주 많이."

서준의 눈썹을 손가락으로 가만히 쓸면서 이재는 수줍게 웃었다. 문득 그가 무슨 꿈을 꾸는지 궁금했다.

기분 좋은 꿈이었으면 했다. 그리고 그 안에 자신도 함께였으면 싶었다. 그가 행복하게 미소 짓는 그 모든 순간에 함께하고 싶었다.

쪽. 부드러운 서준의 입술에 입을 맞추고 이재는 조용히 이

불을 걷고 일어났다.

물 한 잔이 마시고 싶어서 그녀는 거실을 가로질러 주방으로 들어가 냉장고 문을 열었다. 가지런히 정리된 냉장고 속 음식들을 보면서 이재는 피식 웃었다.

반듯하게 제자리에 있는 음식들이 마치 서준처럼 보였다. 그러고 보면 서준은 늘 흐트러짐 없는 모습이었다. 음식을 할 때도 그랬고 데이트를 할 때도 그랬다. 심지어 사랑을 나눌 때도 그는 그랬던 것 같다.

"벗고 있을 때는 빼야 하나?"

혼잣말을 중얼거리면서 이재는 씩 웃었다. 물 한 잔을 컵에 따라 마시면서 이재는 어둠 속에 있는 서준의 거실을 눈으로 훑었다. 그러다 지난번 얼핏 봤던 가족사진이 떠올라 거실로 걸음을 옮겼다.

어둠이 점차 눈에 익숙해지고 어느새 이재의 손에는 서준의 가족사진이 들려 있었다. 그녀는 사진을 뚫어지게 쳐다봤다. 그때는 어린 서준의 모습만 눈에 들어왔는데 이번엔 그의 부모님이 보였다. 화려하고 인상이 강한 서준의 부모님이 어쩐지 낯이 익었다. 어딘가에서 본 적이 있는 것 같은 기분이 들었다.

이재는 거실 창으로 들어오는 불빛에 의존해서 사진 속 부모님의 모습을 좀 더 또렷하게 보려고 애썼다.

"언제 깼어요?"

"엄마야!"

갑작스러운 소리에 놀라 이재는 그만 들고 있던 액자를 손에서 놓치고 말았다. 그 바람에 액자 유리에 금이 갔다.

"어떡해……."

당황한 이재가 황급히 무릎을 굽히고 바닥에 앉아 깨진 액자를 들어 올리려고 했다. 하지만 서준이 재빨리 이재의 손을 잡았다.

"건드리지 마요. 다쳐요."

"너무 놀라서……."

"뒤로 물러나요."

서준은 이재를 일으켜 뒤로 한 발 물러서게 했다.

"액자만 바꾸면 돼요. 놀라게 해서 미안해요."

"깨트린 내가 미안하죠. 내가 내일 액자 예쁜 걸로 사 와서 바꿔 놓을게요."

"됐어요, 그럴 필요 없어요."

"내 마음이 불편하단 말이에요."

서준은 바닥에 혹시 있을 유리 조각들을 찾았지만 다행히 금만 갔을 뿐 조각은 없었다.

"안 다쳤으면 됐어요."

"나 마음 불편해서 여기 안 오면 좋겠어요?"

"알았어요, 엄청 예쁜 걸로 사 줘요."

"내 안목을 믿어 봐요."

액자를 엎어 놓고 서준은 이재의 허리를 두 손으로 감싸 안았다.

"잠이 안 와요?"

"목말라서 깼어요."

서준의 손이 이재의 머리칼을 귀 뒤로 넘겨 줬다. 그녀의 뽀얀 속살이 달빛에 비쳐 영롱하게 일렁였다. 가까이서 마주한 이재는 어제보다 더 아름다웠다.

"많이 놀랐나 봐요?"

이재의 시선이 서준의 배꼽 아래로 향했다. 자다가 무언가 깨지는 소리에 놀라 옷을 갈아입고 나올 생각은 하지 못했다.

"그랬나 보네요."

서준의 손이 티셔츠를 입고 있는 이재의 아래로 미끄러지듯이 내려왔다. 장난기 가득한 그의 시선에 이재는 눈살을 찌푸렸지만 이내 까르르 웃을 수밖에 없었다.

점점 아래로 내려온 손은 티셔츠를 들추고 제자리를 찾아 움직이기 시작했다.

"괜찮겠어요?"

"뭐가요?"

"일할 수 있겠느냐고요."

그렇게 말하면서도 이재는 서준의 귓가에 뜨거운 바람을 불어넣고 있는 중이었다. 야릇하고 꽤나 유혹적인 몸짓이라는 걸 누구보다 잘 알고 있었다.

"이대로 자면 일을 못 할 수도 있겠죠."

이재는 서준의 입술을 찾아 움직였다. 그가 벌어진 이재의 입술을 휘어 감듯이 빨아당겼다. 두 사람은 금세 불타오르기 시작했다.

서준은 이재를 번쩍 안아 올렸고 이재는 서준의 허리에 두 다리를 결박하듯이 감싸 안았다. 마치 서로를 처음 안듯이 두 사람은 서로를 갈구했다. 금세 고요하던 새벽이 야릇하게 물들기 시작했다.

그녀의 작은 움직임 하나에도 서준은 온몸의 근육들이 바짝 조여지는 기분이었다. 좀 더 깊이 들어가기 위해 서준은 안고 있던 이재를 소파 위에 내려놓았다.

그녀에게서 나오지 않기 위해 그는 한쪽 다리를 바닥에 디딘 채로 이재의 허리를 한 손으로 세게 잡아당겼다. 완벽하게 들어맞았다. 서준은 서서히 움직이기 시작했고 이재는 고개를 뒤로 한껏 젖혔다.

상체를 덮고 있던 티셔츠는 이미 바닥으로 떨어졌다. 달빛마저 이기듯 이재는 아름다웠다. 노랗게 익은 그녀의 피부가 영롱한 빛을 내며 반짝였다.

"하아!"

이재의 몸이 활처럼 휘었다. 서준은 그녀의 허리를 더 세게 안으며 그녀에게로 제 몸을 밀착시켰다.

들어가도 들어가도 끝을 알 수 없는 동굴처럼 그녀의 안은 깊었다. 그 끝에 도달하기 위해 서준은 쉬지 않고 밀어붙였다.

"서준 씨……. 하아, 사랑해요……."

"한 번 더 해 줄래요?"

"사랑해요."

갈증처럼 느껴졌다. 충분히 안았음에도 돌아서면 금방 그리웠다. 달큼한 살냄새도 좋고, 품 안에서 까르르 웃는 것도 좋았다.

어둠 속에서 뇌쇄적으로 빛나는 이재의 눈빛만으로도 달아오르기 충분했다. 지금처럼 이렇게 이재를 품 가득 안고 있을 때면 그녀의 영혼까지 갖고 싶어 안달이 났다.

"나도 사랑해요."

그녀의 전부를 갖고 싶고, 그녀의 전부가 되고 싶었다. 이제 서이재 없이는 살 수가 없을 것만 같다.

❖ ✖ ❖

아침에 일어나 같이 밥을 해 먹고, 향긋한 커피를 내려 창밖을 보며 마시는 걸로 행복을 만끽한 이재는 서준의 출근길에 같이 나와서 집으로 향했다.

대문을 열고 안으로 들어가는 게 왠지 민망했다. 이상하게 서준과 밤을 새우고 들어오는 날이면 친구들 보기가 껄끄러웠다. 그건 아무래도 유이 때문이지 않을까 싶었다.

"이모 안녕."

역시나 거실 문을 활짝 열고 마루에 걸터앉은 유이가 웃으며 아침 인사를 건넸다.

"응, 안녕."

최대한 밝고 태연하게 이재는 유이에게 손 인사를 했다.

"아침은?"

"나 비빔밥 먹고 싶어."

"아침부터?"

"어제부터 먹고 싶었어."

"진이한테 해 달라고 하지."

"진이 이모 어제 회식한다고 늦게 들어왔어."

"알았어. 들어와."

옷도 갈아입지 않고 손부터 닦은 후 이재는 냉장고에서 비빌 수 있는 것들은 모조리 꺼내기 시작했다. 마침 콩나물이랑 먹다 남은 상추가 있어서 계란프라이만 하면 될 것 같았다.

준비를 하다 보니 침이 넘어가고 허기가 졌다. 분명 서준의 집에서 노릇하고 바삭하게 구워진 토스트와 스크램블을 커피와 함께 먹었는데 어떻게 배가 고플 수 있는지 모르겠다. 한국인은 역시 밥을 먹어야 한다는 뜻인가.

"여기에 퍼."

커다란 양푼을 유이에게 주고 이재는 계란프라이를 하기 시작했다.

톡 하고 깨뜨리자 노랗고 통통한 노른자가 예쁘게도 떨어졌다. 그리고 뒤돌아서 유이가 푼 밥에 콩나물을 넣고 상추를 손으로 댕강댕강 찢어 넣었다.

그사이 계란프라이는 먹기 좋은 반숙으로 익었다. 그것들을 모조리 넣고 그 위에 새빨간 진이 어머니표 고추장을 넣어 비비기 시작했다. 금세 군침이 돌았다.

"근데 이거 우리 둘만 먹어?"

"그럼?"

"이모의 큰 손이 난 너무 좋아."

"이 정도는 먹어야 하루를 시작하지."

숟가락을 입에 문 유이는 비빔밥에서 시선을 떼지 못했다.

"냉장고에 반찬 다 있는데 알아서 비벼 먹으면 되지. 뭘 참고 있었어?"

"시금치랑 무나물이랑 그 산에서 나는 나물들 있잖아. 그런 거 넣고 한 비빔밥이 먹고 싶었어."

"어?"

"밥 위에 싱싱한 육회도 좀 올리고."

"뭐?"

"난 그 비빔밥 말한 거였다고."

기껏 침 흘리게 맛깔스럽게 비벼 줬더니 산채비빔밥을 운운하는 저 얄미운 이유이의 입을 고추장에 밥알 더덕더덕 붙은 숟가락으로 한 대 때리고…….

"그 숟가락으로 때릴 생각 하지 마."

"뭐야, 생각만 한 건데 들렸어?"

"숟가락에 잔뜩 힘준 이모 팔을 보고 한 대 맞을 수도 있겠다 싶어서. 이제 먹어도 돼?"

"먹자."

유이는 며칠은 굶은 것처럼 허겁지겁 달려들어 퍼먹기 시작했다.

"너 저녁 안 먹고 잤어?"

"어."

"왜?"

"다이어트나 해 볼까 하고."

"네가 뺄 살이 어디 있다고 그런 걸 해?"

"어. 그래서 나도 안 할라고."

"그래, 많이 먹어."

절레절레 고개를 저으며 이재도 숟가락으로 크게 밥을 떴다. 역시 비빔밥은 격식 없이 냉장고에 있는 반찬 모조리 넣고 양푼에 비벼야 맛이 있다.

머리를 맞대고 상대방 입에서 튀어나온 밥풀까지 먹어 대며 이죽이죽 웃을 수 있는, 그냥 집에서 먹는 밥이 제일 맛있었다. 그것도 아침에 먹는 비빔밥.

"이제야 살 것 같다."

"그 아저씨는 요리사라며. 밥도 안 해 줘?"

"해 줬지. 토스트랑 스크램블."

"아, 에피타이저네."

"그렇지."

밥 절반을 먹어 치우고서야 두 사람은 속도를 늦췄다. 어느 정도 배고픈 게 사라졌는지 유이도 고개를 들고 이재의 얼굴을 보며 사람답게 밥을 먹었다.

"너 진짜 안 갈 생각이야?"

"몰라."

"거기서 사는 거 힘들었어?"

"재미없었어."

"그래. 인생에서 재미는 상당히 중요한 거지. 네가 행복한 삶을 살았으면 좋겠어, 이모는."

"이모는 지금 행복해?"

잠깐 숟가락을 입에 문 채로 이재는 행복에 대해 생각했다.

"행복해지고 있는 중인 것 같다."

"그 아저씨 때문에?"

"내 인생의 행복이 누군가에 의해 좌지우지될 수는 없는데 사실 누군가와 함께할 때가 사람은 가장 행복하다고 느낄 거야. 혼자 있으면서 행복하다고 말하는 건 사실 외롭다고 말하는 게 아닐까?"

"나는 이모가 그 아저씨랑 지금보다 더 행복했으면 좋겠어."

유이의 눈빛이 아이처럼 순수하게 빛났다. 아직 유이는 스무 살도 안 된 어린아이였다. 그런 아이가 마치 어른이 된 것처럼 굴었으니 얼마나 힘들었을까.

"이모도 유이가 행복했으면 좋겠어."

이재는 유이의 머리를 쓰다듬으며 애정 어린 시선으로 바라봤다. 남들과 다르다고 틀린 게 아닌데 대부분의 부모들은 자식이 남들과 같았으면 한다.

그런 부모 밑에서 자라는 아이는 부모의 기대에 부응하기 위해서 스스로의 다름을 외면하고 사느라 얼마나 괴로울까. 어쩌면 유이도 다른 이들과 비슷하게 살기 위해 발버둥을 친 건지도 모르겠다. 그럼에도 같아질 수 없었고 그래서 결국은 도망을 친 건지도.

"행복까지는 모르겠는데 마음은 편해."

"그래?"

"기웃기웃하다 보면 내가 뭐가 되고 싶은지, 뭐가 하고 싶은지 알 수도 있을 것 같아."

"그게 뭐가 됐든 이모는 널 응원해."

"뭘 응원해?"

재헌이 부스스한 머리칼을 손으로 벅벅 긁어 대며 주방으로 들어왔다.

"먹을래?"

거의 다 먹은 비빔밥을 가리키며 재헌에게 물었다. 하지만 재헌은 결코 마다하지 않고 유이의 숟가락을 뺏어 들었다.

"배부르다."

"나도."

"나는 좀 자야겠다."

"나도."

"먹고 설거지해."

두 여자는 쿨하게 뒤도 안 돌아보고 주방을 나갔다. 밥풀만 붙은 그릇을 한참 보다가 재헌은 현실을 겸허히 받아들이며 식탁 위에 떨어진 것들까지도 손으로 알뜰히 주워 먹었다.

❖ ✖ ❖

오전 동안 내내 잠을 자고 일어난 이재는 서준의 집에서 챙겨 온 사진을 가방에서 꺼냈다.

사진 속 그의 어머니를 뚫어지게 들여다보며 어디서 본 사람인지 기억하려고 했지만 낯이 익을 뿐 기억은 떠오르지 않았다. 아무래도 인상이 강해서 본 적 있다고 착각한 게 아닐까 싶었다.

어제 취재했던 내용을 정리해 잡지사에 보내고 스케줄 정리를 하고 나자 이미 저녁이었다. 오늘 하루는 한 것도 없이 그냥 흘러간 것 같아 개운하지 않았다.

이재는 일단 씻고 옷을 갈아입었다. 그리고 가방을 챙겨 들고 카페로 나왔다.

"손님이 왜 이렇게 없어?"

"저녁 시간이니까."

"10분 후면 들이닥칠 거야."

"무슨 자신감이야? 근처에 커피 맛이 끝내주고, 인테리어가 환상적이며, 눈만 마주쳐도 심장을 녹여 줄 것 같은 꽃미남 사장이 있을 거라는 생각은 안 해 봤어?"

"어."

"와 씨, 그런 마인드 좋았어!"

엄지손가락을 치켜세우며 이재는 감탄했다.

"나갈 거야?"

"어."

"오늘은 집에 와서 자라."

"어."

"우리 집에 미성년자가 있다는 사실을 항시 상기하기 바란다. 미성년자 교육에 상당히 좋지 않다는 것도."

"나 오늘 아침에 유이 보고 반성했잖아."

"뭘?"

"우리가 좀 더 체계적이고 어른스럽고 주도면밀하게 그 아이를 속여야 한다는 걸."

대단한 사실을 깨달은 것처럼 이재는 진지한 표정으로 고개를 주억거렸다. 그리고 그 말에 재헌도 동의하는 듯 고개를 끄덕였다.

"저녁은 안 먹고 나갈 거야?"

"아침에 먹은 비빔밥이 아직도 여기 있는 거 같아."

이재는 여전히 불룩하게 나온 배를 손으로 짚으며 말했다.

"그런 것 같긴 하다."

"진이는 오늘 일찍 온대?"

"그렇겠지. 어제 술이 떡이 돼서 네 발로 기어들어 왔는데 오늘은 일찍 와서 쉬겠지."

"뭐 먹을 거 사 올까?"

"오늘은 안 자?"

"응?"

"그 사람 집에서 안 자냐고."

"어떻게 매일 자니? 하루는 집에서 자야지."

천연덕스럽게 말하는 이재를 보면서 재헌은 얼굴을 일그러뜨렸다. 그리고 자연스럽게 커피를 내려 이재 앞에 내려놓았다. 뜨거운 커피를 후후 불어 마시면서 이재는 재헌에게 말했다.

"어디서 본 적이 있는 사람 같거든?"

"누가?"

"서준 씨 어머니."

"벌써 만났어?"

놀란 눈으로 재헌은 이재에게 얼굴을 들이밀었다.

"아니, 사진으로."

아, 하며 재헌은 뒤돌아 하던 일을 마저 했다.

"근데 어디서 본 건지 기억이 안 나."

"그냥 흔한 얼굴이신가 보지."

"그런가? 아니야. 그렇다고 하기에는 인상이 너무 강해."

"세게 생겨도 그럴 수 있더라. 우리 집에 그 방수 업체 사장님 왔을 때도 우리 다 그랬잖아."

"아, 맞다."

"방수할 때 된 거 같은데?"

"아직 비 새는 데 없잖아."

"새기 전에 해야지."

특별하지 않은 저녁, 두 사람은 일상적인 것들을 얘기하며 조용한 시간을 보냈다. 그러다 진이에게 전화가 왔고 퇴근하고 오는 길에 부대찌개를 포장해 오겠다는 말에 이재는 서둘러 외출을 했다.

"오늘은 못 볼 거 같은데?"

– 뭐 바쁜 일 있어요?

"진이가 같이 저녁 먹자고 해서요. 매일 서준 씨랑만 논다고 친구들이 슬슬 눈치 주기 시작했어요."

– 할 수 없죠. 근데 그 저녁 같이 먹으면 안 되는 겁니까?

친구들과 함께하는 걸 그다지 싫어하지 않는 서준이 이재는 고마웠다. 그 전의 남자 친구들은 대부분 달가워하지 않았다. 가자미눈을 하고 있는 친구들이 무섭다고 한 사람도 있었다.

"일단 동의를 구해야 하니까 물어볼게요."

– 맥주를 아주 넉넉히 사 간다고 해요.

"네."

– 근데 어디 가는 거예요?

"액자 사러 가는 중이에요. 예쁜 거 골라서 내일 줄게요. 아니다, 이따가 주면 되겠다."

– 이따 봐요. 비싼 거 말고 적당한 걸로 사요.

"그럴게요."

통화를 끝내고 이재는 집에서 가장 가까운 팬시용품점으로 들어갔다. 액자들이 즐비한 곳에서 가볍지 않으면서 고급스러워 보이는 액자를 찾아 두리번거렸다.

액자를 맞춰 주고 싶었지만 그건 어쩐지 오버인 것 같아서 그것까지는 하지 않았다.

있는 것들 중 가장 괜찮아 보이는 걸로 하나를 고르고 또 하나를 더 골랐다.

그건 서준의 사진을 놓을 액자였다. 촌스럽지만 왠지 서준의 사진을 액자에 넣어 책상에 올려 두고 싶었다.

❖ ✖ ❖

늦은 시간이지만 네 사람. 아니, 유이까지 다섯 명은 푸짐한 저녁을 먹기 시작했다. 진이가 사 온 부대찌개와 서준이 사 온 맥주, 그리고 재헌과 이재가 요리한 음식들로 저녁상은 꽤 그럴싸했다. 마치 오래전부터 알고 지냈던 사람들처럼 스스럼이 없었다. 같이 웃고 같이 공감하면서 시간 가는 줄 모르고 즐겼다.

"오늘은 참 이재 씨가 부럽네요."

"뭐가요?"

"이렇게 좋은 사람들이 있어서."

이재는 진이와 재헌을 차례로 쳐다보며 흐뭇하게 고개를 끄덕였다.

"나한테는 가족이고 내 분신이에요. 또 하나의 가족이 아니라 그냥 가족."

"이상하지 않았습니까?"

재헌이 서준에게 물었다.

"이렇게 셋이 한집에서 산다고 들었을 때 보통은 이해를 못하거든요."

"이해를 해야 하는 문제인지 몰랐는데요?"

이재가 테이블 아래로 서준의 손을 잡았다. 그녀의 손을 깍지를 껴서 다시 잡으며 서준은 이재를 돌아봤다.

"잘 보이고 싶다는 생각은 했었던 것 같습니다. 뭐, 그 생각은 지금도 변함없지만요."

서준이 부드럽게 웃으며 재헌과 진이를 차례로 쳐다봤다. 그의 눈빛이 따스했다.

어딘가 이재와 닮은 것 같은 눈빛을 하고 있는 서준이 진이는 마음에 들었다.

서준이라면 이재를 아프게 하는 일은 없을 것 같았다. 왠지 그라면 가족이 될 수도 있지 않을까 조심스럽게 생각해 봤다.

"내 친구들한테 잘못 보이면 문제가 상당히 복잡해져요."

"어떻게요?"

"우리 관계에 치명적인 부작용을 초래할 수도 있죠."

서준은 입술을 비틀어 이재의 심각함에 동조했다.

"명심할게요."

"뭐 하나만 물어도 돼요?"

내내 얌전하게 앉아 밥만 먹던 유이가 입을 열었다. 일제히 긴장한 표정으로 유이에게로 시선을 돌렸다.

재헌은 아무 말도 하지 말라는 듯 눈치를 줬고, 진이는 마른 침을 소리 나게 꼴깍 삼켰다. 그리고 이재는 서준의 눈치를 살폈다. 시한폭탄과도 같은 질풍노도의 10대를 과연 서준이 감당할 수 있을지 의문이었다.

"나는 아저씨를 앞으로 뭐라고 불러야 해요?"

후우, 동시에 안도의 한숨을 몰아쉬었다.

"글쎄, 뭐라고 부르면 좋을까요?"

"이모부."

"어?"

"나는 이모부 마음에 들어요. 그러니까 두 사람이 언제 헤어질지는 모르지만 어쨌든 헤어지기 전까지는 이모부라고 부를래요."

"좋아, 그럼 나는 조카니까 말 편하게 할게."

부대찌개를 사이에 두고 두 사람은 뜬금없이 악수를 했다. 세차게 흔들며 유이는 치아가 보이도록 환하게 웃었다.

"걸려든 거지?"

"그런 것 같은데?"

재헌과 진이가 알 수 없는 말을 하며 혀를 끌끌 찼다.

"뭐가 걸려든 겁니까?"

"곧 알게 될 거예요."

"이모부."

재헌의 말이 끝나기 무섭게 유이는 애교 섞인 목소리로 서준을 불렀다.

"네?"

"아니, 나는 이모부라고 부르는데 이모부는 네? 하고 대답하면 어떡해요. 그럼 우리가 꼭 남 같잖아요."

"아, 그런가?"

"이모부?"

"응?"

어쩐지 죽이 잘 맞는 것 같다.

"나 이모부 레스토랑에서 일하면 안 돼요?"

"뭐?"

이재는 잘못 들은 줄 알고 되물었다.

"아르바이트하고 싶어요."

서준은 곤란한 듯 이재를 돌아봤다.

"야, 이유이. 너는 무슨 관계를 짓자마자 부탁을 하니? 그리고 네가 지금 아르바이트할 때야?"

"그럼 뭘 할 땐데?"

"그건……."

딱히 해야 할 게 없기는 했다. 공부를 하라고 하기도 그렇고, 그냥 놀라고 하기도 뭐했다.

"지금은 아르바이트가 하고 싶어. 이모가 내가 하고 싶은 걸 하면서 행복을 찾으라고 했잖아."

"내가?"

"어, 이모가."

단호한 표정으로 말하는 유이 때문에 이재는 기억을 더듬어야 했다. 그렇게 말했던 것도 같았다.

"근데 왜 진서준 씨 레스토랑에서 아르바이트를 해? 그냥 삼촌 카페에서 해."

"카페는 너무 좁잖아. 난 여기보다 큰물에서 놀고 싶어."

"큰물?"

진이는 어안이 벙벙한 표정으로 멍하니 유이만 쳐다보고 있었다.

"다들 괜찮다고 하면 자리를 만들어 볼게요. 어차피 홀 직원이 한 명 더 필요하긴 해서……."

서준은 말을 하면서 이재의 표정을 살폈다. 이재는 난처한 듯 아랫입술을 깨물었고 유이는 서준의 대답을 기다리며 초롱초롱한 눈을 굴렸다.

"제대로 일할게요. 걱정하지 마세요."

"일단 내일 나와 봐."

"네!"

거수경례까지 하며 유이는 씩 웃었다. 그리고 벌떡 자리에서 일어나 국자로 부대찌개를 크게 한 국자 떠서 서준의 앞 접시에 덜어 줬다.

충성을 맹세하듯 유이는 그때부터 서준에게 시선을 고정한 채 그의 말에만 반응했다. 별것도 아닌 말을 해도 크게 박수까지 치며 웃어 대거나 고개를 격하게 끄덕이며 진지한 표정을 해 보였다.

"아무튼 이유이는 똑똑해."

"그럼 똑똑하지."

"배워야 할까?"

"우리가 과연 배울 수 있을까?"

이재와 진이는 감탄 어린 눈으로 유이를 바라봤다.

"그래도 다행이다."

"뭐가?"

"유이 덕에 가까워졌잖아. 어색함이 없어, 우리 모두."

눈을 보며 얘기를 이어 가는 서준과 유이, 그리고 재헌까지. 마치 오래전부터 같이 살았던 사람들처럼 자연스러웠다. 서준의 빈 물컵에 물을 따라 주는 재헌도, 유이의 말에 맞장구를 치며 자신의 얘기를 들려주는 서준도 모두가 어색함이 없이 편안한 모습이었다.

"좋다."

"응. 나도 너무 좋다."

진이는 유이의 어깨를 장난스럽게 툭 쳤다. 서준을 바라보는 이재의 눈길에 마음이 놓였다.

이제는 행복해질 수 있을 것만 같았다. 이들의 연애가 핑크빛으로 물들기를 바랐다. 아무런 고통도 고민도 없이 이렇게 계속 사랑만 하기를 진심으로 빌었다.

다시 시작한 서이재의 연애를 진이는 누구보다 격하게 찬성했다.

❖ ✖ ❖

기분 좋게 취한 밤이었다. 비록 재헌이 취해서 유이를 붙잡고 일장 연설을 쏟아 내기 시작했지만 이재와 서준은 무사히 그곳을 빠져나올 수 있었다.

"이거요."

새로운 액자에 담긴 가족사진을 서준에게 건넸다. 서준은 액자 속에 들어 있는 가족사진을 물끄러미 바라봤다.

"나는 이 액자 속에 당신이랑 내가 있었으면 했는데……."

"나도요."

이재는 등 뒤에 감추고 있던 빈 액자를 꺼냈다.

"우리 사진 찍어서 여기에 넣어요. 원래는 서준 씨 사진만 넣으려고 했는데 서준 씨 옆에 있는 나도 보고 싶어졌어요."

"언제 찍을까요?"

"지금 찍으면 되죠."

"아니. 사진관 가서 진짜 제대로."

이재의 눈꼬리가 부드럽게 휘었다. 그런 이재의 뺨을 서준은 애정 어린 손으로 쓰다듬었다.

"헤어지기 싫다."

아쉬움에 발걸음이 떨어지지 않았다. 왠지 이재의 손을 잡고 같은 집으로 들어가야 할 것만 같았다.

"청소년 교육 차원에서 오늘은 헤어지기로 해요."

"그래야겠죠?"

"그 청소년이 아직은 음주를 못 해서 너무도 정신이 말짱하거든요."

"술을 좀 권할 걸 그랬나?"

헤어짐이 어쩐지 익숙하지 않은 밤이었다. 늘 만나고 헤어지고 했는데 이상하게도 오늘 밤은 유독 그랬다. 아쉬웠다.

"얼른 가서 쉬어요."

"그럴게요."

말을 그렇게 하면서도 잡고 있는 손을 놓지 못하는 두 사람이었다. 애틋함이 두 눈에서 뚝뚝 떨어졌다.

"오늘 밤 우리가 헤어질 수 있을까요?"

"난 어려울 것 같은데."

"그 어려운 걸 해내 봅시다."

"꼭 그래야만 합니까?"

입을 다부지게 다물고 이재는 힘겹게 고개를 끄덕였다. 서준이 애처로운 눈빛을 해 보였지만 헛수고였다.

"오늘은 안 먹히네."

"가요, 얼른."

"알았어요, 잘 자요."

"꿈에서 만나요."

서준은 이재의 입술을 찾아 고개를 기울였다. 깊지 않은 가벼운 입맞춤이었다. 허전함을 채우듯 입술 사이를 부드럽게 파

225

고드는 입맞춤. 가슴을 뜨겁게 차오르게 만드는 단단하고도 끈끈한 그런 입맞춤이었다.

보이지 않는 순간까지도 뒤를 돌아 이재에게 들어가라 손짓하는 서준을 보내고 막 돌아서려 할 때였다.

"하!"

불현듯 열지 말아야 할 판도라의 상자를 연 것처럼 기억이 나 버렸다.

또렷하게 생각났다. 서준의 앞에 앉아 있던 강한 인상을 풍기던 그 중년의 여자가 누군지 생각이 나고 말았다.

온몸에서 살아 있던 모든 것이 빠져나가는 느낌이었다. 다리가 후들거리고 손이 무감각해졌다.

기댈 곳이 필요했다. 잡아 줄 무언가가 필요했다. 숨이 쉬어지지 않았다. 가슴을 커다란 돌덩이가 짓누르는 것처럼 갑자기 통증이 더해졌다.

한 손으로 가슴을 치면서 다른 손으로 뒤를 더듬거려 벽을 짚었다. 그리고 늘어지는 몸을 벽에 기댔다. 여전히 숨이 제대로 쉬어지지 않았다.

"말도 안 돼……."

그 순간 핸드폰이 울렸다. 서준의 이름이 선명하게 박힌 핸드폰을 들여다보는 이재의 눈빛이 심하게 일렁였다. 서준의 이름이 흩어졌다. 눈물이 차오른 이재의 눈에 더는 서준의 이름이 보이지 않았다.

큰일이다. 사고가 정지해 버렸다. 서준의 얼굴이 기억에서 사라지기 시작했다. 그의 얼굴이 생각나지 않았다. 아무것도 보이지 않았다. 눈앞이 캄캄해졌다.

아무리 생각을 하려고 해도 생각이 나지 않았다. 무엇을 생각해야 하는 건지, 무엇을 떠올려야 하는 건지 모르겠다.

암흑 속에 갇혀 버렸다. 숨이 쉬어지지 않는 고통이 그녀의 몸을 덮쳤다. 그리고 그대로 눈을 감아 버렸다. 어렴풋이 유이의 모습이 보이는 듯도 했다.

❖ ✖ ❖

다시 눈을 뜨자 보이는 건 익숙한 천장이었다. 들어오지 않는 이재를 걱정해서 유이가 새벽에 대문 밖으로 나왔고, 길바닥에 쓰러진 이재를 발견했다. 그리고 울면서 이재를 집 안으로 옮겼다. 그때부터 줄곧 이재의 곁을 지키며 이재 옆에 있었다.

"정신이 들어?"

유이는 사시나무 떨듯이 바들바들 떨고 있었다.

"……이모 안 죽어."

"진이 이모랑 삼촌은 취해서 자고, 나는 힘이 없고……."

결국 진이는 울음을 터트렸다.

"괜찮아. 그냥 술 취해서 쓰러진 거야."

"이제 술 마시지 마."

이름을 부르고 흔들어도 이재는 정신을 차리지 못했다. 무서웠다.

"어. 안 마실게."

"죽지도 마."

"어, 그럴게."

"오늘 이모 옆에서 잘 거야."

"이리로 올라와."

좁은 침대에 유이는 꾸깃꾸깃 몸을 집어넣었다. 그리고 이재 옆에 착 붙어서 눈을 감았다. 떨어지지 않으려는 듯, 이재를 놓지 않으려는 듯 유이는 필사적으로 이재를 껴안았다.

"한약도 먹는데 왜 그래?"

"늙어서."

"돌팔이인가 봐. 다른 데서 먹어."

"그래야겠다."

"정신을 잃을 것 같으면 혓바닥을 세게 깨물어. 그리고 두 눈에 힘을 꽉 주면 돼. 앞으로 절대 정신 놓지 마."

"명심할게."

"이모랑 삼촌은 나한테 유일한 친구야."

유이는 속에 담아 뒀던 말하지 못한 이야기를 꺼내 놓기 시작했다.

"누구도 나를 이유이로 봐 주지 않아. 나는 그냥 이상한 애고 특이한 애야. 그렇게 보는 사람들이랑 아무렇지 않게 어울리고 싶지가 않아. 내가 나를 숨기면서 그들한테 맞출 자신이 없어. 아니. 하기 싫어, 그딴 거. 나는 그냥 이대로의 내가 좋아. 이렇게 생겨 먹은 걸 어떡하라고. 나라도 나를 사랑해야지."

유이는 어린 시절부터 다 알고 있었던 거였다. 주위 사람들이 자신을 어떻게 보는지 이미 알고 있었다.

잘 보이기 위해 노력도 해 봤고, 다름을 들키지 않으려고 말문을 닫기도 했었다. 결국 그 모든 게 아무 소용이 없다는 걸

깨달아 버렸지만 그때는 이미 상처받을 대로 상처받은 뒤 무덤
덤해진 후였다.

"나는 그냥 나답게 살 거야. 누구를 위해서가 아니라 나를 위
해서."

그 어리고 여린 것이 혼자서 끙끙 앓았을 걸 생각하니 가슴
이 저려 왔다.

"이모도 그렇게 살아."

"응."

"어디 도망가지 말고 지금처럼 나 예뻐하면서."

"어, 그럴게."

얼마나 지났을까. 손을 들어 이재의 왼쪽 가슴에 갖다 대고
유이는 잠이 들었다.

"하아."

겨우 잠든 유이가 깨지 않도록 들리지 않게 참았던 숨을 내
쉬었다. 그리고 천천히 생각을 되짚었다. 마지막 손을 흔들고
가던 서준의 모습에 이어 사진 속 서준 어머니의 모습이 차례
로 떠올랐다.

꿈이 아니었다. 꿈이라면 당장이라도 깨고 싶은 악몽과도 같
은 현실이었다. 서준이 사고와 어떤 식으로든 연결되어 있다는
걸 부정할 수 없었다.

기억해 낸 기억 속 서준의 어머니는 오명섭과 아는 사이였
다. 그 사고가 있던 날, 아니 그다음 날 오명섭은 서준의 어머
니와 함께였다.

조사를 받는 내내 옆을 지켰다. 그리고 위로금과 합의금을
건넬 때도 같이 있었다. 얼음처럼 차가운 시선으로 자신을 보

던 그 무서웠던 아주머니였다.

Rrrrr.

핸드폰 진동 소리에 이재는 고개를 옆으로 돌렸다. 머리맡에 핸드폰이 놓여 있었다. 유이가 깨지 않도록 천천히 손을 뻗어 핸드폰을 들었다. 서준에게서 온 문자였다.

[벌써 자요? 전화했는데 안 받아서 문자 남겨요.]

손가락이 핸드폰 위에서 머뭇거렸다. 그러다 그에게 답문을 보냈다.

[아직 안 자요.]

[왜 이렇게 보고 싶지? 이거 병이죠?]

눈물이 뺨을 타고 조용히 흘렀다. 아직 아무것도 모르는데 그냥 눈물부터 났다.

서준의 어머니가 오명섭과 어떤 관련이 있는 건지, 오명섭이 말한 대로 정말 부모님이 음주 상태로 중앙선을 침범해서 사고가 난 건지도 알 수 없는데 왜 이렇게 가슴이 아프게 뛰는지 모르겠다.

어쩌면 부모님의 잘못이었다는 그 사실을 여전히 받아들일 수 없는 건지도 모른다. 누군가를 탓해야만 편해질 수 있어서 그 대상을 죄 없는 오명섭에게, 그리고 서준의 어머니에게 돌리고 있는 건지도.

[사랑해요.]

서준에게 문자를 보내고 이재는 그대로 눈을 질끈 감아 버렸다. 뜨거운 눈물이 뺨을 타고 흘렀다. 아랫입술을 깨물며 소리 내지 않으려고 애썼다.

[사랑해요.]

같은 마음으로 같은 문자를 보내왔다. 웃고 있을 그의 얼굴이 선명하게 보이는 듯했다. 앞으로 서준을 제대로 볼 수 있을지 자신이 없었다.

이번에는 끝을 내고 싶었다. 6년 전 우연히 오명섭을 발견했을 때는 아무것도 할 수 없었다. 지금보다 어렸고 두려웠다. 뭘 어디서부터 알아봐야 하는 건지도 감이 오지 않았다. 그저 며칠 동안 끙끙 앓기만 했었다.

휘몰아치는 부모님 생각에 사고가 정지했었다. 무능력하고 나약했다. 그때 아무것도 하지 못했던 후회 때문인지 그로부터 2년 뒤에 비슷한 사람을 보고 따라가기도 했었다. 이제 더는 숨고 싶지 않았다.

어떤 게 진실이든 밝혀내고 싶었다. 피해자라면서 왜 그렇게 많은 돈을 줬는지, 그날 밤 어떻게 사고가 났던 건지, 전부를 전해 듣고 싶었다. 정말 술에 취해 운전대를 잡은 게 부모님이었다면 사과를 할 생각이었다.

"하아……."

믿을 수는 없지만 그랬다면 그도 충격이었을 테니까 용서를 빌어야겠다.

그러기 위해서는 오명섭을 만나야 한다. 어떻게든 찾아내서 그날에 대해 얘기해야 한다. 떠올리고 싶지 않은 기억 속으로 이제는 스스로 들어가야 할 때였다.

❖ ✖ ❖

다음 날, 이재는 뜬눈으로 밤을 새우고 일어났다. 옆에서 자는 유이를 깨우지 않고 조심조심 몸을 일으켜 거실로 나왔다. 어젯밤의 술자리로 주방은 엉망이었다. 그녀는 천천히 걸음을 옮겨 그것들을 치우기 시작했다. 그러면서 동시에 머릿속 생각들을 정리했다.

오명섭을 찾을 수 없다면 서준의 어머니를 찾아가면 된다. 그때의 사고에 대해, 그리고 오명섭에 대해 물으면 되는 거였다.

서준 모르게 서준에 대해 알아보는 건 찜찜하고 미안하지만 지금은 그런 걸 따질 여유가 없었다. 일단은 모든 문제가 확실해진 후에 서준에게 알려 줄 참이었다. 괜히 그를 괴롭히고 싶지는 않았다.

"아오, 속 쓰려."

재헌이 터덜터덜 주방으로 들어왔다.

"일찍 일어났네?"

"재헌아."

재헌은 냉장고를 열어 시원한 물을 꺼내 마셨다.

"그 사람 찾아봐야 될 것 같아."

"누구?"

"오명섭."

등을 돌린 채로 설거지를 하면서 이재는 차분한 목소리로 말했다. 촤아아, 시끄럽게 떨어지는 물줄기 속에서도 오명섭이라는 이름 석 자는 또렷하게 들렸다. 재헌은 의자를 끌어당겨 앉았다.

"내가 찾고 있어."

재헌의 말에 이재는 몸을 돌렸다.

"한국에 있는 것 같아."

"언제부터……."

"지난번에 너 쓰러지고 그때부터."

이재는 수돗물을 잠그고 재헌의 맞은편에 앉았다. 설거지를 해서인지 손이 시렸다. 자꾸만 떨리려고 하는 두 손을 포개 잡으며 마른침을 삼켰다.

"사고가 난 직후 한국을 떠났다는 게 물론 우연일 수 있고, 이민을 갈 계획이었는데 마침 사고가 났던 걸 수도 있는데…… 어쨌든 확인을 해 봐야 할 것 같아. 나는 그 사람 못 믿겠어."

"서준 씨 어머니가 알 것 같아."

"무슨 말이야?"

"가족사진을 봤는데 서준 씨 어머니가 그때 오명섭 옆에 있던 그 아주머니였어. 어젯밤에 그게 기억났어."

왠지 불안하다. 이 일에는 누구도 연관되어서는 안 되는 거였다. 그게 좋은 일이든 나쁜 일이든 그러면 안 되는 거였다.

"확실해?"

"어. 그 얼굴이 또렷하게 기억났어."

"진서준 씨도 알아?"

"아니, 아직 말 안 했어. 어떻게 말해야 할지도 모르겠고."

"우선은 말하지 않는 게 좋을 것 같다."

"나중에 알면……. 당연히 알게 될 일이기는 한데 차마 말 못 하겠어. 무슨 말을 해야 하는 건지도 잘 모르겠고."

그때는 오명섭 옆에 있던 그 여자에게 무슨 관계냐고, 대체 누구냐고 묻지를 못했었다. 그냥 악을 쓰며 정신없이 울었던 것 같기만 하다.

얼떨결에 장례를 치렀고, 그렇게 정신없이 모든 일이 마무리 지어졌다.

이모들이 나섰지만 결과는 같았다. 이재의 부모님은 음주 운전으로 사고를 냈고, 결국 죽음에 이른 걸로 결론이 났다. 말도 안 된다고 울부짖어 봤자 너무 늦은 일이었다. 아무런 힘도 없던 이재는 그냥 그렇게 세상에 혼자 남겨졌다.

"내가 할게, 넌 그냥 있어."

이재 혼자 끙끙거리는 걸 가만히 지켜볼 수는 없었다. 애초부터 그렇게 두지 않을 작정으로 오명섭을 찾고 있는 거였다.

"아니, 내가 해야 해."

"혼자 하려고 하지 마."

"어. 도와줘."

"소설 속 얘기였으면 좋겠다."

"그냥 다 꿈이었으면 좋겠어, 난."

이재는 힘없이 웃었다. 금세 그녀의 눈에 눈물이 차올랐다. 재헌은 말없이 이재의 손을 잡아 줬다.

"쓸데없는 생각 하지 마. 너 혼자 아닌 거 말 안 해도 알지?"

"알아."

"됐어, 그럼. 일단은 진서준 씨 어머니랑 연락해 보는 게 좋겠다. 연락처는 물어보지 않고도 알 수 있지?"

"어, 할 수 있어."

"약속 잡으면 말해. 같이 갈게."

한동안 두 사람은 말없이 앉아만 있었다. 무언가 좋지 않은 결론이 서준을 향해 있는 것만 같았다. 제발 아니기를 바랐지만 그 생각은 떨칠 수가 없었다.

"만약에 서준 씨가……."

차마 뒤에 말을 잇지 못하고 이재는 고개를 떨어뜨렸다.

"그건 일단 나중에 생각하자."

"그래야겠지?"

"진짜 별거 아닐 수도 있어. 우리가 알고 있는 사실이 전부일 수도 있다고. 아무것도 상상하지 말고 눈앞에 보이는 것만 믿어."

재헌은 이재의 손을 힘껏 잡으며 강조했다. 그의 말이 맞다는 걸 알면서도, 그러겠다고 고개를 끄덕이면서도 한편으로 다른 생각이 들었다. 만약에……. 그 후의 말을 떨칠 수가 없었다.

"밥 먹자."

"어."

"해장국 든든하게 먹고 그다음 다시 생각하자."

재헌은 이재가 다른 생각을 하지 못하도록 손을 잡아끌었다. 같이 해장국을 사러 가기 위해 대문을 열었다. 그리고 문 앞에 있는 검은 봉지를 발견하고 멈칫했다. 재헌이 먼저 봉지 안에 든 물건을 확인했다. 열어 보지 않아도 그 안에 무엇이 들었는지 이재는 알고 있었다.

"널 많이 아끼나 보다."

이재는 털썩 바닥에 주저앉아 엉엉 소리가 나도록 울고 말았다.

❖ ✺ ❖

정신을 놓지 않으려고 이재는 부지런히 움직였다. 이불도 전부 꺼내서 빨고 그릇들도 모조리 닦았다. 끊임없이 일을 하면서 몸을 쉬지 않았다. 점심도 든든하게 먹고 커피까지 마셨다. 어제와 다르지 않은 오늘을 보내면서 아무 일도 없었다는 듯 티를 내지 않았다.

가끔 재헌의 힐끔거리는 시선이 느껴졌지만 그럴 때마다 모른 척 외면했다. 그런다고 괜찮다고 여길 재헌이 아니겠지만 지금은 그냥 서로 아무런 말도 하지 않았다. 재헌은 재헌대로 다시금 그날의 일에 대해 알아보는 중이었고, 이재는 서준의 어머니 연락처를 아는 사람을 통해서 알아봐 달라고 부탁해 놓은 상태였다.

"집이 아주 번쩍번쩍하다?"

이른 퇴근을 한 진이는 눈이 휘둥그레져서는 거실을 손가락으로 쓸며 감탄했다.

"가을맞이 대청소 좀 했어."

"벌써?"

"이제 금방이야."

"그래 뭐, 어쨌든 깨끗해서 좋기는 하다."

"저녁은?"

"당연히 안 먹었지."

"우리 오늘은 소고기 먹자."

"얼마 전에 먹지 않았어?"

"몰라, 기운 없어."

"몸살 오는 거 아니야? 그래, 오늘은 우리 다 같이 몸보신 좀 하자. 금방 씻고 나올게. 같이 나가자."

"어디를?"

"소고기 먹자며."

"내가 사 온다니까."

"아무튼 가지 말고 기다리라고."

살벌한 눈빛을 해 보이고 진이는 욕실로 들어갔다. 진이의 샤워 소리를 들으며 이재는 또 다시 생각에 잠겼다. 하루 종일 생각한다고 해서 뾰족한 수가 떠오르지는 않았다.

항상 서준이 걸렸다. 재헌의 말처럼 지금은 어떤 것도 알 수 없는 상황이라 눈앞에 보이는 것을 제외하고는 더 깊이, 더 많이 생각할 필요가 없었다. 그걸 알면서도 자꾸만 머릿속은 복잡하게 뒤엉키고 있었다.

Rrrrr.

서준의 이름을 보자마자 이재의 얼굴이 환해졌다. 이제 진서준 이름 석 자는 이재에게 행복 그 자체였다.

"나 보고 싶어요?"

- 숨을 쉬는 매 순간순간 보고 싶죠.

낯간지러운 말도 제법 하는 서준이었다.

- 왜 이렇게 통화가 어려워요? 오늘 바빴어요?

"네, 좀 바빴어요."

서준의 목소리를 아무렇지 않은 척 들을 자신이 없었다. 눈물이 왈칵 쏟아질 것 같아서 문자로만 대화를 했었다.

"미안해요."

- 이렇게 들었으니까 됐어요. 나 오늘은 본가에 좀 다녀와야 할 것 같아요.

본가······. 그의 어머니가 계신 곳. 거기가 어디냐고, 당신 어머니에게 묻고 싶은 게 있다고 말하고 싶었다. 목구멍까지 올라온 말들을 꾸역꾸역 다시 넘기며 이재는 말했다.

"그럼 우리 못 봐요?"

– 대신 내일은 하루 종일 같이 있는 걸로 해요. 설마 내일 바쁜 거 아니죠?

"내일은 많이 바쁜데?"

– 진짜요? 나는 내일 쉬는데.

"아니에요. 내일 봐요."

– 일 있는데 무리하지는 말고요. 끝날 때까지 기다리면 되니까…….

"보고 싶어요."

울컥 뜨거운 게 올라올 것만 같았다. 이재는 입술을 깨물며 눈물을 삼켰다.

아직은 그에게 꺼내 보일 수가 없었다. 나중에 서운하다고 화를 낸다고 해도 그건 어쩔 수가 없었다. 그와의 관계를 아직은 어떤 식으로든 망치고 싶지 않았다.

놓고 싶지 않았다. 하루하루 시간이 지날수록 욕심이 생겼다. 그것만은 의심하지 않아 줬으면 했다.

– 일 끝나고 잠깐 들를게요.

"아니에요. 우리는 내일 보면 되죠. 집에 늦지 않게 가요."

– 그래도 보고 싶다고 말하는데 내가 어떻게 안 갑니까?

"오늘은 참았다가 내일 실컷 볼래요."

– 알았어요. 그럼 오늘만 참아 봐요.

앙탈 부리듯이 오겠다는 서준을 겨우 달래고 이재는 통화를 끝냈다. 그사이 샤워를 마친 진이가 욕실에서 나왔고, 두 사람은 장바구니를 챙겨 마트로 출발했다.

"발 아파?"

"하루 종일 구두 신는데 집에서라도 편한 걸 신어야지."

진이는 터덜터덜 운동화를 끌며 골목을 내려왔다.

"뒤꿈치 까진 거 아니지?"

"안 까졌어."

하얀 진이의 손과 발은 미용 일을 시작한 후로 그야말로 눈 뜨고 보기 힘들 정도로 망가졌다. 독한 약품을 매일 맨손으로 사용하다 보니 손에는 습진이 심했고, 종일 구두를 신고 있어서 퇴근하고 돌아오면 발이 퉁퉁 부어서 슬리퍼도 신지 못할 정도였다.

그러면 이재는 밤새 뜨거운 수건으로 찜질해 주며 조금이라도 편하게 일할 수 있도록 수제화를 알아보고는 했었다. 지금은 감각이 무뎌진 건지, 아니면 익숙해진 건지 그 전만큼은 아니더라도 많이 편해지긴 했다.

"나도 연애하고 싶다."

"하면 되지."

"번번이 잘 안 되니까 이제 누굴 만나는 것도 겁난다."

"만나는 놈마다 자자고 덤비니까 문제지."

혼전 순결 주의자인 진이는 연애를 할 때마다 그놈의 문제 때문에 애를 먹고는 했다. 종교 때문이라기보다는 이것도 전적으로 부모님의 영향이었다.

어린 나이에 진이를 임신한 그녀의 엄마 강세영 여사님은 이제 겨우 50세로 엄마들 중 가장 젊은 엄마였다. 그래서 생각이 트이고 옷을 입는 것도 꽤나 감각적이다.

지금 나이에도 하고 싶은 게 많아 닥치는 대로 배우고, 배우는 중에도 또 무엇을 할지 끊임없이 고민했다. 무엇이든 도전할 수 있는 나이는 분명히 존재한다며 그 나이에 해야만 하는 것과 해야 하는 건 다른 거라고도 했다.

사랑을 나누는 일이 해야만 하는 절대적인 건 아니라고. 결혼 후 사랑하는 사람과 하루에도 열 번은 할 수 있는 거라며 그렇게 결혼 전 그것을, 사실 이른 결혼을 반대했다. 자신이 못한 걸 하나밖에 없는 딸 진이가 대신해 주기를 바랐다.

순종적인 진이는 그 말을 종교처럼 믿고 커서 지금도 무조건 남녀 사이에 사랑을 나누는 건 결혼을 한 부부 사이에서나 가능한 일로 여기고 있었다.

"그만 너의 그 빗장을 풀어 보지 그러니. 그러면 신세계가 열릴 것이니라."

"너희들의 신세계를 듣는 것만으로도 나는 충분히 벅차."

자유분방한 연애를 지향하는 이재와 재헌을 사실 진이는 이해는 하면서도 전적으로 지지하지는 않았다.

"독한 년. 너 그러다 거기 완전히 닫히는 수가 있어."

"지금도 열려 있거든?"

"어떻게 알아?"

"그냥 알아."

이재의 시선이 옆에서 걷는 진이의 허벅지 안쪽으로 옮겨졌다. 진이가 눈을 부라리자 이재는 시선을 거둬들였다.

"네 연애는 어때? 여전히 좋아?"

"응."

"어떻게 좋은데?"

"구체적으로 말해도 돼?"

이재는 의미심장한 눈길로 야릇하게 웃으며 물었다.

"아니, 은유적으로 표현해 줘."

진이는 단호하게 대답했다.

"그냥 그 사람이 많이 좋아. 보고 있어도 좋고, 안 보면 미친 듯이 보고 싶고. 맛있는 거 먹을 때면 너희들이랑 같이 그 사람 얼굴이 떠올라."

"진짜네."

"응."

고개를 끄덕이는데 얼핏 그녀의 얼굴에 짙은 그림자 같은 게 엿보였다.

"편한 운동화 같은 사람이야?"

한참을 생각하다가 이재는 애매하게 대답했다.

"그 사람은 그런데 요즘 내가 유리 구두를 신고 걷는 기분이 야."

"유리 구두 예쁘잖아."

"예쁘기만 하지 걸음을 내디딜 수도 없고, 벗자니 아깝고, 그러다 깨지면 나까지 다치고."

심란한 얼굴로 이재가 한숨을 내쉬었다.

"무슨 일이야?"

"뭐가?"

"너희 둘이 요즘 뭔가를 하고 있다는 것도 알고, 내가 도움이 안 되고 또 걱정할까 봐 말을 안 해 주는 것도 아는데 그래도 나 너무 걱정돼. 재헌이는 카페에서 커피 내리는 것보다 핸드폰을 더 붙잡고 있고, 너는 진서준 씨한테 전화 오면 갑자기 표정이 어두워지고. 금방이라도 울 것 같은 눈으로 그 사람 얘기하고."

걸음을 멈추고 이재는 진이를 돌아봤다. 말하지 않아도 알고 있었다. 집 안의 달라진 공기만으로도 진이는 이미 눈치채고 있었다. 아무리 농담을 하고 장난을 쳐도 무슨 일이 있다는 걸.

"너 가위 들고 하루 종일 다른 사람 머리 만지는 사람이야. 신경 쓰게 해서 너 다치게 하기 싫어."

"알아."

서로 간에 믿음이 없었다면 사이가 틀어질 수도 있는 일이었다. 두 사람이 나만 빼고 노는구나, 그런 유치한 마음으로 돌아설 수도 있었다. 하지만 두 사람이 말하지 못하는 건 배려였고 믿음이었다. 진이는 그걸 단 한 번도 의심하지 않았다. 다만 누구도 불행해지는 그런 일은 아니었으면 했다.

"기다릴 테니까 다치지만 마."

"어, 그럴게. 미안해."

"가자, 오늘 고기 좀 먹자."

"많이 먹어도 돼?"

"언제는 많이 안 먹었어?"

수긍하듯 이재는 고개를 끄덕이며 다시 걸음을 내딛었다.

❖ ✖ ❖

하루 지나서 아버지 생일을 챙기겠다고 온 아들을 차 여사는 못마땅한 눈으로 흘겨 댔다. 진 회장은 이미 저녁 약속이 있어 얼굴만 보고는 곧바로 집을 나섰고, 결국 저녁은 차 여사와 서준 둘이서 해야만 했다.

열 명은 앉아도 될 만큼 커다란 식탁에 단둘이, 그것도 각자의 음식을 따로 세팅해 놓은 식탁이 서준은 갑갑했다. 옹기종기 모여 앉아 냄비 하나에 숟가락을 담그며 낮에 있었던 일을 말하고, 그러다 크게 웃고 하는 단란한 저녁이 그리웠다.

생각해 보면 이 집에서는 단 한 번도 그런 밥을 먹어 본 적이 없었다. 갓 지은 밥으로 차려 낸 식탁인데도 늘 식은 밥을 먹는 것 같아 목이 막혔다.

"내일 세 명 자리 좀 예약해."

"다른 데로 가세요."

누군지 묻지도 않고 매정하게 자르는 아들을 차 여사는 무섭게 쏘아봤다.

"중요한 분들 모시고 가는 거야, 너도 알아 두면 나쁠 거 없어."

"내일 자리 없어요."

"그러니까 만들라고."

"다른 데로……."

탁! 결국 차 여사의 성질이 폭발해 젓가락을 소리 나게 내려놨다. 하지만 서준은 대수롭지 않은 듯 평온하게 식사를 이어 갔다.

"뭐가 불만이야?"

"그런 거 없습니다."

"대체 뭐가 부족해서 그렇게 잔뜩 부은 얼굴을 하고 있는 거냐고."

집에서 나간 후로 서준은 항상 같은 표정이었다. 어쩌다 집에 오는 날이면 그는 돌아갈 때까지 화가 난 것 같은 얼굴로 앉아만 있었다. 묻는 말에 단답형으로 대답하고 눈도 맞추지 않았다. 데면데면을 넘어 모르는 사람보다 차갑게 굴었다.

"엄마가 중요한 사람들 모시고 가겠다는데 반색은 못할 망정 다른 데로 가?"

"그러니까 다른 데로 가시라고요. 괜히 오셔서 기분 상할 일 만들지 마시고."

"기분 상할 일?"

후우. 서준은 젓가락을 내려놓고 심호흡을 했다. 그리고 천천히 물컵을 들어 물을 마시고 앞에 앉은 어머니에게로 시선을 들었다.

"어머니 오시는 거 반갑지 않습니다."

"그런 거 같더구나."

"알면서도 오시는 저의를 모르겠습니다."

"저의? 엄마가 아들이 장사하는 데 가서 팔아 주겠다는데 저의?"

단 한 번도 서준의 요리를 요리로 바라본 적이 없는 어머니였다. 돈 몇 푼 쥐여 주면 누구나 뚝딱 만들 수 있는 그냥 먹거리일 뿐이었다. 그 레스토랑을 하기까지 얼마나 많은 노력을 했는지, 그 안에서 요리를 만들고 서비스를 제공하는 모든 일이 어머니한테는 그저 장사일 뿐이었다.

한 번의 무시는 이해할 수 있지만 여러 번 계속되는 무시는 아들인 서준도 받아들일 수가 없었다.

"특별한 대우를 바라시면 그에 반하는 예의를 갖추세요. 저희 직원들 다 제대로 공부한 사람들입니다."

"너 지금 내가 못 배웠다고 말하고 싶은 거야? 그래?"

244

결국 차 여사의 자격지심이 폭발했다. 모든 대화의 끝은 항상 같았다.

"그만 일어나겠습니다."

의자를 밀고 일어나는 서준을 향해 차 여사는 크리스털 물컵을 집어 던졌다.

쨍!

날카로운 소리를 내며 물컵이 산산조각 나면서 사방으로 파편이 깨져 날아갔다. 그중 하나가 서준의 눈 옆을 긁고 지나갔다.

"앉아!"

서준은 다시 자리에 앉았다. 부들부들 떠는 차 여사와 달리 서준은 차분하기만 했다.

"내가 누구 때문에 지금까지 이 악물고 돈을 벌었는데 그딴 소리를 해? 네 엄마가 무식하다고? 사람들한테 무식한 네 애미 보여 주기 싫어? 그래?"

"저 때문이라고는 하지 마세요."

남들이 하니까, 남들에게 지기 싫어서, 다른 사람보다 가진 게 많다는 걸 보여 주려고 어머니는 더 독하게 돈을 벌었고 모았다.

타인의 눈물 따위는 중요하지 않았다. 내가 가지면 그만이었다. 그건 아버지와도 똑 닮았다.

한때는 고개를 갸웃한 적도 있었다. 정말 하나밖에 없는 자식을 잘 키우기 위해서 죽어라 애쓰는 게 아닐까 싶기도 했었다.

하지만 매년 한 번 찾아오는 아들의 생일도 기억하지 못하

245

고, 학교에서 1등을 해도 축하해 주지 않았고, 아파서 열이 펄펄 끓었을 때도 바쁘다며 일하는 아주머니에게 병원 데려가라고 냉정하게 말할 때 그건 아니구나 하며 깨달았었다.

"어머니는 어머니 만족을 위해서 사셨어요."

"내가 만족스러워야 그다음도 있는 거야."

"네. 그래서 저도 제 만족을 위해서 사는 중입니다. 어머니는 어머니 인생 사세요. 갑자기 아들 인생에 들어오려고 하지 마시고요."

"정말 말 한 번 싸가지 없게 하는구나."

열다섯 살이 넘어가면서 서준은 하루빨리 이 집에서 벗어나고 싶었다. 그때부터 닥치는 대로 아르바이트를 하면서 돈을 모았다. 가능한 한 어머니, 아버지 도움은 받고 싶지 않았다.

잠자는 시간을 줄여 가며 일하고 공부했다. 대학은 장학금을 받았고, 독립은 그동안 모아 둔 돈으로 했다. 부모님처럼 살기 싫어서, 혹시라도 그렇게 살게 될까 봐 이를 악물었다.

남들은 젊은 나이에 이른 성공을 했다고 했지만 서준에게는 결코 빨리 지나간 시간이 아니었다.

"이제 와서 가족으로 뭔가를 하려고 하지도 마세요."

"처음부터 우리는 가족이었어!"

"아니요. 처음부터 우리는 한집에 사는 이방인이었습니다."

"이방인?"

"완전한 타인이요."

새로 이사를 온 집, 새로 산 것 같은 이 식탁, 새로 산 것 같은 거실의 웅장한 소파, 그리고 이젠 맞은편에 앉아 불같이 화를 내고 있는 어머니도 낯설기만 하다. 이 집은 이제 완벽한 남의 집이 돼 버렸다. 추억이라고는 눈을 씻고 찾아봐도 없는 이 곳은 더는 서준에게 집이 아니었다.

"잘 먹었습니다."

"이대로 간다고?"

서준은 그대로 돌아섰다. 그의 등 뒤로 드넓은 집을 쩌렁쩌 렁 울리는 어머니의 목소리가 메아리치듯이 들렸지만 전혀 아 프지 않았다. 이제 심장마저 단단해진 모양이었다.

❖ ✖ ❖

늦은 시간, 서준은 집에 가지 못하고 이재의 집 앞을 서성거 렸다. 얼굴이 보고 싶었다. 하지만 쉽사리 전화하지 못했다.

문 앞에서 이재를 생각하는 것만으로도 이상하게 마음이 편 안해졌다. 벽에 기댄 채로 희미하게 미소를 짓고 있는데 대문 이 열리고 안에서 유이가 모습을 나타냈다.

"여기서 뭐 하세요?"

"음……. 머리 비우기."

"그 비우기에 이모도 포함이에요?"

"아니, 절대."

"그럼 다 비우고 이모 부르려고 했어요?"

"그건 아직도 고민 중."

유이는 자연스럽게 서준의 옆으로 와서 등을 벽에 기댔다. 나란히 서서 대문을 바라보며 두 사람은 대화를 이어 나갔다.

"우리 오늘 소고기 먹었는데."

"치사하네. 나도 안 부르고."

"그게, 이모부는 아직 애매해요."

"뭐가?"

"손님과 가족의 경계에 있다고나 할까? 그럴 경우엔 사실 비싼 거 먹을 때는 막 못 부르죠."

유이의 명쾌한 대답에 서준은 감탄한 듯 고개를 끄덕였다.

"이모한테는 맛있는 음식을 먹을 때 생각나는 사람이겠지만 우리 모두한테는 아직 아니거든요. 그러니까 너무 섭섭해하지 마시고 다음 기회를 노려 봐요."

"다음 주부터 출근할 수 있어?"

탱탱볼처럼 유이의 몸이 벽에서 튕겨져 나왔다. 그녀의 맑은 눈이 빛을 내며 반짝였다.

"네! 할 수 있어요."

"다음 주부터 출근해."

"네. 감사합니다."

유이는 넙죽 허리를 굽히고 머리가 땅에 닿게 인사를 했다. 그 모습이 귀여워 서준은 싱긋 웃었다.

"이제 이모 부를까요?"

"조금만 더 고민해 보고."

"보고 싶으면 봐요. 왜 고민해요?"

"그러게. 왜 고민을 하고 있을까."

"고민이 끝날 때까지 대기하고 있을게요."

유이는 다시 벽에 등을 붙이고 섰다. 카페 문을 열고 남녀 커플이 다정하게 나왔다.

두 사람의 시선이 자연스럽게 커플에게로 향했다. 눈이 마주치자 커플은 서준과 유이를 흘깃 쳐다보고는 무언가를 속삭이며 두 사람 앞을 빠르게 지나갔다.

"방금 너랑 나를 이상한 눈으로 본 거 맞지?"

"네."

"왜?"

"누가 봐도 나이 서른은 돼 보이는 남자랑 누가 봐도 나이 스물도 안 됐을 것 같은 내가 같이 있으니까?"

"아……."

깊은 탄식과 함께 서준은 유이를 바라봤다. 그런 서준을 보며 유이는 별거 아니라는 듯이 어깨를 으쓱해 보였다.

"아무래도 이모를 불러 줘야겠다."

"네."

씩씩하게 대답하고 유이는 홀연히 대문을 밀고 안으로 들어갔다. 얼마 지나지 않아 이재가 문을 열고 나왔다.

"고민 중이라면서요?"

"끝났어요."

"무슨 고민을 했길래 여기까지 와서 나도 안 불렀어요?"

이재는 조금 전까지 유이가 서 있던 벽에 몸을 기대며 섰다. 고개를 옆으로 돌려 어딘가 어두운 것 같은 서준의 얼굴을 자세히 들여다봤다.

"안 좋은 일이에요?"

"우리 결혼할래요?"

무슨 일이냐 묻는 이재에게 서준은 그렇게 말했다. 프러포즈를 할 타이밍도, 분위기도 아니었다. 좁은 골목에서 서로를 야릇하게 응시하고 있는 중도 아니었다.

바람마저 불지 않는 어느 여름날 밤에 그는 담벼락에 기대선 채로 무심한 듯 간결하게 그렇게 툭, 말해 버리고 말았다.

"다섯 번 만나는 것도 제대로 못 했는데 바로 결혼을 하자고 요?"

이재는 농담인 줄 아는지 서준의 말을 가볍게 받아들였다.

"내가 결혼을 한다면 그 사람이 서이재였으면 좋겠고, 내가 결혼을 해야만 한다면 그것도 서이재였으면 좋겠어요."

"무슨 뜻이에요?"

"서이재랑 같이 살고 싶다는 뜻이에요."

"진심이에요?"

"그 어느 때보다."

그의 눈빛이 간절하게 흔들렸다. 진심을, 마음 가득 담은 소망을 말하고 있다고 말하는 듯했다.

"지금 대답 안 해도 돼요. 내 마음이 그렇다고 이재 씨한테 알려 주는 거니까."

한동안 두 사람은 말없이 발아래만 바라보고 있었다. 갑작스러운 청혼을 받은 이재는 지금의 상황이 사실 부담스러우면서도 싫지 않았다.

사실 결혼에 대해 진지하게 생각해 본 적 없어서 당황스러울 뿐이었다. 그의 말처럼 결혼을 하게 된다면, 그 상대가 진서준이라면 괜찮겠다고 생각했다.

"저녁은 먹었어요?"

한참의 침묵을 깨고 이재가 먼저 입을 열었다.

"네. 이재 씨는 가족들이랑 소고기를 구워 먹었다고 들었어요."

"어째 가족들이랑 소고기를 유난히 강조하는 것처럼 들리죠?"

"역시 기자라 예리해."

"뭐야. 우리끼리만 먹어서 서운해요?"

"서운은 하지만 이해는 해요. 내가 사실 맛있는 거 먹을 때마다 당연히 껴 줘야 하는 가족은 아니니까."

"그래서 결혼하고 싶은 거였어요?"

"그냥 어딘가에 소속되고 싶다, 뭐 그런 생각은 했어요. 그래도 조금 전에 한 말은 진심이에요."

"저녁 뭐 먹었어요?"

"밥이랑 국이랑 이것저것."

"집밥 먹어서 좋았겠다."

"뭐 딱히."

시큰둥하게 말하는 서준을 보면서 이재는 충동적으로 그를 떠봤다.

"서준 씨는 어머니한테 다정한 아들이에요?"

피식, 서준이 낮게 웃었다. 그리고 감정 없이 말을 이었다.

"그다지 다정한 아들은 아니에요."

어머니도 보통의 엄마들처럼 정이 많고 사랑이 넘치는 좋은 분이라고 말해 주고 싶었지만 거짓말은 할 수가 없었다.

"대부분의 아들들이 크면 부모님이랑 데면데면하다고는 하더라고요."

"데면데면이라……. 그것보다는 정이 없다고 할까?"

"왜요?"

"어릴 때는 왜 우리 부모님은 남들과 다를까 했었어요. 두 분은 돈 버는 거 외에는 관심이 없었거든요."

"다 서준 씨를 위해서 그러셨겠죠."

251

"아니, 나보다는 당신들의 만족 때문이었을 거예요."

우습지만 그의 말에 속으로 안도의 숨을 내쉰 것 같기도 하다. 그가 부모님을 아주 많이 생각하는 아들이었다면 어떤 식으로 연관이 돼 있든지 그의 부모님을 의심하고 있는 지금의 상황을 그는 이해하지 못할 테니까.

"우리는 보통의 가족과는 조금 많이 달라요."

"그래도 가족이잖아요."

그 말에 서준은 씁쓸하게 웃었던 것 같다.

아직 진실이 무엇인지 알지 못하면서 벌써 그와 그의 부모님 사이를 이간질하는 못된 년이 된 것만 같았지만 들썩이던 마음이 한결 가벼워졌다. 이러면 안 되는데 마음은 자꾸 서준의 부모님에게로 원망의 화살을 겨누기 시작했다.

"내일은 오전에 일이 좀 있어요."

"그럼 오후에 봐요."

"무슨 일인지 안 물어요?"

"물어야 하는 일이에요? 혹시 여자 만나요?"

"아니요. 레스토랑 일로 누구 좀 만나기로 했어요."

알았다는 듯이 고개를 끄덕이면서 두 사람은 오후에 만나기로 약속했다.

❖ ✖ ❖

당시에 사건을 수사했던 형사는 이미 일을 그만뒀고, 오명섭은 그때와 마찬가지로 해외에 있는 걸로 확인이 됐다. 아무리 뒤져도 그 당시 상황을 알 수 있는 자료도, 사람도 없었다.

"왜 자꾸 찜찜한 생각이 들지?"

한 가정이 파탄 났는데 경찰에게는 별거 아닌, 그저 하루에도 몇 번씩 있는 흔한 일일 뿐이었다. 대부분의 자료가 전산에 보관되어야 하는데 이상하게도 이 사건만 흔적을 찾을 수 없었다.

경찰에 물어봤지만 음주 운전 사고가 안타까운 일이기는 해도 워낙 흔하게 일어나는 일이라 자료가 제대로 보관되지 않은 것 같다는 성의 없는 대답만 들어야 했다.

재헌은 어딘가로 급하게 전화를 걸었다.

"그 당시 수사했던 담당 형사 소재는 확인했습니까?"

— 지방에 내려간 것까지는 확인했고 자세한 건 이따 오후에 다시 연락드릴게요.

"네, 부탁드립니다."

그는 서류들을 뒤적거리며 한 가지를 더 물었다.

"그분들한테는 연락이 왔나요?"

— 연락은 왔는데 약속은 아직 못 잡았습니다.

"싫다고 하세요?"

— 상당히 귀찮아하시더라고요. 그리고 언짢아하는 것 같기도 하고.

"언짢아하신다고요?"

귀찮을 수는 있지만 언짢기까지 할 문제는 아니지 않을까. 쉽게 서준을 통하면 금방 연락이 닿을 문제였다. 하지만 나중에 그들과 이재가 어떻게 엮일지 몰라 여러모로 조심하는 중이었다.

"제가 연락해 볼게요."

– 네, 알겠습니다.

사실 오명섭을 찾다가 그 당시 조사를 받을 때 함께 있었던 서준의 어머니에 대해 우연히 알게 됐다. 그런데 그 서준의 어머니가 아무래도 마음에 걸렸다.

얼마 전에 혹시 기억하고 있는 게 있을까 싶어서 아버지와 통화를 했는데, 오명섭의 이름으로 합의금을 지급했지만 나중에 재헌의 아버지가 오명섭을 만났을 때 분명 말끝에 '저희 사모님'이라는 말을 여러 번 했다고 말했다.

당시에도 재헌의 아버지는 왜 자꾸 사모님 얘기를 꺼내나 하고 고개를 갸웃거렸고, 그럴 때마다 오명섭은 손사래를 치며 사모님이 아니라 자신이 죄송한 거라고 변명하듯이 말했었다고.

술은 원래 마시지 않아서 음주 운전이 아니라고 했고, 당연히 현장에서도 음주 조사가 이루어졌지만 오명섭은 알코올 섭취를 하지 않았었다.

그때는 놀라고 경황이 없어서 자꾸만 헛소리가 튀어나오나 보다 하고 넘겼는데 이제 와서 생각해 보면 조금 이상했다고 재헌의 아버지는 기억을 끄집어내며 말했다.

그 사모님이 서준의 어머니고, 지금 그 서준의 어머니는 만나는 것 자체를 거부하고 있었다. 그냥 오명섭이 어디 있는지 모른다고 하면 그만인데 굳이 그러는 이유가 뭘까.

Rrrrr.

잠시 후 서준의 어머니 핸드폰 번호가 문자로 들어왔다. 그것을 뚫어지게 보다가 재헌은 이재에게 전화를 걸었다.

"일어났어?"

– 어.

"밥은?"

– 먹으려고. 왜, 바빠? 나갈까?

"아니, 밥 먹고 나와."

– 알았어. 얼른 먹고 나갈게.

"천천히 먹고 나와도 돼."

– 너답게 해.

"뭘?"

– 요즘 나한테 너무 친절하잖아. 진짜 적응 안 된단 말이야.

생각이 많아져서인지 문득문득 이재가 가여웠다. 장례식 이후 목 놓아 우는 모습도 보지 못했다. 그 안에 가득 차 있는 슬픔이 얼마나 많을까 생각하면 가슴이 미어지는 듯했다.

"싫어. 앞으로는 친절한 이재헌이 될 거야. 그러니까 그냥 적응해."

– 설마 모든 사람에게?

"아니, 우리 식구에게만."

같은 집에서 같이 자고, 같이 밥 먹고, 같이 희로애락을 함께하는 거야말로 가족이고 식구였다.

"우리 가족의 가장으로서 내 식구는 내가 지킨다."

– 아 씨, 더럽게 든든하네.

전화를 끊자 네 명의 남자들이 무더기로 카페 안으로 들어왔다.

"나 왔어."

음료를 만들고 있는데 이재가 안으로 들어왔다. 남자들의 시선이 일제히 이재에게로 쏠렸다. 이재는 금세 매력적인 여자처

럼 온화한 미소를 지으며 카페 안 손님들에게 눈인사를 건넸
다.

"여보, 이것 좀 도와줄래?"

또 병이 도졌다. 카페 손님들 중 누군가 이재와 진이를 여자
로 보는 것 같으면 재헌은 가차 없이 남편 행세를 했다. 처음에
는 당황했지만 손님은 어디까지나 손님이라고 강조하는 재헌이
라 이제는 그러려니 했다.

그렇다고 데이트를 안 할 이재는 아니었다. 대신 손님들 몇
명과 데이트를 했다는 건 진이밖에 모르는 사실이었다.

"응, 여보."

이재는 웃으면서 재헌의 말에 맞장구를 쳤다. 남자들의 아쉬
움 가득한 한숨 소리가 들려왔다.

"역시 나 아직 안 죽었어."

"근데 웬일로 순순히 넘어가냐?"

"임자 있는 몸인데 양다리는 곤란하지."

머리칼을 뒤로 넘기며 이재는 도도하게 말했다. 두 사람은
음료를 준비하며 찰떡 호흡을 자랑했다.

"밥은 먹고 나온 거야?"

"어. 재빨리 넘겼지."

"천천히 나오라니까."

"내 튼튼한 위장이 이미 다 소화시켰어."

"장하다."

재헌이 준비된 음료를 손님들에게 서빙하는 사이 이재는 설
거지를 시작했다. 음료만 준비하면 그만인 것 같아도 카페 일
은 은근히 할 게 많았다.

"이거 그분 연락처야."

서빙을 마치고 돌아온 재헌이 이재에게 종이를 내밀었다.

"누구?"

되묻고 금방 그 누구가 누구라는 걸 깨달았다.

"해도 돼?"

이재는 고민했다. 절로 떠오르는 서준의 얼굴을 모른 척할 수가 없었다. 언제까지 그에게 비밀로 해야 할지도 모르겠다.

"만나기 전에 말을 하는 게 좋을까?"

"하려면 지금 하는 게 좋겠지."

"왜 이렇게 떨리지?"

"그냥 물어보려고 만나는 거야. 그분이 죄를 지은 게 아니라고."

"알아. 아는데 입이 안 떨어져."

두 사람은 잠시 말이 없었다. 그러다 먼저 입을 연 건 이재였다.

"그 사람이 결혼하자고 하더라?"

"뭐? 결혼?"

"어. 농담처럼 한 말이겠지만 그 순간 가슴이 철렁하더라고."

이 남자를 정말 사랑하는구나. 그때 알았다. 이 남자에 대한 자신의 감정이 그 어느 때보다 진심이라는 사실에 적잖이 놀랐다.

"좋으면서 무서워."

"뭐가?"

"몰라. 그냥 무서워."

자꾸만 겁이 났다. 옆에서 든든하게 손을 잡아 주는 서준이 무서웠다. 손을 놔 버릴까 봐, 등을 보이고 돌아설까 봐 다 무서웠다.

"정말 사랑하네."

"어?"

"윤태훈이랑은 다르잖아. 너 윤태훈이 바람났을 때는 그냥 화만 냈잖아. 울고불고 지랄을 했지, 지금처럼 그 사람이랑 헤어질까 봐 겁내지는 않았어."

그랬다. 그의 배신에 가슴이 찢기는 것 같았어도 그 사람을 잃는다는 사실에 절망하지는 않았던 것 같다.

"안 놓쳐. 걱정하지 마."

"네가 어떻게 알아?"

"남자는 남자가 보면 알아. 그 사람 적어도 윤태훈이랑은 다른 사람이야."

스윽. 카페 문이 열리고 손님이 들어왔다. 그런데 정말 거짓 말처럼 반갑지 않은 윤태훈이 나타났다.

"아이씨."

이재와 재헌은 동시에 얼굴을 구겼다.

"뭐야, 손님한테 아이씨는 너무하는 거 아니야?"

억울한 표정으로 윤태훈이 두 사람에게 다가왔다.

"커피 안 파니까 그만 나가시죠."

"커피숍에서 커피를 안 팔면 뭘 팔아?"

"너한테는 안 판다고요."

"왜?"

어이없다는 듯이 콧방귀를 끼며 재헌은 아예 태훈을 투명인 간 취급했다.

"그럼 다른 거 팔아."

이재도 태훈을 무시하기는 마찬가지였다. 사실 지금은 태훈의 등장에 아무런 감정도 들지 않았다. 생각해야 할 것들이 너무 많은 날이었다. 그것만으로도 충분히 버거운 하루가 될 것 같았다.

"이재야."

"안녕히 가세요."

이재는 태훈을 두고 그대로 카페 문을 열고 나왔다. 태훈이 따라 들어가려고 했지만 재헌이 그 앞을 막아섰다.

7.
믿고 싶지 않은 현실

이재는 오후에 서준과 만날 약속을 하고 내내 시간을 보며 초조해했다. 하지만 막상 카페 문을 열고 들어오는 서준을 보자 걱정은 한순간에 날아갔다. 마냥 좋았다. 청량한 그의 향도 좋았고, 오롯이 눈을 바라봐 주며 들어오는 그도 좋았다.

"오래 기다렸어요?"

"아니요, 나도 조금 전에 왔어요. 일은 다 봤어요?"

"네. 점심은 이미 먹었을 시간이고……. 우리 좀 멀리 나갈래요?"

"어디로?"

"한 번도 서울을 벗어나서 데이트를 안 해 봤잖아요."

만난 후로 서로 일 때문에 바빠서 집과 레스토랑에서 보거나 그 주변을 돌아다니는 게 데이트의 전부였지 이렇다 할 걸 한 건 없었다.

"여행까지는 아니더라도 우리 오늘은 좀 멀리 갑시다."

"그래요."

기분 좋게 커피를 마시고 두 사람은 자리에서 일어났다. 해야 할 말들로 이재는 가슴이 무거웠지만 그건 일단 잠시 뒤로 미루기로 했다.

"이렇게 같이 있으니까 좋다."

서준은 이재의 손을 잡고 앞뒤로 흔들었다. 콧노래가 절로 나오게 기분 좋은 여름날이었다. 좋아하는 계절이 딱히 없었던 서준에게 이제 여름은 특별한 계절로 기억될 것 같았다.

차에 올라 이재에게 안전벨트를 해 주고 서준은 천천히 차를 움직였다. 부드럽게 차들 사이로 들어간 후 그가 기분 좋은 어조로 말했다.

"사랑한다는 고백을 너무 자주 하면 여자들은 그걸 의심한다고 하더라고요."

"날 보통의 여자들과 똑같이 보지 마요."

"사랑해요."

"나도 사랑해요."

두 사람은 마주 보면서 웃었다. 차 안에 달달한 공기가 흘렀다. 옆에서 재잘재잘 수다를 떠는 이재도 완벽했고, 운전을 하면서 옆을 돌아보며 다정한 눈길로 바라봐 주는 서준도 완벽했다. 두 사람을 감싼 오후의 태양까지도 모든 게 완벽한 순간이었다.

"여름이 끝나고 가을이 오면 뭘 할까요?"

"그때는 지금보다 덜 바빠요?"

"딱히 그렇지는 않아요."

"뭐야. 그럼 가을에도 우린 밤에만 만나요?"

어울리지 않게 이재는 투정을 부렸다. 일부러 장난치느라 그런 거였지만 서준은 괜스레 미안한 마음이 들었다.

"딱 2년만 있으면 지금보다는 덜 바쁠 거예요."

"그냥 한 소리예요. 나도 일하는 사람인데요, 뭐."

"우리 그때는 여행도 가고 그럽시다."

눈을 반달처럼 휘면서 웃는 걸로 이재는 대답을 대신했다.

"2년 뒤에는 이재 씨가 내 옆에 어떤 모습으로 있을지 궁금하네."

"어떤 모습이었으면 좋겠는데요?"

"애인 말고 아내."

"응?"

"나 어제 한 프러포즈 진지한 거였어요."

눈을 깜박이며 이재는 아무런 말도 하지 못했다. 그런 이재의 뺨을 서준은 손으로 감싸며 말했다.

"부담 갖지 말라고 말하고 싶은데…… 조금만 가져 줄래요?"

"왜 이렇게 서둘러요?"

"서이재 놓칠까 봐."

"나 아무 데도 안 가요. 왜 그런 생각을 해요?"

부모님 집을 나오면서 그런 생각이 들었다. 이런 집안에 서이재를 데리고 오면, 그러면 서이재는 어떻게 되는 걸까. 못난 생각이지만 창피하고 부끄러웠다. 이재가 자신을 불쌍하게 여기는 건 더욱 싫었다. 그 부분에 대해서만큼은 자격지심 같은 게 생겨 버렸다.

"아무 데도 가지 말고 지금처럼 내 손 꼭 잡고 있어 줘요."

이재는 속으로 서준에게 말했다.

제발 놓지 말아 달라고.

지금처럼 이렇게 꼭 잡고 있어 주라고.

서준의 손에 얼굴을 기대며 이재는 창밖을 바라봤다. 따스하게 감싸는 서준의 손길도, 창밖에 노랗게 빛나는 햇살도 이대로 멈췄으면 좋겠다.

괜한 걸 끄집어내려는 자신이 이 순간만큼은 밉기도 했다. 과거를 인정하지 못하고 받아들이지 못하는 자신이 못내 가여웠다. 서글픈 생각들로 가득한 머릿속을 비워 내고 싶었다.

"내일 일찍 들어가도 되죠?"

"네?"

"오늘 놀다가 늦게 들어가지 말고 내일 아침 일찍 들어가는 걸로 합시다."

"무슨 꿍꿍이에요?"

"서이재 납치할 꿍꿍이."

"황홀하게만 해 줘요. 얼마든지 납치당해 줄게요."

"그건 걱정하지 마요."

부웅 소리를 내며 서준의 차가 미끄러지듯 도로 위를 질주했다.

❖ ✖ ❖

서준은 어디 레스토랑이나 음식점으로 가는 게 아니라 이재를 데리고 동네 마트로 향했다. 아무래도 이 남자가 펜션을 예약했구나 싶어서 이재도 신이 나서 마트 안을 돌았다.

놀러 오면 원래 고기를 먹어야 하는 거라며 제일 먼저 삼겹살을 샀고, 상추와 마늘, 그리고 마실 술도 잔뜩 샀다. 군것질거리까지 사서 이재는 다시 차에 올랐다.

갑자기 떠나온 여행이지만 트렁크 가득 먹을 걸 사니 이제야 비로소 실감이 나기 시작했다. 껄끄러웠던 마음은 온데간데없이 이 순간을 즐기자 싶었다. 지금은 사랑할 시간이었다.

"근데 왜 이렇게 외진 곳에 있어요?"

꾸불꾸불한 시골길로 들어선 차는 점점 더 깊숙한 곳으로 향해 달렸다. 조금 전보다 속도도 내지 못하고 있었다.

"무서워요?"

"무섭지는 않은데 걱정은 돼요."

"무슨 걱정?"

"진서준 씨한테 잡아먹히면 어쩌나 하는 걱정."

이미 어둑해지기 시작한 주변을 돌아보며 이재는 말을 이었다.

"사실 내가 좀 질겨서 소화하기가 힘들 거예요."

"전혀 질기지 않던데?"

"그럼?"

"부드러운 솜사탕 같아요, 나한테는."

서준의 손이 슬그머니 이재의 가슴으로 향했다. 이재는 입술을 깨물며 웃음을 참아 냈다. 하지만 장난도 잠시, 차는 동네의 가장 끝자락에 위치한 낡고 오래된 집 앞에 멈춰 섰다.

"펜션 빌린 거 아니었어요?"

"그런 말 안 했는데?"

"그럼 여긴 어디예요? 설마 우리 여기서 자는 건 아니죠?"

"따라와 봐요."

차에서 내리는 서준의 얼굴이 약간 상기된 듯 보였다. 들떠 있는 아이처럼 그는 운전석을 돌아 이재가 내릴 수 있게 조수석 문을 열어 줬다.

얼떨떨한 표정으로 차에서 내린 이재는 서준의 손을 잡고 그가 이끄는 대로 천천히 걸음을 옮겼다.

"어때요?"

뭐라고 대답을 해야 할지 몰라서 이재는 일단 입을 다물었다. 그녀의 대답을 서준은 초조하게 기다렸다.

"무너질 거 같아요."

"안 무너져요."

"귀신 나올 거 같아요."

"귀신도 안 나와요. 신발 벗고 올라가요."

서준은 이재가 신발을 벗고 고개를 드는 순간 방문을 활짝 열었다. 이재의 눈이 커다래졌다.

"근사해요."

이재는 입술을 기다랗게 늘어뜨리며 말했다. 오래됐지만 운치 있고 멋있는 집이었다. 밖에서 보는 것과는 너무도 달랐다. 깨끗하고 포근한 느낌의 벽지가 발라져 있고 예쁜 커튼도 달려 있었다. 작은 거실로 보이는 곳에는 소파와 TV까지 있었다.

"설마 여기 서준 씨 집이에요?"

"네."

"우와."

감탄사를 연발하며 이재는 안으로 들어섰다. 해야 할 말이 떠오르지 않아서 이재는 그저 황홀한 눈으로 돌아보기만 했다.

당장 여기서 살아도 될 정도로 안은 갖가지 가구와 소품들로 가득했다. 거실 안쪽에는 주방이 있었다. 시골집과는 어울리지 않았지만 세련되고 커다란 냉장고가 한쪽 자리를 차지하고 있었다.

"냉장고에서 프로의 냄새가 나네요."

"어때요?"

"오늘 여기서 자는 거예요?"

"네."

"내일도 자면 안 돼요?"

서준은 그때서야 환하게 웃었다. 나름대로 긴장을 하고 있었던 모양이었다.

"여기 너무 좋아요. 근사하고 진짜 멋져요."

"이재 씨가 좋아해 줘서 좋다."

"진서준의 아지트. 뭐 그런 건가 보다."

"서이재, 진서준의 아지트라고 합시다."

서준은 가만히 옆으로 다가와 이재의 어깨를 감싸 안았다. 그의 어깨에 머리를 기대며 이곳에서 같이 서준과 사는 모습을 짧은 시간 상상했다.

"혹시라도 숨이 쉬고 싶을 때, 조용히 생각에 잠기고 싶을 때 여기 와서 쉬어요."

"나 혼자?"

"아니, 나랑 같이."

그의 입김이 이재의 정수리에 내려앉았다. 이재는 고개를 들어 서준의 입술을 찾았다. 두 사람의 뜨거운 입맞춤에 집 안은 금세 따뜻하게 데워졌다. 서준은 이재를 번쩍 안아 들고 침실로 들어갔다.

적당한 템포로 두 사람은 서로를 안기 시작했다. 어느새 벗겨진 셔츠 덕에 등에서 보드라운 감촉이 느껴졌다. 이재를 침대 위에 내려놓고 서준은 서둘러 바지를 벗었다. 이재는 유혹하듯 서준을 바라보며 아랫입술을 슬쩍 깨물었다.

그녀의 야릇한 행동에 서준은 마음이 급해졌다. 상상했던 모습 그대로 이재가 침대 위에 누워 있었다. 아니, 새하얀 시트 위에 누워 있는 이재는 상상보다 더 아름다웠다. 이재는 서준을 향해 매혹적인 눈웃음을 지으며 손가락을 들어 까딱까딱 움직였다.

서준은 성난 사자처럼 이재에게 달려들었다. 그녀의 목덜미에 얼굴을 묻고 그가 물었다.

"배고프지 않겠어요?"

"고프지만 지금은 서준 씨가 더 고파요."

"우리의 밤은 이제 시작이니까……."

서준은 이재의 귓불을 혀끝으로 건드렸다. 이재는 서준이 선사하는 것들을 즐거운 마음으로 즐기기 시작했다. 그의 입술이 귓불에서 목덜미로, 그리고 다시 가슴 언저리로 옮겨질 때마다 그녀는 짜릿함에 발가락을 세웠다.

그는 점차 아래로 내려왔다. 이재의 손을 결박하듯 잡아 머리 위로 올리고 그는 은밀한 곳을 향해 내려갔다. 맞잡고 있던 손을 놓치고 말았다. 하지만 그걸 아쉬워할 틈이 없었다.

"아윽!"

수풀 사이를 헤집는 서준의 혀끝에 이재는 한껏 달아올랐다. 그의 머리칼 사이로 손가락을 집어넣어 참을 수 없는 환희를

견뎌야 했다. 주변을 탐색하던 그의 혀가 점차 안을 향해 움직이기 시작했다. 이재는 몸을 뒤로 젖히며 그를 맞이할 준비를 서둘렀다. 두 사람은 점차 은밀하게 서로를 만족시키고 있었다.

시골의 밤은 도시의 밤보다 깊고 어두웠다. 밖에서 들리던 풀벌레 소리는 두 사람의 호흡에 더는 들리지 않았다. 고요하면서도 격렬했다.

❖ ✖ ❖

서준이 준비해 둔 옷으로 갈아입고 이재는 바닥에 앉아 요리하는 서준의 뒷모습을 감상했다. 칼질을 할 때마다 탄탄한 그의 팔 근육들이 멋있게 갈라졌다.

"요리하는 남자가 얼마나 섹시한지 알아요?"

"그래요?"

"그 섹시한 남자가 내 남자가 될 줄 누가 알았겠어요? 난 전생에 나라를 구했나 봐요."

"예쁘고, 능력 있고, 또 따뜻하기까지 한 서이재의 남자가 될 수 있어서 내가 더 영광입니다."

"아주 바람직한 태도예요."

이재는 주위를 둘러보다가 소파 옆에 있는 작은 나무 상자를 발견했다.

"이거 열어 봐도 돼요?"

"이 집에 있는 거 전부 다 서이재한테 권한 있어요."

히죽 웃으며 이재는 상자를 열었다. 그 안에는 그동안 서준이 모아 둔 LP판이 빼곡하게 들어 있었다.

"진짜 많다. 이거 다 모은 거예요?"

"열네 살부터."

"이런 거 좋아하는지는 몰랐어요. 어? 이거 나 진짜 좋아했었는데."

이재는 상자 옆에 있던 턴테이블에 조심스럽게 LP판을 올려놨다. 그리고 음악을 재생시켰다.

"고등학교 때 우연히 이 영화 보고 완전히 빠졌었어요."

"좋아할 줄 알았어요."

요즘 친구들은 이름을 말해 줘도 모르는 프랑스 여배우가 나오는 영화였다. 남자가 여자에게 헤드셋을 끼워 주며 모두가 흥겨운 음악에 맞춰 몸을 흔들 때 두 사람만 서로를 안고 춤을 추는 장면이 이 영화의 하이라이트였다. 아주 오래된 고전이자 그때나 지금이나 모든 여자가 반할 수 있는 영화였다.

"이 노래를 너무 좋아해서 고등학생 시절에 진짜 매일 들었어요. 그때는 진이가 노인네 같다고 놀리고 그랬는데."

"노인네?"

"그냥 옛날 음악 좋아한다고요. 여주인공 정말 예뻤는데."

음악을 들으며 재잘재잘 떠드는 이재는 제법 귀여웠다. 마치 학창 시절로 돌아간 것처럼 그녀는 중, 고등학교 시절의 추억을 얘기했다. 서준은 맞장구를 쳐 주면서 그녀의 얘기와 요리까지 완벽하게 준비했다.

"배고프죠?"

서준은 음식 준비를 끝내고 하나둘 거실로 가지고 나와 상을 차리기 시작했다. 가만히 앉아서 먹기만 하려니까 미안한 마음이 들어 이재도 그를 도우려고 했다. 하지만 금방 서준에게 제지당하고 얌전히 소파에 앉아 있어야 했다.

"나 이렇게 버릇 들이면 안 되는데?"

"글 쓰는 손으로 칼 들지 마요."

"내가 사랑한다고 말했나요?"

"아니, 오늘은 안 했어요."

"사랑해요."

"나도 사랑해요."

고기를 든 채로 서준은 고개를 숙여 이재의 입술에 키스했다.

다정한 그의 짧은 입맞춤에도 마냥 행복하기만 했다. 언뜻언뜻 떠오르는 생각들마저 애써 외면하고 싶을 정도였다. 이렇게 행복해도 되나 싶은 불안감도 어김없이 찾아들고는 했다.

"이거 먹고 우리 마당에서 별 봐요."

"볼 수 있어요?"

"쏟아질 것처럼 많을 거예요."

이재는 사랑스러운 눈을 해 보이며 잔뜩 기대했다. 맛있는 걸 해 주고, 멋있는 걸 보여 주면서 이재와 살고 싶었다. 그녀를 위해서라면 무엇이든 할 수 있을 것 같았다. 그녀를 닮은 예쁜 딸을 낳아서 마당 있는 집에서 살고 싶었다.

요즘 들어 그 상상을 자주 하게 됐다. 빠르다는 걸 서준도 알고 있었다. 하지만 처음 본 순간부터 이재와의 미래는 이미 정해져 있었던 것도 같다. 그녀와 함께하는 미래를 그리는 것, 그게 서준의 행복이었다.

❖ ✖ ❖

별을 보며 미래를 얘기하는 서준에게 이재는 아무런 말도 하지 못했다. 하루만 더 지나고 얘기하자 싶어서 이재는 입을 앙다물었다. 그냥 이대로 덮을까 하는 이기적인 생각도 들었다.

이미 오래전에 결론이 난 사건이었다. 술을 마시지 않는 아빠였지만 그날은 기분이 좋아서 한 잔 정도 했을 수도 있고, 엄마와 얘기를 하면서 오다가 정말 중앙선을 넘어갔을 수도 있지 않을까. 정말 못된 딸이다.

"여기에서 이렇게 이재 씨랑 누워 있으면 어떨까 매일 상상했어요."

이재는 서준의 말에 아무런 대꾸도 하지 않았다.

"당신 처음 봤을 때, 나는 알았던 것 같아요. 당신이 내 여자가 될 거라는 걸."

서준이 이재를 돌아봤다. 이재의 까만 눈동자를 그는 말없이 한참이나 바라봤다. 그리고 말했다.

"내 청혼, 생각해 봤어요?"

더는 숨길 수가 없을 것 같다. 이 사람을 상대로 거짓말을 하는 건 스스로가 용납되지 않는다.

"오명섭, 알아요?"

"네?"

"오명섭이라는 사람 아는 사람이에요?"

결국 물어보고 말았다. 이제 이 싸움은 더 이상 혼자 하는 싸움이 아니었다. 원하지 않았지만 서준도 끌어들이고 말았다. 이게 진흙탕 싸움이 될지, 아니면 처음부터 싸울 가치도 없는 가해자의 한풀이가 될지는 아무도 알 수 없었다.

"묻는 이유가 뭡니까?"

서준의 얼굴에서 웃음기가 사라졌다.

"알아요?"

이재는 한 번 더 그에게 물었다.

"네, 압니다."

서준이 대답했다. 두 눈을 똑바로 응시하면서 그가 거짓 없이 솔직하게 대답했다.

"왜 묻는 건지 말해 줄래요?"

"우리 부모님 사고와 연관 있어요."

"연관? 어떤 연관?"

"우리 부모님이 음주 운전을 했고 오명섭의 차와 부딪쳤고……그 자리에서 두 분 다 돌아가셨어요."

서준은 충격으로 그다음에 물어야 할 말을 잊어버렸다. 그는 얼굴을 구기며 잠깐 멍해졌다. 그리고 기억을 더듬었다.

몇 년 전 오 기사는 갑자기 일을 그만두고 사라진 적이 있었다. 설마 이재가 말한 일과 연관이 있었다는 건가.

"나는 안 믿어요."

"무슨 말이에요?"

"우리 부모님이 음주 운전을 했다는 걸 못 믿겠어요. 최근에 서준 씨 집 앞에서 오명섭을 봤어요. 그래서 다시 그때 사고를 조사하고 있어요."

"잠깐만요."

서준은 관자놀이를 손가락으로 짚으며 생각을 정리했다.

"그러니까 오 기사님이 이재 씨 부모님을 돌아가시게 했다는 말이에요?"

"아니요. 가해자는 우리 부모님이에요."

정리가 되지 않는지 서준은 선뜻 다음 말을 꺼내지 못하고 있었다.

"그때 조사는 그랬어요. 우리 부모님이 가해자였다고. 그런데 분명 그날 아빠는 엄마를 데리러 간 거였어요. 그랬는데 아빠가 술을 마셨을 리가 없어요. 평소에도 술을 즐기지 않는 분이었어요."

"그러니까 이재 씨 생각에는 오 기사님이 가해자일 거다?"

"다시 한번 만나서 묻고 싶어요. 내가 알고 있는 게 사실이 아닐 수도 있으니까, 그냥 시간이 많이 지났으니까 지금이라도 진실을 알고 싶을 뿐이에요."

이재는 파르르 떨리는 입술을 깨물며 흥분하지 않으려고 애썼다. 이미 그녀의 얼굴은 붉게 상기되고 있었다.

"그때가 언제인지 기억해요?"

"네."

부모님이 돌아가신 날짜와 시간을 이재는 정확히 기억하고 있었다. 잊고 싶어도 잊을 수 없는 날이었다.

"열여덟 여름이었어요. 많이 더웠고, 많이 습했던 보통의 여름날. 그날 나는 아빠한테 모임에 간 엄마를 일찍 데리고 오라고 떼를 썼어요. 진짜 철없지. 왜 그랬는지 지금도 그날을 후회해요."

이재의 말을 들으며 서준은 곰곰이 기억을 되짚었다. 11년 전이면 오 기사는 분명 일을 하고 있을 때였다. 자신이 군대에서 휴가를 나왔을 때⋯⋯. 그래, 오 기사가 갑자기 일을 그만둬서 새로운 기사를 구해야 한다며 어머니는 매일같이 짜증을 냈었다. 휴가를 나가서 한동안 어머니 운전기사 노릇을 하느라 서준은 차라리 부대 복귀가 그리울 때였다. 11년 전 여름이 그가 기억하는 그 여름이 맞다면 오 기사가 일을 그만둔 시점이 맞을 거다.

"그 사람 연락처 좀 알려 주면 안 돼요? 아무리 찾으려고 해도 알 수가 없어요. 한국에 없어요, 그 사람이."

"한국에 없다고?"

"이민을 가서 지금도 거기서 살고 있대요."

아니, 그건 말이 안 된다. 오 기사는 몇 년 후 다시 돌아왔고, 지금도 여전히 어머니 운전기사를 하고 있다. 그런 그가 한국에 없을 리가 없었다. 뭔가 착오가 있는 것 같다.

"한 번만 더 묻고 싶은 것뿐이에요. 다시 기억을 떠올리는 게 괴롭다는 건 아는데……. 그래도 나한테는 부모님이잖아요. 나는 그냥……."

"쉬이, 아무 말도 하지 마요. 이재 씨가 왜 이러는지 아니까 말 안 해도 돼요. 일단 내일 서울 가서 알아볼게요."

서준은 이재를 품에 안았다. 이재의 등을 쓸어내리면서 그녀를 안심시켰다.

"미안해요."

"아니요, 이건 미안할 일이 아니에요."

서준은 머릿속이 복잡하게 뒤엉켰다. 우선 이민을 가지 않았음에도 이민을 간 걸로 나온다는 게 이상했고, 굳이 이재를 만나지 않으려 한다는 것도 납득이 되지 않았다. 무언가 이해되지 않는 것들이 하나둘 생겨났다.

"솔직히 나도 왜 이렇게 찾는지 모르겠어요. 찾아서 뭘 어쩌려는 건지도 모르겠고. 그냥 그래야만 할 것 같아요. 집착이라고 해도 좋고, 미련이라고 해도 상관없어요. 찾아서 물어보고 싶어요, 정말 우리 아빠가 잘못한 건지. 아무 말씀도 못 하고 돌아가셨어요. 나한테 아무런 말도 못 하고 그 자리에서……."

이재는 더는 말을 잇지 못하고 입술을 깨물었다.

"알았어요. 올라가자마자 알아볼게요. 걱정하지 마요."

"부탁할게요."

불안함이 엄습해 왔다. 품에 안고 있는 이 여자를 놓칠 수도 있겠다는 생각이 뇌리를 스치고 지나갔다. 왜 그런 생각이 들었는지 모르겠다.

❖ ✖ ❖

서울로 돌아오자마자 서준은 본가를 찾았다. 이른 시간이라 어머니는 아직 일어나지도 않은 시간이었고, 아버지는 출근을 한 후였다. 그는 소파에 앉아 생각을 정리했다.

"오 기사 아저씨 언제 출근하죠?"

커피를 가져다주기 위해 거실로 나온 아주머니에게 물었다.

"오늘은 10시쯤 나온다고 들었습니다."

"네, 알겠습니다."

커피 잔을 들어 입으로 가져가면서 서준은 벽에 걸린 시계를 봤다. 9시 27분. 아직 30분 정도를 더 기다려야 했다.

"아주머니."

"네."

"오 기사님이 정확히 언제 그만두셨죠?"

이 집에서 오랫동안 일한 분이니 아주머니의 기억이 더 정확할 거다. 아주머니는 손가락을 들어 숫자를 계산하더니 대답했다.

"11년 전인 것 같은데요?"

"그리고 언제 다시 오셨죠?"

"그거야 이제 한 6년 된 것 같네요."

서준이 계산한 것과 같았다. 5년을 제외하고 오 기사는 평생을 이 집에서 일한 사람이었다.

"혹시 오 기사님 가족들이 이민을 가셨나요?"

아주머니는 연거푸 오 기사에 대해 물어보는 서준을 의아한 얼굴로 쳐다봤다.

"그렇게 들은 것 같아서요."

"식구들이랑 다 같이 갔다가 오 기사님만 돌아오신 걸로 들었어요."

"그래요?"

"네. 정확히는 잘 모르지만 지금은 그 식구들만 뉴질랜드인가……. 아무튼, 뭐 거기 있다고 하더라고요. 아들이 공부를 잘한다고 얼마나 자랑을 하는지."

"뉴질랜드……. 네, 일 보세요."

이민을 간 건 맞는 것 같다. 그리고 중간에 오 기사는 돌아왔고, 그의 가족들은 여전히 외국에 머물고 있었다. 그렇다면 이재가 중간에서 전해 들은 말에 착오가 있었던 게 아닐까.

딩동.

오 기사가 왔다는 초인종 소리가 들렸다. 그는 꼭 자신의 출근을 초인종을 누르는 걸로 알려 왔다. 그러면 어머니는 그 소리에 30분 내로 일어나곤 하셨다.

서준은 마시던 커피 잔을 테이블에 내려놓고 자리에서 일어났다. 옷매무새를 다듬고 오 기사가 안으로 들어오기를 기다렸다. 잠시 후, 깔끔하게 정장을 차려입은 오 기사가 문을 열고 들어왔다. 그는 서준을 보고 주춤하더니 이내 반갑게 인사를 건넸다.

"안녕하세요, 도련님."

어려서부터 오 기사에게 서준은 도련님이었다. 집과 멀어지면서 오 기사와 거리를 두게 됐지만 어릴 때는 그래도 제법 잘 따랐던 것 같다. 안아도 주고 놀아도 주고, 가끔 사탕을 주머니에 넣어 와서 어머니 몰래 꺼내 입에 넣어 주고는 했었다.

그 사탕이 다 녹을 때까지 두 사람은 정원에서 숨바꼭질을 하며 시간 가는 줄 모르고 놀았다. 오랜만에 마주하는 오 기사는 여전히 사람 좋은 미소를 지니고 있었다. 그의 인자한 눈빛이 뒤엉킨 서준의 마음을 다독이는 듯했다.

"제가 물어볼 게 있어서요."

잘 지냈는지 묻지 않았다. 지금껏 불편한 소파에 앉아 기다렸던 이유를 서준은 단도직입적으로 물었다.

"네? 저한테 뭘……."

"11년 전에 교통사고 난 적 있으시죠?"

"네?"

당황한 듯 오 기사는 눈을 깜박거렸다.

"상대방이 음주 운전으로 그 자리에서 사망했다고 하던데요."

"아, 네."

오 기사는 시선을 다른 곳으로 돌리며 이 대화를 그만하고 싶다는 듯이 굴었다. 하지만 서준은 그럴 마음이 없었다.

"그때 그분 가족들이 오 기사님을 뵙고 싶어 하던데."

"네? 저를 왜⋯⋯."

"그건 만나 보면 알겠죠."

서준은 오 기사에로 다가가며 주머니에서 핸드폰을 꺼냈다.

"오 기사님 연락처 알려 드려도 되겠죠?"

"아니, 안 돼요!"

두 손으로 손사래까지 치면서 오 기사는 거부했다.

"네?"

"아니, 그러니까⋯⋯."

오 기사의 시선이 안방을 향해 움직였다. 그리고 그때 문이 열리며 차 여사가 방에서 나왔다.

"무슨 일이야?"

짜증 섞인 얼굴로 차 여사는 머리칼을 신경질적으로 쓸어 올렸다. 누가 깨워서 일어나는 걸 세상에서 가장 싫어하는 분이었다.

"저 왔습니다."

서준은 무표정한 얼굴로 인사부터 했다.

"다시는 안 올 것 같더니 왔구나."

여전히 화가 풀리지 않았는지 차 여사의 목소리가 날카로웠다.

"오 기사님이랑 얘기할 게 좀 있어서요."

"오 기사랑? 무슨 얘기?"

서준은 다시 몸을 돌려 오 기사를 쳐다봤다. 그리고 아까 물었던 것에 대해 한 번 더 물어봤다.

"연락처, 알려 드려도 되죠?"

"무슨 연락처?"

오 기사는 쪼르르 차 여사 옆으로 빠르게 걸어와 섰다.

"오 기사님."

"그러니까 예전에 났던 사고로……."

"사고?"

"그 가족들이 저를 찾는다고……."

마치 차 여사가 방패막인 것처럼 잔뜩 겁에 질린 얼굴을 하고 그녀의 뒤로 슬금슬금 자리를 옮겼다. 심성이 착하고 순한 분이었지만 오늘의 오 기사는 어딘지 불안하고 모자란 사람처럼 굴었다.

"그래? 그게 언제 적 일인데 이제 와서 사람을 귀찮게 해? 나 나가야 되니까 준비해."

"네, 사모님."

"너는 그만 가 보고."

"만나지 않으려고 하는 이유가 뭡니까?"

오 기사에게 물었지만 대답은 차 여사가 했다.

"만나지 않으려는 게 아니라 만날 필요가 없다는 거지."

"어머니한테 만나라는 게 아닙니다."

등골이 서늘해졌다. 두 사람이 보이는 반응이 너무도 이상했다.

"연락처는 주겠습니다. 제가 주지 않아도 아마 그쪽에서 알게 될 거라 연락 오는 건 시간문제일 겁니다."

"네가 나서는 이유가 뭐야?"

"나서지 않아야 할 이유라도 있습니까?"

"그러니까 네가 그 사람들을 어떻게 알고 이러는 거냐고!"

"어떻게 알고가 중요한 건가요? 오 기사님이 피해자였다면서요. 그러면 굳이 만나지 못할 이유가 없지 않겠어요? 그쪽에서 다시 사과를 하려는 걸 수도 있고, 또 묻고 싶은 게 있을 수도 있잖아요."

"기억도 잘 안 나는 사건을 왜 다시 들추려고 난리야?"

"그러게요? 어머니는 기억도 안 나는 오 기사님 사건에 왜 이렇게 역정을 내시는지 모르겠네요."

평정심을 잃은 건 차 여사였다. 서준은 이 집에 들어올 때부터 지금까지 시종일관 무덤덤한 표정이었다.

"아침부터 정신 사납게 구니까 그렇지!"

"약속 있으시다면요. 얼른 준비하세요."

서준은 돌아서서 현관 쪽으로 걸어갔다. 그리고.

"그런데요."

천천히 몸을 돌려 차 여사를 응시하며 오 기사에게 말했다.

"오 기사님은 안 다치셨나 봐요."

"뭐?"

역시나 대답은 차 여사가 대신했다.

"상대방은 사망했는데 오 기사님이 병원에 있다는 말은 못 들은 것 같아서요."

"네……. 저는 안 다쳤습니다."

얼떨결에 오 기사가 대답했다. 그리고 아차 하는 표정을 지으며 옆에 서 있는 차 여사에게로 시선을 돌렸다. 어머니의 눈빛이 심하게 일렁였다. 찰나였지만 분명 그랬다. 소파를 짚고 선 어머니는 손에 푸른 실핏줄이 돋아날 만큼 힘주고 있었다는 것도.

"곧 연락 올 겁니다. 그러면 받으세요, 전화."

돌아서서 나오는데 등 뒤에서 탁 하고 무언가를 내리치는 소리가 들렸다. 서준은 어금니를 세게 물었다. 그의 볼에 움푹 볼우물이 파였다. 이런 더럽고 찝찝한 기분은 정말 싫었다. 슬그머니 이유 없이 화가 나려고 했다.

"젠장."

낮은 욕설이 현관문을 열고 나서는 서준의 입에서 튀어나왔다. 저 안의 공기가 기분을 그렇게 만든 것 같다. 얼른 이곳을 벗어나고 싶어졌다.

그는 서둘러 마당을 가로질러 밖으로 나왔다. 그리고 그대로 차에 올라 시동을 걸었다. 빠른 속도로 동네를 벗어나려 한 그 순간, 망치로 머리를 세게 맞은 것처럼 그때의 기억이 되살아났다.

그때 어머니는 여느 때와 다름없이 바빴고 아버지는…… 입원 중이셨다.

길가에 차를 세웠다. 그는 빠르게 머릿속에 떠오른 것들을 나열하듯 기억해 냈다.

휴가를 나왔고, 오 기사님은 일을 그만둔 후였고, 아버지는 갑자기 입원을 하셨다. 다치셨다고 해서 찾아뵀을 때 아버지는 타박상 정도였던 걸로 기억한다.

별다른 상처가 없어서 속으로 다행이다 싶으면서도 별것도 아닌 걸로 입원까지 하시고 그러나 했던 것 같다. 그리고 휴가 기간 내내 아버지는 병원에 계시며 입원한 김에 건강 검진이나 받아야겠다고 하셨다. 차 밖에만 나가면 정수리가 타들어 갈 것처럼 지독하게도 뜨거웠던, 그리고 지금까지 살면서 어머니와 가장 오랜 시간 붙어 있었던 여름이라 그때의 기억이 또렷하게 남아 있었다.

"설마 아니겠지."

서준의 얼굴이 일그러졌다. 그는 서늘하게 웃으며 고개를 저었다.

❖ ❈ ❖

집으로 돌아온 이재는 서준의 연락을 초조하게 기다렸다. 원고를 쓰려고 했지만 좀처럼 손이 움직여지지 않았다. 한기가 든 것처럼 손가락 끝이 파르르 떨렸다. 그녀는 거실을 서성이며 짙어지고 있는 파란 하늘을 드문드문 올려다봤다.

"화장실 가."

욕실에서 샤워를 끝낸 유이가 젖은 머리칼을 수건으로 툭툭 털어 내며 심드렁하게 말했다.

"똥 마려운 거 아니야?"

"아니야."

"외박하고 왔는데 잠 좀 자지?"

"뭐?"

"밤새 엄청 힘들었을 텐데 좀 쉬어야 되는 거 아니야?"

"유이야, 제발 순수하고 순진했던 그 이유이로 돌아오면 안 될까?"

"그게 언젠데?"

"아마 네가 다섯 살?"

"그럼 무리야."

"그래, 그럼 알아도 모른 척하고 조용히 입을 닫아 줄래?"

"어."

이재는 소파에 털썩 앉아 무릎을 감싸 안았다. 그리고 리모 컨으로 이리저리 채널을 돌리며 푹 한숨을 쉬었다.

"싸웠어?"

옆에 앉으며 유이가 물었다.

"이모부랑 싸웠느냐고."

"아니."

"나 곧 출근인 건 알고 있지?"

"어디를?"

"이모부가 출근하라고 했잖아. 괜히 둘 사이 틀어져서 내 일 에 지장 주고 그러지 마."

"뭐?"

"이모부를 더 이상 이모부라고 부를 수 없게 되면 내가 그 레 스토랑에서 입장이 곤란해지지 않겠어? 난……. 그 뭐지? 특별 히 채용된 사람이잖아."

"특채."

"그래, 특채. 요즘 왜 이렇게 한국말이 바로바로 안 떠오르 지? 내가 너무 한식만 먹었나? 이모, 우리 두부김치 해 먹자."

"아침부터?"

"두부 사 올게."

쌩하니 수건을 머리에 뒤집어쓴 채로 유이는 뛰어나갔다. 지 갑이나 갖고 나간 건지 알 수가 없었지만 안 갖고 갔다고 해도 이유이라면 어떻게든 그놈의 두부를 사 갖고 올 것만 같았다.

여전히 잠잠하기만 한 핸드폰을 들여다보면서 이재는 한숨을 내쉬었다. 서준에게 말을 한 게 잘한 건지 이제 확신이 서지 않았다. 그냥 간단히 넘어갈 수 있는 일을 공연히 크게 만든 건 아닌지.

처음부터 찾는다고 난리를 치지 말았어야 했나. 갖가지 생각들로 머리가 터질 것만 같았다.

깊어지는 여름, 서준에 대한 마음도 깊어지고 있었다. 이 일로 서준과 멀어질 이유는 없었다. 그게 괜한 걱정이라는 걸 알면서도 마음이 커지니까 걱정하지 않아도 되는 것들까지도 걱정스럽게 여겨졌다.

"후우……."

한숨을 뱉어 내도 답답한 속은 풀어지지 않았다.

Rrrrr.

손에 쥐고 있던 핸드폰이 울렸다. 이재는 재빨리 핸드폰으로 눈을 내렸다. 하지만 눈빛이 금방 실망으로 물들었다. 잡지사 편집장으로부터 온 전화였다.

"네, 서이재입니다."

– 잘 지냈어요? 나 조수연.

"안녕하셨어요? 너무 오랜만에 연락 주시는 거 아니에요? 저보다 잘 쓰는 기자 구하셨나 봐요?"

가볍게 농담을 던지며 이재는 자세를 고쳐 앉았다.

– 이야, 그놈의 자신감은 여전하네? 요즘 바빠?

"오늘부터 딱 한가해졌어요."

– 그래?

"취재거리 있어요?"

― 어. 그런데 취재할 사람이 좀 멀리 있어.

딱히 이 일 저 일 골라 가며 받을 처지는 아니었다. 꽤 프리로 소문이 났지만 그렇다고 독식을 할 수 있는 것도 아니고, 이 바닥도 경쟁이 치열하니까 부지런히 일하지 않으면 찾아 주는 사람은 점점 줄어들었다.

― 말일까지 시간 있으니까 괜찮지?

강원도 고성에서 갤러리를 운영하는 부부를 찾아가 인터뷰를 하고 가을 여행으로 갈 만한 곳까지 기사로 실어 달라고 했다. 제법 페이지가 있는 일이라 이재는 단번에 오케이를 했다.

통화를 하고 있는 사이 마트로 달려갔던 이유이가 두부를 손에 들고 돌아왔다.

"네, 늦지 않게 원고 넘길게요."

― 잘 부탁해.

"감사합니다."

꾸벅 고개까지 숙여 가며 인사하는 이재를 유이는 멀뚱멀뚱 지켜봤다. 그리고 엄지손가락을 들어 보였다.

"뭐? 왜?"

"나는 이모 존경해."

"갑자기?"

"보이지 않는 상대에게도 고개를 숙이며 철저히 갑과 을의 관계를 겸허한 마음으로 받아들이는 이모의 프로 정신이 멋있어."

"왜 비꼬는 걸로 들리냐?"

"두부 사 왔어."

이재의 말에 선뜻 아니라고 반박하지 않으며 유이는 사 온 두부를 들이밀었다.

"돈은?"

"달아 놓으라고 했어."

"어디서?"

"저기 길 건너 마트."

"네가 누군지 알고 외상으로 줘?"

"사랑방 조카 이유이."

"그랬더니 줬다고?"

"어. 이거 말고도 나 좀 달아 놨는데?"

"뭐?"

"김치 꺼낼까?"

싱긋 웃으며 유이는 먼저 주방으로 들어갔다.

저 아이의 능력이 어디까지인지 심히 궁금해졌다. 세상 모든 사람을 자기편으로 만들 줄 아는 것도 하늘이 내려 준 선물이 아닐까 싶다.

거기다 자신이 무엇을 원하는지 유이는 분명히 알고 있었다. 궁극적으로 그게 앞으로 하고자 하는 직업적인 일은 아니더라도 당장 마음이 시키는 일 정도는 어렵지 않게 읽고 있었다. 본인의 감정에 충실하면서 본인의 행복을 제일로 추구하는 유이의 삶이 문득 부러워지는 순간이었다.

❖ �֎ ❖

레스토랑으로 돌아온 서준은 다른 건 생각하지 않고 일단 일에만 집중했다. 이재에게 연락하는 것도 잊을 정도로 그는 무섭게 집중했다. 그 바람에 주방 안은 살얼음판을 걷는 것처럼 직원들이 서준의 눈치를 보느라 분주했다.

"셰프님."

"왜?"

"전복이 상태가 좀……."

"어떤데?"

"보셔야 할 것 같습니다."

서준은 하던 일을 마저 끝내고 밖으로 나갔다. 이미 기사는 수족관에 갖고 온 전복을 풀어놓고 있었다. 서준은 거침없이 팔을 수족관 안으로 집어넣었다. 그리고 전복을 꺼내 냄새를 맡았다.

"이거 오늘 거 맞습니까?"

내일 사용할 전복이 방금 통영에서 올라왔는데 신선도가 떨어지는 게 후각으로도 느껴졌다.

"네, 그럼 맞죠."

기사는 눈도 안 맞추고 태연하게 거짓말을 했다.

"버려."

"네?"

"이거 다 버리고 대금 결제해 드려."

전복을 옮기던 기사는 어정쩡한 자세로 서서 눈만 끔벅이고 있었다.

"내일부터는 안 오셔도 됩니다."

"네?"

"새로운 거래처 알아봐."

288

"아니, 저기……."

서준은 제 할 말만 하고 그대로 주방으로 들어가 버렸다. 난처한 표정으로 서 있던 기사가 직원의 눈치를 보면서 조용히 말했다.

"내가 다시 갖고 올게요."

"아니요. 우리는 그냥 이쯤에서 바이바이 해야겠네요."

"뭐? 우리가 거래를 한 게 몇 년인데?"

"그러게요, 몇 년 거래를 했어도 이렇게 돼 버렸네요."

"아니, 가서 말 좀 잘해 봐. 내가 오늘은……. 그러니까…… 감기가 걸려서 이게 상한 건 줄 몰랐다, 뭐 그렇게 말을 하면 안 될까?"

"네, 안 돼요."

주방으로 들어온 서준은 잠깐 한가해진 틈을 타서 안쪽 작은 사무실로 들어왔다. 그리고 책상 위에 놓아둔 핸드폰을 들었다. 이재에게는 아무런 연락도 오지 않았다. 재촉하지 않겠다는 뜻일까.

그녀는 무슨 생각을 하고 있는 건지 걱정됐다. 하지만 선뜻 이재에게 연락을 할 수가 없었다. 찜찜함. 그 기분이 종일 서준을 따라다녔다.

Rrrrr.

어머니로부터 전화가 걸려 왔다. 아무 상관 없는 일이라면 몇 시간도 지나지 않아 이렇게 어머니가 득달같이 전화를 했을 리가 없다. 물론 다른 이유에서 전화를 한 걸 수도 있었지만 그의 예감으로는 왠지 아침에 있었던 일의 연장선이 아닐까 했다.

"네."

– 가게니?

"네."

– 오 기사 번호, 설마 벌써 준 거 아니지?

"아직이요."

– 그래, 다행이구나. 너 다녀가고 오 기사가 많이 불편해해. 그러니까 괜히 지난 일 들추지 말고 모른다고 해.

전화를 하지 말지. 이렇게 바로 전화해서 번호 주지 말라는 말을 하지 말지.

– 주지 말라고. 알았니?

서준은 그대로 눈을 감아 버렸다.

"밖이세요?"

– 그래, 오늘은 약속이 좀 많구나. 늦게 들어가겠어.

"알겠어요. 바빠서 이만 끊을게요."

통화를 끝내며 서준은 어금니를 악물었다.

❖ ✻ ❖

그날 저녁, 서준은 꽤 늦은 시간에 이재에게 연락을 했다. 집 앞으로 나가자 서준은 대문 앞에 앉아 있었다. 이재는 조용히 서준의 옆으로 가서 앉았다.

눈이 마주쳤고 두 사람은 싱긋 웃었다. 그리고 서준이 이재의 어깨에 머리를 기댔다.

"오늘 바빴어요?"

"무지."

"힘들었겠다."

"그래서 에너지 충전하려고 서이재 보러 왔지."

서준의 머리 위로 이재의 작은 머리가 포개졌다. 그렇게 한동안 두 사람은 말없이 규칙적으로 숨만 쉬었다. 뱉어 내는 호흡이 느리고 따뜻했다.

"올여름은 진짜 잊지 못할 것 같아요."

먼저 말문을 연 건 이재였다.

"서준 씨를 만난 것도, 그리고 뜨겁게 사랑한 것도."

"왜 마지막처럼 들리지?"

"여름이 끝나 가니까."

"우리는 두 번째 여름도, 그리고 세 번째, 네 번째도 같이 보낼 거예요. 그건 절대 안 변해요."

"그렇겠죠?"

이재는 고개를 들었다. 그리고 서준도 고개를 들어 이재를 돌아봤다. 두 사람은 또 그렇게 말없이 서로의 눈에 담긴 모습만 하염없이 바라봤다.

"내가 이상한 생각이 들기 시작했어요."

서준은 이재의 눈을 보며 말했다.

"무슨 생각이요?"

"오명섭 씨 관련 사건에 내 부모님이 연관됐을 수도 있겠다는 생각."

"네?"

"아직은 증거 없는 짐작이에요."

이재는 마른침을 목으로 넘겼다.

"만약 내가 생각하고 있는 것들이 사실이라면…… 그때 우리는 어떻게 되는 겁니까?"

"무슨 말이에요?"

"이재 씨 생각을 알고 싶어요."

"내 생각에 따라서 서준 씨의 짐작이 그냥 짐작으로 끝날 수도 있다는 뜻이에요?"

"아니요. 그렇지는 않을 거예요."

"그렇지만 나는 변하겠죠."

어떤 식으로든 지금의 서이재를 바라보고 있는 진서준의 모습과 같을 수는 없을 것만 같았다.

"잘 모르겠어요."

"달라질 수도 있겠다는 말로 들리네요."

이재는 아무런 대답도 내놓지 않았다. 서준의 손을 잡고 있는데, 이렇게나 가슴이 따뜻해지게 하는 손인데, 이 손을 놓는다면…….

"짐작이잖아요. 아직 아무것도 모르는 거잖아요. 나는 그냥 내 부모가 누군가를 다치게 할 수도 있다는 걸 알면서 그걸 하고 마는 몰상식하고 양심 없는 분들이라고는 생각 안 해요. 그래서 그런 것뿐이에요."

"알아요."

"나를 이렇게 아무도 없는 세상에 혼자 두고 갈 정도로 무책임한 분들이 아니라고 믿고 싶은 거라고요."

"이재 씨."

"네."

"무슨 일이 있어도 나는 당신 안 놔요."

놓을 수가 없었다. 마음이 짙어져서 이제는 이재 없이는 살 수 없을 것 같았다. 서이재가 온 세상이고 우주인데 어떻게 그럴 수 있겠는가.

"그리고 무슨 일이 있기를 바라지도 않아요. 당신이나 내가 오늘도, 그리고 내일도 평안하기를 바라요."

"알아요. 나도 그래요."

"대답해 줘요."

"뭐를요?"

"지금 이 손 절대 안 놓겠다고."

어떤 예감이 들어서였을지도 모르겠다. 사실이 아니었으면 하는 그게 사실일 것만 같은 슬프고 아픈 예감. 믿지도 않는 신을 떠올리며 빌고 싶은 이 간절함.

"놓지 마요."

"그럴게요."

이재는 흐릿하게 웃으며 서준의 품에 안겼다. 골목을 지나가는 사람들의 힐끔대는 시선에도 두 사람은 굳건히 자리를 지키고 앉아 있었다. 서로가 아무 말을 하지 않아도 얼마나 불안한지 알 것 같았다.

"오늘은 덥지가 않다."

"그러게. 내일은 가을이 올 것 같네."

"우리 가을에는 여행 가요."

"어디로?"

"아무 데나 둘만 있을 수 있는 곳으로."

파도 소리가 들리고 꽃향기가 폴폴 나는 파라다이스로 여행을 가고 싶어졌다. 서준의 손을 꼭 잡고 파도치는 바다를 보고 있으면 일렁이는 마음이 평온해질 것만 같았다. 그 순간이 어

293

서 빨리 왔으면 했다. 이 강렬하고도 아릿한 여름이 오늘은 좀 싫어지려고 했다.

❖ ❋ ❖

본가에 불은 환하게 켜져 있었다. 하지만 어머니 차도 아버지 차도 보이지 않았다. 늦은 시간인데도 아직 들어오시지 않은 모양이었다. 집에서 조금 위쪽에 차를 대 놓고 서준은 오 기사의 차가 들어오기를 기다렸다.

탁, 탁, 탁.

서준은 손가락 끝으로 차창을 두드렸다. 명확해진 건 아무것도 없었다. 그저 다 추측일 뿐이었다.

젊은 시절부터 10년 넘게 일하던 오 기사가 어느 날 갑자기 일을 그만두고 가족들 전부를 데리고 외국으로 이민을 갈 수도 있었다. 그가 남동생 하나 데리고 어려서부터 고아로 컸고, 성인이 된 후에도 많은 고생을 했다는 건 익히 들어 알고 있었다. 그런 그가 처음으로 제대로 다니게 된 직장이 차 여사의 운전기사였다.

비위를 맞추기 힘든 분이지만 돈은 아쉽지 않게 주셨을 거다. 시키는 건 뭐든지 했고, 입도 무거운 편이었다. 그러니까 탈스러운 차 여사가 오랜 시간을 기사로 두지 않았겠는가.

선하고 남 해코지할 줄 모르는 착한 오 기사가 차 여사가 시킨다고 아버지의 죄까지 뒤집어쓰지는 않았을 거다. 그 정도의 충성심을 가질 만큼 무모한 사람은 아니었다. 그건 절대 있을 수 없는 일이다.

그런데 모든 정황이 그 가능성을 가리키고 있었다. 그냥 우연히 그렇게 들어맞았던 거라고 하기엔 아침에 본 두 사람의 태도가 의심스러웠다. 잔뜩 겁에 질린 오 기사의 표정도 그랬고, 남의 일에 그렇게까지 나서는 어머니도 그랬다. 하나를 의심하기 시작하니까 그들의 몸짓까지 전부 다 미심쩍었다.

차 한 대가 들어와 집 앞에 정차했다. 그리고 뒷자리에서 술에 취해 비틀거리는 차 여사가 내렸다. 오 기사는 재빨리 차에서 내려 차 여사를 부축하며 대문을 열고 들어갔다. 서준은 대문이 닫히는 걸 보고 차에서 내렸다. 그리고 아직 엔진이 식지 않아 뜨거운 열기를 뿜어내는 어머니 차로 걸어갔다.

10여 분 정도 지났을까, 오 기사의 거친 숨소리가 안에서부터 들려왔다. 그는 연신 숨을 몰아쉬면서 대문을 열고 집에서 나왔다. 술 취한 차 여사를 부축하는 게 여간 힘든 게 아니었는지 그는 이마에 맺힌 땀까지 손등으로 닦아 냈다.

"많이 드셨나 보네요."

"어이!"

서준의 인기척에 놀랐는지 오 기사는 팔까지 휘저으며 뒷걸음질을 쳤다.

"놀라셨어요?"

차에 기대 있던 서준이 천천히 앞으로 나왔다. 오 기사는 고개를 쑥 빼면서 서준의 얼굴을 확인했다.

"도련님?"

"늦으셨네요."

"아니, 왜 여기서……."

"오 기사님하고 아직 할 얘기가 있어서요."

"저하고요?"

"제 마음대로 번호를 주는 건 아닌 것 같아서요."

한결 순해진 얼굴로 오 기사에게 다가가며 서준은 편하게 말을 이었다.

"오 기사님, 술 한잔하실래요?"

"네?"

"가세요. 제가 한잔 사 드릴게요."

머뭇거리는 오 기사를 억지로 차로 데리고 갔다. 그는 가지 않겠다고 버티고 서 있지도 않았고, 신이 나서 차에 오르지도 않았다. 마치 서준이 하고 싶은 대로 하라는 듯 온몸의 힘을 빼고 있었다. 그를 차에 태우고 서준은 동네를 빠져나왔다.

"어디 사세요?"

"네?"

"댁에 들어가시기 편하게 사시는 동네에서 마셔요."

"그냥 도련님 편한 데로 가요."

"서준이라고 하세요. 도련님은 무슨."

그가 기억하는 순간부터 오 기사는 서준을 도련님이라고 불렀다. 그래서 모든 사람들에게 그렇게 불리는 게 당연한 건 줄 알기도 했었다.

하지만 유치원에 갔을 때 그를 도련님이라고 부르며 지켜 주는 사람은 한 명도 없었다. 유일하게 오 기사에게만 도련님으로 불렸었다.

"힘들지 않으세요?"

"힘들기는요."

"이제 나이도 있으신데 집에서 그만하라고 하지 않아요?"

"뭐 그렇게 챙겨 주는 가족이 있어야죠."

가족을 전부 데리고 뉴질랜드로 갔다던 오 기사는 현재 혼자
인 것처럼 말했다. 그렇다면 가족들은 여전히 외국에서 살고
있고, 한국에는 오 기사 혼자만 있다는 뜻일 수도 있었다.

"혼자 사세요?"

"네."

"가족들은요? 제 기억으로는 딸이 있었던 걸로 기억하는
데……."

서준은 다시 한번 오 기사에 대해 떠봤다.

"우리 딸이 유학을 가서 식구들이 다 거기 있어요."

"아, 그렇구나. 보고 싶으시겠어요."

"뭐, 그렇죠."

앞을 보고 앉아 있는 오 기사를 서준은 운전을 하면서 힐끗
돌아봤다. 그의 옆 머리카락이 희끗희끗했다. 그 어렸던 진서
준이 지금은 서른이 넘었으니까 오 기사도 늙는 건 당연한 거
였다.

술 한잔을 기울일 수 있는 소박한 분위기의 술집으로 서준은
오 기사를 이끌었다. 술을 그다지 즐기지 않는 오 기사였지만
왠지 서준과 한잔하고 싶었다.

두 손으로 공손하게 술잔을 채워 주는 서준을 오 기사는 흐
뭇한 미소를 지으며 지켜봤다.

참 잘 컸다. 반듯하고 근사하게 커 줬다. 큰 집에 혼자 있는
서준이 늘 안쓰러웠는데 이제는 어엿한 어른이 돼서 제 삶을
살아가고 있었다. 그런 그가 대견하면서도 기특했다.

짠.

두 사람의 잔이 청량한 소리를 내며 부딪쳤다. 오 기사는 술을 입에 살짝 갖다 대고는 인상을 구겼다.

"여전히 술을 못 드시네요."

"나는 이 쓴 걸 왜 마시는지 모르겠어요."

"그러게요."

"도련님은 술 잘 마셔요?"

"서준이라고 하세요."

"그래도 습관이 돼서……."

오 기사는 사람 좋게 웃으며 머리카락을 쓸어 올렸다. 그의 하얘진 머리칼이 오늘따라 마음을 쓰리게 했다.

"아저씨."

"네."

"제가 사랑하는 사람이 있어요."

"그래요? 아이고, 잘됐네요."

"네."

마치 제 일인 것처럼 기뻐하는 오 기사를 보면서 서준도 마주 웃었다.

"좋은 아가씨죠?"

"네, 좋은 사람이에요."

서준은 자신의 빈 술잔에 술을 채우며 말을 이었다.

"제가 많이 좋아해요."

"사모님도 들으면 좋아하시겠어요."

"그 여자랑 결혼해서 같이 살고 싶어요."

"지금 결혼하면 딱 좋겠네요."

그는 고개를 살짝 들어 술잔을 비워 냈다. 그리고 앞에서 미소를 짓고 있는 오 기사를 보며 말했다.

"그 사람 부모님이 돌아가셨어요."

"네?"

"11년 전에 음주 운전으로."

"그게 무슨……."

오 기사의 낯빛이 점점 하얗게 질렸다.

"그 사람이 아저씨를 만나고 싶어 해요."

딱 거기까지만 말했다. 그리고 오 기사가 어떤 말이든 해 주기를 기다렸다. 하지만 오 기사는 그때부터 입을 딱 닫고 아무런 말도 하지 않았다.

"제 기억으로는 그때 아버지가 다치셔서 병원에 입원하셨어요. 그리고 아저씨는 갑자기 일을 그만두셨고."

오 기사의 눈을 응시하며 서준은 자신의 기억 속 일들을 나열하기 시작했다.

"그리고 아저씨가 이민을 갔다는 말을 들었어요. 그 모든 일들이 그 사람 부모님 사고와 관련 있을까요?"

비워진 술잔을 다시금 채워 놓고 서준은 잠시 숨을 골랐다.

"저는 제 부모님보다 아저씨를 더 믿어요."

"……그런 말은 하는 게 아니에요."

겨우 오 기사가 입을 열어 말했다. 안타깝게 바라보는 오 기사의 시선에서 서준은 그의 마음을 읽었다.

"연락 오면 만나세요. 그리고 진실이 무엇이든 말해 주세요."

"나는……. 그러니까 나는……."

"아저씨."

"네."

"부탁드립니다. 아저씨가 알고 있는 걸 말씀해 주세요."

서준이 고개를 숙였다. 그의 정중한 인사에 오 기사는 앞에 놓인 술잔을 들어 고개를 젖히고는 그대로 목구멍으로 털어 넣었다.

8.
아프고 아픈, 진실

올여름 마지막 장맛비가 새벽부터 무섭도록 세차게 내리고 있었다. 하늘에 구멍이라도 난 것처럼 거침없이 쏟아졌다.

"이런 날은 부침개를 구워 먹어야 하는데."

"너랑 나랑 왜 이렇게 백수 같냐."

"이모."

"응?"

"난 아니야."

"뭐가?"

"난 이따 오후부터 출근해."

"가서 실수하지 말고 잘해."

"사람은 누구나 실수를 하는 거야. 그걸 알면서도 하느냐, 안 하느냐가 문제인 거지. 그리고 한 번 저지른 실수를 또 저지르는 멍청이가 아니야, 난."

"그래, 우리 유이 장하다."

거실 창을 열고 두 사람은 무릎을 세우고 앉아 내리는 비를 하염없이 감상했다.

"수제비 먹을까?"

"귀찮아."

"내가 해 줄게."

웬일로 유이는 팔을 걷어붙이고 일어났다.

"내가 안 해서 그렇지 하면 또 끝내주게 하거든."

자신만만한 표정을 지으며 유이는 주방으로 사라졌다. 이재는 마저 비 감상을 하면서 일찍 시작한 아침을 즐겼다. 사실 즐긴다기보다는 꾸역꾸역 시간을 보내고 있는 중이었다.

서준의 연락을 기다렸지만 어젯밤 그는 아무런 소식이 없었다. 그가 뭘 하고 다니는 건지 말을 해 주지 않는 이상 알 수가 없었다. 하지만 왠지 그게 자신과 연관되어 있지 않을까 하는 느낌이 강하게 들었다.

그가 지금까지 알아낸 진실을 무엇일까. 진실이라고 할 수 있는 게 있기는 한 걸까. 괜한 시간과 감정만 낭비하고 있는 건 아닐까.

Rrrrr.

방에서 울리는 핸드폰 벨 소리에 이재는 후다닥 뛰어 들어갔다. 서준에게서 온 전화였다.

"여보세요."

– 뭐 하는데 숨이 차요?

"거실에 있다가 뛰어와서 받느라고요."

– 운동 좀 해야겠네.

"바빴어요?"

- 잤어요.

"지금 이 시간까지?"

- 네.

"어디 아파요?"

- 아프다고 하면 오나?

"미련하게 아프면 병원을 가야지 왜 집에서 앓고 있어요? 지금 갈게요."

이미 이재는 옷장에서 옷을 꺼내 입고 있던 바지를 벗어 던지고 있었다.

- 이재 씨.

"네."

- 아마 곧 연락이 올 거예요.

바지를 갈아입다가 말고 이재는 그대로 멈췄다.

"말……했어요?"

- 오면 만나서 물어봐요.

"나 가도 돼요?"

- 어디를?

"지금 서준 씨한테."

- 아니요, 지금은 오지 마요.

"왜요?"

- 더 자고 싶어요.

그래도 얼굴이 보고 싶었지만 이재는 아무렇지 않은 듯이 대답했다.

"알았어요, 그럼 자요."

레스토랑은 출근 안 해도 되는 건지, 어디가 어떻게 아픈 건지, 밥은 먹었는지 묻고 싶은 게 많았지만 이재는 그 말들을 모조리 목으로 넘겨야 했다.

"이모!"

밖에서 유이가 집이 떠나가라 이재를 불러 댔다. 딴생각에 빠질 겨를도 없이 이재는 벗어 던졌던 바지를 다시 입고 유이에게로 향했다.

"왜?"

"간 좀 봐 봐."

국물을 숟가락으로 떠서 이재 앞에 내밀며 유이는 이미 자신감에 찬 미소를 짓고 있었다.

"뭐냐, 그 미소는?"

"고향의 맛을 느낄 거야."

후루룩. 국물을 한 모금 먹자 속이 뜨끈해지면서 절로 감탄사가 나왔다.

"어머, 진짜 죽인다. 육수는 언제 낸 거야?"

"내가 그랬잖아. 고향의 맛을 느낄 거라고."

"고향? 무슨 고향?"

이재는 한 숟가락을 더 떠서 국물 맛을 다시 봤다. 깊고 진한 것이 보통의 맛이 아니었다. 언젠가 엄마가 해 줬던 그 맛이 났다.

"앞으로는 저거 써."

"응?"

"내가 이것저것 다 해 봤는데 저거만 한 게 없더라고."

이재의 시선에 닿은 것은 그토록 '아, 이 맛이야!'를 외치던

304

광고 속 국민 조미료였다. 그럼 그렇지 하는 눈빛으로 입을 비틀며 이재는 숟가락을 내려놓고 주방을 나왔다.

❖ ✖ ❖

차 여사는 부부 동반의 중요한 행사가 있어서 차를 타고 남편 회사로 향했다. 가는 동안에도 그녀는 전화를 하느라 핸드폰을 놓지 못했다.

힐끔힐끔 백미러로 쳐다보는 오 기사의 시선에 차 여사는 결국 전화를 끊고 신경질적으로 물었다.

"뭐야? 무슨 일인데 자꾸 내 눈치를 봐?"

"네? 아니요, 아닙니다."

"말해."

잔뜩 기가 죽은 오 기사는 뜸을 들이다 겨우 입을 뗐다.

"사모님."

"왜?"

"그 돌아가신 분 가족이 만나자고 하는데 어떻게 할까요?"

"누구?"

차 여사에게는 이미 잊혀진 일이었다. 내 손을 떠났으니 그녀에게는 신경 쓰지 않아도 되는, 그냥 남의 일인 거였다.

"교통사고……."

금세 차 여사의 얼굴이 일그러졌다.

"그 얘기는 끝난 거 아니었어?"

"그래도 한 번은 만나야 하지 않을까 하는데……."

"만나서 뭘 어쩌려고?"

"그건 저도 잘……."

"그때 합의금에 위로금까지 안 줘도 되는 건데 넉넉히 줬잖아. 사는 데 지장 없을 정도로. 그랬으면 됐지, 이제 와서 뭘 어쩌자고 자꾸 연락을 해?"

"그게…… 도련님이 잘 아는 분이라고 합니다."

오 기사는 혹시 몰라 서준이 좋아하는 사람이 아닌 잘 아는 사람이라고 둘러댔다. 어젯밤 괴로워하는 서준을 본 후로 사실 오 기사는 한숨도 못 잔 상태였다.

"걔가 그 사람들을 어떻게 알아?"

"그건 저도 잘 모르겠습니다."

차 여사는 말없이 골똘히 생각하는 듯했다. 그리고 운전석 쪽으로 몸을 바짝 당겨 앉으며 오 기사에게 말했다.

"일단 만나 봐."

"네."

"입조심하고."

"알겠습니다."

"당신은 그쪽에서 만나자고 하니까 만나 주는 거야. 그러니까 괜히 입 함부로 놀리지 말고 듣기만 하다 오라고."

"……네."

"대체 누군데 10년도 넘은 일을 이제 와서 들추겠다는 거야? 사는 게 그렇게 심심한가? 아니지, 사는 게 팍팍해져서 그러나?"

차 여사의 미간이 좁아졌다. 그녀는 상대방의 속내를 멋대로 읽어 대며 만약에 생길 수 있는 금전적 문제에 대해 생각했다.

"그쪽에서 돈 얘기를 하면 확실하게 잘라."

"네?"

"한 번 주면 두 번이 세 번 되는 건 시간문제인 거야. 그러다 아예 맡겨 둔 것처럼 툭하면 찾아와서 돈 달라고 하면 어떡해?"

"아무리 그래도 도련님이 아시는 분이라는데 그럴 리가 있겠어요?"

"그렇게 살고도 세상을 몰라? 그렇게 멍청하게 구니까 번번이 당하는 거야."

차 여사의 구박에 오 기사는 풀이 죽은 채로 핸들을 양손으로 꽉 움켜잡았다.

11년 전 사고가 났을 때만 해도 정말 얼떨결에 그렇게 돼 버렸다. 자다가 비몽사몽으로 뛰어나왔고, 오는 중에 대략적인 설명만 들었지 뭐가 어떻게 된 건지 묻지도 못했다. 본인의 의사 따위를 어필할 틈이 없었다.

사고가 나자마자 진 사장은 오명섭을 찾았고, 가서 보니 차 여사도 와 있었다. 대충 설명을 하고는 부상 정도가 눈으로 보기에도 심하지 않은 진 사장은 차 여사가 갖고 온 차를 직접 몰고 떠났다.

시선을 돌리자 상대편 차는 중앙선을 넘어 형체를 알아볼 수 없을 정도로 부서져 있었고, 그 안에 타고 있던 사람은 몸이 창밖으로 튀어나와 있었다. 멀리서 보기에도 끔찍했다. 손발이 떨리고 머릿속이 하얘졌다. 하지만 차 여사는 상당히 침착했다.

'저기…… 사……람이.'

넋이 나간 표정으로 손가락을 들어 가리키는 오 기사를 차 여사는 저지하며 자신의 얼굴을 똑바로 마주하도록 돌려세웠다. 그리고 무언가를 끊임없이 설명하고 또 설명했다.

'오 기사가 운전한 거야.'

그 말만 또렷하게 들렸다. 네? 하고 반문하지도 못했다.

그렇게 사고가 난 지 1시간 조금 넘는 시간이 흐른 후 두 사람이 싸늘한 주검이 되어 하얀 천을 덮어쓴 채로 실려 나갔고, 그곳에는 어느새 자신이 사고 당사자가 되어 경찰 앞에 서 있었다.

사고가 난 도로는 공사를 진행하다가 무슨 사정에서인지 중단이 됐고, 주변이 어수선하기는 해도 집까지는 빨리 올 수 있는 지름길이라 아는 사람만 이용하는 그런 곳이었다.

늦은 시간 그곳에는 아무도 없었다. 그 흔한 CCTV조차 없는 곳이었다.

사고를 수습하면서 경찰은 오명섭에게 음주 운전 여부를 확인하고 검사까지 진행했다.

경찰차를 타고 경찰서로 이동하는 동안에도 차 여사는 지인이라며 오명섭 옆에 같이 타고 갈 것을 주장했다. 그렇게 사고는 정리가 끝났다. 그리고 정신을 차렸을 때는 이미 뉴질랜드행 비행기 안이었다.

오명섭의 쌍둥이 동생과 와이프와 딸을 데리고 그는 아는 사람 하나 없는 뉴질랜드에서 새 삶을 시작했다.

동생의 통장으로 들어온 거액의 돈으로 집을 샀고, 딸이 다닐 학교도 알아봤다. 꿈만 같았다. 하지만 진짜 꿈은 1년이 지난 후부터 시작됐다.

매일 밤 악몽에 시달렸다. 멍하니 앉아 TV를 보다가도 갑자

기 숨이 멎을 것처럼 가슴이 답답해졌다. 죽을 것 같았고 눈앞
이 노래졌다.

약을 먹지 않으면 단 하루도 버틸 수가 없었다. 불면증에 수
면제, 그리고 공황 장애 약까지 숫자를 셀 수 없을 만큼 많은
약을 먹어야 했다.

결국, 몇 년을 버티지 못하고 오명섭은 동생의 이름으로 비
행기를 타고 다시 한국으로 돌아와 동생의 이름으로 살고 있는
중이었다.

"도착했습니다, 사모님."

"아무 말도 하지 말고 입 단단히 잠그고 있어."

"네."

"뭐 해?"

"네?"

"문 열어야지!"

오 기사는 황급히 내려 뒤로 뛰어가서 차 여사가 내릴 수 있
도록 문을 열었다. 차 여사는 차에서 내리며 오 기사를 보고는
한심하다는 듯 혀를 끌끌 찼다.

❖ ✖ ❖

유이는 출근을 하기 위해 새로운 마음가짐이 필요하다며 비
가 쏟아지는데도 굳이 옷을 사러 외출했다. 괜히 조카가 기죽
을까 싶어 재헌은 용돈을 쥐여 주며 삼촌 노릇을 했다. 물론 귀
가 찢어질 것 같은 잔소리 폭격과 함께.

"같이 가지 왜 안 가?"

"같이 가자고 안 하던데?"

"애가 워낙에 독립적이라 그래."

"아니야. 쟤가 보기엔 너나 나나 그냥 노인네야. 괜히 치마가 짧다느니, 옷이 많이 파였다느니 잔소리할 게 빤한데 데리고 가고 싶겠냐?"

"뭘 사서 들어올지 궁금한 게 아니라 무섭다."

빨간 우산을 쓰고 통통 뛰듯이 걷는 유이의 뒷모습을 하염없이 바라보면서 이재와 재헌은 땅이 꺼져라 한숨을 내쉬었다.

"연락은?"

재헌이 먼저 이재에게 물었다.

"아직."

"기다려 보면 올 거야."

"어."

"다른 기대를 하는 건 아니지?"

"안 해."

"아무 기대도 하지 말고 아무 생각도 하지 마."

"그러고 있는 중이야."

비가 와서일까. 카페는 종일 손님이 뜸했다. 빗소리만 들리는 카페 안, 오늘따라 무기력하기만 하다.

"진이는?"

이재는 고개를 저었다. 재헌은 진이에게 메시지를 보냈다. 언제 들어오는지, 늦는지. 마치 집에서 기다리는 남편 같았다.

"우리는 왜 아무도 서로에게 반하지 않았을까?"

재헌은 누가 봐도 잘생긴 남자였다. 키도 크고, 몸매도 근육질까지는 아니어도 나쁘지 않았다.

워낙에 살이 찌지 않는 체질이라 똑같이 먹어도 늘 살이 찌는 건 이재와 진이었다. 그렇다고 특별히 운동을 많이 하는 것도 아니었다. 한마디로 여자들이 좋아할 괜찮은 남자다.

"지극히 정상이니까."

"뭐가?"

"머리가."

손가락으로 제 머리를 툭툭 건드리며 재헌이 말했다. 이재는 선뜻 무슨 뜻인지 몰라 한 번 더 물었다.

"그러니까 머리가 뭐?"

"이재야."

"응?"

"마음이 뭔가를 하기도 전에 이 머리가 돈다고. 쟤들은 동생이다. 피를 나눈 형제다. 여자가 아니고 남자다."

"죽을래?"

"너희들은 뭐, 날 남자로 보냐?"

"그건 아니지."

굳이 설명하지 않아도 됐다. 태어나는 순간부터 세 사람은 형제였다.

"왜 먹어도 먹어도 배가 고프지?"

"배고파?"

"허기가 져."

그때 쓱, 카페 문이 열리며 진이가 들어왔다. 아침에 보는 건데도 퇴근해서 들어오는 진이는 늘 반갑기만 하다.

"어?"

"나 왔어."

"왜 이렇게 빨리 왔어?"

"예약 두 개가 줄줄이 취소돼서 그냥 들어왔어."

"잘했어, 잘했어."

진이는 털썩 의자에 앉으며 어깨를 늘어뜨렸다. 이재는 익숙한 듯 그런 진이의 어깨를 손으로 주물렀다.

"고기 먹을까?"

"우리 한 달 식비가 얼마나 들었는지 알아?"

재헌의 말에 이재는 입을 다물었다.

"그래, 고기는 먹은 지 얼마 안 됐잖아. 우리 간단하게 피자랑 족발이나 시켜서 먹자."

진이는 천연덕스러운 표정으로 말했다.

"그게 간단한 거야?"

재헌이 코웃음을 쳤지만 진이는 단호하게 눈을 부라리며 말했다.

"나 오늘 진상 고객 만나서 힘들었다."

"아이씨, 누가 우리 이진이를 힘들게 했어?"

"청담 빌딩 사모님."

"아, 그분."

이미 익히 들어 알고 있는 성격이 거지발싸개 같기로 유명한 분이라 재헌과 이재는 입을 다물었다.

"짧은 머리를 길게 해 달라더라."

"응?"

"붙임 머리를 하라니까 그건 가짜 같아서 싫대."

"가짜가 가짜 같아서 싫다고? 그럼 어쩌라는 거야?"

"내 말이."

"그냥 시비가 걸고 싶어서 그랬겠지."
"아니."
"그럼?"
"자기 아들이랑 안 만난다고."
"아들? 너 소개를 받았어?"
이재는 눈이 휘둥그레져서 진이에게 얼굴을 들이밀었다.
"소개를 해 준대."
"아들을? 그 청담 사모님이?"
"어."
"근데?"
"싫다고 했어."
"그러니까 왜?"
"마흔둘이야."
"아……."
"키가 164cm야."
"음……."
"애 딸린 돌싱이야."
"여기 커피숍 뒤에 있는 안채 집인데요……."
재헌은 이미 피자를 주문하고 있었고 이재는 이를 바득바득 갈아 대고 있었다. 분노하는 두 친구들 옆에서 진이는 기운 없는 얼굴로 멍하니 앉아 있었다.

❖ ✖ ❖

거의 일주일 정도가 지났다. 그사이 유이는 레스토랑으로 출근을 했고, 이재와 서준도 평소와 다름없이 데이트를 했다.

주로 밖에서 만나 간단히 식사를 하는 게 다였지만 겉으로 보기에는 보통의 연인들과 크게 다르지 않았다. 식사를 하고, 차를 마시고. 그러다 시간이 되면 서준이 이재의 집 앞까지 데려다주는 게 데이트의 전부였다.

"들어갈게요."

"그래요."

무슨 말이 하고 싶은지 이미 알고 있었다. 무슨 대답을 해야 하는지도 두 사람은 알고 있었다. 하지만 섣불리 누구도 먼저 입을 열지는 않았다.

"참, 유이는 잘하고 있어요?"

"네. 친절하게 웃으면서 잘하고 있어요. 손님들도 직원들도 다 예뻐해요."

"다행이다."

이재는 발걸음을 돌려야 하는데 오늘따라 머뭇거리기만 했다.

"바보 같아요."

"뭐가?"

"지금 우리요. 바보처럼 웃고 있는 것도 그렇고, 바보처럼 말을 못 하고 있는 것도 그렇고, 바보처럼 안지도 못하고 있는 것도. 전부 다 바보 같아요."

서준은 말없이 한 걸음 앞으로 다가왔다. 그리고 이재의 눈을 지그시 바라보며 그녀를 가만히 끌어당겨 안았다. 여름 동안 제법 자란 그녀의 머리카락을 손으로 쓸어내리며 그는 낮게 숨을 쉬었다.

"이렇게 안고 싶었어요."

"나도."

이재는 두 손으로 서준의 허리를 꽉 끌어안았다. 간간이 불어오는 바람에 그가 흩어져서 날아갈까 봐 깍지까지 껴서 세게 안았다.

"아직 나 사랑하는 거 맞죠?"

"아니, 한순간도 당신을 사랑하지 않은 적이 없지. 그건 앞으로도 그럴 거고 절대 불변이야."

"근데 왜 갑자기 말이 짧아진 거 같지?"

대답을 미루고 서준은 후 하고 탄식과도 같은 숨을 몰아쉬며 이재를 품으로 더욱 세게 끌어당겼다.

"오늘은 잘 수 있겠다."

"잠이 안 와요?"

"누가 옆에 없으니까 잠이 안 오더라고요. 이미 서이재한테 길들여졌나 봐."

"내가 원래 사람 길들이는 데는 특별한 재주가 있어요."

"이대로 들어갈까요?"

"어디를요?"

"서이재 씨 집으로. 뒤로 몇 걸음만 더 가면 될 것 같은데?"

"좋아요."

서준은 품에서 이재를 떼어 놓으며 의심 가득한 눈으로 물었다.

"진심이에요?"

"아직 법적으로 미성년자인 유이도 있고, 두 눈 시퍼렇게 뜨고 내 방 앞에서 이불 깔고 잘 재헌이도 있고, 다리를 바들바들

315

떨면서 귀를 양손으로 틀어막고 밤을 꼬박 새울 진이도 있지만. 당신이 원한다면 나는 좋아요."

"갈게요, 그냥."

서준은 다시금 이재를 안았다. 그의 따뜻한 입김이 목덜미에 닿았다. 이대로 눈을 감으면 스르륵 잠을 잘 수도 있을 것 같았다.

Rrrrr.

이재의 가방 속 핸드폰이 조용히 소리를 냈다. 이재는 손을 더듬어 핸드폰을 꺼냈다. 모르는 번호였다.

"누구지?"

서준의 가슴팍을 슬쩍 밀어내며 이재는 핸드폰을 귀에 댔다.

"네, 서이재입니다."

— …….

상대방은 말이 없었다. 이재는 잘못 걸린 전화인가 번호를 다시 한번 확인하고는 한 번 더 말했다.

"말씀하세요. 서이재입니다."

— 저기…….

"네, 말씀하세요."

이재는 눈을 찡그리며 서준에게 누군지 모르겠다는 제스처를 해 보였다. 그리고 그때.

— 오명섭이라고 하는데……. 저를 만나고 싶어 한다고.

"네? 아, 네. 네, 맞아요."

갑작스러운 전화에 이재는 당황하고 말았다. 순간이지만 머릿속이 새하얘졌다. 무슨 말을 해야 하는지 생각이 나지 않아 눈만 깜박였다.

– 언제 볼까요?

"언제 시간 괜찮으세요? 제가 맞출게요."

겨우 정신을 차리고 침착하게 물었다.

– 저는 내일이 좋습니다.

"편한 장소 말씀하시면 제가 찾아가겠습니다."

– 아니, 제가 갈게요.

서준은 옆에서 이재의 통화 내용을 듣고 전화를 걸어 온 사람이 오 기사라는 걸 알았다. 늦지 않게 전화해 준 그에게 고마웠다. 어떤 사실이 밝혀진다고 해도 받아들일 마음의 준비가됐다. 아니, 하고 있는 중이었다.

"내일 보기로 했어요."

통화를 끊고 이재는 한결 흥분한 목소리로 말했다.

"잘됐네요."

"고마워요."

서준은 입술 끝을 힘없이 올려 웃었다.

"우선 내일 만나고 얘기해 줄게요. 서준 씨 어머니를 통하지 않아도 돼서 얼마나 다행인지 몰라요."

"그만 들어가요."

"그럴게요."

웃으며 돌아서는 서준을 배웅했다. 터덜터덜 걸어가는 그의 뒷모습이 오늘따라 짠하게 느껴졌다. 축 처진 것 같은 그의 어깨가 신경 쓰였다.

이재는 아랫입술을 깨물었다가 놓으며 서준에게로 달려갔다. 그리고 그대로 그를 뒤에서 와락 껴안았다.

"사랑해요."

넓은 서준의 등에 얼굴을 파묻으며 이재는 숨을 들이마셨다. 그에게서 나는 따뜻한 냄새가 코 속으로 훅 들어왔다. 언제 맡아도 좋은 냄새였다. 허리를 감싼 손을 서준이 다정하게 감싸 쥐었다.

"사랑해요."

그의 말을 듣고 나니 그제야 마음이 놓였다.

"헤어지기 싫다."

"겨우 발 돌렸는데 붙잡지 마요."

"알았어요."

말은 알았다고 하면서도 이재는 쉽게 서준을 놔주지 않았다. 한참을 서준의 뒤에서 안고 있던 이재는 그의 등에 입을 맞췄다.

"내일은 우리 진하게 해요."

"기대하고 있을게요."

"조심해서 가요."

서준이 뒤를 돌아서 이재를 꼭 끌어안았다. 바람 한 줌 끼어들 수 없도록 그는 온몸으로 그녀를 안았다.

❖ ✖ ❖

뜬눈으로 밤을 지새우고 이재는 약속 시간 훨씬 전부터 나갈 준비를 마쳤다. 허리를 꼿꼿하게 세우고 거실 소파에 앉아 밖을 내다봤다.

어제 내린 비로 아침의 기온이 달라진 듯했다. 가을 냄새가 나는 것 같기도 하고, 조금 더 시원해진 듯도 했다. 하루 사이에 이렇게나 계절이 바뀔 수도 있구나 생각하니 참 신기했다.

"후우."

그녀의 시선이 힐끔 벽으로 향했다. 아직도 시간은 2시밖에 되지 않았다. 약속 시간은 4시였다. 그것도 집에서 멀지 않은 곳으로 장소를 정했다. 걸어서 가면 10분 내로 도착할 수 있는 곳이었다.

"왜 이렇게 긴장되지?"

한 번 더 크게 심호흡을 하면서 일렁이는 마음을 다독였다. 카페 뒷문이 열리고 재헌이 나오는 게 보였다. 이재는 일부러 아무렇지 않은 듯 재헌에게 웃어 보였다.

"그렇게 웃지 마."

"최대한 자연스럽게 웃은 건데?"

"부자연스러워."

"손님 없어?"

"슬슬 바쁠 때 됐어."

그는 활짝 열어젖힌 창틀 위에 걸터앉았다. 그리고 하늘을 올려다보며 목을 길게 쭉 뺐다.

"가을 냄새가 난다."

"비 오고 확실히 달라졌어."

"우리의 찬란했던 20대가 이렇게 가는구나."

"아직 반년이나 남았다."

"어쨌든 스물아홉의 여름은 끝이잖아."

눈부시게 빛났던 20대가 이제 반년밖에 남지 않았다. 지금보다 훨씬 어릴 때는 서른의 나이는 뭔가 굉장히 멀게만 느껴졌었다.

서른이 되면 결혼도 했을 것 같고 내 집도 있을 것 같았다. 어른으로서 내 일에 대한 걱정보다는 좀 더 거국적인 일. 예를 들면 나라 걱정이라든지 회사 걱정 같은 걸 꿈꿀 것 같기도 했다.

사회에서 꼭 필요한 사람이 돼서 근사하게 살아갈 줄 알았다. 하지만 스물아홉이 된 지금 여전히 젊었고, 여전히 헤매고 있었다.

끊임없이 실패하면서 미숙한 모습으로 등 떠밀려 버티고 있는 중이었다. 어린 시절 막연한 상상 속 어른의 모습은 결코 아니었다.

"나는 서른이 되면 인생이 끝나는 줄 알았어."

"여전히 현재 진행형이지."

"그러게. 내 이름 석 자 고개 빳빳이 들고 내세우면서 어디 가도 대접받으며 그렇게 살고 있을 걸로 믿었어."

그렇다고 지금의 모습이 부끄럽지는 않았다. 아직 이름 석 자를 알리지 못했지만 내 일을 하고 있고, 그 일로 조금씩 성장해 가는 중이었다.

서른이 되면 내 삶이 어디로 흘러가는지 조금은 알 수 있을 것 같다. 잘못된 길로 들어서지 않도록 바짝 신경을 곤두세우고, 일이 끝나면 사랑하는 사람과 인생을 즐기면서 그렇게 어른의 모습으로 살아가고 있을 거다.

"크게 달라지는 건 없어."

재헌의 심드렁한 대답에 이재도 입을 삐죽거리며 대답했다.

"어. 그럴 거 같다."

그리고 오늘 이후로 서이재는 좀 더 단단해지지 않을까 기대했다. 마치 인생의 중요한 문을 열기 전처럼 긴장되고 떨렸다.

"혼자 갈 수 있겠어?"

"그럼."

"같이 가고 싶은데……."

"다녀와서 어른스럽게 얘기해 줄게."

"기다리고 있을게."

"재헌아."

"어."

"고마워."

뭐가 고마운지 묻지도, 또 설명하지도 않았다. 두 사람은 그저 입을 다물고 가만히 하늘만 바라봤다.

"주말에 우리 어머니한테나 다녀오자."

재헌은 그렇게 말하고 엉덩이를 떼고 일어났다.

"김밥 싸서."

씩 웃으며 그는 마당을 가로질렀다. 재헌의 머리 위로 포근한 햇살이 내려앉았다.

❖ ✖ ❖

딸랑거리는 소리와 함께 이재는 커피숍 문을 열고 안으로 들어갔다. 천천히 걸어왔는데도 그녀는 약속 시간보다 30분이나 일찍 왔다.

안을 둘러보며 오명섭으로 보이는 남자가 있는지 살폈다. 그리고 그때, 창가에 앉아 있는 그를 발견했다. 혹시나 하며 시간을 확인했다. 3시 32분이었다.

"안녕하세요."

이재는 숨을 내쉰 후 그의 앞으로 다가가 고개를 숙여 인사했다. 창밖을 보고 있던 오명섭은 벌떡 일어나며 이재에게 고개를 숙였다. 그렇게 도망간 후로 처음으로 대면하는 자리였다. 서로 다른 이유에서였지만 떨리기는 두 사람 다 마찬가지였다.

"커피, 괜찮으세요?"

"아, 네."

커피 두 잔을 주문하고 다시금 침묵이 찾아왔다. 이재는 천천히 앞에 앉은 오명섭의 얼굴을 살폈다. 눈도 못 맞추고 애꿎은 발아래만 뚫어져라 보고 있는 오명섭은 지난번 도망칠 때와는 사뭇 다른 모습이었다.

둘 사이에 커피가 놓였지만 누구도 잔을 드는 사람은 없었다. 이재가 먼저 무겁게 닫혔던 입을 열었다.

"만나 주셔서 감사합니다."

오명섭은 말이 없었다. 대신 앞에 앉아 있는 이재를 힐끔힐끔 곁눈질로 살펴봤다. 아주 예쁘게 생긴 아가씨였다. 눈도 맑았다. 언뜻 보기에도 서준과 나란히 세워 두면 참 잘 어울리는 두 사람이 될 것 같았다.

"비난하려는 것도 아니고, 뭔가를 요구하려는 것도 아니에요."

"네."

"저는 사실 아직도 그때 일을 온전히 믿을 수가 없어요."

허망하게 간 부모님의 죽음을 받아들일 수 있는 자식이 몇이나 될까.

322

"그리고 이거."

이재는 가방에서 통장 하나를 꺼내 오명섭 앞에 내밀었다. 오명섭은 통장에서 이재에게로 시선을 들었다.

"그때 주신 위로금이에요."

"이걸 왜……."

"너무 많이 주셨어요."

오명섭은 손을 뻗어 통장을 들었다. 그리고 통장을 열어 금액을 확인했다. 순간 그의 눈이 커지고 입이 벌어졌다. 왠지 그는 금액이 얼마인지 모르고 있었던 눈치였다.

"주실 필요 없는 돈이고, 저는 받아서는 안 되는 돈이라고 생각합니다."

"그러니까 저기……. 그래요, 이건 아가씨 돈이에요. 그러니까……."

"왜 주셨어요?"

"네?"

"주시지 않아도 되는 거였잖아요."

오명섭은 선뜻 대답을 하지 못했다. 11년을 간직했던 통장이었다. 내 돈이라고 생각한 적이 없어서 한 번도 써야겠다고 여기지 않았다. 그리고 오늘처럼 만나면 돌려주겠다고 마음먹었다.

"정말 음주 운전이었어요?"

"네?"

"정말 저희 부모님이 중앙선을 넘었어요?"

오명섭은 초조하게 눈을 깜박였다. 마치 기억나지 않는 일을 기억하려는 듯 진땀까지 흘리며 애쓰고 있었다.

"기억하고 싶지 않으시겠지만 부탁드립니다."

이재의 말투는 정중했고 눈빛은 무서울 정도로 차가웠다.

"저희 아빠는 술을 잘 드시지 않는 분이었어요. 그리고 그날은 모임에 간 엄마를 데리러 간 거였고요. 집에서 나가실 때까지만 해도 분명히 말짱하셨어요."

"차가 비틀거렸고…… 옆으로 바짝 붙어서, 그래서 순식간에 부딪쳐서……."

띄엄띄엄 더듬으며 어렵게 말을 잇는 오명섭을 이재는 한순간도 놓치지 않고 그대로 쳐다봤다. 그리고 냉철한 표정으로 물었다.

"맞은편에서 온 게 아니라 옆에서 붙었다고 하셨습니까?"

"네?"

"방금 그렇게 말씀하셨어요. 옆으로 바짝 붙어서 순식간에 부딪쳤다고."

기억에도 없는 사실을 말하느라 오명섭은 등이 다 땀으로 젖어 가고 있었다.

"중앙선을 넘어서 반대쪽에서 오던 오명섭 씨 차와 부딪친 걸로 아는데, 아닌가요?"

"그게 그러니까……."

당황해서 오명섭은 더는 말을 잇지 못했다. 그의 바들바들 떨리는 손을 보면서 이재는 무언가 잘못됐다는 걸 직감했다.

"저녁을 먹고 엄마를 데리러 가신다고 나가셨어요. 그리고 엄마를 만나서 출발한다고도 전화하셨고요. 그런데 1시간이 넘도록 오시지를 않았어요. 아무리 차가 막혀도 30분이면 올 수 있는 거리였는데요. 정말 이상하게도 불안하거나 걱정되는 마음은 없었어요. 두 분이 함께 계셨으니까. 집에 오는 길에 나주려고 아이스크림을 사러 들렀을 수도 있는 거고, 다음 날 아침에 먹을 빵을 사러 들렀을 수도 있는 거니까."

그날의 기억들이 바로 어제 있었던 일처럼 생생하게 떠올랐다.

이재는 괴로운 듯이 눈을 감았다 떴다. 테이블 아래로 주먹을 말아 쥐고는 그녀는 힘주어 다시금 말했다.

"모르는 번호로 전화가 오더라고요. 별생각 없이 받았는데 엄마랑 아빠가 사고가 났다고. 그러니까 빨리 오라고. 잘못 걸린 전화인 줄 알았어요. 그럴 리가 없잖아요. 우리 아빠가 운전을 얼마나 잘하시는데……."

이재는 그쯤에서 이를 악물었다. 그리고 떨리는 목소리로 말했다.

"정말 저희 아빠가 오명섭 씨를 박은 게 맞아요?"

"……."

오명섭은 입을 다물고 아무런 말도 하지 않았다. 그는 떨리는 눈빛으로 이재를 바라보다 이내 고개를 돌려 버렸다.

"부탁드립니다. 한 번만 생각해 보세요. 그날 있었던 일이 맞는 건지, 혹시 기억이 잘못된 건 아닌지."

오명섭은 더듬더듬 핸드폰을 찾아 들고 자리에서 일어났다. 그리고 그만 가야겠다는 말도 없이 급하게 자리를 떴다. 도망치듯이 가는 그를 붙잡고 싶었지만 이재는 따라 일어나지 않았다.

그의 흔들리는 눈빛에서 그가 다시 연락을 해 올 거라는 느낌을 강하게 받았다.

"하아."

창밖으로 뛰어가는 오명섭을 보면서 이재는 입술을 깨물었다. 눈물은 흐르지 않았다. 아직 울 때가 아니었다. 이미 속으로 여러 번 다짐했던 일이었다.

눈물이나 질질 짜면서 멍청하게 굴지는 않겠다고.

절대 이대로 끝내지 않을 거라고.

❖ ✳ ❖

한참을 정신없이 내달리던 오명섭은 모퉁이를 돌자 그 자리에 멈춰 섰다. 숨이 턱까지 차오르게 뒤도 안 보고 뛰었던 것 같다. 허리가 끊어질 것처럼 통증이 몰려왔다. 그는 건물 벽을 잡고 서서 연거푸 가쁜 숨을 몰아쉬었다.

얼마나 지났을까, 겨우 진정이 되는 듯했다. 그는 몇 번이고 심호흡을 하며 주머니에서 종이를 꺼내 들여다봤다. 그리고 다시 종이를 접어 재킷 안쪽 주머니에 찔러 넣고 그는 걸음을 내디뎠다.

아담하고 세련된 건물을 올려다보면서 오 기사는 만감이 교차하는 듯했다. 차 여사를 태우고 앞에만 와 봤지 인에 들어간 적은 없었다. 차에서 보는 것과 건물 바로 앞에서 보는 건 느낌이 달랐다.

"우리 도련님 성공했네."

비록 핏줄은 아니지만 남의 자식이라고 생각해 본 적은 없었다. 어려서부터 크는 모습을 다 지켜봤고, 중간중간 힘들어하는 모습까지도 안타까워하면서 바라봤었다. 누구보다 의젓하고 반듯하게 잘 커 줘서 다행이다 싶었다.

그는 손님이 오는지 안 오는지 목을 길게 빼고 살핀 후 건물을 등지고 계단에 앉았다. 툭 하고 이마에 맺힌 땀이 그의 주름진 손등으로 떨어졌다. 땀이 나는 것도 모르고 여기까지 뛰듯이 걸어왔다.

"후우."

연거푸 숨을 몰아쉬고 뱉고를 반복하면서 오 기사는 흔들리는 마음을 다잡았다.

언젠가 딸이 세상에서 제일 자랑스럽게 생각하는 사람을 그려 오라는 숙제를 해야 한다면서 오 기사를 그린 적이 있었다. 잘난 사람이 얼마나 많은데 이 늙은 아빠를 그리느냐며 부끄러워하는 오 기사에게 딸은.

'나는 아빠가 제일 자랑스러워요. 그래서 선생님이 이 숙제를 냈을 때 아빠가 가장 먼저 떠올랐어요.'

라고 말하며 눈을 반달처럼 휘면서 환하게 웃었었다. 나이 들어 늦게 본 귀하고 귀한 딸이었다. 그 귀한 딸이 그렇게 말해 줄 때 오 기사는 세상을 다 가진 것처럼 마냥 행복했었다.

그때의 기억이 지금도 생생하게 오 기사의 머릿속에 남아 있었다.

부자가 아니더라도, 많은 것을 배우지 않았어도 딸에게만은 최고의 아빠였다. 그런 딸에게 부끄럽지 않은 아빠가 되고 싶었다.

비록 아내와는 사이가 틀어졌어도 딸만큼은 여전히 오 기사의 희망이고 사는 이유였다. 지금도 외국에서 아르바이트에 공부까지 하면서 홀로 힘들게 일하는 아빠를 돕고 있는 딸이 오 기사에게는 영원한 자랑이었다.

조금 전에 만난 서이재를 보는 순간 딸이 생각났었다.

그 맑고 고운 눈으로 환하게 웃으면 얼마나 예쁠까. 저렇게 어여쁜 딸을 두고 어찌 눈을 감았을까.

대체 무슨 짓을 한 거냐고 오 기사는 스스로를 책망했다. 이제 와서 후회해도 이미 시간은 한참이나 지났지만 지금이라도 바로잡아야 할 것 같았다.

읏차. 기운차게 기합까지 넣으며 오 기사는 자리를 털고 일어났다. 굽혔던 무릎에서 뚝 소리가 났지만 개의치 않았다. 그는 결심이 선 듯 비장한 표정으로 레스토랑을 향해 걸어갔다.

"어서 오세요. 예약하셨습니까?"

입구에서 젊은 여직원이 친절하게 인사를 건넸다.

"저기, 진서준 씨 좀 만나러 왔는데요."

"셰프님이요?"

"아, 네."

"이쪽으로 오세요."

주방에서 가까운 곳에 있는 테이블로 오 기사를 안내하고 직원은 어딘가로 사라졌다. 그리고 잠시 후, 하얀색 앞치마를 허리에 두른 서준이 나왔다.

"아저씨."

"내가 바쁜데 불쑥 찾아왔죠?"

다가오는 서준을 보자마자 오 기사는 자리에서 일어났다. 뻘쭘한 표정으로 오 기사는 서준의 손을 잡으려다 말았다. 괜히 음식 하는 손인데 더럽히고 싶지 않았다.

"아니에요. 식사는 하셨어요?"

"식사를 하러 온 게 아니고……."

"기다리세요. 제가 금방 한 상 차려 드릴게요."

"아니, 저기……."

"앉아 계세요."

서준은 두 손으로 오 기사의 손을 덥석 잡아 자리에 앉도록 하고 다시 주방으로 들어갔다. 그리고 오 기사를 위해 특별 요리를 준비했다. 싱싱한 전복을 꺼내고, 새로 담은 김치도 꺼내 보기 좋게 썰어 담았다.

이제 곧 저녁 장사를 할 시간이라 주방은 그야말로 눈코 뜰 새 없이 바빴다. 하지만 오늘 서준은 한 사람을 위해 요리했다. 현재 주방에 있는 최고의 재료들로 그가 할 수 있는 최고의 요리들을 선보였다. 어쩌면 처음이자 마지막이 될 수도 있는 요리였다.

저만 생각하는 나쁜 놈이라고 욕해도 할 수 없었다. 이재를 지켜야 했고, 이 사랑을 지켜 내야 했다. 그리고 죄를 지었으면 죗값을 받는 게 당연한 거였다.

❖ ✠ ❖

생애 처음 맛보는 요리들에 오 기사는 눈이 휘둥그레졌다. 하나씩 맛을 보고는 엄지손가락까지 치켜세우며 입에 침이 마르도록 칭찬을 했다. 이렇게 귀한 음식은 처음 먹어 본다면서 내일 죽어도 여한이 없을 것 같다는 말도 덧붙였다.

"맛있게 드셨다니 다행이네요."

"이렇게 맛있는 건 머리털 나고 처음 먹어 봐요."

"더 드시고 싶은 거 있으세요?"

오 기사는 말이 끝나기 무섭게 두 손을 공중에서 휘저었다.

"아이고! 없어요. 없어. 배가 터질 것처럼 불러서 내일모레까지 안 먹어도 될 것 같아요."

어쩌면 인생의 대부분을 함께 보낸 분인데 해 드린 게 너무 없다는 생각이 들었다. 오 기사에 대해서 아는 게 거의 없기도 했다.

자신의 집에 있는 오 기사로서만 그를 본 게 미안했다. 분명 오 기사에게도 그만의 인생이 있고 삶이 있었을 텐데. 왜 지금까지 한 번도 그것을 주의 깊게 들여다보려 하지 않았을까.

"아저씨."

"도련님, 제가 먼저 말할게요."

가슴을 들썩이며 오 기사는 잠시 뜸을 들였다. 서준은 그런 그를 지켜보면서 차분히 기다렸다.

"오늘 그 아가씨 만났어요."

"네."

"참 탐나는 아가씨더라고요. 나한테 아들이 있으면 딱 그 아가씨 같은 사람을 며느리로 맞고 싶을 정도였어요. 눈이 선하고 그늘이 없고 맑아요."

"네, 잘 보셨어요."

"도련님이 왜 결혼이 하고 싶은지 알 것 같더라고요."

혼자서도 씩씩하고 맑게 잘 컸다.

"나한테 사정이 좀 있어요. 그래서 그걸 좀 해결하고……. 이기적이라서 미안해요."

"네."

"며칠 시간을 좀 줘요. 그러면 내가 다 말해 줄게요."

"알겠어요."

"그 아가씨한테도 그렇게 전해 줘요. 내가 너무, 그러니까……. 너무 미안하고 정신이 없어서 말도 못 하고 나왔어요."

원망 가득한 눈으로 자신을 잡지도 못하던 이재의 슬픈 눈이 오 기사의 가슴에 박혀 버렸다.

"그 아가씨 놓치지 마요."

"잡고 싶어요."

"그럼 잡아요."

"잡아도 될까요?"

서준은 오 기사에게 물었다.

"……."

"처음으로 결혼하고 싶은 여자를 만났어요. 그 여자랑 같이 살고 싶어요."

"도련님."

"네, 기다릴게요."

오 기사는 함부로 말을 할 수가 없었다. 대신 서준의 손을 잡아 주는 걸로 대답을 다음으로 미뤘다.

❖ ✖ ❖

일찌감치 저녁을 먹고 이재는 거실에 친구들과 둘러앉아 모처럼 TV를 봤다. 시답지 않은 농담을 주고받으며 평소보다 더

화기애애한 저녁을 보내고 있었다. 배도 든든하게 부르고 모처럼 과일로 디저트까지 챙겨 먹었다.

"유이는?"

재헌의 물음에 이재는 TV에 시선을 고정한 채 대답했다.

"회식한다나 봐."

"어린애가 무슨 회식을 해?"

"유이가 말 안 하면 어린애인 줄 아무도 모를걸?"

이재의 말에 이번엔 진이가 격하게 고개를 끄덕이며 말을 보탰다.

"걔 몸매 좀 봐. 피부는 탱탱하고 가슴은 발사 5초 전이고. 진짜 끝내주더라."

"넌 조카한테 그렇게 말하고 싶니?"

재헌의 타박에 진이는 금세 입을 다물었다.

"피자에 콜라 마시면서 회식한대."

"진즉에 그렇게 말하지."

이재는 슬쩍 고개를 들어 시간을 확인했다. 정확히 저녁 8시였다.

"우리 이제 회의하자."

진이는 심드렁하게 이재를 돌아봤다.

"지금까지 내가 알고 있는 거에 대해서 말할게."

재헌은 조용히 일어나 제 방으로 들어갔고, 진이는 분위기를 스윽 훑어보고 TV를 껐다. 그리고 이재를 보며 맞은편에 앉았다. 방에서 몇 장의 서류를 들고나온 재헌은 진이 옆에 자리를 잡고 앉았다.

"나 이제 알아도 되는 거야?"

"어. 늦게 알려 줘서 미안."

"괜찮아. 다 내 생각 해서 그런 건데 뭐."

"나부터 말할게."

재헌은 서류들을 바닥에 펼쳐 놓으며 말을 이었다. 이재와 진이는 숨을 죽이고 재헌의 말에 집중했다.

"만약 조사가 잘못 이루어졌고, 그래서 오명섭이 처벌을 받는다는 가정하에 법적으로 어떤 절차가 이루어지고 그에 따른 벌은 어떻게 되는지 알아봤어."

"잠깐."

잠자코 듣고 있는 진이가 눈썹을 삐죽 세우며 심각한 얼굴로 물었다.

"오명섭을 먼저 찾아야 하는 거 아니야?"

"오늘 만났어."

"오늘? 그 사람을 만났다고?"

"어."

진이는 벌어진 입을 다물며 입술을 깨물었다.

"그렇게 찾으려고 해도 10년 넘게 못 찾던 사람인데 이렇게 갑자기……. 아니다. 그런데 말이야. 내가 지금 섭섭하면 안 되는 거지?"

"미안."

"일단 그건 다음에 따지는 걸로 하고. 그래서, 만나서 어떻게 됐어?"

"확실한 답은 못 들었어. 근데 조만간 연락을 해 올 것 같아. 그 아저씨 눈빛이 그랬어. 나를 똑바로 쳐다보지를 못하더라고."

"변호사를 통해서 알아봤는데 지금으로서는 사실 그 어떤 것도 밝혀진 게 없기 때문에 시원하게 답을 못 해 준다더라고. 그래서 내가 그냥 이런저런 가설을 세워 보고 조사한 것들이야."

알아들을 수 없는 법적 용어들을 써 가면서 재헌은 꽤 유식하게 말했다.

"그러니까 만약에 이랬을 경우라면 어떻게 달라질까. 뭐 그렇게. 만약 두 분이 음주 운전이 아닐 경우, 두 분이 중앙선을 넘은 게 아닐 경우에 대해서도 알아봤어."

사실 음주 운전이 아니라고 하더라도 이제 와서 딱히 처벌할 수 있는 사람은 없다는 말이었다. 재헌의 말에 이재는 잠시 생각에 잠겼다. 그리고 후우 하고 길게 숨을 내쉬더니 웃는 얼굴로 말했다.

"엄마 아빠가 죄를 지은 게 아니라는 것만 밝혀지면 돼. 난 우선은 그것만 밝혀져도 좋을 것 같아."

"그래. 벌을 받고 안 받고는 그다음이니까. 그리고 우리가 알고 있는 사실이 진실 그대로일 수도 있어. 말했지? 괜한 기대 같은 거 벌써부터 할 필요는 없다고."

"알아."

그래도 이재는 마음속으로 믿고 있었다. 진실이 밝혀질 거라고. 부모님은 절대 그런 분들이 아니라고.

이 일이 처음부터 쓸데없는 무모한 일이었다고 해도 상관없었다. 여전히 기억하고 있고, 믿고 있다는 걸 하늘에 계신 부모님이 알아준다면 그걸로 됐다.

"그럼 이제 기다리면 되는 거야?"

"어."

하아. 세 사람은 동시에 한숨을 내쉬었다. 기다리는 게 세상에서 제일 지루하고 힘든 일이라는 걸 이미 알고 있는 듯했다.

"변호사는 이미 구해 놨으니까 싸울 준비는 됐어."

재헌이 다시 어깨를 세우고 힘주어 말했다.

"싸워 보지도 못하고 끝날 수도 있어."

오히려 덤덤한 척 웃으며 말하는 건 이재였다.

"그래도 적어도 우리의 올여름은 치열했고, 나름 헛되지 않았다고 말할 수는 있잖아."

"맞아. 그거면 됐지 뭐."

한 번 더 힘을 내는 세 사람이었다.

❖ ✖ ❖

레스토랑 위생 상태 점검으로 문을 늦게 열어도 되는 날이라 서준은 잠시 본가에 들렀다. 가져갈 것도 있고 물어볼 말도 있어서였다. 막 차에서 내리는데 안에서 아주머니가 나오셨다.

"어디 가세요?"

"오셨어요? 사모님이 잠깐 뭐 좀 사 오라고 하셔서……."

"네. 다녀오세요."

서준은 아주머니가 열고 나온 문으로 그대로 안에 들어갈 수 있었다. 이 집에는 딱히 추억할 만한 것들이 없었다. 이렇게 큰 집에 작은 추억 하나 없다는 게 왠지 씁쓸하기는 했다.

"그래서 뭘 어쩌자는 건데? 이제 와서 자수라도 하려고?"

현관문을 열고 안으로 들어가 신발을 벗고 올라서려는데 화가 난 듯한 차 여사의 목소리가 들려왔다. 서준은 발걸음을 옮기며 조용히 가까이 다가갔다.

"자수요?"

오 기사의 목소리도 들렸다. 아무래도 안에는 차 여사와 오 기사 두 사람이 있는 듯했다. 아주머니까지 내보내고 둘이 나눌 얘기가 무엇일까.

"당신도 공범이야. 몰랐어?"

"사모님, 저는 사모님이 시키는 대로……."

"지금 와서 발 빼겠다는 거야?"

"그런 게 아니라 더는 속이면서 못 살겠다고요. 제 딸아이한테 부끄러워서 도저히 이렇게는 못 살겠습니다."

오 기사는 거의 울먹이고 있었다. 서준의 주먹에 힘이 들어갔다.

"그럼 처음부터 안 하겠다고 했어야지. 돈 받을 건 전부 받아서 딸자식 공부시키고, 남들처럼 먹고 싶은 거 먹고, 사고 싶은 거 사면서 떵떵거리고 사니까 이제 와서 부끄러워? 더는 이렇게 못 살겠어?"

서준은 볼우물이 깊에 파이도록 어금니를 세게 물었다.

"제가 받을 죄는 제가 받을게요. 그러니까 사모님도. 아니, 사장님도……."

"어디서 감히 사장님을 입에 올려!"

쨍하는 날카로운 차 여사의 목소리가 서준의 귓가를 때렸다. 서준은 끓어오르는 화를 억지로 누르며 머릿속을 정리했다.

그러니까 한마디로 그날 운전을 한 건 아버지였다. 그리고 오 기사는 돈을 받고 그 죄를 덮어썼다.

잠깐, 이재 부모님이 음주 운전을 한 거라면 굳이 저렇게까지 할 필요가 없는 일이었다. 하지만 그 반대로 아버지가 음주운전을 했다면…….

"사실이에요?"

느닷없이 나타난 서준 때문에 놀랐는지 차 여사는 안색이 하얗게 질렸다. 오 기사는 모든 걸 체념한 듯 놀라지도 않고 그저 말없이 고개만 숙였다.

"서준아."

"방금 들은 말, 전부 사실이냐고요."

"뭘 들었는데? 뭘 들었든 잘못 들은 거야."

"오 기사님이 아니라. 아니, 어머니가 아니라 아버지였어요?"

"대체 무슨 말을 하는 거야?"

차 여사는 오히려 큰 소리를 치며 모르쇠로 일관했다.

"그날 운전한 사람이 아버지였느냐고!"

"어디서 소리를 질러!"

이 상황에서도 차 여사는 당당했다. 서준과 같이 언성을 높이며 고개를 빳빳하게 들고 있었다.

"여기가 어디라고 감히!"

"어머니!"

"그래, 나 네 엄마야. 무슨 말을 들었든 넌 엄마인 내가 하는 말만 듣고 믿으면 되는 거야. 알아?"

억지다. 지독히도 가난했던 차 여사는 마찬가지로 가난한 진 사장과 결혼해서 닥치는 대로 돈을 벌었다.

처음엔 잘 살아 보겠다고 남들처럼 순수한 마음으로 시작한 거였다. 하지만 통장이 두둑해지고 지갑이 가득 찰수록 차 여사의 욕심은 늘어 갔다.

거추장스러운 것들을 짓밟았고, 도움이 되지 않는 사람들은 가차 없이 잘라 냈다. 그리고 지금 그녀는 가진 건 돈밖에 없는, 비록 사람들이 뒤에서 수군대며 무시해도 앞에서는 고개도 제대로 들지 못하는 사모님이 되어 있었다. 지금 앉아 있는 이 자리를 지키기 위해서라면 하나밖에 없는 아들도 내칠 수 있었다.

"설마 음주 운전도 덮어씌우셨어요?"

"입 닫아."

"아저씨가 말씀하세요."

모든 걸 체념한 오 기사는 털썩 바닥에 주저앉았다. 그리고 뚝뚝 눈물을 흘리기 시작했다.

"내가, 내가 잘못했어요. 나는 그저 내 자식 잘 키우고 싶어서……. 그래서 그만…….."

"입 다물어!"

차 여사가 주저앉은 오 기사의 멱살을 잡아끌었다. 서준은 어머니의 손을 잡으며 오 기사에게 재차 물었다.

"그래서요? 그래서 아버지 대신 죄를 덮어썼어요?"

"그러면 안 되는 줄 아는데…… 정신을 차리고 보니까 이미 내가……. 흐흑…….."

"조용히 하라고!"

발악하듯이 소리를 질러 대는 차 여사는 거의 반 미친 사람 같았다.

"입 닥치지 못해?! 조용히 해! 입 다물라고!"

차 여사는 악을 써 대며 오 기사가 말하지 못하도록 했다. 하지만 서준은 들어야 할 것들을 이미 다 들은 후였다.

쨍!

손에 잡히는 대로 차 여사가 물건을 집어 던졌다. 이리저리 부딪쳐 화병은 산산조각 나서 깨지고, 집 안은 난장판이 돼 버렸다. 그리고 서준은 결국 모든 진실을 알아 버리고 말았다. 마주한 진실 앞에서 그는 처참하게 무너졌다.

9.
함께할 수 없는, 그해의 가을

어둠이 내려앉은 거실에서 서준은 불도 켜지 않은 채 통화를 했다. 하루 종일 아무것도 먹지 않고 물도 마시지 않았다. 그런데도 자꾸만 토할 것처럼 속이 거북했다.

– 실운전자는 특정 범죄 가중 처벌 등에 관한 법률로 처벌이 가능할 것 같고, 도주죄는 최대 1년인데 공소 시효 기간은 5년이라 처벌이⋯⋯.

아는 선배에게 연락해 간단히 법률 자문을 구한 서준은 마지막 말까지 다 듣지도 못하고 끝내 눈을 감아 버렸다.

– 듣고 있어?

"네."

– 근데 누구 얘기야? 남은 가족들이 고통 속에서 살았겠다.

그 고통 속으로 몰아넣은 게 제 부모라는 사실을 서준은 끝까지 누구에게도 밝힐 수 없었다. 어쩌면 앞으로도 그건 족쇄가 되어 영원히 그를 따라다니지 않을까.

"바쁘신데 저 때문에 시간 뺏긴 거 아니에요?"

– 근데 10년 넘은 사건이라 진범이 자백하지 않는 한은 증거가 없어서 힘들겠다. 더구나 상대방은 이미 고인이 됐고.

"네."

– 가까운 사람이야?

"네."

– 그래, 잘 해결해.

"감사해요, 선배."

선배는 더 이상 묻지 않고 그대로 전화를 끊었다. 핸드폰을 무표정한 얼굴로 노려보면서 서준은 아득해지려는 정신을 꼭 붙잡았다.

이미 무슨 일이 벌어졌는지 다 알았을 텐데도 아버지는 아무런 연락도 해 오지 않고 있었다. 이제 멋대로 엉켜 버린 매듭을 풀어야 했다.

"하아."

그냥 이대로 사라졌으면 좋겠다.

Rrrrr.

[밥 먹었어요? 보고 싶다.]

이재에게서 문자가 들어왔다. 당장 전화를 걸어 미치게 보고 싶다고 말하고 싶었지만, 그 말이 턱밑까지 올라왔지만 할 수가 없었다. 미안해서, 너무 미안해서 차마 그녀에게 전화를 걸 수가 없었다.

숨이 쉬어지지 않았다. 가슴을 쳐서라도 갑갑하게 조여 오는 것들을 떨쳐 내고 싶었다 눈을 감아도 이재의 얼굴이 또렷하게

만 보였다.

Rrrrr.

핸드폰이 길게 여러 번 울렸다. 그는 이재가 아니었으면 하면서 아니, 이재이기를 간절히 바라면서 눈을 들어 핸드폰을 바라봤다. 하지만.

— 접니다, 도련님.

이재가 아니었다. 오 기사의 목소리를 듣자마자 서준은 가슴을 치고 올라오는 뜨거움에 울컥했다. 삼킬 수도 없었다. 토해 내지지도 않았다. 명치에 얹힌 채로 계속 울컥울컥 올라오기만 했다.

"대체 왜 그러셨어요? 왜!"

왜 그랬느냐고, 왜 그랬느냐고, 그 말만 끊임없이 반복했다. 그대로 서준은 무너졌다. 다시는 일어나지 못할 정도로 그는 무너지고 말았다.

뒤죽박죽으로 뒤섞인 하늘이 그를 무겁게 내리눌렀다. 다시는 일어나지 못할 만큼, 다시는 이재를 볼 수 없을 만큼 잔인하게 밟아 주고 있었다.

— 미안해요, 도련님. 미안해요…….

사과해서 끝날 수 있는 일이라면 얼마나 좋을까. 손을 잡으며 용서할 수 있는 일이라면 얼마나 좋을까.

— 내일 경찰서 갈게요. 제가 가서 다 말할게요. 그러니까 도련님은…….

모른 척하라고, 몰랐던 거니까 끝까지 모른 척하라고 말하고 싶었지만 오 기사는 그 말을 할 수 없었다. 핸드폰을 벽으로 집어 던지고 서준은 비명을 질러 대며 괴로움을 토해 냈다.

"아아악!"

그는 손에 잡히는 것들을 전부 다 집어 던졌다. 서글픈 달빛
이 노란빛으로 집 안을 처량하게 비추고 있었다.

❖ ✖ ❖

아침에 문자 소리에 눈을 뜬 이재는 손을 더듬거려 핸드폰을
찾았다. 그리고 졸린 눈으로 문자를 확인했다.

[10시에 그때 그 장소에서 볼 수 있을까요?]

누구지? 하면서 다시 눈을 감으려는 찰나, 문자를 보내온 사
람이 오명섭이라는 게 번뜩 생각났다.

그녀는 서둘러 이불을 걷고 일어났다. 아직 8시밖에 되지 않
았다. 그녀는 침대에 걸터앉아 잠깐 생각을 정리했다. 물어보
고 싶은 건 지난번 만났을 때 물어봤었고 이제는 오명섭이 얘
기를 해 줄 차례였다. 아침부터 만나자고 하는 건 해 줄 말이
있다는 뜻이지 않을까.

그에게 들을 말이 무엇일지, 과연 알고 있는 사실이 뒤바뀔
수 있는 것들인지 생각하자 가슴이 차츰 뛰기 시작했다.

"후우, 후우."

이재는 침대에 앉은 채로 가슴을 활짝 벌렸다가 오므리며 호
흡하기 시작했다. 놀라지 않을 준비 운동 같은 거였다. 아니,
실망하지 않을 준비 운동이라고 하는 게 낫겠다.

방문을 열고 나가자 진이는 이미 출근을 한 후였고, 유이는
덜 마른 머리칼을 수건으로 말리고 있었다.

"왜 이렇게 일찍 일어났어?"

"나 이제 직장인이잖아. 오늘은 재료 손질하는 날이라 늦으면 안 돼."

제법 열심히 하는 것 같아서 기특하다.

"아침은?"

"우유 한 잔 마셨어."

"옷 갈아입고 와. 누룽지 끓여 줄게."

"어."

"재헌이는 아직 자?"

"그런 거 같아."

주방으로 들어가 냉동실에서 누룽지 봉지를 꺼냈다. 솥을 꺼내 누룽지를 붓고 물도 담았다. 아침에 간단히 먹기에는 누룽지만 한 게 없어서 진이가 이번에 꽤 큰 용량의 누룽지를 인터넷으로 주문해 뒀다. 참 살기 좋은 세상이다.

"젓갈이 어디 있더라⋯⋯."

냉장고 속에 있는 오징어 젓갈을 찾으며 이재는 자꾸만 불쑥불쑥 올라오려는 가슴속 무언가를 짓누르고 있었다. 고작 만나기로 한 게 다인데 벌써부터 마음은 심하게 파도치고 있었다.

이러면 안 된다. 스스로를 겨우 달래며 그녀는 중간중간 보이지 않게 아랫입술을 지그시 깨물며 심호흡까지 했다.

"나도."

잠에서 깬 재헌이 저벅저벅 주방으로 들어와 식탁 의자를 빼고 앉았다.

"오징어 젓갈이 어디 있지? 안 보인다?"

"그거 다 먹었어."

"벌써?"

"어. 어젯밤에 진이가 밥에 물 말아서 젓갈이랑 먹더라."

"밤에? 자다가?"

"배고파서 잠이 안 온대."

"가을이 왔구나."

신기하게도 진이는 가을이 되면 식욕이 무서울 정도로 폭발했다. 밥을 먹고 집에 들어와도 또 먹었고, 자다 일어나서도 라면을 끓여 먹었다.

가을이면 식비가 거의 두 배로 늘어나니까 지금부터라도 마음의 준비를 단단해 해 둬야 했다.

"아, 맞네. 가을이네."

"우리 쌀은 넉넉하지?"

"아버지가 또 보내셨대. 라면 있는지나 봐 봐."

찬장을 열고 라면이 얼마나 있는지, 종류별로 있는지를 확인하면서 이재는 재헌에게 흘리듯이 말했다.

"나 조금 있다가 오명섭 씨 만나."

"오늘? 연락 왔어?"

"어. 아침에 문자 왔더라고."

"몇 시?"

"10시."

누룽지가 보글보글 거품을 내며 냄비 밖으로 넘치려 했다. 이재는 능숙하게 불을 줄이며 숟가락으로 누룽지가 눌어붙지 않도록 잘 저었다. 재헌에게 등을 보인 채로 그녀는 한 번 더 입술을 깨물었다.

"같이 갈게."

"카페는 어쩌고."

"아침 든든하게 먹고 가자."

재헌은 곧장 씻으러 욕실로 들어갔다. 혼자 가겠다고 하는 말이 목구멍에 걸려 나오지 않았다. 그냥 오늘은 옆에서 손잡아 줄 누군가가 필요했다.

❖ ✖ ❖

이번에도 마찬가지로 오명섭은 먼저 와서 이재를 기다리고 있었다.

이재는 밖에서 안에 있는 오명섭을 확인하고 잠시 숨을 골랐다. 옆에서 재헌이 가만히 그녀의 손을 그러쥐었다. 두 사람은 손을 꼭 맞잡은 채로 커피숍 안으로 들어갔다.

문을 열고 들어오는 이재를 발견하자 오명섭은 자리에서 일어났다. 그리고 이재가 다가와 앉기도 전에 그는 바닥에 무릎을 꿇었다.

"죄송합니다."

이재는 걸음을 멈췄다. 아무 말도 못 하고 오명섭을 보면서 눈만 깜박이고 있었다. 옆에 있던 재헌이 이재를 대신해 말했다.

"일어나서 제대로 말씀하세요."

"제가 죽일 놈입니다."

오명섭은 고개를 들지도 못했다. 이재는 옆에 있던 의자를 겨우 짚고 서 있었다. 다리에 힘이 풀리기 시작했다. 정신을 차려야 한다고 속에서 누군가가 끊임없이 떠드는데도 자꾸만 눈

347

앞이 뿌옇게 변하고 있었다.

"무슨 말씀인지 알아듣게 말씀하시라고요."

재헌이 감정을 배제한 채로 말했다.

"거짓말했습니다. 두 분은 중앙선을 넘어오시지도 않았고. 아니, 사실은 모릅니다. 그날 사모님이 오라고 하셔서 갔고, 제가 어느새 피해자가 됐습니다. 그리고……."

"지금 그 사모님이라는 분이 운전을 했다는 말인가요?"

이재는 손등으로 눈물을 닦아 내고 어느덧 차분해진 얼굴과 흔들리지 않는 목소리로 물었다. 듬성듬성 비어 있는 오명섭의 정수리를 보면서 동요하던 마음이 일순간 멈춰 버렸다.

"사모님이 아니라 저희 사장님이 하셨습니다."

"진서준 씨 아버님 말씀이세요?"

"네. 제가 못나서, 그래서 이렇게 됐습니다. 경찰서 가서 자수하겠습니다."

바닥을 짚고 있는 오명섭의 주름진 손등으로 눈물이 뚝뚝 떨어졌다. 하지만 이상하게도 가슴을 짓누르던 무거운 추는 어느새 사라진 듯했다. 홀가분해졌다. 가슴이 뻥 뚫린 것처럼 시원했다.

"경찰서 가서 지금 한 말 그대로 말씀하세요."

그래, 그랬을 리가 없었다. 웃으면서 나간 아빠가 술을 마시고 핸들을 잡았을 리가 없었다. 그래, 절대 그랬을 리가 없다.

"네, 네. 그렇게 하겠습니다."

멱살을 잡아 창밖으로 내던지고 싶었다. 얼굴을 알아볼 수 없게 잡아 뜯고 바닥에 내팽개쳐서 흠씬 두들겨 패 주고 싶었다. 악을 쓰면서 울부짖고 싶었다.

이런 말도 안 되는 말을 들을 줄은 몰랐다. 이런 어처구니없는 일로 세상에 혼자가 되어 11년을 살게 된 건 줄은 몰랐다.

"재헌아."

"숨 쉬어. 아직 안 끝났어."

재헌은 침착했다. 하지만 주먹 쥔 그의 손등은 파랗게 실핏줄이 터질 만큼 부풀어 있었다. 당장이라도 목을 꺾어 버리고 싶을 만큼 분하고 억울한데 이재는 심정은 어떨까. 감히 짐작할 수도 없었다.

"그 사장님이라는 분……."

재헌은 말을 하다 입을 다물었다. 그리고 이재를 돌아봤다. 그 사장이라는 사람이 서준의 아버지였다는 게 이제야 생각났다.

"서이재."

"괜찮아, 나 괜찮아."

"집에 가 있는 게 좋을 것 같다."

"아니……."

뺨이 축축하다. 눈앞이 흐릿해서 보이지가 않는다. 이상하다. 다리에 감각도 없어지는 것 같다. 몸이 늘어지고 눈이 자꾸만 깜박인다.

"서이재."

"잠깐만, 잠깐만 기다려 봐."

이재는 두 눈을 꼭 감았다. 힘이 들어가지 않는 두 다리에 온 힘을 쏟아부었다. 호흡을 참았다가 한 번에 내쉬기도 했다.

그렇게 몇 분이 지났을까. 그녀는 점점 온몸에 뜨거운 피가 도는 걸 느꼈다. 몇 번이고 숨을 내쉬면서 차분히 페이스를 찾으려고 노력했다.

지금 여기서 쓰러지는 건 진짜 멍청이다. 이런 상황일수록 정신을 바짝 차려야 했다. 누구도 대신 해 줄 수 없는 일이다. 이건 자신만이 할 수 있는 일이었다.

"경찰서 가자."

재헌은 바닥에 엎드려 있는 오명섭을 일으켜 세웠다. 그리고 세 사람은 택시를 잡아타고 경찰서로 향했다.

❖ ✖ ❖

이재는 재헌에게 경찰서 일을 부탁하고 밖으로 나와 택시를 잡아탔다. 그리고 서준에게 전화를 걸었다. 신호음이 한참이나 이어진 후에 그가 전화를 받았다.

"나 지금 서준 씨 집에 가요."

예감하고 있었다는 듯 서준은 말이 없었다.

"오지 마요. 오지 말고 그냥 서준 씨는…… 서준 씨 할 일 하고 있어요."

– 오늘은 예약 손님이 별로 없어요.

서준은 평소와 다름없는 목소리로 말을 이었다. 그는 격앙되지도 않았고 당황해서 말을 더듬거리지도 않았다.

– 이재 씨.

"네."

– 미안해요.

"알아요."

– 정말 미안해요.

그 말을 듣는데 그냥 미소가 지어졌다. 이 사람은 얼마나 고통스러웠을까. 서준이 안쓰럽고 이해가 됐다. 하지만 당장 서준을 볼 수는 없을 것 같았다. 미치게 보고 싶었지만 그럴 수가 없었다.

"나는 뭐라고 말해야 해요?"

— 아무 말도 안 해도 돼요.

"나는 서준 씨한테 미안하지가 않아요."

— 알아요. 할 필요 없어요.

"미안할 수 없는 게, 그게 미안해요."

— 아니, 이재 씨는 미안해하지 않아도 돼요. 이재 씨가 미안할 일이 아니에요. 난 괜찮아요. 난 아무렇지 않아요.

서로의 마음이 어떨지 알 수 있었다. 핸드폰 너머에서 어떤 표정을 하고 있을지도 알았다. 안아 줄 수 없는 게, 등을 쓸어 주며 위로할 수 없는 게 애달팠다. 가슴으로 피눈물이 흐른다는 게 무엇인지 비로소 실감했다.

"끊을게요."

택시가 높은 벽을 자랑하며 웅장하게 서 있는 고급 주택가로 접어들었다.

이재는 전화를 끊고 핸드폰을 가방에 넣었다. 택시가 멈춰 서자 이재는 돈을 지불하고 내렸다. 고개를 치켜들어도 집 안이 들여다보이지 않았다. 그녀는 망설임 없이 초인종을 눌렀다.

딩동.

차갑게 식은 얼굴로 이재는 고개를 들었다.

— 누구세요?

"서이재라고 합니다."

― 누구신데요?

"서운석, 김미옥 씨의 딸입니다."

― 네?

"진강운 씨가 낸 교통사고로 돌아가신 서운석, 김미옥 씨의 딸 서이재입니다."

경찰서에서 오명섭은 줄줄이 실토했고 당시 실제 운전자가 진강운, 그러니까 서준의 아버지라는 말도 했다.

― 잠깐만요.

인터폰이 꺼지고 안에서는 한동안 아무런 기척도 없었다. 초조함은 없었다. 불안하지도 않았다. 오히려 시간이 지날수록 마음은 차분해지기만 했다.

딩동.

이재는 한 번 초인종을 눌렀다. 하지만 누구도 기척을 하지 않았다. 이재는 한 번 더 눌렀다.

딩동.

역시나 대답이 없었다. 활짝 문을 열며 환영해 줄 거라는 기대는 하지 않았다. 하지만 적어도 얼굴은 볼 수 있을 줄 알았다.

안에 누가 있든 그 사람의 얼굴이 보고 싶었다. 어떤 얼굴을 하고 있는 어떤 사람인지, 얼마나 독한 사람이면 그럴 수 있는지 얼굴을 대면하고 묻고 싶었다.

딩동. 딩동.

연달아 두 번을 눌렀지만 누구의 목소리도 들려오지 않았다.

딩동, 딩동, 딩동, 딩동…….

인형처럼 말간 얼굴로 이재는 손가락에 물집이 잡히도록 정신없이 초인종을 눌러 댔다. 몇 분. 아니, 몇십 분을 그렇게 같은 자리에 서서 한곳을 보면서 그녀는 누르고 또 눌렀다.

딩동, 딩동, 딩동.

아무리 눌러도 나오지 않았다. 아무리 누르고 또 눌러도 대답도 하지 않았다.

11년을 기다렸다. 이 정도에 지칠 이재가 아니었다. 아무것도 모른 채로 11년을 바보처럼 그리워하면서 살았다.

분하고 억울해서 제대로 눈도 못 감았을 엄마 아빠가 떠올라서 소리 내서 울 수도 없었다. 미안하다는 말도 차마 하지 못하겠다.

딩동, 딩동, 딩…….

몇 시간을 같은 자세로 서서 그녀는 끊임없이 눌러 댔다. 결국 초인종은 더 이상 소리를 내지 못했다.

쾅쾅쾅!

소리가 나오지 않는 초인종 대신 이재는 주먹을 말아 쥐고 제 키보다 두 배는 큰 대문을 두드리기 시작했다.

쾅쾅쾅……!

문을 두드리는 이재의 손을 누군가 낚아채듯 잡았다. 이재는 고개를 돌렸다.

서준이었다. 레스토랑에 있어야 할 그가 눈앞에 있었다. 이재의 손을 잡은 채로 서준은 대문을 열었다. 그리고 그녀의 가방을 제 어깨에 메고 안으로 성큼성큼 들어갔다.

잡힌 손목이 뜨거웠다. 손목을 잡고 있는 서준의 손이 너무도 뜨거웠다. 계단을 오르고 마당을 가로지를 때도 서준은 말을 하지 않았다.

꽉 다문 서준의 입을 쳐다보다 이재는 이내 고개를 돌려 버렸다. 눈물이 날 것 같아서 눈도 감지 않았다. 화가 난 것도 같고 그렇지 않은 것도 같았다.

이럴 때는 무슨 말을 해야 하는 걸까.

현관을 가까이 갈수록 서준의 걸음은 더욱 빨라졌다. 하지만 이재가 따라올 수 있도록 속도를 더 이상 내지는 않았다.

현관문을 열 때도 그는 서슴없었다. 그리고 안으로 들어가 신발을 벗을 때도, 자신의 어머니를 부르며 안방 앞에 섰을 때도 그는 그 어떤 감정도 읽히지 않는 얼굴이었다.

문을 열고 들어와 어머니를 부르는 서준을 보고 주방에 있던 아주머니가 놀라서 밖으로 나왔다. 그러나 이내 눈치를 보며 주방으로 다시 들어갔다.

"나오세요."

실핏줄이 터질 정도로 이재의 손을 꼭 잡고 서준은 최대한 감정을 드러내지 않으려고 애썼다.

"나오세요."

그의 목소리가 한 번 더 커다란 집 안을 울렸다. 방문이 열리고 안에서 여전히 잠옷 차림인 차 여사가 모습을 드러냈다.

"피곤해. 할 얘기 있으면 다음에……."

그녀의 시선이 이재에게 닿았다. 그리고 서준의 손에, 그리고 다시 서준의 얼굴에 시선을 이어 가며 쳐다봤다.

"누구니?"

소름 끼치도록 차갑고 냉정한 얼굴로 차 여사가 물었다. 이미 다 알고 있으면서 모른 척 묻는 차 여사의 가증스러움에 서준은 속이 뒤집히는 것 같았다.

"서이재라고 합니다."

이재는 고개를 든 채로 차 여사의 눈을 똑바로 응시하며 말했다.

"서이재? 누구? 우리 아들 애인인가?"

차 여사는 이재의 시선을 외면하고 부드러운 음성으로 말하며 소파 쪽으로 걸음을 옮겼다. 점심시간이 훌쩍 넘은 시간임에도 여전히 잠옷을 입고 집 안을 활보하는 그녀였다.

"와서 앉아요."

서준은 그때까지도 잡고 있던 이재의 손을 놔줬다. 이재는 소파로 가서 앉았다. 서준은 이재의 옆에 선 채로 있었다.

"그래, 무슨 일로? 설마 이 시간에 미리 말도 없이 이렇게 불쑥 인사를 하러 온 건 아닐 테고……."

일부러 그러는 건지, 정말 몰라서 그러는 건지 알 수 없을 정도로 차 여사는 평온한 얼굴을 하고 있었다. 그녀의 대범함이 서준은 무서울 지경이었다.

어려서부터 참 무서운 분이라는 생각은 했었지만 이 정도일 줄은 몰랐다.

일하던 아주머니에게 국그릇을 던지며 험한 말을 할 때도, 옷에 물이 튀었다고 레스토랑에서 서빙하던 직원의 뺨을 올려쳤을 때도, 장례식장에 찾아가 빌려 간 돈 내놓으라고 난장판을 부렸다는 말을 들었을 때도.

그래, 그래도 그때는 사람이었다. 하지만 지금 우아하게 다리를 꼬고 앉아 이재를 보는 어머니는 그냥 악마였다.

"진강운 씨는 어디 가셨습니까?"

"진강운 씨?"

차 여사의 얼굴이 일그러졌다.

"지금 우리 집 양반 이름 불렀어요?"

"네. 어디 가셨는지 물었습니다."

"부모 없이 자랐다고 하더니 영 못 배웠구나?"

"말씀 가려서 하세요."

서준의 말에 차 여사는 하! 하고 코웃음을 쳤다.

"서준이 아버지는 왜 찾아요? 무슨 일로?"

"오명섭 씨가 자수했습니다."

"그래?"

"그날 밤, 무슨 일이 있었는지 실운전자가 누구인지."

"그래서?"

"알려 드리려고요."

"그러니까 뭘……."

"제가 앞으로 어떻게 할지."

이재는 가방을 열어 명함 한 장을 꺼냈다. 그리고 테이블 위에 내려놓으며 말을 이었다.

"음주 운전에 대해서는 밝힐 수가 없고, 도주죄는 최대 1년인데 이미 지나서 공소 시효가 끝났고, 위험 운전 치사로 처벌이 가능한데……. 그것만으로는 제 성에는 안 찰 것 같아서요. 그래서 제 능력을 발휘해 보려고요."

명함을 쓱 보던 차 여사의 눈빛이 그때서야 흔들렸다.

"아는 인맥 다 동원하고, 아는 기자 전부 찾아가서 부탁해 기사화할 겁니다. 그렇게까지 유명하거나 사회적으로 존경받는 분들이 아니셔서 대한민국 전체가 떠들썩할 정도로 이슈화되지는 않겠지만 그래도 알 만한 사람들은 알겠죠."

"지금 협박하는 거야?"

"협박이 아니죠. 기자는 어디까지나 사실에 기초해서 글을 쓰는 사람인데 협박은 비약이 좀 심하시네요."

"너 지금 뭐 하자는 거야!"

차 여사가 부들부들 떨며 버럭 소리를 질렀다.

"앞으로 무슨 일이 벌어질지 경고하는 겁니다."

이가 바득바득 갈렸다. 손톱이 손바닥을 파고들 정도로 주먹을 쥐고 있었지만 이재의 얼굴은 그 어느 때보다 편안해 보였다. 눈물을 글썽이지도 않았고, 목소리가 파르르 떨리지도 않았다.

"대한민국 어디에서라도 얼굴 못 들고 다니게 해 드릴 겁니다. 네, 복수예요. 11년이나 지났지만 지금까지도 억울함에 눈 못 감고 있을 우리 부모님을 위해서 바닥까지 끌어내릴 겁니다."

"우리 서준이랑 사귄다더니 나한테 그런 짓까지 하겠다고?"

"남녀가 만나다 헤어지는 건 대단한 일도 아니죠."

목에 가시가 걸린 것처럼 그 말이 나오는데 목구멍이 따끔거렸다. 적어도 서준이 보는 앞에서는 하고 싶지 않았다. 서준까지 가슴이 무너지게 만들고 싶지는 않았다.

"그래서 헤어질 각오를 하고 일을 만들겠다 그거야?"

"말씀 바로 하시죠. 만드는 게 아니라 제대로 바로잡는 겁니다."

"진서준."

차 여사가 옆에 있는 서준을 부르며 쳐다봤다. 뭐라도 해 보라고, 네가 어떻게 좀 해 보라는 눈빛으로 그녀는 아들을 올려다봤다. 하지만 서준은 시선을 마주하지 않았다. 목석처럼 서 있기만 했다.

"고작 만난다는 여자가 겨우 이런 여자야? 네 부모 등에 칼을 꽂겠다고 달려드는데 병신처럼 서서 듣고만 있어?"

둥글게 말아 쥔 차 여사의 손이 부들부들 떨리고 있었다. 이재는 속으로 지금부터 시작이라고, 여기서 절대 도망치지 말라고 말했다.

"경찰서를 찾아가든 지금처럼 버티든 그건 알아서 하세요. 대신 조만간 얼굴 들고 밖에 나가기는 힘드실 겁니다. 제가 꼭 그렇게 해 드리죠."

이재는 몸을 일으켰다. 그리고 그대로 그 집에서 나왔다. 집을 나와 대문 밖에 설 때까지도 서준은 그녀를 따라 나오지 않았다.

안에서 무슨 일이 벌어지는지 알 수는 없지만 어머니와 대립하는 서준의 마음이 어떨지는 알 것도 같았다.

❖ ✖ ❖

경찰서에 있던 재헌이 돌아오고 얼마 지나지 않아 이재도 집에 도착했다. 미리 연락을 받고 집에서 기다리고 있던 진이가 가만히 이재를 안았다. 그리고 입술을 깨물며 눈물을 참아 냈다.

등을 쓸어내리는 진이의 손길에 이재는 가만히 그녀의 어깨에 무거운 머리를 기댔다.

"배 안 고파?"

"고파."

아침부터 지금까지 시간이 어떻게 갔는지 모르겠다. 점심도 건너뛰었고 이미 저녁 시간도 넘어가고 있었다.

"밥 먹자. 내가 밥해 놨어."

진이는 이재의 손을 잡고 안으로 들어갔다. 어깨에 매달려 있는 가방을 받아 소파에 놓아두고 주방으로 들어가 의자를 빼 줬다. 이재는 진이는 하는 대로 고분고분하기만 했다.

식탁에는 이미 금방 한 것 같은 반찬들이 차려져 있었다. 보글보글 소리를 내는 된장찌개도 가스레인지 위에 있었다. 한쪽에 꺼내 둔 밥공기에 하얀 쌀밥을 가득 퍼 담고, 가스레인지 불을 끄고 된장찌개도 내려놨다.

이재와 재헌의 앞에 차례로 밥을 놔 주고 그 앞에 진이도 앉았다.

세 사람은 말없이 숟가락을 들었다. 진이는 이재의 숟가락 위에 그녀가 가장 좋아하는 감자볶음을 집어 올려 줬다.

"내가 다 좋아하는 것만 했네?"

"그럼. 우리 이재 많이 먹고 기운 내라고 장 봐다가 후다닥 했지."

입안 가득 밥을 넣고 이재는 오물오물 씹었다.

"맛있다."

이번에는 재헌이 소고기 장조림을 젓가락으로 집어 이재의 밥그릇 위에 올려놨다.

"장조림도 했어?"

"예전에 이모가 자주 해 주셨잖아. 가을만 되면 소고기 잔뜩 사다 장조림 해서는 나랑 재헌이 먹으라고 갖다주고. 그 맛은 아니겠지만 얼추 비슷하게는 된 것 같아."

이재는 장조림도 입에 넣었다. 예전 그 맛이다.

"맛있다."

이재의 목소리가 떨렸다. 울지 않으려고 했는데 이미 눈에 눈물이 차오르고 있었다.

"엄마 보고 싶다."

결국 이재의 어깨가 흔들렸다.

"나도 이모 보고 싶다."

진이는 우는 이재를 보면서 입술을 깨물었다. 대신 아파해 줄 수 있다면 무슨 짓이든 할 수 있을 것 같았다. 지금 이 순간 아무것도 해 줄 수 없는 게 가슴 찢어졌다.

우는 이재를 보고 있는 것만으로도 고통스러웠다. 가서 안아 주고 눈물을 닦아 주고 싶은데 그러면 더 울어 버릴 것 같아서 발이 떨어지지 않았다. 재헌의 말처럼 아직은 울 때가 아니었다. 지금부터 시작이었다.

"밥 먹어."

재헌은 씩씩하게 젓가락을 들었다. 그리고 반찬을 집어 먹으며 맛있다는 말을 잊지 않고 했다.

"어. 먹어야지."

이재도 숨을 길게 내뱉으며 다시 숟가락질을 시작했다. 쓱 손등으로 눈물을 닦아 내고 천진하게 웃었다.

"내일은 고기 구워 줄게."

"출근 안 해?"

"며칠 휴가 냈어."

"삼겹살 먹고 싶어."

"어, 내일 먹자."

지금 진이가 이재를 위해 할 수 있는 일은 밥을 해 먹이는 일이었다. 영양가 가득한 음식으로 삼시 세끼 든든하게 해 먹이고 웃는 얼굴로 응원하는 거였다. 그리고 집에서 처절하게 싸우고 돌아오는 이재를 맞아 주면 되는 거였다. 발로 뛰어다니는 재헌을 위해서도 그렇게 해야만 했다.

"한 그릇 비우고 한 그릇 더 먹어."

재헌은 고개를 끄덕였다.

"나도 더 먹을래."

"어, 너도 더 먹어."

금방 지은 밥으로 세 사람은 배를 든든하게 채웠다.

❖ ✖ ❖

이틀의 시간이 지났다. 진강운은 그 시간까지도 경찰서에 출두하기는커녕 경찰에서 오는 연락조차 피하고 있다고 했다.

물론 이재에게 따로 연락을 해 오지도 않았다. 이제라도 연락을 할 사람이라면 11년이나 모른 척하면서 살지는 않았을 거다.

이재는 그 어떤 기대도 하지 않은 채 경찰서를 재헌이 맡는 동안 친한 신문사 선배에게 부탁해 기사 거리를 하나 실을 수 있게 됐다.

기사는 선배의 이름으로 나갈 거고 제보자가 서이재였다. 인터넷 신문고에 글도 올렸다. 할 수 있는 능력의 최대치를 전부 끌어모으는 중이었다.

<11년 동안 눈을 감지 못한, 억울하게 죽은 두 분의 딸입니다. 도와주세요.>

글은 하루 만에 사람들로부터 엄청난 지지를 받았다. 하루가 지난 후 이재는 어제 쓴 글보다 좀 더 내용을 추가해서 글을 또 다시 올렸다.

때로는 법보다 여론이 더 무서운 법이었다. 펜의 위력이 얼마나 위대한지 이재는 기자라는 직업을 통해 알게 됐다. 그것을 함부로 놀리지 않기 위해 그동안 노력했다. 그리고 글을 올리는 지금도 그녀는 조사한 대로 법적 테두리 안에서 사실만을 전달했다.

Rrrrr.

이틀 만에 서준에게서 문자가 들어왔다. 그의 연락을 기다리면서도 막상 연락을 해 오면 어쩌나 싶었다. 두 사람의 관계를 어떤 식으로든 정리해야 했다. 알면서도 그게 쉽지 않았다. 아마 그건 서준도 마찬가지였으리라.

[밥 잘 먹고 잘 자고 있는 거죠? 아프지만 마요.]

보고 싶다는 말은 그 어디에도 없었다. 하지만 마침표 뒤에 그가 보고 싶다는 말을 얼마나 무수히 썼다 지우기를 반복했을지 알 수 있었다.

[잘 지내고 있어요.]

이재는 간결한 답문을 보냈다. 그녀 역시도 그리움은 드러내지 않았다. 원망하는 말도 하지 않았다.

그의 부모님과 서준을 따로 떼어 내서 생각하기가 아직은 버겁도록 힘겨웠지만 그럼에도 다름을 인정하고 받아들이려고 노력했다. 그렇게 하지 않으면 서준과 헤어지는 것밖에는 방법이 없었다.

하지만 그건, 하지 못할 것 같았다.

더 이상 문자가 들어오지 않는 핸드폰을 내려다보다가 이재는 가슴을 들썩이며 크게 숨을 쉬었다. 그리고 세 번째 올릴 글을 쓰기 시작했다.

Rrrrr.

낯선 번호로 전화가 걸려왔다.

"네, 서이재입니다."

— 나 서준이 엄마예요.

여전히 당당하기만 한 차 여사의 목소리가 핸드폰을 뚫고 흘러나왔다.

"네."

— 잠깐 보죠.

정중한 부탁이나 배려는 어디에도 없는 말투였다.

"이쪽으로 오세요. 그럼 만나 드리죠."

당돌한 이재의 말에 차 여사는 발끈했는지 대답을 주춤했다.

— 1시간 후에 봅시다.

주소는 알려 주지 않았다. 11년이나 사고를 감출 수 있는 사람이라면 벌써 이재에 대해 시시콜콜한 것까지도 다 알고 있을 테니까.

그녀는 쓰던 글을 덮고 의자에서 일어났다. 거울을 들여다보며 얼굴 상태를 체크했다. 립스틱을 좀 더 덧바르고 가볍게 향

수도 뿌렸다. 옷장을 열어 단정하면서도 가볍지 않은 옷도 골라 입었다. 그리고 다시 의자에 앉았다. 시간을 확인한 후 그녀는 액자 속 부모님의 사진을 힐끔 쳐다봤다.

"아직 나 아무것도 안 했어."

눈웃음을 지으며 웃고 있는 아빠가 고개를 끄덕여 주는 듯했다.

"며칠 있다가 보러 갈게. 그때까지 엄마랑 사이좋게 지내고 있어요."

마치 사진 속의 아빠가 알겠다고 대답하는 것 같았다.

❖ ✖ ❖

근처에 와서 다시 걸려 온 차 여사의 전화에 이재는 재헌의 카페가 아닌 다른 곳을 얘기했다. 그리고 빠르지도, 또 느리지도 않은 보통의 걸음으로 약속 장소를 향해 걸어갔다.

한낮의 햇살이 뜨겁지 않았다. 바람에서 가을 냄새가 나는 것 같기도 했다. 진짜 가을이 코앞까지 다가온 것 같았다.

문을 열고 커피숍 안으로 들어가자 먼저 와 있던 차 여사가 이재를 쳐다봤다. 차 여사와 잠깐이지만 눈이 마주친 순간, 우습게도 서준의 얼굴이 엿보이는 듯했다. 이재는 보이지 않게 입술을 깨물며 차 여사에게로 다가갔다.

"앉아요."

이재가 자리에 앉자마자 차 여사가 미리 주문해 둔 커피 두 잔이 테이블에 놓여졌다.

"원하는 걸 말해요."

"제가 뭘 원할 것 같으세요?"

"본인 입으로 말하면 자존심이 상할 거고, 그렇다고 내 입으로 듣자니 그것 또한 자존심이 상할 테고."

차 여사는 가방에서 하얀색 봉투 하나를 꺼내 테이블에 얌전히 내려놓았다. 요즘은 드라마에서도 잘 안 나오는 구태의연한 장면이었다.

"우리 아들이랑은 어쩔 생각이에요?"

"글쎄요."

"요즘 젊은 사람 부모가 헤어지라고 한다고 말 들을 것도 아니고, 일단은 만나 보는 걸로 해요. 내가 거기까지는 백번 양보해서……."

"서준 씨가 말을 들을까요?"

"뭐라고 했어요?"

"진서준 씨가 자기 어머니 말을 듣겠느냐고요. 고문하듯이 괴롭히면서 평생을 옆에 둘 수도 있고, 당장 헤어지자고 해서 그 사람이 매달리게 할 수도 있고."

"어디서 이런 걸……."

"하나만 하세요. 가해자로 합의를 하러 나온 거면 합의만 하고, 진서준 씨 어머니로 나온 거면 저는 더 이상 할 말이 없을 것 같은데요."

보통내기가 아니었다. 기자라고 하더니 산전수전 다 겪었는지 순한 구석이 없었다. 부모도 없이 홀로 컸으니 옆에서 가르친 사람이 없나 보다.

"저는 그 어떤 합의도 안 합니다."

"조금 전에 합의한다고 하지 않았어요?"

차 여사는 신경질적인 말투로 쌩하니 말했다.

"그건 그쪽에서 확실한 포지션을 정하라는 말이었고, 저는 그럴 생각이 없습니다."

"그럼 대체 어쩌자는 건데? 이대로 경찰서에 가서 자수하고 조사도 받고 뭐 그러라는 거야?"

"그것도 알아서 하세요. 신고를 했고 법적 절차도 진행 중이니까 법으로 할 수 있는 건 법으로 하겠죠."

"법으로?"

"그 정도로 끝나면 너무 억울하지 않겠어요?"

적어도 사과 한마디는 할 줄 알았다.

아무 소용 없는 사과라고 할지라도 진심을 다해 미안하고, 죽을죄를 졌다고 하면 울분을 토해 내듯이 울부짖으며 한바탕 울 생각도 했었다.

그러고 나면 조금은 속이 편안해지지 않을까 별의별 생각을 다 했었다.

"뭐?"

"말했죠, 내가 할 수 있는 건 전부 다 할 거라고. 다시는 대한민국에 얼굴 들고 못 살게 만들 거라고."

테이블 위의 봉투를 보면서 이재는 새어 나오는 비웃음을 참을 수 없었다. 그리고 가방에서 통장을 꺼내 봉투 위에 내려놨다.

"돈 좋아하시는 거 같은데 이것도 가져가시죠."

11년 전 차 여사에게 받은 위로금이었다. 그건 결코, 단 한순간도 위로가 되지 않는 돈이었으니 이제 그만 주인에게 돌려줘야 할 때였다.

이재는 씁쓸하게 웃으며 차 여사를 내려다보고는 커피숍을
나왔다.

❖ ✖ ❖

바다을 보면서 허탈한 마음으로 집까지 걸어온 이재는 대문
앞에 앉아 있는 서준을 보고 그 자리에 멈춰 섰다.

아직은 그를 볼 준비가 되어 있지 않았다. 목소리가 듣고 싶
고 그의 얼굴을 마주하고 싶었지만 지금은 아니었다.

이재는 한 발짝도 떼지 못하고 그저 고개를 묻고 있는 서준
을 가만히 바라보기만 했다.

며칠 지나지 않았는데도 서준은 눈에 띄게 야위어 있었다.
머리도 정갈하게 빗어 넘기고 옷도 평소처럼 단정하게 입었는
데 그의 뺨은 움푹 파여 보기만 해도 안쓰러웠다.

사랑을 떠나 부모님의 부도덕한 모습을 직면했으니 얼마나
괴로울까. 제아무리 사이가 좋지 않은 관계라고 해도 서준에게
는 하나밖에 없는 부모님이었다.

만약 서준이 이재와 얽히지 않았다면, 그랬다면 지금의 서준
은 어떤 모습이었을까. 어떤 일상을 즐기고 있었을까.

괜한 미안함이 물밀 듯이 밀려왔다. 이재는 또각또각, 허리
를 세우고 그에게로 걸어갔다. 나직이 들리는 구두 소리에 서
준이 고개를 돌렸다. 그리고 그가 싱긋 웃었다.

"지금 바쁜 시간 아니에요?"

"이상하게 손님이 없네요."

"이상하네."

미간을 좁히며 이재는 서준의 옆에 엉덩이를 붙이고 앉았다.

"언제 왔어요?"

"글쎄, 한 20분 됐나?"

"볼일이 있었어요."

"네."

하고 싶은 얘기는 많았지만 누구도 먼저 입을 떼지 않았다. 처음부터 만나지 않았더라면 얼마나 좋았을까 싶었다.

지금도 아예 모르는 사람으로 각자의 위치에서 각자 원하는 삶을 살고 있었더라면, 그랬더라면 지금의 곤란하고 난처하고 울음이 터질 것처럼 슬픈 상황은 모르고 지나갈 수 있었을 텐데.

"여기는 시원하네요."

"그늘이 져서……. 그리고 이제 가을인가 봐요. 덜 덥더라고요."

"올가을은…… 많이 바쁘겠죠?"

만날 수 없겠죠? 하고 묻는 듯했다. 이재는 덤덤한 어조로 대답했다.

"그렇겠죠."

"겨울에는 어때요?"

그건 아직 쉽사리 말이 나오지 않았다. 당분간은, 그러니까 가을은 아무래도 힘들지 않을까 싶었다. 그렇게 시간이 흐르고 겨울이 오면 그때는…….

모르겠다. 아니, 자신이 없었다. 아무렇지 않은 얼굴로 서준을 보고, 그의 입술에 키스를 하고, 그와 사랑을 나누는 일. 당장은 자신이 없었다.

어쩌면 기억들을 전부 외면한 채로 서준을 만나는 것보다 그와 헤어져서 추억을 곱씹으며 후회를 하는 게 더 쉬울 것도 같았다.

"서준 씨."

이재가 나직이 서준의 이름을 불렀다.

"올여름은 정말 무지하게 더웠어요."

"그랬죠."

"그래도 서준 씨 때문에 꽤. 아니, 많이 행복하게 지낸 것 같아요."

이번엔 서준이 대답을 하지 않았다. 정면만을 응시하며 말하는 이재의 옆얼굴을 서준은 빤히 쳐다봤다.

"우리는 후회 없이 사랑했고, 열정으로 가득했고, 미련 없이 서로를 안았어요. 나는 그걸로 충분할 것 같아요. 몇 년이 될지는 모르지만 그 기억만으로 버틸 수 있을 것 같아요. 지금은 그게 더 쉬울 것 같아요."

이재는 책을 읽듯이 감정을 배제한 채 또렷이 말했다.

"아니요. 나는 그 기억 때문에 버틸 수 없어요."

서준은 그런 이재를 보며 간절함을 담아 말했다.

"매일 밤 이재 씨를 안았던 기억에 몸부림칠 거고, 매일 아침 이재 씨 목소리를 들었던 기억에 사무치게 눈물 날 거고, 매일 이재 씨랑 보낸 그 시간들 때문에 화가 나고, 그립고, 죽고 싶을 거예요."

언성을 높이지 않았다. 절규하듯이 울며 매달리지도 않았다. 둘은 그 어느 때보다 무채색처럼 차분했다.

"그러지 마요. 우리가 어떻게 할 수 없는 일이에요."

"아니, 내가 버리면 돼요. 내가 버리고 이재 씨 잡으면 돼요. 그러니까 그냥 나한테 잡혀 줘요."

부모를 버리고 오라고 말한 적은 없었다. 그렇게 해 주기를 바라지도 않았다.

하지만 막상 그 말을 들으니까 바보처럼 마음이 놓였다. 이 남자는 떠나지 않겠구나. 한심하게도 마음이 유하게 풀어져 버렸다.

"내가 어떻게……."

결국 이를 악물고 참았던 눈물이 터져 나왔다. 그렇게 독한 척하려고 애를 썼는데 아무 소용이 없었던 거였다.

"서이재, 제발 부탁이다."

서준은 이재의 앞으로 와 무릎을 꿇었다. 그리고 이재의 눈을 보며 촉촉하게 젖은 목소리로 말했다.

"이번 한 번만, 제발 한 번만 내가 하자는 대로 해 줘. 평생 당신이 하자는 대로 살게. 그러니까……."

주르륵 흐르는 눈물이 입술까지 이어졌다. 이재는 닦을 생각도 못 한 채 아이처럼 흐느끼며 서준을 바라볼 수밖에 없었다. 그의 말처럼 두 눈 질끈 감고 그냥 그가 내민 손을 잡고 싶었다.

"끝내자는 말만 하지 마. 그건 죽어서도 하지 마. 안 들은 거야. 오늘 한 말 난 못 들었어. 그러니까 당신도 한 적 없는 거야."

"어떻게 그래요. 우리가 어떻게……."

"나쁜 짓은 내가 할게. 당신은 그저 당신 할 일 하면서 여기에 이렇게 있어 줘. 욕을 먹어도 내가 먹고, 비난을 받아도 내가 받을게. 그러니까 제발 그만하자는 말은 하지 마. 이재야, 서이재."

아랫입술을 깨물며 이재는 고개를 저었다. 서준은 그런 이재의 머리를 당겨 품에 안았다. 더는 고개를 내저을 수 없도록 힘주어 그녀를 안았다.

"당신이랑 나만 생각하자."

"진서준 씨."

"그냥 받아 줘. 서이재 없이는 내가 안 되겠어. 이기적이고 못돼 처먹은 거 아는데 그래도 살아야겠어. 살아야 하잖아."

"내가 어떻게 그래요."

"아니, 서이재만 할 수 있어. 다른 사람 아무도 못 하는 거 서이재만 할 수 있다고. 그러니까 나 좀 살려 주라."

이재의 흐느낌이 커졌다. 작은 몸을 들썩이며 서럽게 우는 이재가 가엾어서 서준은 마음이 무너져 내리는 것만 같았다.

❖ ✖ ❖

재수사가 시작되고 기사도 내고 국민 청원도 올렸지만 그들이 받을 죗값은 사실 미약하기만 했다.

한 집의 가장이고 한 아이의 어머니였던 두 사람이 죽었지만 누구도 만족할 수 없는 판결이 나올 거라는 걸 이재도, 그리고 그녀의 친구들도 모두 알고 있었다.

그나마 다행인 건 이재가 부지런히 기사를 올리고 글을 올린 덕분에 적어도 진강운과 차영희는 그토록 지키려고 했던 모든 일에서 손을 놓고 망연자실하게 지켜볼 수밖에 없게 됐다는 사실이었다.

불법 사채와 불법 탈세, 그리고 갑질까지. 셀 수 없이 많은 것들이 사람들 입에 오르내리며 대대적인 조사를 받게 됐다.

재헌은 아버지에게 뉴질랜드에 머물고 있는 오명섭에 대해 알아봐 달라 부탁하면서 현재 이재가 어떤 상황인지 자세히 얘기했다.

며칠 지나지 않아 한인 사회에 그들의 얘기가 퍼져 나갔고, 한 사람만 건너면 대부분 알게 되는 그곳에서 오명섭은 이미 유명 인사가 돼 있었다고 했다.

뉴질랜드에서 작은 세탁소를 운영하는 그의 동생과 그의 아내가 사람들의 질타와 수군거림을 견디며 힘겹게 일상을 이어 가고 있다고도 했다.

그러면서 이재 잘 챙기라고, 지금이라도 하늘로 간 이재의 부모님이 억울함을 풀 수 있어서 얼마나 다행인지 모른다고 울먹이기도 하셨다.

지방으로 내려갔던 진이의 어머니는 오명섭 얘기를 듣자마자 바로 막차를 타고 서울로 올라왔었다. 찢어 죽일 것들, 때려 죽일 것들. 입에 담지 못할 욕을 하면서 먼저 간 이재의 엄마를 그리워했다.

진이 어머니는 며칠을 머물면서 이불 빨래부터 냉장고 속 청소까지 다 해 주고, 한 달은 족히 먹고도 남을 밑반찬과 세 사람에게 먹일 한약까지 지어 주고 진이에게 떠밀려 겨우겨우 집으로 내려갔다.

"후우."

"가신 거 확실하지?"

"버스 출발하는 것까지 보고 왔어."

"당분간은 우리 밥이랑 반찬만 먹어야겠다. 냉장고에 반찬이 어마무시하더라."

태풍이 지나간 것 같은 고요함이 찾아왔다. 여전히 경찰서를 들락거리고, 아직도 그들과 싸우고 있었지만 마음은 정적이 감돌 정도로 평화로웠다.

"한약도 있어. 김치냉장고에."

"아, 맞다."

"나 내일 고성 내려가."

"내일? 그렇게 빨리 가는 거였어?"

"그렇게 됐어. 일 있으면 바로바로 올라올게."

"숙소는?"

"갤러리 옆에 하나 구했어."

굳이 내려가서 묵을 정도로 긴 프로젝트가 아니었다. 하지만 진이는 내려가겠다는 이재를 말리지 않았다.

"주말에 재헌이랑 갈게."

"어, 전기장판 갖고 와."

"알았어."

진이는 한참을 망설이다 어렵사리 입을 뗐다.

"진서준 씨는 연락 와?"

"아니."

"그래."

"레스토랑 닫는대."

"그래?"

"유이가 그러더라."

무슨 생각인 건지 알 수는 없었지만 이재는 유이에게 전해 듣고 그냥 말없이 미소만 지었었다.

"그 사람은…… 그냥 받아 주면 안 되겠지?"

"모르겠어."

"네 마음은 어떤데?"

진이의 물음에 이재는 다리를 끌어당겨 품에 안았다. 그리고 가만히 어제보다 더 짙어진 하늘을 올려다봤다.

"보고 싶어."

"그럼 보면 되잖아."

"그런데 보면 안 될 것 같아."

"왜?"

"그러면 안 되니까."

이것도 저것도 아닌 말이었지만 왠지 이재의 마음이 어떤지 진이는 알 것도 같았다.

붙잡고 싶지만 그러기에는 그의 부모님이 못내 걸리고, 그렇다고 놓자니 너무나 사랑하고. 지금 누구보다 제일 힘든 사람은 이재였다.

그런 이재가 지금껏 잘 버텨 주고 있는 게 진이는 감사할 따름이었다.

"거기는 여기보다 춥지?"

"어, 그렇다더라."

"두툼한 옷 좀 더 챙기자."

진이가 엉덩이를 털며 일어난 후에도 이재는 자리를 뜨지 못했다.

똑똑똑.

작은 사무실 문을 노크하면서 유이는 숨을 골랐다.

"네."

문을 삐죽 열고 유이는 안으로 성큼 들어갔다. 싱긋 웃어 주는 서준에게 유이는 입고 있던 앞치마를 풀어 손에 쥐었다.

"지금은 서이재 조카 이유이예요."

"응?"

"이모부."

제법 단호한 표정으로 유이는 서준을 불렀다.

"아직 이모부 맞죠?"

"어."

"앞으로도 이모부 맞죠?"

"그러고 싶다."

"그럼 빌어요. 그래도 이모는 풀리지 않겠지만 그래도 빌어요. 최소한 백 번은 빌어 보고 그래도 안 되겠다 싶으면 그때 포기해요."

"그렇게 빌면 받아 줄까?"

서준은 보던 서류를 덮고 유이를 빤히 바라봤다.

"그건 모르죠. 그런데 지금 이모를 이렇게 혼자 두는 건 정말 너무 비겁해요."

"혼자 두는 게 아니라……."

"이모가 울어요."

유이의 눈물이 고였다.

"새벽마다 이불 뒤집어쓰고 울어요."

뚝뚝 눈물을 흘리며 유이는 어깨를 들썩였다.

"겉으로는 아무렇지 않은 척하는데 아니에요. 이모는 지금 죽을힘을 다해서 버티는 중이에요. 그러니까 제발 이모부가 이모 좀 안아 줘요. 가족은 그냥 이모부 가족인 거잖아요. 이모까지 가족일 필요는 없잖아요. 몰래 만나든 그냥 안 보든 그건 이모부가 알아서 해요. 그걸 이모한테 선택하게 하지 마요."

똑 부러지는 유이의 말에 서준은 치아가 보이도록 환하게 웃었다.

저렇게 간단하게 정리할 수 있는 일이었으면 좋겠다. 하지만 또 간단하지 않을 이유도 딱히 없었다.

"대신 우리는 이모 가족이고 이모부 가족이에요. 둘 다 가질 수 없으면 하나를 버리면 그만이에요. 버리는 거에 미련 두지 말고 그냥 갖고 있는 하나에 만족하면서 최선을 다해 살면 돼요. 어른들 일이라고, 너는 아직 어리다는 그런 고리타분한 말은 하지 마세요. 나라면, 적어도 나였다면 이모를 저렇게 혼자 두고 밤마다 울게 하는 남자 따위 진즉에 걷어차 버렸을 거예요."

"알았어."

"말만 하지 말고 우리 이모 잡아요."

"그럴게."

이재를 버릴 생각은 아니, 버릴 수 있겠다는 생각은 처음부터 해 본 적이 없었다. 단지 부모님의 아들인 자신을 이재가 받아들여 줄 수 있는지가 문제였다. 그건 시간이 필요한 일이었다.

"참, 이모 내일 고성 내려가요."

"고성?"

"취재차 간다는데 짐을 바리바리 싸서 가요. 언제 올지는 나도 몰라요. 가서 일도 하고 생각도 하고 그럴 작정이겠죠."

"그래, 고마워."

꾸벅 고개를 숙이고 유이는 들고 있던 앞치마를 다시 허리에 동여맸다. 그리고 나가려다 말고 한마디를 덧붙였다.

"왜 하필이면 진서준이에요? 김서준도 있고, 박서준도 있는데! 짜증 나, 진짜!"

신경질적으로 쿵쿵 발소리를 내며 나가는 유이의 뒷모습을 보다 서준은 희미하게 웃어 버렸다.

10.
가을이 가고 겨울이 오면……

이재는 이른 아침 짐을 싸서 고속버스에 몸을 실었다. 버스가 출발할 때까지 밖에서 손을 흔들어 주는 재헌에게 이재는 장난스럽게 웃어 줬다. 재헌의 모습이 보이지 않고 터미널이 저 멀리 희미하게 보이자 이재는 묵혀 뒀던 숨을 한꺼번에 토해 내듯 뱉었다.

"후우."

몇 번이고 숨을 몰아쉬면서 이재는 차츰 원래의 서이재를 찾아갔다.

다른 건 생각하지 않기로 했다. 재판이 끝날 때까지 복잡한 일들은 전부 서랍 깊숙이 묵혀 두기로 스스로 그렇게 작정했다. 그중 하나도 서준이었다.

Rrrrr.

거짓말처럼 막 서준의 이름을 떠올렸는데 그에게서 전화가

왔다. 집 앞으로 찾아온 뒤로 처음이었다.

– 가고 있어요?

어디를 가고 있는지 아는 것처럼 서준이 물었다.

"내가 어디 가는 줄 알아요?"

– 들었어요, 유이한테.

쿨한 척, 관심 없는 척 굴더니 속으로는 내내 마음을 쓰고 있었던 유이였다.

"네, 조금 전에 출발했어요."

– 언제 돌아와요?

언제 볼 수 있느냐고 묻는 것 같았다. 그때는 우리 아무 일도 없었던 것처럼 처음으로 돌아가서 웃으며 만나자고, 그렇게 말하는 것 같았다.

"모르겠어요."

– 그럼 내가 갈게요.

"서준 씨."

– 참아도 참아도 못 참을 것 같을 때, 그때 내가 갈게.

"서준 씨."

– 사실 지금도 이재 씨가 못 견디게 보고 싶은데 지금은 한 번 참아 볼게요.

그의 목소리에 눈물이 섞였다. 이재는 입술을 깨물며 가만히 고개를 끄덕였다.

보고 싶다고, 지금 당장 오라고 소리치고 싶었다. 떼를 쓰면서 매달리고 싶었다. 다른 건 생각 안 하고 지금만, 그저 감정만 내세우면서 그렇게 말하고 싶었다.

– 밥 잘 챙겨 먹고, 일은 조금씩만 하고.

"네."

– 아무 남자한테나 웃어 주지 말고.

"그럴게요."

– 아프지 말고.

"네."

– 서이재.

"네."

– 사랑해.

빠르게 내달리는 고속버스 안에서 이재는 손으로 입을 틀어 막고 울어야 했다. 꺼이꺼이 소리가 나도록 그녀는 목 놓아 울었다.

❖ ✖ ❖

짐 정리를 할 틈도 없이 이재는 분주하게 2주 가까이 보냈다. 인터뷰만 하면 되는 일인데도 공연히 갤러리에 어슬렁거리며 잡다한 일들을 도와줬다.

그 덕에 관장과 직원들 모두 오랫동안 알고 지낸 사람들처럼 친해졌다.

"근데 무슨 기자가 이렇게 한가해?"

"프리랜서잖아요."

"그래도 너무 한가한 거 아니야?"

"나 밤새 원고 쓰고 그래요."

"그럼 체력이 좋은 거야? 대체 잠은 언제 자? 아침부터 저녁까지 여기 와 있고, 밤에는 원고 쓰고, 새벽에는 강가 죽어라 뛰고."

"어? 뛰는 건 어떻게 알아요?"

"어떤 여자가 동도 트지 않은 새벽에 빨간 트레이닝복 입고 저기 뛰는 거 동네 사람들이 다 알아. 그 여자가 서이재인 것도."

임 관장의 말에 이재는 쑥스러운 듯이 혀를 날름거렸다.

"나한테 뭐 더 취재할 거 있어?"

"아니요."

"근데 왜 안 가?"

"여기가 좋아서요."

"훗, 이 시골이 좋기는 하지."

서울에서 태어나 서울에서 학교를 나온 전형적인 서울 토박이인 임 관장은 결혼 후 어쩌다 보니 이곳 고성까지 내려와 갤러리를 오픈했고, 어쩌다 보니 이곳 주민이 되어 살아가고 있었다.

"오늘은 친구들 와요."

"그래?"

"고기 냄새 좀 풍길 겁니다."

"그래, 고기도 먹고 생선도 먹고 잘 먹고 있어. 어째 처음 왔을 때보다 살이 더 빠진 것 같다?"

관장이라기보다는 동네 친근한 아주머니처럼 임 관장은 잘 먹지 않는 이재가 줄곧 신경 쓰였다. 그녀가 어떤 사정으로 이곳까지 왔는지는 알 수 없었지만 서울에서 많이 힘들었구나 하는 정도는 눈치껏 알고 있었다.

"김치 좀 줄까?"

"정말요? 감사합니다."

진이가 이고 지고 올 게 빤했지만 점심을 얻어먹을 때마다 맛본 임 관장의 김치를 마다할 수는 없었다.

Rrrrr.

이재의 핸드폰이 가볍게 울렸다.

"애인? 그 애인은 진짜 하루에도 몇 번씩 연락을 하는 거야?"

내려온 후로 서준은 하루도 빠지지 않고 문자를 보내고 있었다.

[점심은 먹었어? 많이 춥다. 옷 따뜻하게 챙겨 입고 다녀.]

아침이면 잘 잤는지 물었고, 점심이면 밥은 먹었는지 물었고, 저녁이면 문단속 잘하고 자라며 살뜰하게 이재를 챙겼다. 알람처럼 울리는 그의 문자 소리에 이제 임 관장도 시간을 맞힐 정도였다.

[조금 전에 먹었어요.]

일주일 정도는 오는 연락만 받았었다. 그에게 태연하게 연락을 할 수가 없었다. 서울에서 어떤 상황에 있는지 다 아는데 차마 그럴 수가 없었다.

다른 일까지 겹쳐서 조사와 재판을 받으러 다니는 부모님과 인터넷상에 떠도는 서준에 대한 악플들, 그리고 영업을 중단한 레스토랑까지.

그는 지금 무슨 정신으로 버티고 있는지 미안하면서도 궁금했다.

"애인 안 보고 싶어?"

"보고 싶어요."

"근데 왜 안 보러 안 가?"

"아직 가을이 안 지나서요."

"응?"

"아 심심하다. 오늘 장날 아니에요?"

"어머, 맞다."

"같이 가실래요?"

"그럴까?"

"지갑 갖고 나올게요."

집으로 총총 뛰어가는 이재에게서 빛이 났다. 젊음만으로도 충분히 아름다울 수 있는 이재가 임 관장은 부러웠다.

❖ ✖ ❖

앞으로 드넓은 강이 펼쳐진 그림 같은 곳이었다. 1시간 정도 앉아 있는 것만으로도 절로 마음이 유해지는 것 같았다. 서준은 주변을 돌아보며 현관문은 안전한지, 창문은 다 제대로 잠겨 있는지 확인했다.

이재가 쌓아 뒀을 것 같은 돌탑이 마당 한구석에 기우뚱하게 세워져 있었다.

맨 마지막 돌 위에 올려놓을 적당한 돌을 찾아 서준은 마당을 서성였다. 아무리 눈을 크게 뜨고 찾아봐도 납작하고 자그마한 돌은 눈에 띄지 않았다.

그는 갑자기 오기가 발동했다. 무릎을 굽히고 앉아 그는 마당 구석구석을 찾기 시작했다. 괜찮아 보여서 들면 바닥이 울퉁불퉁하고, 괜찮아 보여서 갖고 가면 생각했던 것보다 너무

384

컸다. 그렇게 몇 번을 이 돌 저 돌을 주워다 맞춰 보고 있을 때.

"언제 왔어요?"

이재가 나타났다. 낡은 운동화에 서준의 시선이 닿았다. 그는 눈을 들어 이재를 봤다. 한 달 만에 보는 이재는 말라 있었다.

"말랐다."

"당신도."

"밥 잘 챙겨 먹으라고 했잖아."

서준을 따라 이재가 무릎을 굽히고 앉았다.

"뭐 하고 있었어요?"

이재의 달큼한 호흡이 서준의 인중으로 날아왔다. 오랜만에 맡아 보는 서이재 냄새였다. 그것만으로도 이곳까지 달려올 이유는 충분했다.

"저 위에 올릴 돌 찾고 있었어."

그가 턱 끝으로 돌탑을 가리켰다.

"무슨 소원 빌려고요?"

"내 소원은 늘 하나였어."

"그게 뭔데요?"

"서이재랑 행복하게 사는 거."

"그런 소원은 안 들어줘요. 복권에 당첨되게 해 달라든지, 아니면 내일 시험을 잘 보게 해 달라든지 뭐 그런 현실적인 걸 빌어야죠."

"나한테는 서이재가 현실이니까."

눈앞에서 웃고 있는 서준을 마주하고 있는 지금 이 순간이 이재에게는 비현실적이었다. 꿈에서만 보던 사람이었다. 그런 그가 눈앞에 나타났다.

"보고 싶었어."

서준의 입술이 이재의 입술에 닿았다. 바람처럼 사라진 그의 입술이 아쉬워 이재도 그에게 인사했다.

"보고 싶었어요."

그리고 이번엔 이재가 서준의 입술에 입을 맞췄다. 그리고 두 사람은 오랫동안 서로를 눈에 담았다. 환상을 보고 있는 것처럼 서준이 손으로 이재의 뺨을 어루만졌다.

"진짜네. 오는 내내 조마조마했거든. 서이재가 없을까 봐, 다른 곳으로 도망갔을까 봐 좀 무섭더라."

"잘 지냈어요?"

"아니. 당신은?"

"나도."

서준과 이재는 자리에서 일어났다. 그리고 강을 넘겨다보며 섰다. 멀리서 보고 있으니 강물은 흐르지 않고 정지한 것 같았다.

"그냥 저렇게 살아 보자."

"어떻게?"

"저 강물처럼. 흐르는지도 모르게 조용히. 우리만 생각하면서 조용히 그렇게 살자."

서준의 말에 이재는 입을 다물었다. 여전히 마음이 열리지 않았다. 틈은 있었지만 그 어느 때보다 활짝 열어젖혀야 했다. 하지만 아직은 무리였다.

"운전을 배워 볼까 해요."

서준이 천천히 이재에게로 시선을 돌려 바라봤다.

"할 수 있겠어?"

"아직은 잘 모르겠지만 무섭지는 않을 것 같아요."

"나 제주도 가."

"언제요?"

"내일."

"돌아……와요?"

"부르면 당장 올게. 아는 선배가 제주에서 레스토랑을 하는데 도와 달라고 해서 가는 거야. 아주 가는 거 아니고 잠시 동안만."

"네."

"기다리고 있을 거지?"

이번에도 이재는 알 수 없는 미소만 지을 뿐 대답하지 않았다.

"아무 데도 가지 말고 꼼짝 말고 기다리고 있어. 밥 잘 먹고 잘 자고 즐겁게 놀면서."

서준은 덩그러니 다리 옆에 붙이고 있는 이재의 손을 움켜잡았다. 그렇게 말없이 서 있다가 그는 떠나 버렸다. 올 때처럼 그냥 훌쩍, 그저 바람처럼 그렇게 서준은 떠나 버렸다.

이재는 언젠가는 오늘 그랬던 것처럼 또 그가 홀연히 나타날 것 같아서 웃으면서 그를 보내 줬다.

❖ ✖ ❖

서준이 가고 친구들이 왔다. 모처럼 왁자지껄 먹고 떠들면서 세 사람은 회포를 풀었다. 지난주에 오고 싶어 했지만 이재가 말렸다. 아직 혼자 있을 시간이 더 필요한 것 같아서 재헌과 진이는 참았다.

"여기 공기 진짜 좋다."

"우리 여기에 집 지을까?"

"그럴까?"

"집은 뭐 종이로 지어? 여기 살면 돈은 어떻게 벌 건데?"

두 여자의 대책 없는 환상에 재헌이 브레이크를 걸었다. 진이가 입을 삐죽거리며 재헌을 흘겨봤다.

"내일 안 올라가도 돼?"

"넌 언제 올 건데?"

"이번 달은 여기 있으려고."

어깨로 내려온 이재의 재킷을 진이는 끌어 올려 살뜰하게 덮어 줬다. 제법 쌀쌀해진 가을밤이었다.

"편해 보여서 좋다."

"근데 얼굴 살이 너무 빠졌어. 밥 먹었다고 하고 매일 대충 라면만 먹고 그런 거 아니야?"

"아니야. 나 막 두 그릇씩 먹어."

"근데 왜 살이 빠져 보여?"

"운동을 열심히 해서 그래. 매일 먹고 움직이니까. 저기도 몇 바퀴씩 뛰고 갤러리 일도 돕고. 여기 있으면 하루가 너무 빨리 가."

"그래, 그럼 다행이고."

"유이는 잘 있어?"

"걔 요즘 연애해."

"뭐?!"

재헌이 아주 큰 소리로 놀랐다. 같이 살면서 지금은 떨어져 있는 이재보다 더 크게 놀라는 눈치였다.

"너는 몰랐어?"

"진짜 연애해? 누구랑?"

"누군지는 나도 모르지."

"애가 나가서 누구를 만나고 다니는지도 모른다고? 그러고도 네가 이모야?"

"야, 왜 나한테 그래? 매일 집에 있는 사람이 누군데?"

갑자기 두 사람은 언성을 높이며 싸우기 시작했다. 이재는 비로소 집에 온 것 같은 기분이 들었다. 다 같이 밥 먹고, 다 같이 떠들고, 또 둘이 죽어라 싸우는 소리를 들으니까 살 것 같았다. 문득 시끄러운 서울이 그리워졌다.

"아까 서준 씨 왔었어."

재헌은 이미 알고 있었다는 듯이 이렇다 할 대꾸를 하지 않았다.

"네가 여기 알려 줬어?"

"어."

서준은 어젯밤 카페 문을 닫으려는 때에 찾아왔다. 아무런 말도 없이 잘 지내느냐고 묻자 버럭 화가 났었다. 그래서 묻지 말고 직접 확인하라고 주소를 던져 줬었다. 앞으로 어떻게 할 거냐는 재헌의 물음에 그는 아무것도 하지 않을 거라고도 답했다.

"그래서 뭐래?"

"제주도 간다고."

"제주도는 왜?"

"일하러."

"아."

레스토랑은 진즉에 문을 닫았다. 자의에 의해 닫은 거지만 속사정을 모르는 사람들은 타의에 의해 어쩔 수 없이 닫았다고 생각했다.

"그 사람 기다려도 될까?"

"네 마음이 시키는 대로 해."

"그러고 싶어."

"그럼 해 봐. 그러다 아니다 싶으면 헤어지면 되는 거고. 그냥 연애야, 심각할 거 없어. 살다가도 이혼하고, 이혼하고도 다른 사람 만나서 잘 살고 그래. 그게 인생이더라."

재헌은 평이하게 말을 이었다.

"그 사람 부모님까지 생각할 필요 없어. 너랑 진서준 둘만 생각하면 돼. 그러면 간단해."

"어, 그러면 간단하더라."

"사랑하고 싶으면 해."

"그래. 진서준 씨 좋은 사람이잖아."

진이는 슬쩍 웃으며 이재에게 말했다. 친구들의 응원이 필요했나 보다. 마음의 짐이 조금은 가벼워졌다.

❖ ✖ ❖

서늘한 푸르른 빛도 찾아들지 않은 캄캄하고 조용한 밤, 이불 속에서 뒤척이는 걸 포기하고 이재는 기어이 이불을 걷고 일어났다.

며칠째 이어지는 불면증에 밤이 되는 게 두렵기까지 했다. 그중 가장 큰 이유는 서준에 대한 그리움이었다.

그를 마지막으로 본 게 벌써 일주일 전이었다. 시간이 흐를수록 기억에서 흐려지는 게 아니라 더욱 짙어지기만 했다. 목소리라도 들어 볼까 싶어 핸드폰만 들여다보다 다시 내려놓기를 수없이 반복했다.

누굴 위해서인지는 모르겠다. 그냥 그래야 할 것만 같았다. 두 사람 모두에게 아직은. 아니, 지금은 사랑을 할 때가 아니었다. 잠시 숨을 고르고, 머릿속 생각들을 비워 내고 정리해야 할 때였다.

"보고 싶다, 진서준. 이럴 줄 알았으면 사진이라도 많이 찍어 둘 걸 그랬네."

이재는 공연히 불 꺼진 핸드폰을 멍하니 매만지면서 한숨을 푹 쉬었다. 머리로는 아는데 가슴이 자꾸만 다른 말을 해 댔다.

한번 해 보라고, 목소리만 듣자고.

후우. 이재의 길고 깊은 한숨이 발아래로 떨어졌다.

지잉—

손에 쥐고 있던 핸드폰이 진동 소리를 냈다. 숨소리만 가득했던 방 안에 갑자기 들려온 진동 소리에 이재는 소스라치게 놀랐다.

놀란 가슴을 쓸어내리며 동시에 핸드폰을 들여다봤다. 서준이었다. 목소리를 듣기도 전에 눈물이 핑 돌았다. 손가락으로 눈물을 훔쳐 내며 이재는 밝은 목소리로 전화를 받았다.

"서준 씨."

— 나 때문에 깼어요?

"아니요. 서준 씨 때문에 못 잤어요."

어디에 있는지, 무엇을 하고 있는지 알 수는 없었지만 두 사람은 같은 시간에 서로를 생각하고 있었다는 것만으로도 가슴이 뜨거워졌다.

― 밥 잘 먹고 잘 자고 있으라니까.

"그러려고 하는데 잘 안 돼."

목구멍에서 뜨거운 게 왈칵 올라왔다. 이재는 들킬까 싶어 얼른 입을 손으로 틀어막았다. 그리고 고개를 옆으로 돌려 천천히 심호흡하며 호흡을 정리했다.

― 보고 싶다.

그 말에 서준의 얼굴이 눈앞에서 아른거렸다.

"내가 더 보고 싶어요."

― 오늘은 뭐 했어?

"음…… 산책도 하고, 텔레비전도 보고, 진서준 씨 생각도 하고. 서준 씨는?"

― 요리하고, 서이재 생각도 하고, 또 요리하고, 서이재 생각하고.

"바람직한 하루였네요."

― 생각만으로는 안 되겠더라.

"그럼 보러 올래요?"

― 그러고 싶어.

그렇게 하라는 말이 차마 목에 걸려 나오지 않았다. 어른들이 지은 죄를 왜 진서준이 벌 받아야 하는 건지 알 수 없지만 그런데도 괜찮다고, 아무 일도 아니라고, 당신이 잘못한 게 아니라는 말은 할 수가 없었다.

"금방 올 거죠?"

– 어.

"금방이 1년은 아니죠?"

– 어, 아니야.

"사랑해요."

– 나도 사랑해. 서이재, 사랑한다.

전화를 끊고 이재는 결국 참았던 눈물을 터트렸다. 당장이라도 달려가서 서준을 보고 싶었다. 그의 얼굴을 만지며 그의 눈을 보고 싶었다. 그에게 안겨 아이처럼 소리 내며 펑펑 울고 싶었다.

지금 이 순간 진서준이 너무 보고 싶었다.

❖ ✖ ❖

서울로 돌아온 이재는 하루하루 바쁘게 지냈다. 다른 곳에 정신 팔 틈이 없을 정도로 24시간을 쪼개고 쪼개서 썼다. 하루에 세 개씩 인터뷰를 잡고 다른 사람들이 꺼리는 것까지도 전부 하겠다고 나섰다.

다행스럽게도 그녀가 그만하겠다고 할 때까지 일은 끊이지 않고 넘쳐 났다.

"이모!"

피곤에 절은 얼굴로 골목을 터덜터덜 걸어가는데 뒤에서 유이의 목소리가 들려왔다. 이재는 힘없이 고개를 돌렸다.

"어디 갔다 와?"

"아이스크림 사러. 이모 것도 사 왔어."

유이는 살갑게 이재의 팔짱을 꼈다.

"힘들지?"

"응?"

"지금은 힘들겠지만 참을 만한 가치가 있다면. 아니, 이모가 그렇게 믿는다면 나는 옆에서 이모를 응원하고 지지할 거라고."

이재는 걸음을 멈추고 유이를 향해 돌아섰다.

유이의 검고 커다란 눈이 반짝이고 있었다. 이 아이처럼 용감했으면 좋겠다. 원하는 게 무엇인지 명확히 알았으면 좋겠다.

어른 뒤에 숨어도 누구 하나 손가락질하지 않는 그런 나이였다면 참 좋았을 것 같다.

"우리 유이는 좋겠다."

"어리고 예뻐서?"

"참 뻔뻔한 것도 너의 매력 중 하나야. 그치?"

"그냥 솔직하다고 해 줘."

반달눈으로 웃는 유이의 머리를 이재는 손으로 쓰다듬었다. 그리고 두 사람은 다시 팔짱을 끼고 집을 향해 걸었다.

은은하게 골목으로 흘러나오는 카페 불빛에 마음이 녹아내리는 듯했다. 집이구나 하는 안도감에 가슴이 벌써부터 따스해졌다.

"이모 저녁 안 먹었지?"

"어, 아직."

"삼촌이 이모 오면 먹으라고 된장찌개 끓이더라."

"오늘 저녁 메뉴가 된장찌개였어?"

"아니, 우리는 찬밥 있는 걸로 볶음밥 해 먹었고 이모는 갓 지은 밥에 된장찌개 먹는 거 좋아한다고 아까 끓이더라고."

"차돌 넣고?"

"어."

보글보글 끓였을 된장찌개 생각에 절로 침이 꼴깍 넘어갔다.

"부당하지만 참으려고 노력 중이야."

"뭐가 부당해?"

"이건 완벽한 차별이야."

끼익, 소리 나게 대문을 밀고 들어가면서 유이는 볼멘소리를 했다.

"아무리 이모가 실연 아닌 실연과도 같은 상황에 아파하고 있다고 해도 먹는 걸로 차별하는 건 옳지 않다고 봐."

"한 그릇 더 먹어."

"딱 1인분만 끓이더라."

"그럼 넌 내일 해 달라고 해."

"그렇지 않아도 내일 해 달라고 했어. 삼촌이 아주 잡아먹을 것처럼 눈을 흘기기는 했지만."

현관에 대충 운동화를 벗어 두고 유이 뒤를 따라 이재도 신발을 벗고 올라섰다.

집 안에서 나는 구수한 된장찌개 냄새에 이미 배 속은 밥을 달라고 아우성을 쳐 댔다.

이재는 소파 위에 가방을 집어 던지고 주방으로 들어갔다. 냉장고에서 김치를 꺼내고, 밥을 퍼 담고, 된장찌개를 식탁으로 옮기면서 두어 번 침을 삼켰다.

그러면서 서준은 밥을 먹었을까, 자연스럽게 떠올랐다.

서울로 올라온 후로 서준과는 연락을 하지 않았다. 집에 돌아왔다는 이재의 문자에 그는 잘했다고 답을 했을 뿐이었다.

"유이야! 더 안 먹어?"

거실에 있는 유이에게 큰 소리로 묻고 이재는 곧장 의자에 앉아 밥을 한 숟가락 떴다.

아이스크림을 먹으며 유이가 주방으로 들어와 이재 맞은편에 앉았다.

"오늘 뭐 했어?"

"면접 봤어."

"어디?"

"사장님이 소개해 준 데."

어느새 이모부에서 사장님으로 호칭이 바뀐 서준은 레스토랑을 정리하며 유이에게 몇 군데 일할 수 있는 곳을 소개해 줬다.

"잘 봤어?"

"나는 늘 잘 보지. 그쪽에서 나를 제대로 못 보니까 문제인 거지."

"그러게. 우리 유이가 얼마나 일을 잘하는데."

차돌박이가 듬뿍 들어간 된장찌개는 국물이 환상이었다. 밥한 그릇을 된장찌개 국물만으로도 다 먹을 수 있을 것 같았다.

"다음 주부터 출근하래."

"진짜?"

"어."

"일단은 홀 서빙부터 하고 그다음에는 주방으로 들어가야지."

"요리하고 싶어?"

"어, 하고 싶어졌어. 오늘 요리 학원도 등록했어."

"드디어 하고 싶은 게 생긴 거야?"

다부지게 고개를 끄덕이는 유이를 보면서 이재는 흐뭇하게 웃었다.

"그래. 뭐든 열심히 해 봐."

"아니, 난 즐겁게 하려고."

재잘재잘 유이의 수다를 들으며 밥을 먹는데 퇴근한 진이가 들어왔다.

진이는 자연스럽게 숟가락을 들고 식탁에 앉았고, 얼마 지나지 않아 재헌까지 함께했다.

재헌은 금방 계란프라이를 해서 식탁에 내놨고 그렇게 네 사람은 한 식탁에 둘러앉아 각자 보낸 하루를 얘기했다. 아릿한 가슴 한구석을 지그시 눌러 가며 이재는 아무렇지 않은 척 친구들과 하루를 마무리했다.

❖ ✖ ❖

같은 시간 서준은 레스토랑을 나와 해안가를 걸었다. 철썩철썩 파도 소리만 들릴 뿐 어둠에 싸인 밤바다는 아무것도 보여주지 않고 있었다.

주머니 속에 핸드폰을 꼭 쥔 채로 그는 목적지 없이 그저 발아래만 보고 걸었다.

오늘도 이재에게서는 아무런 연락이 없을 걸 알고 있었다. 그런데도 핸드폰을 손에서 놓을 수는 없었다.

그녀가 친구들의 보살핌 속에서 잘 지내고 있다는 걸 재헌에게 들어 알고 있었다.

재헌은 잘 지내는 척하는 거라고, 속을 꺼내 보이지 않아 짐작만 할 뿐이라고 말했다.

웃고 떠들고 잘 먹고 잘 자고 있다고 말하고 싶지만 그렇지 않을 거라는 걸 알고 있을 테니 거짓말은 하지 않겠다고도 했었다.

그저 빨리 이 긴 어둠이 끝났으면 좋겠다며 재헌은 이재와 서준을 응원한다고 둘러서 말하기도 했다.

"보고 싶다, 서이재."

입 밖으로 이재의 이름을 부르고 나니 이재가 더욱 그리워졌다. 환하게 웃으며 품 안에 안기는 그녀가 그립다. 아무 걱정 없이 마음껏 사랑하던 그때가 그립다.

충분히 사랑하지 못했는데, 아직 더 많이 사랑해야 하는데 그럴 수 없는 게 안타깝고 서글프다. 어린 시절 고팠던 사랑 서이재로 채워 나가고 있었는데 그것마저 허락되지 않는 게 화가 난다.

"하아."

한참을 걷다 서준은 바다를 보며 돌아섰다. 가만히 들여다보고 있으니 검은빛으로 출렁이는 바다가 눈에 들어왔다. 분명 이재는 이 검은 바다조차 아름답다고 감탄할 거다.

Rrrrr.

주머니 속 손에 쥐고 있던 핸드폰이 울렸다. 울림을 느끼자마자 서준의 심장이 빠르게 뛰었다. 하지만 이내 그의 얼굴은 실망으로 물들었다.

"네."

– 이번 주 내로 회사 들어갑니다.

"네."

– 혹시 더 당부하실 말씀은 없으신가요?

지인을 통해 소개받은 현직 검사였다. 그다지 사회적으로 이슈가 될 만큼 큰 건은 아니지만 소신 있고 강단 있는 김 검사에게는 호기심을 불러일으킬 일이었다.

그에게 건넨 자료들만으로도 김 검사는 곧장 회사를 구석구석 파헤치기 시작했다. 그다음부터는 딱히 서준이 할 일은 없었다.

"철저하게 해 주세요."

– 그건 뭐 당연한 거고요.

잠깐의 침묵을 깨고 김 검사가 물었다.

– 괜찮으시겠습니까?

"뭐가요?"

– 지금 하는 일. 아들이지 않습니까.

쓴웃음이 검은 바다로 흘러갔다.

"네, 괜찮습니다."

– 네. 그럼 진행하겠습니다.

"네."

통화를 끝내고 서준은 질끈 눈을 감았다. 아버지에게도 연줄이 있으니 어떤 식으로든 빠져나갈 구멍을 만들어 뒀을 거다.

이제부터는 김 검사에게 맡기는 수밖에 없었다. 무엇이 됐든 이제는 끝을 볼 수밖에 없을 것 같다.

서준은 숨을 크게 내뱉으며 핸드폰을 다시금 들었다.

– 너 어디야!

받자마자 대뜸 소리부터 지르는 어머니. 참 한결같다.

"아버지는요?"

— 자식새끼가 제 부모 등에 칼을 꽂아 놓고 아버지를 왜 찾아! 너 지금 어디 있어! 당장 와!

"따뜻한 밥에 김치를 먹어도 어머니랑 마주 앉아서 먹고 싶었습니다."

— 무슨 헛소리를 하는 거야!

"주말이면 가족끼리 앉아서 텔레비전이라도 보고 싶었고, 생일이면 다 식은 미역국이라도 엄마가 직접 끓여 주시길 바랐어요."

— 너 지금 그딴 소리가 나오니? 지금 상황이 그런 한가한 소리나 하고 있을 때냐고!

"그냥 잘못했다고 하세요. 잘못하신 겁니다. 용서받을 수 없는 일을 하신 거라고요. 고개 숙이세요."

— 겨우 여자 하나 때문에…….

"그 사람 때문이 아닙니다!"

여전히 자기 할 말만 하고 자기 생각만 하는 이기적인 어머니. 정말 안쓰럽기 그지없다.

"어머니는 아버지 지키세요."

아마 다른 건 몰라도 서로가 서로를 지키는 일에는 목숨도, 그리고 돈도 아깝지 않을 분들이었다.

"저는 제 자신을 지킬 겁니다."

핸드폰을 저 멀리 검은 바닷속으로 힘껏 던지고 싶었다. 하지만 차마 그럴 수가 없었다. 안간힘을 다해 붙잡고 있는 서이재가 있으니까. 서이재까지 놓을 수는 없으니까.

서준은 핸드폰을 다시금 주머니 깊이 넣어 놓고 걸어왔던 길을 되돌아 걷기 시작했다. 그렇게 그의 밤은 깊고도 어둡고 느리게 흘러가고 있었다.

숙소로 돌아와 뜨거운 물로 샤워를 하고 저녁은 간단히 우유 한 잔으로 대신했다.

12시가 넘은 시간, 오늘 밤은 잠이 오기를 바라면서 그는 이불을 덮고 누웠다.

늦은 시간 겨우 잠이 든 서준은 얼마 자지 못하고 결국 새벽에 깨고 말았다.

다시 눕는다고 잠이 오지 않을 거라는 건 이미 알고 있었다. 그저 눈을 뜬 채로 반듯하게 누워 천장을 바라보며 있는 게 그가 할 수 있는 전부였다.

여전히 핸드폰은 그의 손에 꼭 쥐어져 있었다. 시야를 가로막는 어둠 속에서도 이재의 얼굴만은 또렷하게 보이는 듯했다.

그녀의 얼굴을 쓰다듬으며 그녀의 눈을 바라보고 싶었다. 많은 것을 바라지 않았다. 그저 서이재면 충분했다. 그런데 지금은 서이재를 원하는 것 자체가 세상을 원하는 것처럼 커져 버렸다.

Rrrrr.

새벽에 들려오는 문자 소리에 본능적으로 이재라는 걸 알 수 있었다.

[나 불면증인가 봐요. 잠이 안 와.]

서준은 후우 하고 안도의 숨을 크게 내쉬었다. 혹시라도 이별을 말할까 봐 두려워서 이재에게 연락하지 못하는 것도 있었다.

[보고 싶다, 서이재.]

[나도 보고 싶어요.]

보고 싶다고 할 뿐 만나자는 말은 하지 않는 이재였다.

[오늘은 뭐 했어?]

울컥울컥하는 감정을 억누르며 서준은 이재의 일상을 물었다.

이재는 별다를 것 없다면서도 문자를 끊임없이 보내 줬다. 그 잠깐의 문자를 기다리는 시간에도 설레고 아팠다.

이게 끝일까 봐. 이대로 끝이 날까 봐.

지금 서준은 이재의 눈치를 볼 수밖에 없었다. 그녀가 조금이라도 힘들 것 같으면 잡고 있는 손을 놔야만 했다.

그저 이재가 덜 아프도록, 지금보다 덜 힘들도록 옆에서 가만히 숨죽여 지켜보는 것밖에는 할 게 없었다. 내일이든 모레든, 아니면 일주일 후라도 이재에게 오늘처럼 연락이 오기를 바랐다.

그래서 핸드폰을 놓을 수가 없었다. 오라고 하면 당장이라도 달려가야 하니까.

하루하루가 지날수록 먼저 이재에게 연락하는 게 점점 힘들어졌다. 아무렇지 않은 척 전화를 하는 자신이 죽이고 싶을 만큼 싫기도 했다.

전화를 끊고 나면 이재는 지금 어떤 기분일까. 그게 제일 먼저 떠오르고 걱정됐다.

잊으려고 하는데 끈질기게 연락하고 있는 건 아닐까. 그럭저럭 괜찮은 하루를 보냈는데 또 전화해서 생각나게 하는 건 아

닐까. 결국, 지금 이재를 가장 괴롭히고 있는 사람은 자신이 아
닐까.

그렇게 서준은 하루가 지날수록 이재에게 전화하는 게 힘겨
워지고 있었다.

11.
길고 긴 겨울

　다른 계절에 비해 올겨울은 유난히도 춥고 길었다. 봄이 올
것 같은 희망조차 주지 않으려는 듯 참 모질게도 시린 겨울이
었다. 아무리 옷을 껴입어도 뼛속까지 시렸다. 나이가 들어서
인가 싶어 올해는 목도리도 두 개나 장만하고 장갑도 새로 샀
다. 하지만 그럼에도 추위는 적응이 되지 않았다.

　"마음이 추워서 그렇지."

　긴 대화 끝에 진이가 내린 결론이었다. 군고구마를 한입 크
게 먹으며 진이는 무심하게 말했다.

　"그렇게 콕 집어서 얘기 안 해도 안다."

　"아는데 모른 척하니까 하는 말이야."

　전화 통화만 겨우 하는 이재와 서준이 진이는 마냥 안타까웠
다. 어른들 일이라고, 서준과는 상관없다고 그냥 눈 감으면 되
는데 이재는 그렇게 하지 못했다.

물론 그게 쉽지 않을 거라는 건 충분히 알고 있었다. 하지만 지금 이재에게는 사랑하는 사람이 곁에 있어 줄 때였다. 친구만으로는 채워지지 않는 게 있었다. 때로는 서준이 이해되지 않고 밉기도 했다. 그럴 수 없는 처지라는 걸 알면서도 이재를 혼자 내버려 두는 게 못내 서운했다.

"그냥 둘만 생각하면 안 돼?"

"오늘은 그렇게 생각했다가 내일이면 그게 또 안 돼. 그 사람도 지금은 나한테 너무 미안해서 선뜻 다가오지 못하는 걸 거고."

"아, 정말 어렵다."

"눈이라도 오면 좋겠다."

"그러게. 아주 펑펑 쏟아지면 좋겠다."

두 사람은 마루에 앉아 밖을 내다보며 기다란 한숨을 뱉어 냈다.

"봄에는 오려나?"

한숨 섞인 혼잣말을 옆에 있는 진이도 다 들리도록 해 버렸다.

"때 되면 다 온다."

"응?"

"겨울 가면 봄이 오는 거라고. 안 올 것 같아도 때가 되면 다 온다고."

"아."

흐릿하게 웃는 이재를 흘깃 돌아보다가 진이는 입술을 삐죽 내밀었다.

"보고 싶지?"

"뭐가?"

"진서준."

띄엄띄엄 오던 연락이 어느새 뚝 끊겨 버렸다. 이번엔 이재도 연락을 하지 않았다. 마지막 통화에서 그는 이별을 말하지도 않았고, 당장이라도 내일이면 볼 것처럼 친근했고 다정했다. 전혀 마지막일 것처럼 굴지 않았다. 하지만 그 이후로 그는 한 달째 아무런 소식도 전하지 않고 있었다.

"뭔가 정리가 되면 오지 않을까 하면서 기다리는 거야."

"그래."

"나한테도 시간을 주는 것 같아."

"그 사람 자신감이 진짜 대단하다. 네가 그 시간을 그 사람 잊는 데 사용할 수도 있는 거잖아."

"그러게."

"너를 믿는 걸까, 아니면 자신을 믿는 걸까."

이재는 아무런 대답 없이 무릎을 끌어당겨 앉았다.

"우리를 믿는 거겠지."

그리고 대답했다. 스스로에게 대답하듯이 천천히, 하지만 단호하게.

"그렇게 믿으면 기다려."

"어, 그러려고."

"다른 생각은 안 하는 거지?"

"응?"

"헤어져야 하는 이유만 생각할 것 없다고. 그렇지 않아야 할 이유가 지금은 더 중요해. 이건 네가 우선이야. 서이재 행복이 최우선이라고. 알지?"

"어."

"그래도 될까 하는 생각도 하지 마. 그래야만 해. 그게 너를 위하는 일이고 또…….".

진이는 마지막 말을 차마 잇지 못하고 말을 흐렸다.

"내가 행복하면 그만이라고 하셨을 거야. 그렇지?"

진이가 하지 못한 말을 이으며 이재는 씩 웃었다.

"그럼 당연하지. 힘들겠지만 그냥 다른 일이라고 생각하자. 이 일에 그 사람을 끼워 넣지는 말자."

"그래."

대답을 하면서도 한편으로는 '그래도'라는 말이 꼬리표처럼 따라붙는 건 어쩔 수 없었다. 왜 하필이면 이렇게 만난 걸까.

"미안해서 그럴 거야."

"뭐가?"

"그 사람이 네게 오지 못하는 이유. 그거 미안해서일 거라고."

이재도 알고 있었다. 그가 미안해할 일이 아니라는 것도, 그래서 못 오는 거라는 것도.

"어쩌면 지금 가장 괴롭고 힘든 사람은 진서준 씨가 아닐까 싶다. 주변에 아무도 없을 테니까. 네 잘못이 아니라고 말해 주는 사람이 아무도 없잖아. 그 모든 걸 혼자 감당하고 있는 중이 잖아. 아무렇지 않은 척하면서."

괜찮다고 말해 주고 싶지만 차마 입이 떨어지지 않았다. 당신 잘못이 아니라고 말해 줘야 한다는 걸 알면서도 아무런 말도 하지 못했다. 그게 이재의 가슴을 무너지게 했다.

"흐흑……."

결국 이재의 눈에서 델 듯 뜨거운 눈물이 흘러내렸다. 이재는 입술을 깨물며 어떻게든 눈물을 참아내려고 버티고 있었다. 진이는 그런 이재를 품에 안고 같이 울고 말았다.

"보고 싶어, 너무 보고 싶어."

뺨을 타고 흐르던 눈물이 목으로 내려와 가슴까지 적셨다. 가슴 한편을 도려내는 것처럼 지독히도 아팠다. 언제쯤이면 이 아픔이 끝날 수 있는 걸까. 과연 끝이 나기는 하는 걸까. 그냥 다 잊고 지난여름처럼 행복하기만 했으면 좋겠다.

"울어. 그냥 실컷 울어 버려. 참지 말고 울어."

등을 토닥여 주는 진이의 손길에 이재는 목 놓아 참았던 울음을 한꺼번에 토해 냈다.

❖ ✖ ❖

거실을 왔다 갔다 하는 차영희의 눈빛이 불안하게 꿈틀거렸다. 같은 편이라고 철석같이 믿었던 사람들이 하나둘 등을 돌리기 시작했다. 이제 믿을 사람도, 도움을 청할 사람도 얼마 남아 있지 않았다.

돌아가는 모양새가 심란했다. 일이 너무 커져 버리게 생겼다. 교통사고 하나 때문에 가리고 있던 검은 그림자가 서서히 그늘 밖으로 나오는 모양새다.

"그깟 계집애 하나 요리 못 하면서 무슨!"

소파 끄트머리를 부여잡고 차영희는 몸을 부르르 떨었다. 서준에게서는 아무런 연락도 오지 않았고 해도 받지 않았다. 사람을 시켜서 제주도 어딘가에 처박혀 있다는 정도만 알고 있었다.

서준에게서 연락이 없는 건 차라리 잘됐다 싶기도 하다. 어쨌든 서이재랑은 끝을 냈다는 소리니까 그 문제만큼은 신경 안 써도 될 것 같았다. 자기 부모 일로 눈이 돌았으니 서준과의 일을 아무리 연관시키려 해도 말을 들을 리가 없었다. 그렇다면 차라리 두 사람이 헤어지는 게 맞았다.

"오 기사 차 좀 대라고 해."

주방에 있던 아주머니가 눈치를 보면서 거실로 나왔다.

"저기, 오 기사가 지금 없는데요······."

눈치를 보며 아주머니가 겨우 말을 이었다. 차영희는 요즘 정신이 없다 보니 오 기사가 무슨 짓을 했는지 깜박 잊고 있었다.

"아무튼 외출할 거니까 차 대라고 해."

"네."

차영희는 방으로 들어가 옷을 갈아입기 시작했다. 조용히 기다린다고 해서 일이 해결되지는 않았다. 어떻게든, 누구든 나서야 했다.

어떻게 쌓아 올린 성인데 이렇게 허무하게 무너지는 꼴을 지켜볼 수는 없었다. 그동안 어떤 설움과 어떤 피눈물로 지은 성인지는 차영희와 진강운만이 알고 있었다. 이대로 무너지게 손 놓고 있을 수만은 없었다.

"이대로 무너지면 차영희가 아니지."

립스틱을 바르며 차영희는 표독스럽게 눈썹을 꿈틀거렸다. 그녀의 입술이 붉게 비틀어졌다. 그리고 어딘가로 전화를 걸었다. 신호가 한참이나 지나서야 상대가 전화를 받았다.

"안녕하세요."

그래도 받은 걸 보면 아직은 쥐고 있는 패가 아주 쓸모없는 건 아니라는 뜻이었다.

"지금 좀 찾아뵐까 하는데요."

– 지금은 시간이 곤란합니다.

"곤란하지 않은 시간이 있을까요?"

상대는 흠흠 하고 헛기침을 했다.

"제가 시간이 없어서요."

오라는 대답을 하지 않았지만 차영희는 사무실로 찾아가겠다는 말을 하고 전화를 끊었다. 이대로 피한다면 그다음은 무슨 짓을 할지 상대는 빤히 알고 있었다.

처음부터 차영희에게 고상함은 없었다. 고상한 척 연기는 할 수 있을지 몰라도 태생이 그렇지 못한 여자였다. 그걸 누구보다 잘 알고 지금까지 차영희를 이용한 건 그들이었다. 이제는 그들이 갖고 있는 힘이 필요했다.

차에 오르기 직전, 만나기로 했던 상대방은 약속 장소를 핸드폰 문자로 보내왔다. 보는 눈이 있으니 사무실에서 공개적으로 만나는 건 부담스럽다는 뜻이었다.

"비열한 놈."

상대를 비웃으며 차영희는 차에 올랐다. 백미러로 슬쩍 보이는 낯선 운전기사의 모습에 차영희는 차갑게 눈을 돌려 버렸다.

❖ ✖ ❖

그래도 마지막 자존심인 건지 박 의원은 차영희보다 3분 늦게 약속 장소에 나타났다. 주차장에서 내리면서 그의 차가 반대편에 세워져 있는 걸 이미 봤지만 차영희는 모른 척 외면해 줬다.

"얼굴 뵙기가 너무 힘드네요. 많이 바쁘셨나 봅니다."

맞은편에 앉은 박 의원의 잔에 차를 따르며 차영희가 짐짓 모른 척하며 물었다.

"나랏일 하는 사람이 한가할 때가 있나요."

음미하듯 조용히 박 의원은 차를 마셨다. 표정만으로는 그는 전혀 아쉬울 것도, 또 불안에 떨 이유도 없는 사람 같았다.

"한가하시면 안 되죠."

긴장감이 팽팽하게 테이블 위를 부유했다. 차영희는 조용히 박 의원의 빈 찻잔에 차를 따르며 숨을 골랐다. 그리고.

"아시다시피 제가 좀 곤란해졌습니다."

당장은 제일 큰 손님을 잃겠지만 일단은 진 사장부터 살리고 보는 게 맞는 것 같았다. 진 사장이 나와야 일을 해결하든지, 새로운 일을 도모하든지 할 터였다. 그러니까 지금은 갖고 있는 모든 패를 꺼내 보이는 수밖에 없었다.

"그래요?"

박 의원은 모르겠다는 투로 태연하게 되물었다.

"아무도 없습니다."

고위직 사람들을 만나고 그들과 사업 얘기를 하거나 주말에 골프를 치는 건 언제나 진강운이었다. 일이 잘 풀리면 그다음은 차영희가 알아서 하는 식이었다. 지저분하고, 복잡하고, 때로는 사람들의 비위를 맞추는 일까지 전부 차영희의 몫이었다. 한마디로 차영희가 행동 대장인 셈이었다. 환상의 복식조가 따로 없었다. 하지만 이제는 진강운 대신 차영희가 전면에 나설 차례였다.

"도와주셔야겠습니다."

"뭘 말입니까."

선뜻 도와주겠다고 말하는 게 박 의원으로서는 부담스럽고 위험한 일이라는 걸 모르지 않았지만 차영희는 단둘이 있는 상황에서도 느긋하게 여유를 부리는 그의 목을 부러뜨리고 싶다고 생각할 만큼 짜증이 났다.

"은혜는 잊지 않겠습니다."

박 의원은 말없이 차영희의 찻잔에 차를 따랐다. 그리고 턱 끝으로 그녀에게 한 잔 들라고 권했다. 차영희는 화를 누르고 우아한 표정을 지으며 찻잔을 들어 입으로 가져갔다. 혀끝이 닿자마자 떫은맛이 입안 전체에 감돌았다.

"녹차라는 게 너무 우리면 그 맛을 잃는 법이더라고요. 뭐든 지 다 우린다고 해서 좋은 건 아니라는 거죠."

"네."

차영희는 일단 박 의원이 하는 말을 가만히 들어 보기로 했다.

"진득하니 기다려야 할 때가 있고, 과감하게 잘라 내야 할 때가 있고. 사람 사는 것도 다 그런 거겠죠."

그래서 뭐 어쩌라는 거냐고 묻고 싶었지만 차영희는 최대한 침착하게 박 의원의 다음 말을 기다렸다.

"아무래도 지금은 잘라야 할 때가 아닌가 싶습니다."

찻잔을 테이블에 내려놓으며 박 의원은 싸늘한 얼굴로 말했다. 워낙에 표정을 읽을 수 없는 사람이지만 그래도 지금은 그의 속내가 조금은 엿보이는 듯했다.

"연락하지 않으셨으면 합니다."

"연락하지 말라……."

테이블 아래 둥글게 말린 차영희의 손이 부들부들 떨렸다. 하지만 그녀는 끓어오르는 화를 지그시 내리누르며 차분하게 말을 이어 나갔다.

"서운합니다, 의원님."

선뜻 도와주겠다고 나서지는 않을 줄 알았다. 지금은 진강운을 아는 사람들 대부분이 그와 어떻게든 연결되어 있다는 게 드러날까 봐 몸을 사리는 중이었다.

지금 진강운을 도와줄 수 있는, 가장 힘이 있는 사람은 박 의원뿐이었다. 당장은 박 의원을 잡고 늘어지는 수밖에 다른 방법은 없었다.

"도와주시면 은혜는 잊지 않겠습니다."

"잘 해결되기를 바라겠습니다."

"의원님."

박 의원은 일어나려는 듯 끙, 하며 상체를 앞으로 기울였다.

"정말 안 되겠습니까?"

대답 없이 박 의원은 몸을 일으켰다.

"이러실 줄은 몰랐습니다."

차영희는 핸드백에서 통장 하나를 꺼내 테이블 위에 내려놓았다. 그리고 정면을 응시한 채로 입을 열었다.

"저는 제 남편을 빼고는 아무도 안 믿습니다."

박 의원 시선이 테이블 위 통장으로 향했다. 그는 짙은 눈썹을 삐죽하게 세우며 불편한 속내를 드러냈다. 하지만 차영희가 순순히 알겠다고 하고 물러날 거란 기대는 처음부터 하지 않았던 터라 충격받을 정도로 놀라지는 않았다. 다만 혹시나 했던 사실을 눈으로 확인하니 조금은 인간에 대한 배신감이 들었을 뿐이었다.

"어쩌려는 겁니까."

"저한테도 보험 하나는 있어야 하지 않겠습니까."

박 의원은 다시금 다리를 굽혀 자리에 앉았다. 섬뜩한 눈빛으로 차영희가 입술 끝을 씰룩거렸다.

"생명 보험입니까?"

"글쎄요. 의원님이 어느 정도의 힘을 갖고 계신지에 따라 다르겠죠."

"내가 힘이 없다면?"

단호함이 깃든 박 의원의 얼굴에 차영희의 낯빛은 급속도로 어두워졌다. 분명 협박을 했음에도 박 의원은 전혀 겁먹은 기색이 아니었다.

"앞으로 큰일 하셔야죠."

"그런가요?"

"저희가 적극 돕겠습니다."

"어떻게 말입니까?"

"자금은 걱정 안 하셔도 됩니다."

"그리고?"

"네?"

"그것 말고 또 어떻게 돕겠다는 겁니까."

"의원님의 확실한 뒷배가 되어 드리겠습니다."

"뒷배라……."

차영희와 만나기 직전 박 의원은 야당 대표를 만났었다. 그리고 곧 있을 당 대표 선출 후보에서 물러나겠다고 밝혔다. 아직은 때가 아니라고, 욕심을 부린 것 같다고 정중하고 겸손하게 의사를 내비쳤다.

당내에서 꽤나 저돌적인 행보를 보이며 세력을 넓혀 가던 박 의원이 알아서 자발적으로 물러나겠다고 하자 대표는 반가운 기색을 해 보였다.

속으로 무섭게 치고 나오는 박 의원을 견제하던 현재의 당 대표는 자신이 밀던 사람이 선출되기를 바랐으니 물러나겠다는 박 의원을 잡을 이유는 없었다.

그것을 내려놓기까지 박 의원은 며칠 밤잠을 설칠 정도로 고심했지만 지금은 스스로 뛰어든 흙탕물에서 재빨리 빠져나오는 것밖에는 할 수 있는 게 없었다. 달려야 할 때와 멈출 때를 아는 사람만이 큰물에 놀 수 있다는 해답을 얻고 그는 지금 바로 멈추기를 선택했다.

"갖고 있는 걸로 내 이름에 먹칠은 할 수 있을 겁니다."

"네?"

"그러면 나는 깨끗하게 손 닦고 다시 한번 일어나면 됩니다."

"무슨 말씀이신지……."

"욕먹을 짓을 했으니 욕먹으면 되는 거고, 돌 맞을 짓을 했으면 돌 맞고 피 흘리면 됩니다."

"아니, 의원님……."

돌아가는 상황이 뭔가 이상하다.

"제가 부족해서 그랬다 고개 숙이면 됩니다. 두 번 실수는 하지 않을 겁니다."

"지금 무슨 말씀을 하시는 겁니까?"

"진 사장과의 관계를 정리하겠다고 말씀드리는 겁니다."

"네?"

"통장에 뭐가 있는지는 잘 압니다. 각오하고 있습니다. 터트리시죠."

"진심이십니까?"

"네."

박 의원은 전혀 초조해 보이지 않았다.

"정치 생활이 끝날 수도 있다는 거 알고 계십니까?"

"끝날지, 아니면 새롭게 다시 시작할지는 지켜보면 알겠죠."

입술 끝에 미소를 머금고 박 의원은 고개를 두어 번 끄덕였다.

"초심으로 돌아가서 다시 한번 해 보는 것도 나쁘지 않고."

혼잣말처럼 하면서 박 의원은 자리에서 일어났다. 차영희는 다급하게 일어나 박 의원을 붙잡았다.

"이대로 가시면 어떻게 합니까! 저희 남편 살려 주셔야죠."

"제가 뭐라고 사람을 살립니까."

"의원님!"

박 의원은 강경하게 차영희의 손을 뿌리치고 그대로 방에서 나가 버렸다. 너무도 허탈하고 허무하게 끝나 버렸다. 믿었던 마지막 밧줄이 댕강 끊어지고 말았다.

차영희는 그야말로 머릿속이 하얗게 변해 버렸다. 어떻게 해야 할지 아무런 생각도 나지 않았다. 그저 다리에 힘이 풀려 털썩 바닥에 주저앉고 말았다.

박 의원을 끝으로 믿을 수 있었던 사람들은 전부 등을 돌리고 말았다. 다급하게 전화를 돌렸지만 받지 않거나 받아도 다시는 연락하지 말라면서 끊어 버리기 일쑤였다. 더는 연락할 힘 있는 사람이 없었다.

누구한테 해야 할지 머리가 돌지 않았다. 아득해지는 정신을 어떻게든 붙잡고 버텼다. 덜덜덜 떨리는 손으로 핸드폰 주소록을 아무리 뒤져도 이 사람이다 싶은 사람이 없었다. 몇 번을 훑어도 마찬가지였다.

"뭐 이런 거지 같은……. 하아!"

기가 차서 말이 나오지 않았다. 돈을 받을 때는 좋다고 고개까지 넙죽넙죽 숙이던 인간들이 돌아서니까 매몰차기만 했다. 아무리 협박을 해도 먹히지가 않았다. 이렇게 쉽게 끝이 날 줄은 몰랐다.

"삼성동으로 가. 아니, 그러니까 청담동, 아니, 아니……."

머릿속에 아무 생각도 떠오르지 않았다. 입술이 바짝바짝 타들어 가고 목구멍까지 차오른 숨이 쉬어지지 않았다. 몇 번이나 깊은숨을 토해 내도 가슴이 답답하기는 마찬가지였다.

"거기, 거기로 가."

"네?"

"그 계집애가 사는 데로 가라고!"

"저기, 거기가 어딘지……."

"서이재, 서이재!"

차영희의 발악하는 소리가 고막을 찢길 듯이 울려 퍼졌다. 목이 꺾일 것처럼 바들바들 떠는 차영희를 기사는 잔뜩 주눅이 든 눈빛으로 힐끔거릴 뿐이었다.

❖ ✖ ❖

차영희의 눈부시게 화려한 옷차림과는 전혀 어울리지 않는 소박하면서도 정스러운 커피숍 안, 재헌은 경멸에 가득 찬 시선으로 이재의 뒤를 든든하게 지켰다.

무작정 집으로 찾아온 차영희는 이재의 이름을 미친 듯이 불렀다. 그리고 다짜고짜 기자들을 부르라며 난동을 피우다시피 했다. 전부 오해라고, 잘못 알았다고 말하라며 생떼를 썼다. 말이 안 되는 일이라는 건 차영희도 알고 있는 듯했다. 그저 더는 자신이 손쓸 수 없는 상태라는 걸 알고 발악하는 거였다.

"결혼을 원해?"

"네? 지금 뭐라고 하셨습니까?"

재헌이 눈을 치켜뜨면서 물었다. 이재가 손으로 저지하지 않았다면 그는 벌써 차영희에게 달려들었을 게 분명했다.

"하게 해 줄게, 그러니까……."

"이제 아들도 팔아넘기려고? 정신 차려요! 지금 당신이 할 수 있는 일은 경찰서에 찾아가서 그때 했던 일을 당신 입으로 말하는 것뿐이라고요!"

"너는 조용히 해!"

"당신이나 입 다물어! 여기가 어디라고 찾아와서 행패를 부려! 이재가 만만해? 우리가 우스워!"

"재헌아 그만해, 제발."

차영희에게 달려들려는 재헌을 이재가 온몸으로 막아 냈다. 입술을 깨물며 그녀는 고개를 가로저었다. 화가 이미 머리끝까지 치솟았지만 재헌은 입을 다물었다. 새하얗게 주먹을 말아

419

쥐고 그는 고개를 돌려 버렸다.

이재는 다시 자리에 앉아 차영희를 똑바로 응시했다. 차영희
는 떨고 있었다. 얼굴을 표독스럽게 일그러져 있었지만 그녀는
분명 온몸을 사시나무 떨듯이 떨어 대고 있었다.

벼랑 끝에 한 발로 서서 썩은 줄을 붙잡고 있는데 왜 무섭지
않겠는가.

눈앞에서 자신이 지은 성이 힘없이 무너져 내리는 걸 지켜봐
야 하는데 어떻게 무섭지 않겠는가.

그런 선택을 하지 말지, 그때 차라리 빌지. 무릎 꿇고 빌었다
면. 그랬다면······.

"가세요."

"우리 서준이랑······."

"진서준 씨 사랑합니다."

"그래, 사랑! 그거 하게 해 주겠다고. 그러니까······."

"당신 아들로 있는 한은 안 만납니다."

"뭐?"

"차영희, 진강운의 아들로 있는 한 죽어도 안 만납니다."

"그게 무슨 말이야? 그럼 인연이라도 끊고 오면······."

"그건 서준 씨가 결정할 일이죠. 그 사람이 오면, 오겠다고
하면 저는 그 사람 받아 줄 겁니다."

"너 지금 부모 자식 간의 연을 끊으라는 거야?"

"당신들과 가족으로 엮일 생각은 없습니다. 그렇게 되면 안
되는 거니까. 그건 우리 부모님이 허락 안 하실 테니까."

이재는 입술을 깨물었다. 눈물이 나려는 걸 참아 냈다. 차영
희 앞에서 질질 짜는 꼴은 보이고 싶지 않았다. 이 여자 앞에서

눈물로 호소하는 짓은 하고 싶지가 않다.

"서준이가 그렇게 할 거 같아?"

"가세요."

"우리 애가 그렇게 하겠대?"

이재는 의자를 밀고 일어났다. 그리고 차영희에게서 등을 돌렸다. 한 걸음 떼기 전, 차영희가 말했다.

"그래, 그렇게 해. 서준이랑 결혼을 하든 뭘 하든 하고 싶은 거 해."

차영희가 다급하게 말했다. 그녀는 희망이라도 본 듯이 자리에서 일어서며 절박하게 말을 잇기 시작했다.

"연락 안 할게. 연도 끊을게. 그러니까 우리 사장님이나 살려 줘."

그게 차영희가 한 선택이었다. 너무도 쉽게 아들을 버렸다. 그녀에게 남편은 대체 어떤 존재인 걸까. 아들을 버리라는데 어떻게 고민도 하지 않고……. 아니, 고민할 필요도 없는 일이었다.

"진서준, 당신 너무 가여운 사람이다."

혼잣말처럼 낮게 읊조리고 이재는 그대로 집으로 들어갔다.

❖ ✖ ❖

차영희는 그렇게 남편을 살리기 위해 발버둥을 치다가 결국엔 출국 금지가 내려지기 직전에 현금화할 수 있는 모든 걸 챙겨서 미국행 비행기를 탔고, 진강운은 불법 사채 정황과 뇌물, 그리고 그 밖에 다수의 범죄 사실이 포착되면서 구속 수

감됐다.

그들과 연관된 사람들도 하나둘 조사를 받기 시작했고, 일은 생각보다 심하게 커졌다. 이렇게 일이 커진 건 정치판에 끼어들어서라는 걸 알 만한 사람은 다 아는 상황이었다.

그 전에 신문에도 실리지 않을 작은 기사를 유명 잡지에서 다뤘고, 이니셜을 사용해 유명한 사람들을 전부 끌어다 쓰면서 일을 크게 벌여 그게 파장을 일으켰기에 가능한 일이었다. 친구, 선후배 할 것 없이 이재를 아는 사람 전부가 힘을 합쳐 준 결과였다.

일일이 돌아가며 인사를 하는 것도 벅차기만 했다. 물론 뺑소니 사건은 시발점에 불과했지만 그들을 처벌할 수 있다는 사실만으로도 이재는 감사했다.

몇 년을 기다렸으니 사건이 해결되기까지 몇 달을 기다리는 건 얼마든지 할 수 있었다. 어쩌면 평생 가슴에 묻고 가야 했을 그날의 진실을 이렇게라도 알릴 수 있어서 다행이었다. 이제는 엄마 아빠를 찾아가서도 더는 미안해하지 않아도 될 것 같았다.

끝까지 차영희는 남편에 대한 불리한 증언은 한마디도 하지 않고 새벽 비행기를 타고 도망치듯이 한국을 떠났다고 한다. 자식에 대한 사랑은 없더라도 부부로서의 의리는 넘쳐 나는 사람이었다.

"앞으로 어떻게 되는 거야?"

"모르지."

터트렸으니 수습하는 건 다른 사람들의 몫이었다. 사실 이재도 일이 이렇게까지 커질 줄은 몰랐다. 그들이 이렇게나 힘이

있는 대단한 사람들이었다는 것도 이번에 처음 알아서 솔직히
속으로 많이 놀랐었다.

"이제 우리 손을 떠났다고 봐야지."

"그래. 너무 해 먹은 게 많아서 우리는 끼지도 못하겠다."

"점심에 자장면이나 시켜 먹을까?"

"그러자."

기지개를 켜면서 재헌은 다시 카페로 나갔다. 진이는 세탁기
를 돌렸고 이재는 거실을 청소기로 밀었다. 세 사람의 보통의
일상이 다시금 시작됐다. 매일 아프다고 징징댈 수는 없었다.
이제는 일어나서 보통의 삶을 살아가야 할 때였다. 누구나 아
픈 데가 하나 정도는 있을 테니까.

"유이는 일 잘하고 있나?"

진이가 청소기 소리에 묻힐까 싶어 목청껏 소리 지르며 말했
다. 찰떡같이 알아듣고 이재는 단번에 대답했다.

"재미있어하니까 잘할 거야."

새로운 곳에서 새롭게 일을 시작한 유이는 한창 즐겁게 일을
배우는 중이었다. 어제는 레스토랑을 차려서 운영을 하는 게
목표라면서 재헌에게 카페를 레스토랑으로 바꾸는 게 어떻겠느
냐고 제안했다가 꿀밤을 세게 한 대 맞았다.

"나는 걔가 뭐 재미있다고 하면 겁나더라."

진이는 말을 하면서 온몸을 부르르 떨었다.

"하긴, 중간이 없어서 무섭긴 하지."

서서히 자리를 잡아 가고 있는 느낌이 들었다. 진이와 재헌,
그리고 유이까지 그들은 늘 그렇듯이 자신의 일을 즐기며 하고
있는 중이고, 일이 끝나고 집으로 돌아오면 네 사람은 마주앉

아 있었던 일을 얘기하며 저녁을 먹었다.

어제와 다를 것 없는 오늘이 흘러가고 있음에 감사했다. 서로를 위하고 아끼는 마음은 줄지 않았고 오히려 배가 돼서 더 커졌다. 이러다 누군가 연애를 할 거고, 그러면 다른 이들은 축복과 응원을 보낼 거다. 흔들릴 것 같았던 일상이 굳건히 제자리를 지켜 주었으니 서로에게 감사하며 함께 내일을 살아갈 거다.

딩동.

초인종 소리에 이재의 고개가 빠르게 대문을 향해 돌아갔다. 분명 청소기를 밀고 있었음에도 이재는 밖에서 들리는 소리에 즉각적으로 반응했다. 그런 이재를 진이는 안타까운 눈빛으로 바라보다가 이내 내색하지 않고 밖으로 나갔다.

"누구세요."

— 네, 택배 왔습니다.

뒤에서 다시금 윙 하고 청소기가 소리가 들려왔다. 이재는 서준을 기다리고 있었다. 누군가를 기약 없이 기다린다는 게 얼마나 사람을 피 마르게 하는 건지 진이는 알지 못했다. 하지만 그런 이재를 옆에서 지켜보는 것만으로도 어렴풋이 알 것만 같았다.

잘 웃고, 잘 먹고, 잘 자는 듯했지만 이재는 하루가 다르게 살이 빠지고 있었다. 언뜻언뜻 보이는 그늘진 얼굴도, 웃으며 떠들다가도 순간 우울해지는 그녀의 눈빛도 진이는 진즉부터 눈치채고 있었다. 섣불리 끼어들 수 없는 두 사람이라 그저 지켜보기만 할 뿐, 할 수 있는 게 없었다. 이제는 진서준의 전화를 이재만큼이나 진이도 간절히 기다렸다.

"엄마가 뭐 보냈나 보다."

시골에서 올라온 택배 박스가 한 보따리였다. 이재는 청소기를 끄고 마당으로 내려가 진이와 함께 택배를 옮겼다. 거실로 옮기는데 이재의 핸드폰이 울렸다. 혹시나 했던 마음이 액정에 있는 이름을 보는 순간 아쉬움으로 변했다. 하지만 전화를 받는 그녀의 목소리는 꽤 힘찼다.

"이모!"

– 잘 있었어? 아픈 데 없고?

진이의 엄마였다.

"네, 아픈 데 없어요. 우리 방금 택배 받았어요."

– 그래? 빨리 갔네. 거기 네 약이랑 있으니까 끼니때마다 챙겨 먹어. 재헌이나 진이한테 따끈하게 데워 달라고 하고.

"무슨 약을 보내요? 그리고 나는 뭐 손 없나. 내가 데우면 되지."

통화를 하며 진이를 힐끔 돌아보는데 이미 진이는 박스 안에서 약을 꺼내 주방으로 들어가고 있었다. 아무래도 미리 약을 보낸다는 연락을 받았던 듯하다.

"진이는?"

– 걔는 튼튼해서 그런 거 안 먹어도 돼.

슬쩍 주방에 있는 진이를 살피며 이재는 소곤거렸다.

"아무리 그래도 딸을 챙겨야지."

– 너도 내 딸이야.

울컥, 늘 듣는 말인데 목이 콱 막히고 눈물이 차올랐다. 이재는 재빨리 손등으로 눈물을 닦아 냈다.

– 밥 잘 챙겨 먹고, 옷 따뜻하게 챙겨 입고. 알았지?

"네."

— 무슨 일 있으면 바로바로 연락하고. 혼자 끙끙거리기만 해? 또 한 번만 더 그러면 나 진짜 회초리 들고 서울 간다.

"네, 그럴게요."

— 약 빼먹지 말고 잘 챙겨 먹어. 그거 귀한 거야.

"알았어요."

— 끊는다.

"응? 진이 안 바꾸고?"

— 잘 있지?

"잘 있기는 하지."

— 그럼 됐지 뭐.

진이 엄마는 아주 쿨하게 통화를 끊었다. 진이 역시 바꿔 달라는 말을 하지 않았다.

"이거 마셔."

"벌써?"

"뜨끈하게 데웠으니까 식기 전에 마셔라."

인상을 구기며 약을 받아 들고 이재는 심호흡부터 크게 했다.

"저녁에 고기 구워 줄게."

"갑자기?"

"엄마가 아는 사람한테 부탁해서 보내 준대."

"그런 말 없었는데?"

"저기에 편지 써서 넣었더라고."

택배 박스를 턱 끝으로 가리키며 진이는 태연하게 대답했다. 누가 보면 서이재가 딸이고 이진이는 옆집 딸인 줄 알겠다.

"네 덕에 간만에 배에 기름칠 좀 하겠다."

"기름칠한 지 며칠 안 됐다."

"자고로 고기는 매일 조금씩 먹어 줘야 하는 법이야."

"조금이 아니니까 그렇지."

"잔말 말고 먹어."

눈을 부라리며 말하는 진이에게 이재는 순한 눈빛으로 고개를 끄덕였다.

"어."

"애들한테 일찍 들어오라고 연락해야겠다."

"점심엔 자장면, 저녁엔 고기……. 왠지 올봄에는 굴러다닐 것 같다."

이재의 말에 진이는 매섭게 눈을 흘겼다. 후다닥 고개를 옆으로 돌려 이재는 남은 약 한 방울까지 알뜰하게 먹어 치웠다.

❖ ✖ ❖

봄이 오면 무언가 달라질 것만 같은 공연한 바람 같은 게 서준에게는 있었다. 하루하루 목이 졸려서 숨이 끊어질 것 같았지만 안간힘을 쓰며 버텼다. 돌아가기 위해서 그는 하루 3시간도 자지 않고 부지런히 몸을 움직였다.

찾아오는 사람들이 있어서 선배 레스토랑은 그만두고 제주 시내 쪽으로 나왔다. 미리 일자리를 알아봐 준 선배 덕에 그래도 굶어 죽지는 않고 일을 할 수 있었다. 새로 옮긴 곳은 초밥을 파는 곳이라 할 일이 많았다.

장을 보는 것부터 홀 청소까지 자처해서 하면서 그는 제 몸을 혹사시켰다. 지나가다 누군가 툭 하고 치면 그대로 바닥에 고꾸라질 정도로 일을 했다. 그런 그의 모습에 가끔 찾아와서 안부를 챙기는 선배는 안쓰러워했지만 서준은 그저 사람 좋게 웃을 뿐이었다.

처음부터 다시 시작하고 싶었다. 진서준이라는 이름도 버릴 수 있다면 버리고 싶었다.

"하아."

홀 청소를 마치고 그는 감각조차 없는 몸으로 의자에 털썩 앉았다. 입에서 절로 신음과도 같은 소리가 흘러나왔다.

Rrrrr.

내내 외면했던 핸드폰 소리가 아무도 없는 조용한 홀을 가득 채우는 듯했다. 그는 감정 없는 얼굴로 주머니에 손을 넣어 핸드폰을 꺼냈다. 그리고 번호를 확인하려고 핸드폰으로 시선을 내리면서 그의 눈빛이 잠깐이지만 반짝 생기를 찾는 듯했다. 하지만 이내 그는 질끈 눈을 감았다.

"네."

— 살아는 있었네.

"죄송해요."

— 아무리 그대로 전화는 받아야지.

잔뜩 화가 실린 목소리로 이건은 성질부터 냈다.

— 언제 올 거야?

"글쎄요."

— 여기 너 기다리는 사람 많은 거 알지?

서준의 입술 끝이 힘없이 올라갔다.

— 이렇게 말해도 되는지 모르겠지만 여기는 정리가 되어 가는 것

같다.

"네."

후우, 이건의 깊은 한숨 소리가 수화기 너머로 들려왔다.

– 다른 건 생각하지 말고 너만 생각해라. 그렇게 하는 게 힘들겠지만 그래도 너만 생각해. 그래야 네가 살 수 있어. 살기는 해야 할 거 아니야.

"형."

서준은 이건에게 선배가 아니라 형이라 불렀다.

– 어.

"가고 싶어요."

– 와. 너 할 일 내가 만들어 둘 테니까 아무 걱정하지 말고 와.

"그 사람한테 너무 가고 싶은데……."

서준은 주먹으로 제 입을 틀어막았다. 밖으로 소리가 새어 나가지 않도록 숨까지도 참아 냈다.

– 네 잘못 아니야.

그 말에 서준은 그동안 참아 왔던 모든 설움이 와르르 무너지는 기분이었다. 아이처럼 꺼이꺼이 소리 내서 울고 말았다.

참을 수가 없었다. 아닌 척할 수가 없었다. 등을 토닥여 주는데 고개를 빳빳하게 세우고 연기를 할 수가 없었다.

"흐흑……."

뜨거운 눈물이 손등을 타고 발아래로 떨어졌다. 그는 울다 웃다 감당할 수 없게 차오르는 눈물을 그대로 쏟아 냈다. 세상 사람들 모두가 손가락질을 하는 듯했다. 하지만 이재는 그러지 않았다. 비난하지도 않았고, 원망하지도 않았다. 차라리 욕을 했더라면 나았을 텐데 그녀는 늘 웃으면서 전화를 받아 줬다.

통화를 끊고 얼마나 가슴을 치며 울었을까. 이러지도 못하고 저러지도 못하고 얼마나 가슴 찢기게 아팠을까.

다른 건 생각나지 않았다. 혼자서 그 모든 걸 겪어 내고 있을 이재만 생각났다. 그래서 갈 수가 없었다. 자신이 달려가면 무너질까 봐, 싸우고 있는 상대가 누구인지 깨닫고 그대로 싸움을 멈출까 봐 달려갈 수가 없었다.

"그 사람이 미치게 보고 싶은데, 보고 싶어서 돌 것 같은데 갈 수가 없어요. 내가 가면 그 사람이 무너질까 봐 못 가겠어요, 형."

서준이 감정을 추스를 때까지 이건은 아무런 말도 없이 가만히 기다려 줬다.

– 무너지면 네가 일으켜 세워 주면 돼. 그거 별거 아니야. 지금은 네가 옆에 있어 줘야 할 때야.

그의 위로에 서준은 다시 희미하게나마 웃을 수 있었다. 여전히 편이 되어 주는 사람이 곁에 있다는 걸 이건이 알려 줬다. 그래도 잘못 살지는 않았구나 하고 느끼게 해 줬다. 제주에서도, 그리고 서울에서도.

"그렇게 말하면 당장 가고 싶잖아요."

후훗, 서준은 웃으며 대답했다.

– 살아 보니까 세상이 참 이기적이더라. 그리고 이기적이어야 할 때가 있더라고. 미안한 것도, 부끄러운 것도 생각하지 말고 이기적으로 굴어. 보고 싶으면 와서 보고, 안고 싶으면 와서 안아. 그냥 그렇게 살아 버려.

오늘은 이건의 말이 가슴에 콕콕 박혔다. 그냥 그가 말하는 대로 따르고 싶었다. 눈 한 번 질끈 감고 이기적인 놈이 되고 싶었다.

　－ 인생 별거 없어. 나, 그리고 내 옆에서 내 손 잡고 있을 사람만 생각하면 돼. 그러면 그냥 끝이더라.

　"형."

　－ 어.

　"가면 진짜 일 시켜 줄 겁니까?"

　－ 우리 와이프가 너 챙겨 주라더라. 너랑 서 기자 편이 돼 주라고 하더라. 나 와이프 말 잘 듣는 거 알지?

　"형수님한테 감사해야겠네."

　－ 얼른 거기 정리하고 올라 와.

　"네, 그럴게요."

　－ 괜히 봄 돼서 유채꽃 피는 거까지 보고 오겠다는 말은 하지 마라. 그거 혼자 보는 것만큼 청승맞은 것도 없다.

　마지막까지 이건은 서준을 웃게 해 줬다.

12.
그렇게 봄은 오고 있었다

끝나지 않을 것만 같았던 길고 지루했던 겨울은 어느새 따뜻한 기운을 받아 녹아내리고 있었다. 흐르는 시간 속에서 이재와 서준은 각자의 위치에서 부지런히 제 삶을 살아가는 중이었다.

이재는 도움 받았던 분들에게 은혜를 갚는다는 생각으로 다른 사람이 펑크 낸 기사까지 도맡아 가며 여기저기 바쁘게 뛰어다녔고, 서울로 올라온 서준은 이건의 도움으로 작은 레스토랑을 오픈할 수 있었다.

"그럼요. 무탈하게 지내고 있어요. 우리 씨는 또 공연 안 해요?"

취재했던 이후로, 그리고 차영희와의 사건으로 한창 시끄러울 때 먼저 연락을 해 준 우리는 간간이 이재에게 연락해 안부를 챙기고 있었다.

– 곡 쓰고 있어요.

"바쁘겠다."

– 알고 있죠?

"뭘요?"

취재를 끝내고 집으로 돌아오는 길에 전화를 받은 이재는 한결 가벼워진 마음으로 통화를 이어 가고 있었다.

– 진서준 씨 서울로 올라온 거요.

서준의 이름을 듣는데 순간 핸드폰을 쥔 손에 힘이 바짝 들어갔다.

"네, 들었어요."

사실 이건에게서 문자를 받았었다. 통화까지는 아니더라도 이건은 언젠가부터 서준의 일을 이재에게 보고하듯이 문자를 보내왔다. 아마도 둘 사이의 다리 역할을 자처하는 게 아닌가 싶었다. 그게 고마우면서도 선뜻 보내오는 문자에 답은 할 수가 없었다.

– 알고 있으면 됐어요.

"고마워요."

– 나는 뭐 한 게 없어요.

"현 셰프님한테도 대신 전해 줘요."

– 다음에 얼굴 보고 이재 씨가 직접 해요.

"그럴게요."

– 나는 우유부단한 거 안 좋아해요.

우리다운 단호한 말투에 그녀의 무표정한 얼굴이 떠올랐다.

– 아니라면 얼굴 보고 아니라고 말해 줘요. 내가 나설 일이 아니라는 건 아는데, 아무도 그러지 않는 것 같아서요.

나이는 어릴지라도 생각하는 건 어른스러운 우리였다. 자신의 일에서도, 사랑에서도 완벽하게 성공한 그녀가 오늘은 왠지 부러웠다.

– 근데 아니라는 말은 안 할 거라고 믿어요. 두 사람 잘 어울렸거든요.

"그랬어요?"

– 두 사람에게서 나오는 에너지가 참 많이 닮았어요. 밝고 따뜻한 에너지. 같이 있을 때 배가 되는 거 알죠?

"우리 씨."

대문 앞에서 이재는 계단에 앉아 잠시 숨을 골랐다.

– 네.

"술 잘해요?"

– 아마 잘할걸요?

"아마?"

– 내가 당뇨 때문에 술을 마셔 본 적이 별로 없어요.

"아."

– 근데 아마 마시면 이재 씨보다는 잘 마실 것 같네요.

"네?"

– 내가 뭐든 하면 잘하거든요.

후훗. 우리의 당찬 잘난 척에 절로 웃음이 새어 나왔다. 현이건이 김우리에게 왜 빠졌는지 알 것 같았다.

"우리 그냥 수다나 떨어요."

– 그래요.

"고마워요."

진심이었다. 같이 무언가를 하지는 않았어도 힘겨운 겨울을 지나면서 두 사람은 이재에게 정말 고마운 사람들이 되었다.

그저 스쳐 가는 인연일 것만 같았던 사람들이 묵묵히 뒤에서 응원해 주고 있었다는 사실에 이재는 새삼 놀랐다. 그래도 좋은 사람들이 주위에 많은 것 같아서, 그리고 서준에게도 그런 것 같아서 감사했다.

재헌이 카페 문을 열고 나왔다가 대문 앞에 쪼그려 앉아 있는 이재를 발견했다.

"여기서 뭐 해?"

이재는 재헌에게 씩 웃어 주고 우리와 통화를 끝냈다. 재헌은 이재 옆에 엉덩이를 붙이고 앉았다.

"안 들어가?"

"들어가야지."

"인터뷰는 잘했어?"

"나야 뭐 늘 잘하지."

"어련하시겠어."

두 사람은 맞은편 회색 벽돌을 무심한 눈으로 바라보고 앉아 있었다. 말없이 있어도 편하고, 툭툭 건드려도 기분이 상하지 않는 그냥 가족이었다.

"저녁은?"

"먹어야지."

"치킨이나 먹을까?"

"둘이?"

"진이는 늦을 거고, 유이는……. 걔도 뭐 늦을 거고."

삼촌으로서 일찍 다니라는 잔소리를 하는 것도 이제는 지쳤는지 재헌은 어느 순간부터 유이에게 관대해졌다. 사실 그건 이재와 진이도 마찬가지였다. 말을 듣지 않을 아이라는 걸 그저 이재와 진이가 재헌보다 일찍 깨달았을 뿐이다.

"우리만 한가하네?"

"한가하다니. 일이 일찍 끝났을 뿐이지."

"맥주도 마시자."

"씻을 거지?"

"씻어야겠지."

이재는 은근슬쩍 머리칼을 손으로 집어 냄새를 킁킁거렸다.

"씻어라."

"알았어."

자리에서 일어나 이재는 엉덩이를 툭툭 털었다. 대문을 열고 이재가 안으로 들어가자 재헌은 카페로 가면서 치킨부터 주문했다. 그리고 일찌감치 손님이 끊긴 카페를 정리하기 시작했다.

❖ ✖ ❖

이건의 레스토랑 3호점을 맡아서 하게 된 서준은 하나부터 열까지 몸을 사리지 않고 일했다. 새벽마다 장을 보는 걸 시작으로 매장을 가장 마지막으로 나서는 것도 서준이었다.

누가 시켜서가 아니라 그가 자처한 일이었다. 일을 할 때만큼은 다른 건 생각할 겨를이 없어서 좋았다. 직원들까지 모두 떠난 레스토랑에 홀로 남아 있으면 그때는 끝이 보이지 않는 어둠에 사로잡혔다.

점심 한 끼는 직원들과 함께 먹었고, 아침과 저녁은 건너뛰는 일이 잦았다. 그러다 보니 살이 5kg이나 빠져 버렸다.

일이 끝나고 3호점에 들른 이건은 서준을 보자마자 한숨을 푸욱 내쉬었다.

"시위하는 거야?"

맥주병을 손끝으로 만지작거리고 있는 서준에게 이건은 못마땅한 얼굴로 말했다.

"발버둥 치는 거죠."

"몸까지 상해 가면서 발버둥을 쳐야 해?"

겸연쩍게 웃으며 서준은 비쩍 마른 날카로운 턱을 손으로 매만졌다.

"누가 보면 내가 너 먹을 것도 안 주고 죽어라 일만 시키는 줄 알아."

"먹을 거 주면서 일 시키는 거죠."

"어째 뉘앙스가 묘하게 거슬린다."

"술이나 마셔요."

이건은 술병을 비스듬히 기울여 부딪치면서 서준을 곁눈질로 힐끔거렸다. 야위고 그늘이 진 건 제주에서 올라올 때와 크게 달라지지 않았다. 하지만 녀석의 눈빛은 여전히 살아서 꿈틀거렸다. 살고 싶다고, 살아야겠다고 말하고 있는 듯했다.

더는 이건이 해 줄 수 있는 게 없었다. 스스로 이겨 내고 일어서는 수밖에 없었다. 그걸 옆에서 지켜보면서 응원해 주는 것만으로도 충분하다고 우리가 말했지만 그것밖에 해 줄 수 있는 게 없다는 사실에 이건은 그저 가슴이 갑갑했다.

"복잡한 일은 어느 정도 해결이 된 거야?"

"나까지 복잡할 일은 없었죠, 뭐."

아직 재판 중인 아버지와 미국으로 출국한 이후로 연락이 되지 않는 어머니. 가정사가 심하게 복잡했지만 오래전부터 두 분에 대해서는 신경을 쓰고 있지 않았던 터라 그 일로 서준이 힘들어질 일은 없었다.

"그럼 이재 씨……."

이건은 이재의 이름을 입 밖으로 내뱉고 말았다. 뒤늦게 입을 다물며 말을 멈췄다.

"해요."

"우리가 하지 말라고 했는데."

여전히 이름을 부르며 알콩달콩 사는 두 사람이 문득 부러워졌다.

"이재 씨는 어떻게 할 거야?"

"기다려야죠."

"네가 기다리는 걸 이재 씨가 알아?"

"아마 알 거예요."

열심히 그리워하고 있으니까, 여전히 지금도 사랑하고 있으니까 분명 이재는 알 거고, 달려와 줄 거다. 그렇게 믿고 있어서 하루하루 버텨 낼 수 있는 거였다.

"그럼 좀 제대로 기다려."

"네?"

"웃는 얼굴로 씩씩하게 기다리라고. 지금 네 모습 안쓰러워 인마."

둔기로 머리를 세게 맞은 듯 서준은 입을 떡 벌리고 한동안 아무런 말도 하지 못했다.

이재가 멀리서라도 지켜볼 수 있는데 지금 이 모습을 보이는

439

건 그녀를 아프게 하는 거라는 생각이 들었다. 제대로 살고 있다는 걸 보여 줘야 한다는 생각은 못 했다. 정말 바보 같고 미련하다.

"살도 좀 찌고."

서준은 의자를 밀고 일어났다.

"뭐야? 왜?"

"그만 퇴근합니다."

"갑자기?"

"문단속 좀 하고 가요."

"야!"

정신없이 뛰쳐나가는 서준을 보면서 이건은 금세 입가에 미소를 지었다. 어깨 축 늘어뜨리고 있는 것보다는 훨씬 나았다.

❖ ❖ ❖

취재를 나갔다가 우연히 아는 사람을 만났고, 커피 한잔하면서 얘기를 하다가 또 의도치 않게 서준의 얘기를 듣게 됐다.

서준과 이재의 관계에 대해서는 전혀 알지 못하고 그저 셰프 얘기를 하다가 전에 잘나가던 한식 셰프가 지금 현이건이 하는 레스토랑에서 일하는데 꽤 실력이 좋다고 지나가는 말처럼 들려줬다. 그 한식 셰프가 진서준이라는 걸 이재는 듣는 즉시 알아차릴 수 있었다.

그녀는 망설이다 우리에게 문자를 보냈다.

[나 뭐 하나 물어봐도 돼요?]

라고 보낸 문자에 우리는.

[서울시 강남구 청담동…….]

대뜸 주소를 보내왔다. 뭐냐고 물을 것도 없었다. 우리는 이재가 언제 물어볼지 기다리고 있었던 거다.

[고마워요.]

답을 보내고 이재는 커피숍 창밖으로 시선을 돌렸다. 어느덧 바뀐 계절에 사람들의 옷차림도 한결 가벼워졌다. 두껍게 몸을 감싸고 있는 코트를 벗어 던지고 하늘하늘 밝은 색상의 옷을 입은 여자들은 얼굴에서도 빛이 나는 듯했다.

이재는 문득 시선을 아래로 떨어뜨렸다. 칙칙한 색감의 재킷에 겨울옷인지 여름옷인지도 모를 정장 바지, 그리고 낡은 단화를 신고 있었다.

아까 인터뷰를 하러 나왔을 때 왜 사진 기자가 눈살을 찌푸렸는지 알 것 같았다.

언제부턴가 옷차림에 신경을 쓰지 않았다. 계절이 바뀐 것도 모르고 손에 잡히는 대로 아무거나 주워 입고 나왔던 것 같다.

"한심하다, 서이재."

한숨을 쉬며 자책하고 이재는 가방을 챙겨 커피숍을 나왔다. 버스 정류장을 향해 터덜터덜 걸어가다가 그녀는 걸음을 멈췄다. 그리고 방향을 돌려 빠르게 걷기 시작했다. 가방에서 핸드폰을 꺼내 진이에게 전화도 걸었다.

"지금 바빠?"

전화를 받자마자 대뜸 그렇게 물었다.

- 아니. 왜?

"나 지금 갈게. 머리 좀 해 줘."

- 여기로 온다고?

441

"어."

– 무슨 일 있어?

"아니. 내가 초라해 보이는 걸 알았거든."

– 어?

"지금 갈게. 예약 좀 해 줘."

– 알았어. 오기나 해.

우선 머리부터 해야겠다. 겨울이 지나고 봄이 올 때까지 한 번도 자르지 않은 머리칼은 이미 어깨까지 자라 있었다. 몇 번이나 진이가 잘라 준다고 했지만 그럴 때마다 귀찮다고 손사래를 치며 방으로 들어갔었다.

그럴 때마다 진이가 한숨을 내쉬는 걸 알았지만 그때는 그저 다 성가셨다. 때마다 옷을 사고, 한 달에 한 번 머리칼을 자르고, 유행하는 컬러 립스틱을 사서 바르던 서이재가 그 모든 걸 거부하고 방구석을 찾아 기어들어 가기만 했다.

잘 지내는 것처럼 밥도 잘 먹고 일도 열심히 했지만 실상은 그렇지 않았던 거다. 여전히 아프고, 두렵고, 지쳤던 거였다.

머리를 자르고, 옷도 사고, 봄에 어울리는 구두도 사야겠다.

"진이야."

– 응.

"나 예쁘게 해 줘."

– 걱정하지 마. 얼른 오기나 해.

"금방 갈게."

이재는 지나가는 택시를 잡아타고 진이가 있는 미용실로 향했다.

깔끔하고 세련된 본래의 서이재로 돌아왔다. 거울 속 이재보다 진이가 더 흡족한 듯 연신 고개를 끄덕이고 있었다. 1년도 지나지 않은 시간 동안 스스로를 방치했던 이재는 고작 머리카락을 자른 것만으로도 이렇게 사람 같구나 싶어서 놀랐다.

"어때?"

"이제 좀 낫다."

"이제 좀? 이제야 서이재스럽거든?"

"엉망이었지?"

"엉망이었지만 대견했어."

"뭐가?"

"그럼에도 무너지지 않고 버텼잖아."

"혼자가 아니니까."

진이는 이재의 정수리를 손으로 마구 헝클었다. 그리고 다시 빗질을 하며 단정하게 수습해 줬다.

"나가자."

"아직 퇴근 시간 아니잖아."

"그 정도는 얼마든지 조절할 수 있는 위치거든, 내가."

잘난 척하듯이 턱 끝을 들어 올리며 진이는 이재의 손을 잡았다.

"가자."

이재도 당당하게 걸음을 내디뎠다.

카운터 앞에서 계산을 하려고 지갑을 꺼내는데 진이가 무섭게 눈을 부라려서 결국에는 계산도 하지 못했다. 그리고 마침 나와 있던 원장과 모처럼 안부를 나눌 수 있었고, 앞으로도 진이를 잘 부탁한다며 고개 숙여 인사를 전했다.

"얼굴이 좀 달라지신 것 같다?"

숍을 나오면서 이재는 진이에게 낮게 속삭였다.

"최근에 여행 다녀오셨잖아."

"어디?"

"일본."

"아하."

"하여간 점점 웃는 게 무섭다니까."

"그놈의 일본은 참 자주도 가신다."

"얼른 돈이나 쓰러 가자."

"그래. 오늘 아주 실컷 써 보자."

두 사람은 팔짱을 끼고 가벼운 발걸음으로 거리로 나섰다. 뒷모습은 마치 대학생처럼 통통 튀었다.

햇살은 곱다랗게 내렸고 바람은 살랑살랑 불었다. 스무 살 시절로 돌아간 것처럼 오늘은 아무런 걱정이 없었다. 마음이 평온했다. 모든 것이 끝나고 새로운 날이 시작된 것 같은 그런 기분이었다.

"좋다."

"응?"

"그냥 다 좋다고."

"뭔지 몰라도 네가 좋으면 나도 좋다."

이재는 매달리듯 진이의 팔을 붙잡았다.

"어머, 저거 예쁘다."

진이가 어딘가를 가리켰고 이재는 끌려가듯 그곳으로 따라

갔다.

한낮에 시작된 두 여자의 쇼핑은 한밤중까지 이어졌다. 10시가 넘어서 두 손 가득 쇼핑백을 들고 두 사람은 택시를 탔다. 다리는 퉁퉁 붓고 눈꺼풀은 무겁게 내려오고 배는 등가죽이랑 붙은 것처럼 느껴졌다.

"쇼핑도 늙으니까 못 하겠다."

"우리가 한꺼번에 무리해서 그래."

"재헌이한테 라면 끓여 놓으라고 해. 나 진짜 배고파서 이 신발도 뜯어먹을 수 있을 것 같아."

축 늘어져서 입만 움직이는 두 여자를 택시 기사가 백미러로 힐끔거렸다. 그러거나 말거나 이재는 퉁퉁 부은 다리를 주먹으로 두드리기까지 했다. 그사이 진이는 재헌에게 전화를 걸었다.

"우리 10분이면 도착해."

— 그래서?

"라면 좀 끓여 놓으라고."

— 와서 끓여 먹어.

"아까 우리 재헌이 니트 하나 샀지?"

진이는 재헌이 들을 수 있도록 옆에 있는 이재에게 물었다.

"샀지. 엄청 섹시한 색으로."

죽이 척척 맞는 이재는 진이가 내민 핸드폰에 대고 큰 소리로 말했다.

─ 10분이면 온다고?

"어, 10분."

─ 계란도 넣을까?

"그럼 고맙지."

─ 사랑하는 친구들아, 맛있게 끓여 놓을게 빨리 와. 아니다. 천천히 조심해서 들어와.

"응."

상냥하게 대답하며 진이는 통화를 끝냈다. 이재와 눈을 맞추고는 키득거리는 두 사람을 택시기사가 한 번 더 돌아봤다.

"아까 그 원피스 언제 입을 거야?"

두 번째로 들른 옷가게에서 옅은 핑크빛이 감도는 원피스 앞에서 이재는 한참이나 넋을 놓고 바라봤었다. 컬러와 달리 디자인은 꽤나 과감했다. 가슴 라인이 유난히 아찔하게 디자인된 옷으로, 입어 보지 않아도 딱 이재 스타일이구나 싶었다. 한 번씩 그렇게 차려입을 때마다 이재는 상당히 근사했었다.

옆에서 진이가 사라고, 아니면 사 준다고 옆구리를 찌르지 않았다면 이재는 그대로 놓고 나왔을 게 뻔했다.

"글쎄."

"내일 입어."

"내일? 나 내일 스케줄 없는데?"

"그냥 집에서 입고 돌아다녀."

"미친년이냐?"

"그럼 입고 나가."

"내일 일 없다니까."

진이의 눈빛이 다른 걸 말하는 듯이 빛났다. 이재는 그저 말

446

없이 옅은 미소만 지을 뿐이었다.

"그러다 곪아서 터져."

"아직 버틸 만해."

헤헤, 눈을 반으로 접으며 웃는 이재가 진이는 그저 안쓰러웠다.

"옆에서 보는 내가 못 버티겠다."

"조금만 더 기다려 봐."

"어떻게 지내는지는 알아?"

"서울로 올라왔대."

그래도 진서준에 대한 소식은 간간이 듣고 있구나 싶어서 진이는 내심 안심했다. 여전히 끊어지지 않고 있는 두 사람이 속상했지만 당사자인 두 사람은 얼마나 아플까, 그냥 어림짐작할 뿐이었다.

"모든 게 느릿느릿 제자리를 찾아서 가고 있는 것 같아."

"그게 제자리라면 느려도 괜찮지 뭐."

"어."

이재는 말없이 창밖으로 고개를 돌렸다. 차창에 아른거리는 이재의 얼굴이 어제보다는 그래도 편안해 보였다.

이재의 말처럼 느릿느릿 가다 보면 언젠가는 전부가 제자리를 찾는 날이 오겠지 싶었다. 이재와 서준이 마주 보는 제자리, 이재와 서준이 함께하는 제자리, 더는 아프지 않고 평범하기만 한 제자리. 하루빨리 그 자리로 돌아갔으면 좋겠다.

"아무 일도 없었던 얼굴로 웃으면서 그 사람 볼 자신이 생기면 그때 찾아가려고."

창문 밖을 내다보면서 이재는 들릴 듯 말 듯 그렇게 말했다.

진이는 가만히 이재의 손을 잡아 줬다.

"그때까지 기다려 줬으면 좋겠다."

"기다릴 거야."

"그럴까?"

"어, 진서준 씨라면 분명히 기다리고 있을 거야."

진이의 말에 불안하게 일렁이던 마음이 차츰 고요해지는 듯했다. 너무 고단해서 오늘은 뒤척이지 않고 누우면 바로 잠들것만 같았다. 몸은 힘들지만 머릿속은 맑아지는 느낌. 오랜만에 참 좋다.

❖ ✖ ❖

별일 없는 어제와 같은 하루가 시작되고 있었다. 빨래를 돌리고 청소기를 밀고, 그리고 오늘은 출근하지 않은 유이가 옆에서 노래를 부르고 있었다. 모처럼 쉬는 날이라 늦잠이라도 잘 줄 알았던 유이는 일찍 일어나서 같이 아침도 먹고 말끔히 샤워까지 하며 출근 때와 변함없는 아침을 맞았다.

"새로 꽂힌 노래야?"

유이는 태어나기도 훨씬 전에 유행했던 노래를 따라 부르며 한껏 흥이 올라 있었다. 며칠 전부터 볼 때마다 흥얼거리더니 제대로 꽂힌 모양이다.

"너무 좋지?"

"꽂힌 포인트가 뭐야?"

청소기를 창고에 넣어 두고 이재는 유이 옆으로 와서 앉았다.

"가사와 이 서정적인 멜로디가 내 심금을 울려."

"심금?"

아무튼 나이답지 않은 특이한 것들에 자주 꽂히는 유이였다.

"어제 쇼핑했다며?"

이재의 무릎 나온 트레이닝복을 흘깃 보더니 유이가 물었다.

"어."

"트레이닝복은 안 샀어?"

"응."

"그럼 뭐 샀어?"

"티셔츠랑 바지랑 니트랑 원피스랑 립스틱이랑……. 기둥 하나는 뽑았어."

"속옷은?"

"안 샀는데?"

유이는 음악을 끄고 이재를 향해 몸을 틀어 마주 보고 앉았다.

"이모."

"뭐?"

"이모 나이가 이제 몇 살인지 알아? 더는 젊음만 믿고 살 수 없는 나이라고."

어째 말하는 게 슬슬 감정을 건드린다.

"끊임없이 가꾸고, 부지런히 운동하고, 철저하게 관리해야지만 봐 준다고."

"누가?"

"이모가 봐 줬으면 하는 사람이."

그 말을 하는데 왜 진서준이 떠오르는 걸까. 그냥 자동으로 서준의 얼굴이 눈앞에 떠올라 당황스러울 정도였다.

"그래도 이모는 기본적으로 얼굴이랑 몸매가 나쁘지는 않아서 지금부터라도 열심히 하면 꽤 좋아질 거야."

유이는 갑자기 이재의 얼굴에 바짝 제 얼굴을 들이밀었다. 그리고 손가락으로 여기저기를 만지기 시작했다.

"여기 여기, 조금 있으면 기미도 올라오겠다. 와, 이거 주근깨야? 이모 깨 부자였구나. 화장품부터 바꿔야겠다. 이모 이제 서른이야. 몸에 서른으로서의 증상은 없어?"

"그런 게 따로 있니?"

이를 악물고 최대한 웃는 얼굴로 물었다.

"아니, 막 똑같이 먹어도 뱃살이 축 늘어진다거나 조금만 걸어도 피곤해서 죽을 것 같다거나 그런 거 없냐고. 어머, 이건 또 뭐야? 설마 벌써 기미 올라오는 거 아니야?"

유이는 눈까지 크게 뜨고 호들갑스럽게 이재의 얼굴 이곳저곳을 만져 대기 시작했다.

"유이야."

"응?"

"이모가 너무 어깨를 축 늘어뜨리고 있었지?"

"그랬지."

"이모가 술 마시고 주정도 하고 그래야 하는데 너무 착실했지?"

"그래, 이모 너무 안 어울리게 그동안 반듯한 삶을 살았다. 술도 마시고 해. 삼촌이랑 진이 이모가 얼마나 심심하겠어?"

"그치, 술 마시고 네발로 기고 너 붙잡고 인생 상담도 좀 해 주고 여기 거실에 대자로 누워서 미친년처럼 주정도 하고 그랬어야 하는데…….”

“뭐, 미친년까지는 아니어도…….”

이재의 눈빛이 예전의 그 서이재로 슬쩍 돌아오는 듯했다. 유이는 자신이 너무 멀리 갔구나 싶어 엉덩이를 뒤로 빼면서 일어날 준비를 했다.

“난 그만 들어가서 마음의 양식을 쌓아야겠다.”

“으음, 마음의 양식은 다음에 쌓아.”

이재도 웃는 얼굴로 고개를 가로저으며 슬그머니 유이를 향해 상체를 기울여 다가왔다. 유이는 잽싸게 몸을 일으켜 뒷걸음질로 제 방을 향해 걸어갔다.

“아니야, 지금이 딱 좋아.”

“이유이, 좋은 말로 할 때 이쪽으로 오지?”

“이모.”

“왜?”

“이모 얼굴 지금 무지 사악해.”

“그래?”

이재가 소파에서 몸을 일으켰다. 그리고 천천히 유이에게로 한 발 한 발 내딛기 시작했다. 하지만 얌전히 이재를 기다려 줄 유이가 아니었다. 그녀는 눈 깜짝할 사이에 방으로 뛰어 들어가 문고리부터 잡았다. 삐죽 얼굴만 나오게 내밀고 그녀는 씩 웃으며 말했다.

“웰컴 백. 난 사악한 이모가 좋아.”

쾅! 문이 닫혔다.

“이모 사랑해!”

피식, 이재는 닫힌 문 앞에서 웃어 버리고 말았다.

"나도 사랑해!"

느닷없는 사랑 고백을 주고받고 이재는 다시 소파로 돌아와 앉았다.

핸드폰을 꺼내 카메라를 켜서 자신을 향하도록 했다. 또렷하게 보이지는 않아도 전보다 많이 칙칙해졌다는 건 알 수 있었다. 유이 말대로 이제 관리를 해야 할 때인가 보다.

"서른……."

시간이 가는 것도, 나이를 먹는 것도 몰랐다. 어서 하루하루가 지났으면 좋겠다고, 얼른 아픈 게 나았으면 좋겠다고, 하루빨리 기억이 흐릿해졌으면 좋겠다고 생각했다. 그러는 사이 시들해지고 있다는 걸 잊었다.

Rrrrr.

핸드폰을 들여다보다 갑자기 울리는 벨 소리에 화들짝 놀라 절로 엄마야! 소리가 입 밖으로 튀어나왔다. 민망함에 흠흠, 헛기침을 하고 전화를 받았다.

"여보세요."

ㅡ 바빠?

끊이지 않고 일거리를 안겨 주는 고마운 선배 중 한 명인 이성현 선배였다.

"선배가 일을 줘야 바쁘죠."

ㅡ 그럼 오늘 오후에 인터뷰 하나 뛸래?

"네!"

ㅡ 무슨 인터뷰인지 묻지도 않아?

"뭔데요?"

이재는 소파에서 몸을 일으켰다.

– 사실 사무실에서 인터뷰 진행하고 사진 찍고 했는데 더 추가할 사항이 있어서 그쪽으로 가겠다고 했어. 전화로 물어도 되는데 워낙에 인터뷰 잘 안 하는 분이라 우리 쪽에서 성의를 보이는 거지. 돈 되는 일은 아니지만 재능 기부한다 생각하고 해 주라.

이성현 선배가 먼저 도와 달라고 하는 일은 거의 없어서 이재는 내심 기쁘기도 했다.

"알겠어요. 메일 보내 주세요."

– 몇 가지 안 돼서 금방 끝나기는 할 건데 그쪽에서 일 끝나고 했으면 해서 시간이 좀 늦기는 하다.

"맞춰야죠, 뭐. 몇 시예요?"

– 9시.

"네."

– 자세한 건 메일로 보내 놓을 테니까 확인하고. 부탁할게.

"네."

통화를 끝내고 이재는 노트북 전원을 켰다. 켜지는 동안 주방으로 들어가 커피를 내리고 기지개를 쭉 켰다.

요즘은 끊이지 않고 일을 하다 보니 잡생각이 전처럼 많이 나지는 않았다. 여전히 불면증에 시달리고, 여전히 불쑥불쑥 떠오르는 생각들로 괴롭지만 그 모든 것들이 점점 익숙해지고 있는 건지 버틸 만은 했다.

뒤척이다 어느 순간 잠이 들고, 그러다 놀라서 깨면 몇 시간 지나지는 않았어도 잠깐 동안 잠을 잘 수 있기는 했다. 그러면 또 하루를 버텨 낼 수 있는 힘이 생겼다. 커피를 마실 수 있는 여유까지 찾는 걸 보면 확실히 나아지고 있는 듯했다.

책상에 앉아 메일함을 열었다. 그리고 그곳에서 발견한 낯익

은 이름,

[현이건 셰프.]

이건에 대한 간략한 정보들이 요약되어 있는 메일을 읽으면서 이재는 마른 입술을 깨물었다. 혹시 하는 생각들이 머릿속을 떠나지 않았다. 그리고 핸드폰을 찾아 이성현 선배에게 전화를 걸었다.

- 어.

"선배."

- 뭐 문제 있어?

"이거 누가 취재하던 거예요?"

- 김아영이라고 알지?

"아, 네."

괜한 소설을 쓰고 있었다. 서준이 관련된 일이 아닐까, 그래서 자신을 지목해서 인터뷰를 하겠다고 한 게 아닐까 그 짧은 시간 동안 별의별 생각을 다 했다.

- 김 기자가 급하게 다른 취재를 가서 부탁하는 거야.

"알겠어요. 이따가 인터뷰하고 내일 아침까지 정리해서 보낼게요."

- 그래, 부탁 좀 하자.

통화를 끊고도 이재는 한참이나 멍하게 메일을 열어 놓고 있었다. 밖에서 유이가 조심스럽게 문을 두드리는 바람에 다시금 정신을 차렸다.

저녁을 먹고 수수하지만 공들여서 화장을 했다. 검은 정장 바지에 하얀 셔츠를 꺼내고 그 위에 얇은 재킷을 입을 생각이다. 찰랑이는 머리칼을 귀 뒤로 넘기며 가방을 챙겼다. 재헌은 약속이 있다며 일찌감치 카페 문을 닫고 나갔고, 진이는 숍에서 단체 회식을 한다며 늦는다고 전화를 했다.

　"이모."

　"왜?"

　나갈 준비를 서두르는데 유이가 입술을 삐죽 내밀고 불쌍한 표정을 지었다.

　"따라가면 안 돼?"

　"알면서 왜 물어?"

　"이 집에 아무도 없이 나 혼자는 처음이잖아."

　"그래서?"

　"도둑이라도 들면 어떡해?"

　"때려잡아."

　"갑자기 지진 나면?"

　"식탁 밑에 숨어."

　"내 걱정이 전혀 안 되는 거 같은데?"

　"비가 억수같이 쏟아지는 밤중에도 아이스크림 먹고 싶다고 슬리퍼 질질 끌고 편의점 다녀오고, 다 잠든 깜깜한 새벽에 새벽 시장 구경 가겠다고 조용히 빠져나가서 다들 식겁하게 만들고, 그 먼 뉴질랜드에서 혼자 비행기를 타고 여기까지 날아온 너를 내가?"

기가 차다는 표정으로 이재는 그동안 유이가 저질렀던 일말
의 사건들을 당장 기억나는 것들만 쭉 나열했다.

　"그래도 이 집에 혼자 있는 건 무서워."

　"나도 갑자기 이 집에 너를 혼자 두고 가는 게 무섭다."

　"그럼 따라가?"

　"아니, 불 환하게 켜 놓고 자."

　"몇 시에 들어오는데?"

　"나가 봐야 알지."

　"오늘 내로 들어오기는 하지?"

　"당연하지. 그리고 그 전에 삼촌이랑 진이 이모가 먼저 들어
올 수도 있어."

　"하아, 정말 외롭다. 이 길고 긴 봄밤에 치킨 한 조각 먹으면
서 영화라도 보면 얼마나 좋을까."

　이재는 한숨을 푹 쉬면서 지갑을 꺼냈다.

　"참 길게도 늘어놨다."

　만 원짜리 두 장을 이미 손을 내밀고 있는 유이에게 건넸다.
왠지 당한 것 같지만 그런 유이가 밉지는 않았다.

　"근데 이모는 취재 나갈 때는 좀 멋있어."

　"치킨 말고 뭐가 더 필요해?"

　"진심으로 하는 말이야."

　"그래, 고맙다."

　"그 날카로운 펜으로 이모의 지적 능력을 마음껏 펼치고 돌
아와."

　"요즘 누가 펜으로 기사를 쓰냐?"

　콕, 유이의 머리를 가볍게 쥐어박고는 이재는 환하게 웃으며

단화를 신었다. 대문 앞까지 배웅해 주고 유이는 안으로 들어 갔다.

❖ ✖ ❖

대한민국에서 가장 주목받는 요리사 중 단연 최고라고 할 수 있는 현이건은 밀려드는 인터뷰 요청에도 쉽게 오케이를 하지 않는 걸로 유명했다. 그러니 이성현 선배가 얼마나 공을 들였을지는 안 봐도 알 수 있었다. 사실 잡지에 이름도 올라가지 않는 일이었지만 그동안 진 신세를 갚기에는 이만한 일도 없었다.

"안녕하셨어요?"

반갑게 인사하는 이건을 보고 다른 곳을 보느라 멍하게 있던 이재는 화들짝 놀라 어깨를 봉긋 세웠다.

"안녕하세요. 아직 일이 안 끝나신 것 같아서 기다리고 있었어요."

"마무리했어요."

의자를 끌어당기며 이건은 이재 앞에 앉았다. 이건은 이재 얼굴을 찬찬히 살폈다. 그의 시선에 이재는 민망하게 웃었다.

"대놓고 뚫어져라 보시네요."

"얼굴 본 지가 하도 오래돼서요."

그의 말에 가시가 박혀 있는 듯했다.

"잘 지내셨죠?"

"저야 늘 잘 지내죠. 서 기자는요?"

"저도요."

457

"누구랑 똑같은 얼굴을 하고 있으면서……."

이재는 일부러 못 들은 척하며 준비해 온 것들을 가방에서 꺼냈다. 선배의 말처럼 인터뷰는 간단했다. 새롭게 개발 중인 레시피를 공개하겠다고 해서 그거에 대해 물어보고 몇 가지 더 첨가하면 그만이었다. 인터뷰는 채 30분도 걸리지 않았다.

"레시피는 따로 적어 뒀으니까 이걸로 갖고 가세요."

"네, 감사해요."

"저녁은 먹었어요?"

"그럼요, 시간이 몇 시인데."

"편해지면 같이 밥이나 먹어요."

"네."

불편하지는 않았지만 그렇다고 이건이 막 편하지도 않았다. 서준이나 우리 없이 이건과 단둘이 있으려니 죄인이 된 것 같아서 눈을 똑바로 보기가 힘들었다. 그냥 스스로 그렇게 느껴졌다.

"그럼 이만 가 볼게요."

"네. 조심해서 가요."

"안녕히 계세요."

가방을 챙겨 들고 일어나 문 쪽으로 몇 걸음 걸어가는데 밖에서 서준이 문을 열고 들어왔다. 서로를 알아본 두 사람은 그 자리에서 걸음을 멈췄다. 이재의 뒤에 있던 이건은 슬그머니 자리를 피했고, 넓은 레스토랑엔 단 두 사람만이 있을 뿐이었다.

무슨 말을 해야 할지 몰라 그저 상대의 얼굴만 쳐다볼 뿐이었다. 주르륵 눈물이 흐르지도 않았고, 반가움에 미소가 번지지도 않았다.

여전히 어깨 위에서 찰랑이는 머리칼과 맑은 눈빛은 그대로였다. 하지만 얼굴이 야위었다.

"저녁 먹었어?"

서준이 꺼낸 첫마디였다. 어제 보고 오늘 다시 만난 것처럼 그는 애써 아무렇지 않은 척 이재의 밥부터 챙겼다.

"그럼, 시간이 몇 시인데요. 서준 씨는요?"

못 보는 사이 몇 번의 계절이 바뀌었다. 같이 보냈던 계절이라고는 여름밖에 없었던 것 같다. 지독히도 더웠지만 함께했던 그 여름은 따뜻했고, 또 시원했었다. 짧게 만났지만 많은 것을 같이했던 것 같은 참 길고도 길었던 시간들이다.

"나도 먹었지."

거리를 좁히지 못하고 두 사람은 멀찍이 떨어진 채로 서로의 얼굴을 바라봤다. 서준은 살이 많이 빠져 있었다. 머리칼은 단정하게 잘랐지만 볼은 움푹 들어가 있어서 안쓰러워 보였다.

"여전히 예쁘네."

서준의 말에 이재는 웃을 수가 없었다. 눈물이 나오려는 걸 겨우 참아 낼 뿐이었다. 다가오지 않는 아니, 다가오지 못하는 서준에게 이재 역시 다가가지 못했다.

그의 얼굴을 만지고 싶고 그의 품에 안기고 싶은데 발이 떨어지지 않았다. 하지만 심장은 여전히 그를 향해 뛰고 있었다.

"많이 바빴나 봐요."

이번엔 서준이 이재의 말에 대답을 할 수가 없었다. 너무 보고 싶었다고, 왜 그렇게 야위었냐고 속상한 마음을 내비치고 싶었지만 그럴 수가 없었다. 너무도 품에 안고 싶었지만 차마 그녀에게 다가갈 수가 없었다.

"미안해."

겨우 전할 수 있는 말이었다. 그 말을 하고 두 사람은 또 한참 제자리에서 그저 서로를 바라보기만 할 뿐이었다. 다가갈 수 없었지만 그저 한 공간에서 서로의 숨소리를 들을 수 있다는 사실만으로도 가슴이 벅찼다.

손을 뻗으면 단숨에 달려와 그 손을 잡아 줄 거라는 걸 알지만 지금은 차마 그럴 수가 없었다. 같은 마음으로 서로를 바라보며 그렇게 애달파 하는 것만이 두 사람이 할 수 있는 전부였다.

"늦었다."

"그러게."

이재가 한 발을 앞으로 뗐다. 그리고 서준이 옆으로 비켜섰다. 이재는 어금니를 악물며 그런 서준의 앞을 한 발 한 발 천천히 지나갔다. 그에게서 나는 살냄새가 익숙하게 이재의 발길을 잡았다. 한 번 더 이를 악물어야 했다.

또각또각, 이재의 구두 소리 뒤로 서준의 발소리가 들려왔다. 이재는 걸음을 멈추고 뒤를 돌아봤다. 서준이 바로 뒤에 서 있었다.

"집에 잘 들어가는지만 볼게."

서준은 그렇게 말하고 살며시 미소 지었다. 그의 온화한 미소가 이재의 일렁이는 마음까지 잠재워 주는 듯했다. 순간 편안해졌다. 바로 뒤에 진서준이 있다는 사실에 출렁이던 파도 같던 마음이 고요해지는 듯했다.

레스토랑을 나와 집까지 1시간 가까운 거리를 이재와 서준은 말없이 그저 묵묵히 걷기만 했다. 손을 잡아 주지도 않았고 옆에서 발을 맞추지도 않았다. 하지만 그의 존재만으로도 눈물 나게 좋았다.

같이 걷는 순간만큼은 세상이 평화롭게 느껴졌다. 복잡하게 얽힌 문제들까지도 해결이 된 것처럼 생각이 나지 않을 정도였다.

집까지 오는 동안 옆을 스쳐 가는 사람들도, 불이 켜진 상점들도, 빠르게 지나가는 차들까지도 전부 보이지 않았다. 오롯이 서준과 자신만이 세상의 전부인 것 같았다.

오늘은 정말 봄이 온 것 같았다. 매섭게 불어오던 바람이 잦아들고 주변의 공기마저도 따사롭다.

앞에서 휘청이지 않고 반듯하게 걸어가고 있는 이재의 뒷모습을 바라볼 수 있어서 감사했다. 손을 뻗으면 닿을 수 있는 곳에 이재가 있다는 것만으로도 참 감사했다.

조금 야윈 얼굴에 심장이 덜컥 내려앉았지만 그럼에도 이렇게 마주 볼 수 있다는 게 좋았다. 시선을 피하지 않고 똑바로 봐 주고, 다정하게 말을 해 주고, 또 웃어 주고……. 예전의 서이재를 다시 볼 수 있어서 눈물 나게 감사했다.

"후우."

서준은 이재에게 들리지 않도록 나직이 숨을 쉬었다. 이젠 제대로 숨을 쉴 수 있을 것 같았다. 숨을 내쉴 때마다 가슴을 찌르는 듯한 통증은 사라졌다. 편안했고 뭉클했다. 그림자처럼 뒤에서 걷고 있는 지금이 상처를 어루만지는 것처럼 치유되는 느낌이었다.

헤어질 때의 모습 그대로 이재는 여전히 예뻤다. 머리칼도 그대로였고, 고운 피부도 그대로였다. 그게 서준을 안도하게 했다.

목소리가 미치게 듣고 싶어서 핸드폰을 터질 것처럼 손에 세게 쥐고 있던 무수히 많은 그 밤에도 상상 속 이재의 모습은 딱 지금과 같았다. 반달눈이 되도록 웃어 주지는 않았지만 그녀의 맑은 눈은 달라지지 않았다.

참 다행이었다. 어두워지지 않고 밝아서 다행이었다. 무너지지 않고 꼿꼿하게 지내 줘서 다행이었다. 기죽지 않고 당당하게 살고 있어서 그것도 정말 다행이었다.

앞에서 걷던 이재가 걸음을 멈추고 뒤를 돌아봤다.

"다 왔어요."

그제야 서준은 낯익은 곳에 서 있다는 걸 깨달았다.

"그러네."

"아까 거기 가면 또 볼 수 있어요?"

내내 묻고 싶었던 말을 이재는 집 앞에 다다라서 겨우 물었다.

"아니."

쿵 하고 심장이 내려앉았다.

"거기 말고 3호점에서 일해."

정신이 없긴 없나 보다. 우리에게서 분명 주소를 받았는데 집까지 오는 내내 그 생각을 까맣게 잊고 있었다.

"배고프면 와."

"그리고?"

"나 보고 싶으면 와."

이재는 돌아서는 순간, 대문을 열고 들어가는 순간, 마당에 걸음을 내딛는 그 순간 바로 보고 싶을 것 같다고 말하고 싶은 걸 꾹 눌러 참았다.

"가요."

"이재야."

"응?"

"아프지 마."

"서준 씨도 아프지 마요."

"서이재."

서준은 이재의 이름을 한 번 더 불렀다. 불러도 불러도 계속 부르고 싶은 이름, 서이재.

"기다릴게."

이재는 입술을 깨물며 웃어 줬다. 그 말이 듣고 싶었던 것 같다. 서준의 입으로 그 말을 해 주길 기다렸다.

"언제까지?"

"언제까지라도."

"내가 많이 늦을지도 모르는데?"

"그래도 기다릴게."

한 걸음 떨어진 채로 두 사람은 그렇게 서로에 대한 그리움과 사랑을 확인해야만 했다. 누가 시켜서가 아니었다. 아직은 서로에게 환하게 웃으며 다가갈 수가 없었다.

"밥 잘 먹고 잠도 잘 자고 그러고 있을게."

"어."

"열심히 일하면서 기다리고 있을게. 나 기다려도 되는 거지?"

이재는 대답 대신 환하게 웃었다. 서준도 이재를 따라 웃었다. 기다리라는 말을 하지 않아도, 언제까지라는 약속을 하지 않아도 그걸로 충분했다.

"밥 잘 먹고, 잘 자고, 일은 조금만 하고, 살 좀 찌고."

"그럴게요."

"들어가서 바로 자."

"응."

"들어가."

"걸어가지 말고 택시 타고 가요."

"그럴게."

인사를 하고도 이재는 쉽게 대문을 열고 들어가지 못했다. 그런 이재를 서준은 그저 말없이 바라보고만 있었다. 그렇게 봄은, 그리고 봄밤은 깊어 가고 있었다.

13.
봄

　한낮이면 벌써 덥다는 소리가 나올 정도로 봄은 참 빨리 지나가고 있었다.

　재헌은 여전히 카페를 지키고 있었고, 진이는 계속 숍에 남을 것인지 아니면 제 가게를 오픈할 것인지를 고민하기 시작했고, 유이는 새롭게 제과 제빵을 배우며 열의를 다졌다. 많은 변화가 있는 것 같지만 집에서의 네 사람은 달라진 게 없었다.

　"자장면은 왜 먹어도 안 질리지?"

　이재의 말에 재헌은 동의한다는 듯이 크게 고개를 끄덕였다.

　"난 이 탕수육이 더 좋더라."

　어린 유이는 커다란 탕수육을 소스에 묻혀 입으로 가져가며 말했다. 진이는 그저 묵묵히 제 앞에 놓인 자장면과 탕수육을 번갈아 가며 맛나게 먹고 있었다. 넷이 둘러앉은 마당 평상 위로 오후의 햇살이 늘어지게 내려왔다.

"위에 그늘막이라도 쳐야겠다."

"그래, 올해는 제발 좀 쳐라. 집에 남자가 있으면 뭐 하냐? 이 뜨거운 해를 고스란히 받아 가면서 자장이나 먹고."

이재의 말에 재헌은 어이없다는 듯이 코웃음을 쳤다.

"너는 꼭 그럴 때는 남녀 차별 발언을 서슴없이 하더라?"

"그래?"

슬쩍 진이를 돌아보니 냉정하게 시선을 돌렸다.

"미안."

이럴 때는 빠른 사과가 바람직했다.

"집에 키 크고 힘센 사람이 있으면 뭐 하니? 이건 괜찮지?"

"딱히 반박할 말이 없다. 밥 먹고 할게."

네 사람은 평화롭게 식사를 이어 갔다. 머리를 맞대고, 코를 박고, 이 밥을 먹을 식구가 있어서 외롭지 않은 이재였다.

물을 마시려고 문득 고개를 드는 순간, 서준이 대문을 열고 들어오는 모습을 저도 모르게 상상했다. 지금 이 순간이 행복하다고 느꼈나 보다. 그리고 그 순간에 서준이 함께했으면 하고 생각했던 모양이다.

지난번 얼굴을 마주하고 웃었던 그 봄밤 이후로 이재는 서준을 만나지 않았다. 그가 일하는 곳을 멀리서 바라본 적은 있었지만 정식으로 찾아가서 얼굴을 마주한 적은 없었다.

그건 서준도 마찬가지였다. 통화를 하지도 않았고, 문자를 하지도 않았다. 하지만 그럼에도 끊어지지 않는 단단한 줄을 양 끝에서 붙잡고 있는 것처럼 둘 사이는 그대로였다. 그걸 확인했고 다시 한번 약속했다. 그거면 됐다. 이제 시간이 흘러 상처가 아물고 더 단단해지기를 기다리면 됐다.

"저녁엔 삼겹살 먹을까?"

"우리 너무 먹는 거 아니야?"

"다 먹고 살자고 하는 짓이야. 돈 벌어서 뭐 해? 고기도 사 먹고 자장면도 사 먹고 그러는 거지."

요즘 입맛이 도는지 재헌은 끼니때마다 다음 끼니에 뭘 먹을 지를 고민했다. 그러고 보니 살도 조금 오른 것 같았다.

"슬슬 불안하다?"

진이가 눈을 가늘게 뜨며 말했다.

"뭐가?"

이재는 자장면을 입안 가득 넣고 우걱거리며 겨우 물었다.

"재헌이 너, 또 병 도지는 거 아니지?"

"뭐?"

탕수육을 집으러 가던 젓가락을 탁 소리가 나게 내려놓으며 이재는 눈을 크게 떴다.

"진짜야?"

"얘 요즘 살쪘어."

"그래?"

이재는 옆에 있던 재헌의 윗옷을 서슴없이 들치며 뱃살을 확 인했다. 야! 하고 소리를 냅다 소리를 지르며 재헌이 재빨리 옷 을 내렸다.

"안 쪘는데?"

"얼굴이 둥글둥글해졌잖아."

"삼촌 병 도지면 어떻게 되는데?"

"미친놈이 되지."

"지금보다 더?"

눈치가 없는 건지, 아니면 무모한 건지 유이는 하고 싶은 말을 거르지 않고 그대로 해 버렸다. 아무튼 무서운 10대다.

"사람이 하고 싶은 말을 전부 다 하면서 살 수 없거늘. 너는 진정 네가 하고 싶은 대로, 하고자 하는 대로 사는구나. 부럽다."

이재의 말에 진이도 격하게 공감했다. 유이는 탕수육을 질겅질겅 씹어 먹으며 천연덕스럽게 손가락을 들어 브이를 해 보였다.

"운동해야겠다."

"그래, 잘 생각했어."

"오늘까지만 먹자."

"가위바위보."

말이 끝나기 무섭게 네 사람은 동시에 가위바위보를 하기 시작했다. 첫판에 이재가 걸렸다. 그리고 다들 아무 일도 없다는 듯이 다시 먹기 시작했다.

❖ ✖ ❖

저녁을 먹을 때쯤에는 선선한 바람이 다시금 불기 시작했다. 다 같이 삼겹살도 구워 먹었고, 다 같이 평상에 누워서 밤하늘도 구경했다. 옛날 얘기를 하며 시간 가는 줄 몰랐던 세 사람은 갑자기 입을 쩍 벌리고 하품을 하면서 짧게 노인네들이라고 말하는 유이 때문에 잠시 머쓱해지기도 했다.

"난 들어갈래."

"그래, 새 나라의 어린이는 일찍 자고 일찍 일어나는 거야."

"와, 언제 적 멘트야."

고개를 절레절레 저으며 유이는 집 안으로 쏙 들어갔다.

"쟤 왜 자꾸 우리한테 노인네라고 해?"

"네가 좀 그렇기는 했어."

"나만?"

"유독 네가 그래."

진이도 이재와 철저하게 선을 그었다.

"이제 그만 세상 밖으로 나가."

"나 일주일 내내 취재하느라 밖으로 나갔거든?"

"나간 김에 세상 돌아가는 것도 좀 보고 오지 그랬니."

"내가 요즘 그렇게 노인네처럼 굴어?"

"어."

재헌과 진이가 동시에 대답했다.

"언제?"

아무리 생각해 봐도 도통 모르겠다. 똑같이 밥 먹고 똑같이 옷 입고 똑같이 일을 하면서 지내고 있는데 대체 왜 자신에게만 노인네 같다는 걸까.

"예쁘게 머리도 해 주고 섹시한 옷도 골라 줬는데 대체 매력 어필은 언제 하려고 그러는데?"

"누구한테?"

"누구든지."

하늘을 올려다보고 누운 채로 이재는 입술을 삐죽거렸다. 서른이라는 나이가 실감 나는 요즘이었다. 매사에 자신감이 사라진 느낌이었다. 자꾸만 주눅이 들고, 눈치가 보이고, 그러다 금세 우울해지고 그랬다.

그렇게 기분이 가라앉으면 어느새 서준이 일하는 레스토랑

앞에 가 있었다. 서준을 봐야 할 핑곗거리를 찾는 것처럼 따지고 보면 아무 일도 없었는데 계속 무언가 일이 있었다고 스스로를 세뇌시키는 것만 같았다.

'나 우울해요'라고 말하면 서준이 웃으며 너른 품을 내줄 것만 같았다. 아니, 서준은 이유가 없어도 분명 그렇게 안아 줄 사람이었다.

"너무 복잡해."

"뭐가?"

"여기가."

가슴을 손가락으로 누르면서 이재는 의연하게 말했다. 옆을 돌아본 재헌과 진이가 가만히 시선을 맞췄다.

"얇은 막 같은 걸 쳐 놓은 기분이야. 이걸 찢고 나가고 싶은데 찢으면 안 될 것 같고 그래. 하루에도 수십 번씩 고민하고, 갈등하고."

"고민하고 갈등한다는 건 나가고 싶다는 거잖아. 그 마음이 커서 흔들리고 있다는 거야. 그건 좋은 거야. 네가 점점 괜찮아지고 있다는 뜻이야."

"그럴까?"

"어. 난 그렇게 믿어."

"너희들 없었으면 난 못 버텼을 거야."

"고맙다는 말은 하지 마라. 낯간지러우니까."

재헌은 쿨하게 말하며 고개를 돌렸다. 하지만 속으로 후, 하고 안도의 숨을 쉴 수밖에 없었다. 얘기를 꺼낸 것만으로도 이재는 많이 좋아지고 있었다. 혼자 끙끙거리며 이불 속에서 우는 걸 보는 게 더 가슴 찢어지게 아팠다. 이제 툭툭 털고 일어나서 기지개 한 번 쭉 켜면 그만일 것 같았다.

"연애하고 싶다."

진이의 말에 이번엔 재헌과 이재가 휙 고개를 돌렸다.

"꼬시고 싶은 사람이 있는데……."

"확 자빠뜨려."

흥분한 이재가 예전의 모습으로 돌아와 소리쳤다. 재헌이 눈으로 이재에게 심한 욕을 해댔다.

"미안."

"내가 한 번 볼게."

"네가 왜?"

"남자는 남자가 봐야 알아. 일단 데리고 와 봐."

"너나 연애해."

"나도 할 때가 됐지?"

"된 게 아니라 이미 한참 지났지."

갑자기 현실을 자각한 세 사람은 한동안 아무런 말도 하지 못했다.

"후우."

세 사람의 긴 한숨이 하늘로 흩어졌다. 그때 마루에서 유이의 혀 차는 소리가 들려왔다.

"쯧쯧쯧. 이 집이 터가 안 좋아."

그러고는 몸을 부르르 떨며 제 방으로 들어가 버렸다.

❖ ✖ ❖

일을 하면서 서준은 공연히 레스토랑 밖으로 연신 시선을 던졌다. 혹시 오늘은 이재가 찾아오지 않을까 하면서 그는 매일 기다렸다.

일을 하다 고개를 들었을 때 밖에 서 있는 이재를 발견하면 그의 입술은 절로 올라갔다. 당장 뛰어나가서 그녀 앞에 서고 싶었지만, 들어오지 않고 밖을 서성이는 이재를 위해 그는 참아야 했다. 비록 알은체는 할 수 없어도 찾아와 준 것만으로도 좋았다.

"누구 기다려?"

같이 일하는 수석 주방장이 서준의 어깨를 툭 치며 물었다.

"네?"

"오늘은 안 온 모양이네."

수석 주방장이 턱 끝으로 밖을 가리켰다.

"티 났어요?"

"그렇게 목을 길게 빼고 기다리는데 당연한 거 아니야?"

서준은 그저 씩 웃으며 제 할 일을 했다. 레스토랑의 영업시간이 거의 끝나 가고 있었다. 주방은 이미 라스트 오더를 끝냈고 홀은 몇 남지 않은 손님의 식사가 끝나기를 기다리고 있었다.

"온 거 같은데?"

수석 주방장이 서준의 옆으로 와 그를 툭 치며 말했다. 서준의 눈이 곧바로 밖을 향했다. 그의 눈이 단번에 이재를 찾았다.

"거의 다 끝났는데 나가 봐."

"아니에요."

"왜?"

"여기서 보려고요."

"연애하는 거 아니었어?"

영문을 모르겠다는 듯이 수석 주방장이 미간을 좁혔다.

"보는 것만으로도 좋아요."

볼 수 있어서, 마음껏 눈에 담을 수 있어서 좋았다. 이재의 얼굴이 처음 찾아왔을 때보다 한결 편안해진 것 같아서 그것도 좋았다. 기다리지 않고 몇 분 동안 앞을 서성이다가 돌아가고 는 했지만 그래도 잠깐이나마 얼굴을 볼 수 있어서 마음이 놓였다.

밖에 있는 이재의 마음이 어떨지는 정확히 알 수 없었지만 부디 그녀의 마음도 편안했으면 하고 바랐다. 이틀에 한 번 찾아와 주는 이재가 있어서 서준은 매일매일 힘이 났다.

"너무 기다리게 하는 것도 안 좋아."

두 사람의 속사정을 모르는 주방장은 옆에서 계속 연애 코치를 했다. 서준은 그저 말없이 그의 말을 듣기만 했다.

"여자는 박력 있는 남자를 좋아한다고."

"네."

"요즘은 뭐 시대가 변해서 다정하고 섬세한 남자를 좋아한다고 하는데 남자가 다정하기만 해도 여자들은 싫어해. 어느 정도는 남자다움이 있고 그다음에 다정해야 하는 거라고. 한마디로 요즘 여자들이 욕심이 아주 많아."

"네."

"안 믿는 것 같다?"

"아니에요."

대답을 하면서도 서준은 연신 이재가 있는 쪽을 힐끔거렸다. 레스토랑 문을 닫을 때까지 있어 주려나 하고 은근히 기대를

473

하게 됐다.

"근데 뭐 크게 잘못했어?"

주방장은 서준에게 가까이 다가와 속삭이듯이 물었다.

"잘못했으면 그냥 나 죽었다 생각하고 빌어."

그랬으면 좋겠다. 무릎이라도 꿇고 빌 수 있는 일이라면 얼마든지 할 수 있었다. 세상을 발아래 두고 살던 잘난 진서준이었을 때는 마음만 먹으면 원하는 여자는 얼마든지 가질 수 있다고 생각했었던 것 같다. 그래서 도도하게 굴며 일이 먼저라면서 연애는 나중으로 밀어 두곤 했다.

이재를 만나고 그녀에게 빠져들면서 그녀에게 잘 보이기 위해서, 그녀를 만족시키기 위해서 온 마음을 다했었다. 그녀를 위해 옷을 입고, 그녀를 위해 음식을 하고, 그녀를 위해 웃었었다.

지금도, 그리고 앞으로도 진서준 인생에 여자는 서이재 하나일 것만 같다. 비록 지금은 멀리서 바라보기만 하고 있지만 지금은 그렇게 할 수 있다는 것만으로도 감사했다.

"어? 가는 것 같은데?"

바닥으로 시선을 떨어뜨렸던 이재는 고개를 들더니 걸음을 내딛기 시작했다. 오늘도 아닌 모양이다. 그래도 괜찮다. 내일, 어쩌면 내일모레면 또 와 줄 테고 그때는 기다려 줄지도 모르니까 말이다.

"단단히 잘못한 모양이네."

"네."

"대체 뭘 어떻게 잘못했기에 그래?"

"아주 많이 잘못했어요, 제가."

"그래도 저렇게 오는 거 보면 여전히 사랑하기는 하나 보네."
"그랬으면 좋겠어요."
"어?"
"아니요. 제가 아주 많이 사랑하는 사람이라고요."
서준은 이재가 떠나고 없는 밖을 향해 마음으로 고백했다, 사랑한다고. 죽을 만큼. 어쩌면 죽어서도 사랑할 거라고.

❖ ✖ ❖

하나둘 발을 빼기 시작하면서 차영희와 진강운은 주변에서 도움을 줄 사람이 전혀 없는 상황에 놓이게 됐고 재산도 동결 상태에 이르게 됐다. 미국으로 도주한 차영희 역시 수사 대상이 되면서 하나하나 다 까발려지기 시작했고, 본국으로 송환되는 건 시간문제라고 했다.
차영희와 진강운에게는 이제 사람도 돈도 없었다. 재헌은 그래 봤자 사람들 관심이 시들해지고 몇 년 지나면 슬그머니 나와서 또 죄짓고 살 거라고 신경질적으로 말했지만 이재는 이제 마음이 편안해졌다.
뺑소니에 대한 진실이 밝혀졌다는 것만으로도 지난 몇 달 가슴 치며 산 게 괜찮아졌다. 억울한 것도 있었고, 아쉬운 것도 당연히 많이 남았지만 그래도 갑갑함은 없어졌으니 됐다.
"엄마랑 아빠는 어때?"
납골당을 찾은 이재는 사진 속에서 환하게 웃고 있는 부모님에게 애틋하게 물었다.
"나는 이제 좀 괜찮아지는 것 같아."

비 오는 소리에 새벽에 눈이 떠졌는데 불현듯 엄마 아빠가 보고 싶어졌다. 사무치게 보고 싶은 게 아니라 그냥 그리움 같은 거였다. 그래서 아침부터 서둘러 납골당을 찾았다. 같이 가자던 재헌에게 오늘은 혼자 가고 싶다고 장난스럽게 웃으며 얼른 대문을 열고 집을 나섰다.

"아니, 이제 괜찮아지려고."

그리움은 시간이 지나도 나아지지 않았다. 문득문득 떠올랐다. 하지만 익숙해졌다. 그리워지면 가만히 생각에 잠겨 같이 있는 때를 생각했다.

어둠이 무섭다고 더는 울지 않았고, 집에서 기다리는 엄마가 없다는 것에, 저녁이면 집으로 돌아오는 아빠가 없다는 것에 더는 가슴이 무너져 내리지도 않았다. 받아들이고 인정하면서 다른 곳으로 시선을 돌렸다.

저녁이면 재헌과 진이와 그리고 이제는 유이까지 네 사람이 둘러앉아서 두런두런 별것도 아닌 것을 얘기하고 웃는 게 일상이 됐고, 그들이 이젠 가족이었다.

그리고 이제는 그 가족이라는 울타리 안에 서준도 넣어 주고 싶어졌다. 세상에 홀로 버려진 것처럼 기댈 곳 없는 그에게 가족이 되어 주고 싶었다.

그가 느끼는 감정은 아마도 이재가 처음 혼자가 됐을 때의 감정과 비슷할 테니까. 아닌 척하면서 웃고 있지만 그의 가슴은 너덜너덜해졌을 테니까. 누군가에게 안겨서 엉엉 소리 내서 울고 싶을 테니까.

"그리고 그 사람, 내가 가족이 되어 주려고."

가만히 사진 쪽을 들여다봤다.

"웃고 있는 거 맞지? 나 혼내는 거 아니지?"

'사랑해, 우리 딸. 네가 행복하다면 엄마랑 아빠는 그걸로 충분해. 사랑하는 사람이랑 사랑하면서 사랑받으면서 살아.'

분명 엄마라면 그렇게 말해 줬을 거다.

'네가 좋으면 우리도 좋은 거야.'

아빠가 인자하게 웃는 얼굴로 눈을 찡긋하며 말하는 모습이 눈에 선하다. 마음이 한결 홀가분해졌다. 몇 달 동안 어지럽게 흔들리던 마음이 비로소 안정을 찾은 듯했다.

실컷 아파했으니 이제는 그만 아프고 싶다. 눈물도 더는 흘리고 싶지 않았다. 다른 사람들처럼 사랑하면서 행복하게 살고 싶어졌다. 좋아하는 일을 하며 좋아하는 사람들과 웃으면서 그런 평범한 일상을 보내고 싶어졌다.

Rrrrr.

핸드폰이 조용한 납골당 안을 요란스럽게 만들었다. 이재는 아랫입술을 깨물며 서둘러 핸드폰을 꺼내 들었다. 재헌에게서 온 전화였다.

"여보세요?"

― 아직 간 거 아니지?

"어, 왜?"

― 나 들어가도 돼?

"어딜? 너 설마 왔어?"

이재는 놀라서 주변을 둘러봤다.

― 그냥 뵙고 싶어서. 야, 너한테만 엄마 아빠야? 나도 엄마랑 아빠 보고 싶단 말이야.

괜히 혼날 것 같으니까 재헌은 오버해서 큰소리를 쳐 댔다.

그가 어떤 마음으로 왔는지 알기에 이재는 그저 웃을 뿐이었다.

"그만 떠들고 들어와."

– 금방 들어갈게.

전화를 끊고 이재는 엄마랑 아빠 사진을 유리 벽 너머에서 어루만졌다.

"재헌이 왔대. 아마 나 걱정돼서 온 걸 거야. 나는 재헌이랑 진이한테 평생 갚아도 못 갚을 빚을 졌어. 걱정하지 마. 그건 내가 살면서 다 갚을게."

눈물이 핑 돌려는 걸 얼른 입술을 앙다물며 참아 냈다. 이재는 크게 심호흡을 하며 표정을 수습했다. 흠흠, 헛기침을 해서 잠긴 목소리도 풀었다.

"서이재."

뒤에서 재헌이 말쑥하게 정장을 입고 나타났다.

"그 옷차림은 뭐야?"

쑥스러운지 머리칼을 긁적이면서 재헌은 다른 쪽을 힐끔거리며 다가왔다.

"너무 차려입은 거 아니야? 누가 보면 장인 장모한테 인사 온 줄 알겠다. 엄마, 얘 오버한 거 봐."

"어머니, 아버지. 저 왔어요."

넉살 좋게 헤헤 웃으면서 재헌이 앞에 섰다. 그리고 넙죽 인사부터 하고는 잠시 고개를 숙였다. 듬직하게 옆에 선 재헌을 이재는 흐뭇하게 바라봤다. 아마도 엄마랑 아빠도 다 컸구나, 잘 컸다 하면서 지켜보고 계시지 않을까 싶었다.

"가게는 어쩌고 왔어?"

"이따 가서 열면 돼."

"우리끼리 왔다가 진이가 난리 치겠다."

뭐든지 같이하는 세 사람. 어려서부터 그랬고, 이재가 혼자가 된 후로는 더 그랬다. 절대 혼자 내버려 두지를 않았다. 둘이 교대를 하더라도 꼭 이재가 무언가를 혼자 하게 하지 않았다. 지금 서이재의 보호자는 재헌과 진이었다.

"오면서 문자 남겨 놨어."

"저녁에 치킨이라도 시켜 줘야겠네."

"족발로 하자. 며칠 전부터 족발 노래를 부르더라."

"그래, 그러자."

족발로 합의를 보고 이재와 재헌은 잠시 입을 다물었다. 이곳에 와서 깔깔깔 웃으면서 보낼 수는 없었다. 문득문득 슬퍼지고, 사이사이 우울해졌다. 살아 있는 사람과 죽은 사람의 경계 앞에서 어쩔 수 없는 간극을 느껴야만 했다.

"편안하실 거야."

재헌이 먼저 말했다.

"어, 그랬으면 좋겠어."

"너도 이제 편안해졌으면 하실 거고."

재헌이 이재를 돌아봤다.

"편안해지겠다고 말했어."

재헌이 이재에게 손을 내밀었다. 이재는 재헌의 손을 잡으며 살며시 웃었다. 이제 됐다고, 모든 슬픔은 끝난 거라고 말해 주는 듯했다.

"내일 저녁에 파티하자."

"무슨 파티?"

"그냥 파티. 맛있는 거 잔뜩 쌓아 놓고, 술도 진탕 마시고, 아주 그냥 시끌벅적하게 놀아 보자."

"유이 있는데 술 괜찮을까?"

"걱정하지 마, 손도 못 대게 할 테니까. 그리고 걔가 아무리 꼴통이어도 위아래는 알겠지."

"그래, 설마 삼촌이랑 이모들 앞에서 그렇게까지 막 나가겠어?"

재헌은 진지한 표정으로 가만히 이재를 들여다봤다. 그리고 차분한 어조로 말했다.

"진서준 씨도 같이 와."

이재의 눈에 또다시 왈칵 눈물이 고였다. 말하지 않아도 마음을 알아주는 재헌 때문이었다. 그동안의 아픔을 재헌도, 그리고 진이도 같이 겪었던 거였다.

말하지 않고 뒤에서 눈물 흘리며 얼마나 또 아팠을까. 아파하는 이재를 보면서 얼마나 가슴을 쳤을까. 다 알면서 차마 다 안다고 말하지 못하는 답답함에 얼마나 가슴 시렸을까.

"……미안해. 그리고 고마워."

재헌은 가만히 그런 이재를 안아 줬다. 뜨거운 눈물이 뺨을 타고 흘렀다. 다 끝난 것 같았다. 어렵고 힘든 일이 전부 해결된 것 같은 홀가분함이 느껴지면서 가슴이 벅차올랐다. 재헌의 토닥임에 이재는 한참을 안긴 채로 눈물을 흘려보냈다.

"이제 우는 일은 없을 거야. 진서준 씨한테도 너 울리면 이 오빠가 가만히 안 있을 거라고 확실히 말해 줘."

울다가 이재는 웃음이 터져 버렸다. 어려서부터 줄곧 오빠라고 우기더니 이 순간에도 그러는구나 싶어서 웃지 않을 수가 없었다.

"아씨, 너는 왜 울면 못생겨지냐?"

"야, 이 정도면 엄청 예쁜 거야!"

눈 아래를 손으로 닦아 내면서 이재도 버럭했다. 티격태격하는 두 사람을 사진 속 부모님이 흐뭇하게 지켜보는 듯했다.

"이제 울지 마."

"어, 이제 안 울 거야. 나도 진짜 지긋지긋해."

"그래, 넌 우는 게 안 예뻐서 울면 안 돼."

눈을 흘기며 이재는 남은 눈물을 모조리 닦아 냈다. 후련했다. 이제 남은 눈물을 모두 쏟아 낸 것 같은 기분이었다.

"괜찮지?"

"어."

"이제 제자리로 돌아온 거 맞지?"

이재는 고개를 끄덕였다.

"그 사람은 부모를 버렸잖아. 부모가 받아야 할 벌을 그 사람이 대신 받고 있는 거니까 그냥 그 사람 앞에서는 행복하려고. 불행한 얼굴로 그 사람 옆에 있고 싶지 않아."

이재는 마음 정리가 끝난 사람처럼 아주 담담히 얘기했다.

"그냥 행복할래. 지금은 저 사람이랑 행복하고 싶어. 그리고 저 사람도 행복하게 해 주고 싶어. 나랑 있으면 행복하다는 저 사람을 위해서 매일매일 웃으면서 그렇게 살고 싶어."

"서이재."

"응?"

"지금 행복해?"

"어."

재헌의 물음에 이재는 망설이지 않고 반달눈을 해 보이며 곧바로 대답했다.

"그럼 됐어. 어머니가 나중에 등짝을 후려치실 수도 있지만, 그러면 뭐 그냥 눈 딱 감고 맞아."

"근데 엄마가 과연 그렇게 할까?"

"아니, 절대 안 그러실걸?"

재헌이 웃었다. 그리고 이재도 그런 재헌을 따라 환하게 웃었다. 두 사람은 사진 속 부모님을 돌아보며 반달눈을 해 보였다.

❖ ❖ ❖

옷장 앞에 걸어 둔 원피스를 보면서 이재는 설핏 미소를 지었다. 불안함은 없었다. 서준의 마음이 변하지 않았을까 하는 걱정도 하지 않았다. 그냥 믿어졌다. 여전히 그와 어떤 단단한 끈으로 이어져 있다는 확신 같은 게 있었다.

"나가?"

진이가 방문을 열고 얼굴을 빼꼼 들이밀었다.

"어."

"오늘 안 들어와도 돼."

"왜?"

"알면서 뭘 물어?"

"너 점점 바람직한 어른이 되어 가는 것 같다?"

"타락하고 있는 거겠지."

음흉하게 웃으면서 이재는 진이를 쳐다봤다.

"아무리 그래도 난 여전히 혼전 순결이야."

"네가 아직 영혼의 반쪽을 못 만나서 그래. 만나면 아마 알아서 벗고 먼저 가서 누울 거다."

이재는 거울을 보면서 립스틱을 발랐다.

"어우, 나 방금 상상했어."

고개를 세차게 젓더니 진이는 제 뺨을 두 손으로 착착 소리 나게 때려 댔다. 사탄이 들끓는다며 말도 안 되는 소리까지 지껄여 댔다. 그리고.

"난 명상 좀 해야겠다."

후, 단전부터 끌어올린 숨을 내쉬면서 제 방으로 사라졌다.

"이모 왜 저래?"

이번엔 유이가 방문을 열고 들어와 침대에 걸터앉았다.

"너는 몰라도 돼."

거울 너머로 입술을 삐죽거리는 유이의 모습이 보였다.

"나가려고?"

"어."

"늦은 시간에 어디?"

대답을 하는 대신 이재는 그저 싱긋 웃을 뿐이었다. 유이는 가늘게 눈을 뜨고 거울 속 이재를 살폈다. 그리고 옷장에 걸려 있는 원피스를 힐끔 돌아봤다.

"아, 이모부 만나러 가는구나?"

"어?"

"근데 저 옷 입고 나가려고?"

유이는 미간을 구기며 못마땅하다는 듯한 표정을 지었다.

"너무 정숙해."

"뭐?"

"저 옷으로는 무리야."

"뭐가?"

"이모 오늘 안 들어올 생각인 거잖아."

속내를 들킨 것 같아 이재는 거울 속으로 보이는 유이의 시선을 얼른 피했다. 어리지만 유이는 무서웠다.

"저렇게 짧고 타이트하다고 야한 게 아니거든. 전혀 노출이 없어도 야하게 느껴지는 옷, 뭐 그런 거 없어?"

그러더니 유이는 침대에서 폴짝 내려와 옷장 안을 뒤지기 시작했다. 뭐라고 말을 해야지 하면서도 은근히 어떤 옷을 골라줄지 기대가 됐다. 속에서 악마와 천사가 싸우기라도 하는 것처럼 격한 갈등에 빠졌다.

"아니야!"

이재는 눈을 질끈 감았다. 결국 천사가 승리했다.

"너 그만 나가."

"왜?"

"내가 아무리 급해도 아직 어린애인 너한테 기대는 건 아닌 것 같다. 이모가 잠깐 흔들렸어."

"뭐라는 거야?"

"나가라고. 나가서 TV나 봐."

이재는 유이의 등을 떠밀어 방에서 내보내고 다시 옷장 앞에 섰다. 그리고 재빨리 옷을 뒤져 유이가 말한 야한 옷을 찾기 시작했다.

"어머, 어머! 미쳤어."

다시 세차게 고개를 저으며 이성을 찾은 이재는 옷장 문을 닫고 문 앞에 걸어 둔 옅은 핑크빛 원피스를 바라봤다.

"후우. 정신 차리자, 서이재."

그 어떤 유혹과 감언이설에도 흔들리지 않는 서이재가 되게 해 주세요. 두 손 모아 기도했다.

❖ ❖ ❖

내일은 레스토랑 휴무일이라 식자재 대부분을 체크해서 분류해야 했다. 일찌감치 영업을 끝내 놓고 서준은 막내 직원 두 명과 함께 마저 일을 하면서 레스토랑을 정리했다. 피곤해하는 레스토랑 막내를 보면서 그는 몇 년 전 제 모습이 떠올라 웃음 지었다.

"힘들어?"

"네? 아닙니다."

요리를 배우겠다고 들어왔는데 하는 일이라고는 청소부터 허드렛일뿐이니 얼마나 지루하고 지겨울까.

"다 지나간다."

"네?"

"그냥 버티는 수밖에 없어. 버티다 보면 어느 순간 너도 나처럼 버티라는 말을 해 주는 때가 올 거야."

"아, 네."

히죽 웃으며 막내는 정리가 끝난 것들을 냉장고에 하나씩 넣었다.

"그것까지만 하고 먼저들 가."

"아니에요, 셰프님. 들어가세요. 저희가 다 정리하고 문단속

해 놓고 들어가겠습니다."

"말 들어라."

부드러운 카리스마, 서준에게는 그런 게 있었다. 무섭게 소리를 지르거나 윽박지르지 않았다. 위험한 주방에서도 그는 조용한 카리스마로 주방 전체를 통솔했다. 그래서일까, 유난히 서준을 따르고 배우고 싶어 하는 친구들이 많았다.

"곧장 들어가서 쉬어. 내일 쉰다고 술 마시지 말고."

"네."

"얼른 들어가."

"고생하셨습니다."

넙죽 인사를 하고 직원들은 퇴근했다. 장난치듯이 어깨를 툭툭 치면서 나가는 두 사람의 모습을 가만히 보던 서준은 입가에 미소를 떠올렸다.

직원들이 나가고 얼마 지나지 않아 홀에서 또각또각 구두 소리가 들려왔다. 서준은 무심한 눈으로 밖을 내다보며 말했다.

"영업 끝났습⋯⋯!"

이재였다.

"아직 안 끝났어요?"

동글동글한 눈으로 이재가 웃으며 눈앞에 서 있었다. 꿈인가 싶어서 얼떨떨한 얼굴로 서준은 겨우 대답했다.

"⋯⋯어, 아직."

서준은 제자리에 선 채로 움직이지 못했다.

"기다릴게요."

꿈이 아니었다. 환영도 아니었다. 정말 서이재였다. 진짜 서이재가 바로 눈앞에 서 있었다.

486

"밥은?"

머리를 거치지 않고 그냥 튀어나온 말이었다. 말을 해 놓고 오히려 서준이 더 당황했다. 기껏 한다는 말이 밥이라니.

"먹었어요. 서준 씨는?"

"어, 먹었어."

아니, 저녁은 먹지 않았다. 집에 가면 그대로 잘 생각이었다. 배가 고프지도 않았고 먹고 싶은 것도 없었다. 그냥 절로 거짓말이 튀어나왔다.

"아니, 안 먹었어."

이재는 눈을 밉지 않게 흘기며 코를 찡긋해 보였다.

"얼른 끝내고 우리 밥 먹자."

"이재야."

"나는 서준 씨 먹는 거 볼래요."

손으로 턱을 괴고 앉아서 서준이 맛있게 먹는 걸 지켜보고 싶었다. 그러면서 재잘재잘 수다를 떨고 서준은 그런 자신을 보면서 웃고. 그렇게 하고 싶었다. 아무 일도 없었던 것처럼, 지금부터 다시 시작인 것처럼 그렇게 하고 싶었다.

"나 돌아왔어."

"그래."

"서준 씨가 기다려 줘서 돌아왔어."

"……어."

서준은 목이 메었다. 눈물이 차올라서 대답도 해 줄 수 없을 것 같았다. 입술을 늘이며 웃어 주고 싶은데 그것도 할 수가 없었다. 눈을 감았다가 뜨면 지금 보고 있는 이재의 모습이 사라질까 봐 차마 그것도 할 수가 없었다.

"안 늦었지?"

서준은 그대로 고개를 돌려 버렸다. 울컥하고 올라온 뜨거움을 더는 참을 수가 없었다. 입술을 깨물며 눈물을 참아 보려 했지만 기어이 꺼이꺼이 소리까지 토해 내 버렸다.

"늦어서 미안해요."

주방으로 들어온 이재가 뒤에서 서준을 안았다. 등에 닿은 이재의 온기가 서준의 심장으로 파고들었다. 괜찮다고, 이제는 다 끝났다고, 잘 버텼다고 말해 주는 듯한 이재의 위로에 서준은 끝끝내 울음을 쏟아 내고 말았다.

에필로그
야릇한, 두 번째 여름

　푸른 새벽이 짙어지는 시간, 이재는 새근새근 아이처럼 숨소리를 내며 잠들어 있었다. 그런 이재를 서준은 아까부터 가만히 바라보고 있었다. 깰까 싶어서 손은 대지 못하고 눈으로나마 그녀의 얼굴을 구석구석 담았다.

　품에 안겨서 세상 행복한 여자의 얼굴을 하고 잠들어 있는 이재가 신기했다. 다시 이재를 안고 있는 이 순간이 꿈처럼 느껴졌다. 꿈이 아니길 바라면서도 내내 꿈인 것만 같았다.

　"고마워."

　잠든 이재에게 들리지 않도록 서준은 작게 속삭였다. 하지만 이내 이재가 뒤척이기 시작했다.

　"쉬이."

　서준은 얼른 이재를 토닥거렸다.

　"그렇게 보고 있는데 어떻게 자요?"

"깼어?"

"응."

"미안."

이재는 서준의 품으로 파고들었다. 안아도 안아도 서준이 고팠다. 그를 그리워했던 시간만큼 이대로 그를 안고 있고만 싶었다. 꿈이 아니라고, 현실이라고 깨우칠 때까지.

"꿈 같아요."

"나도."

"깨면 안 될 것 같아서 자꾸만 확인하고 싶어."

이재가 고개를 들었다. 서준은 그런 이재의 입에 가만히 입을 맞췄다. 부드러운 그의 입맞춤에 이재는 살며시 눈을 감았다.

"잠을 못 자겠어."

입술 위에서 서준이 들릴 듯 말 듯 말했다.

"왜요?"

슬그머니 눈을 뜨고 이재가 물었다.

"꿈일까 봐. 당신이 사라질까 봐."

이재는 서준의 겨드랑이 아래로 넣었던 손을 빼내서 그의 얼굴을 감싸 쥐었다. 그리고 눈을 응시하며 가만히 입꼬리를 올려 웃었다.

"나 이제 당신 앞에서 안 없어져요."

"알아."

"당신이랑 내일도 모레도 같이할 거예요."

"이재야."

"응."

"서이재."

"말해요."

"이름만 불러도 여기가 찌르르하다."

심장이 간지럽다 못해 아플 지경이었다. 누군가 잔뜩 움켜쥐고 있는 것만 같았다. 하지만 그 아픔을 결코 끝내고 싶지는 않았다. 이대로 이재를 품에 안고 내일도 모레도 그저 꿈같은 나날을 보내고 싶었다.

"사랑해요."

이재가 먼저 서준에게 말해 버렸다.

"사랑해."

말로는 부족했다. 아무리 말해도 진심이 10%도 닿지 않을 듯하다. 사랑한다는 말보다 더한 말이 필요했다.

"보고 또 봐도, 이렇게 안고 있어도 실감이 안 난다."

"나도."

"안 올까 봐 겁났어. 매일매일 손으로는 요리를 했는데 내 눈은 밖에 있을 너만 찾고 있더라. 그러다 네가 보이면 심장이 미친 듯이 뛰고."

늦게 와서 미안하다고 말하고 싶었다. 하지만 굳이 말을 하지 않아도 그는 알 것만 같았다.

"지금만 생각하자."

"어."

"우리만 생각하면서 그렇게 살자."

이재는 입술 끝을 올려 웃었다. 그녀의 미소가 서준의 마음을 잔잔하게 울렸다. 앞에 나타나기까지 얼마나 혼자서 힘들었을까 생각하면 앞으로 남은 인생을 전부 이재에게 준다고 해도 아깝지 않았다.

"서이재를 위해서 살게."

"아니, 그냥 진서준으로 살아요. 당당하고 멋있는 진서준으로."

"당당하고 멋있는 서이재의 남자 진서준으로 살게."

"그건 마음에 든다."

"사랑해."

"언제까지 말할 거예요?"

내내 묵혀 뒀던 일을 해결하고 잠자리에 누운 것처럼 몸도 마음도 편안했다. 이대로 잠들면 내일까지도 잘 수 있을 것만 같았다.

"나 졸려."

"어, 자."

"지금 자면 내일까지도 잘 수 있을 것 같아요."

"내일 쉬는 날이니까……. 아니다, 오늘 쉬는 날이니까 안 깨울게. 푹 자."

"아무 데도 가지 말아요."

"응, 안 가."

눈을 맞추며 말하면서 이재는 쉽게 잠들지 못했다. 두 눈에 서준을 담으려는 듯 그녀는 끊임없이 보고 또 봤다. 그건 서준도 마찬가지였다. 두 사람은 말없이 간혹 미소만 지을 뿐 서로를 담아내느라 시간이 가는 것도 몰랐다.

"졸린데 못 자겠다."

"나도. 서준 씨 계속 보고 싶어. 그동안 못 본 거까지 전부."

"나는 안고 싶어."

"응?"

서준의 입술이 이재의 입술을 찾아 내려왔다. 그는 부드럽게 입술을 가르고 안으로 들어와 간절함을 뿜냈다. 그동안 얼마나 참았는지, 그동안 얼마나 그리웠는지 말하듯 그는 오래도록 입을 맞췄다.

그의 손길이 아무것도 걸치지 않은 이재의 가슴을 움켜쥐었다. 다른 손은 탱탱하게 살이 오른 이재의 엉덩이를 단단히 잡았다. 어느 것도 놓칠 수 없다는 듯이 그는 집요하게 붙잡았다.

그의 손안에서 이재는 오히려 안락함을 느꼈다. 온몸을 서준에게 맡긴 채로 있는 지금이 좋았다.

"사랑해."

입을 맞추면서도 숨을 쉴 때마다 서준은 사랑한다고 말해 줬다. 가슴이 시큰했지만 이재는 주저 없이 서준에게 안겼다. 그의 입술이 살갗에 닿고 그의 뜨거운 숨이 녹아내리듯 내려앉는 게 좋았다. 살아 있구나, 이제 마음껏 사랑할 수 있겠구나 싶었다.

"하아."

서준의 손이 점차 아래로 내려갔다. 이미 적셔지고 있는 아랫부분을 서준은 부드러운 손으로 헤집기 시작했다. 이재는 다리를 벌리며 서준이 들어오도록 했다. 그동안 참아 왔던 감정들을 모조리 쏟아 내듯이 서준은 점점 과감해졌다.

"서준 씨……."

서준의 입술이 어느새 이재의 얼굴 위를 벗어나 아래로 내려갔다. 이재는 서준의 머리칼 속으로 손가락을 넣으며 겨우 달아오른 자신을 참아 냈다. 입술을 깨물며 이재가 고개를 뒤로 젖혔다.

가슴으로 내려갔던 입술이 배를 지났다. 그곳에 머물지 않고 그는 이재의 다리 사이로 얼굴을 들이밀었다. 이재는 놀라서 숨을 헉, 들이마셨다.

이미 뜨겁게 적셔지고 있는 이재의 숲을 서준은 혀끝으로 마구 헤집고 다니기 시작했다. 이재에게서 나는 달큼한 향기에 취할 것만 같았다.

안고 또 안아도 부족했다. 사랑한다고 말하고 또 해도 부족했다. 그녀의 얼굴을 어루만지며 밤을 새워도 좋았다. 평생 서이재를 놓치지 않기 위해 죽어라 사랑하며 살아야겠다.

서준의 얼굴이 다시 위로 올라왔다. 이재의 얼굴을 손으로 쓸어내리며 이재가 눈을 뜨도록 했다. 시선을 맞추고 이재에게 말했다.

"사랑해, 서이재."

"사랑해요."

이재의 눈에 눈물이 고였다. 그녀의 눈물이 뺨을 타고 흐르지 않도록 그녀의 눈에 서준은 부드럽게 입을 맞췄다. 눈과 코에 차례로 입을 맞추고 그녀의 입술을 찾았다.

그의 입술이, 그리고 그의 불끈 솟은 뜨거운 것이 그녀의 몸 안으로 들어왔다. 순식간에 아찔하고 정신이 아득해지는 기분이 들었다. 약에 취한 것처럼 몽롱해지기까지 했다.

이재는 눈을 감고 서준을 온전히 받아들였다. 다리를 들어 그의 허리를 감싸고 목을 손으로 끌어안으며 매달리듯 안겼다. 서준이 서서히 속도를 내기 시작했다.

두 사람의 뜨거운 숨소리가 방 안을 가득 채웠다. 뜨겁도록 아찔한 새벽이 그렇게 하얗게 물들고 있었다.

❖ ✖ ❖

하루를 온종일 잠만 잔 두 사람은 오후 5시가 넘어서 겨우 일어났다. 두 사람은 민망한 듯이 웃으며 나란히 샤워를 했다. 물론 잠깐의 그 틈도 참지 못하고 서준이 또 달려들었지만.

서둘러 옷을 챙겨 입고 집으로 향했다. 재헌에게서 온 짧은 문자를 보고 집 근처 마트에서 술과 고기도 샀다.

"처갓집에 처음 인사드리러 갈 때의 기분이 이럴까?"

대문 앞에서 서준은 어울리지 않게 제 가슴을 손으로 짚으며 약간은 상기된 채로 말했다.

"떨려요?"

"어."

"처음 보는 것도 아닌데 뭘."

"그러게. 처음도 아닌데 왜 이러지?"

이재는 서준의 손에 깍지를 끼며 웃어 줬다.

"다들 기다릴 거예요."

"절이라도 해야겠다."

"갑자기?"

"우리 이재 잘 보살펴 줘서 고맙다고."

"그렇기는 했지."

"고마워."

"뭐가요?"

"잘 버텨 줘서."

"언제까지 고맙다고 할 거예요?"

"아마 평생 할 것 같다."

잘 기다려 주고 잘 이겨 낸 두 사람은 서로가 참 많이도 고마웠다. 얽힌 시선을 풀려고 하지 않고 서준과 이재는 점차 가까워졌다. 짧게라도 입이 맞추고 싶어서였다. 하지만,

"하던 거 계속하세요."

뒤에서 지켜보고 있던 유이가 담백한 표정으로 두 사람의 곁을 지나갔다.

"뭐야, 너 언제부터 있었어?"

얼굴이 붉어진 이재가 공연히 목소리를 높였다.

"끈적이는 눈으로 이모부가 이모를 쳐다보고 이모가 야릇하게 이모부를 보면서 웃고 있을 때부터?"

"야! 우리가 언제 그렇게 쳐다봤어?"

"그랬어, 분명히."

유이는 어깨를 한 번 으쓱하고는 대문을 활짝 열었다.

"나 먼저 들어갈게. 하려던 거 끝까지 하고 들어와."

"하긴 뭘 해?"

흠흠, 이재는 서준의 손을 잡고 걸음을 내디뎠다.

"이모부."

들어가던 유이가 갑자기 몸을 홱 돌리며 서준을 불렀다.

"어? 어, 왜?"

"언제 오픈할 거예요?"

"뭘?"

"레스토랑이요. 저 실력 엄청 늘었어요."

"그래, 한번 보자."

"다른 데 가기 전에 이모부가 스카우트해 줘요."

"그냥 한 귀로 듣고 한 귀로 흘려요."

이재는 코웃음을 치면서 서준을 잡아끌었다. 막 집 안에서 쟁반 가득 먹을 걸 들고 밖으로 나오던 진이와 카페에서 술을 들고나오는 재헌이 서준을 맞았다.

"오랜만이네요."

재헌은 어제 본 사람처럼 태연하게 서준에게 인사를 건넸다.

"안 늦고 왔네? 얼른 와서 이것 좀 들어 주세요."

진이의 재촉에 서준은 서둘러 쟁반을 받아 들었다. 술상을 차리는 재헌과 부지런히 음식을 내오는 진이, 그리고 벌써 상에 앉아 반찬을 손으로 집어 먹는 유이까지 이 집은 그대로였다. 이제 이들은 서준에게도 가족이 될 것이다. 누구도 감히 덤빌 수 없는 든든한 울타리가 되어 줄 거다.

"이리 와."

서준이 이재에게 손을 내밀었다. 이재는 서준의 손을 잡으며 다가왔다. 서준이 방금 느낀 모든 감정들을 이재도 고스란히 느꼈다. 소중한 이 사람들과 앞으로 행복할 거라는 생각으로 가슴이 벅차올랐다.

이재는 입술을 움직여 들리지 않게 사랑한다고 말했다. 서준은 그런 이재를 사랑스러운 눈길로 보다가 이내 입을 맞췄다. 그리고 소리 내서 말했다.

"사랑해."

재헌과 진이, 그리고 유이까지 아무도 뭐라고 하는 사람이 없었다. 늘 봐 왔던 일인 것처럼 태연하게 굴었다.

"자, 이제 파티를 시작해 보자."

재헌이 먼저 앉았다. 진이도 앉아서 술잔을 들었고, 이재와 서준도 차례로 앉았다. 네 개의 술잔과 우유가 든 하나의 잔이 상 위에서 하나로 모아졌다.

"난 왜 우유야?"

"그냥 마셔라."

"치사하게."

이재와 재헌과 진이가 싸늘한 눈으로 유이를 노려봤다. 그리고 서준이 온화하게 웃었다. 그렇게 다섯 사람은 건배를 외치며 잔을 부딪쳤다. 쨍하고 맑은 소리가 여름 저녁을 야릇하게 물들이고 있었다.

-The end-

외전

긴 장마에 우산을 들고 지나가는 사람들의 표정이 점점 생기를 잃어 가고 있었다. 벌써 일주일 넘게 계속되는 장마니 얼마나 삶이 지루하고 짜증 날까.

"하아."

창밖을 보는 재헌의 얼굴도 심란하기 그지없었다.

"손님 없어서?"

핸드폰을 만지작거리던 유이가 재헌을 흘깃거렸다. 요 며칠 재헌의 얼굴에서 웃음기가 사라지고 말수가 부쩍 준 것 같다면서 이재가 걱정스럽게 말했던 게 생각났다.

"삼촌."

"왜?"

재헌은 유이를 돌아보지도 않고 건성으로 대답했다.

"연애해."

"어?"

"여자를 만나라고. 그러면 매일매일이 설렐 거야."

"여자가 있어야 만나지."

"나가야 만나지. 어떻게 여기 콕 처박혀서 나갈 생각도 안 하냐? 밖을 나가야 여자를 만나고 연애도 하고 그러지."

"귀찮아."

"갱년기야?"

그때서야 재헌이 유이를 돌아봤다. 무섭게 노려보기는 해도 생기는 있어 보여서 다행이었다.

"아니면 지금 이 시간 후로 카페에 들어오는 첫 번째 여자 손님이랑 사귀는 거 어때?"

"일 안 가?"

"오늘 쉬는 날이야."

고개를 저으며 재헌은 다시금 창밖으로 시선을 던졌다. 넋을 놓은 노인네처럼 멍하니 앉아 있는 그를 보면서 유이는 나직이 한숨을 내쉬었다. 이재의 일이 어느 정도 해결이 되니까 이제는 재헌이 문제였다. 치열하게 싸우던 게 해결되니 이제 뭘 해야 할지 모르는 사람처럼 그냥 다 무료하게 느껴지는 모양이었다.

"삼촌."

"왜 또."

"내가 안 지루하게 해 줄게."

"하지 마, 아무것도 하지 마."

"내가 언제 말 듣는 거 봤어?"

비뚜름하게 유이의 입술이 올라갔다. 슬그머니 불안해졌지만 재헌은 굳이 유이를 말리고 싶지가 않았다.

"이재는?"

"아까 나가던데? 맞다, 저녁에 이모부랑 같이 온다고 했어."

종이에 뭔가를 열심히 끄적이면서 유이는 묘한 눈웃음을 지었다.

"그래, 이재라도 행복하면 됐다."

"삼촌은 불행해?"

"지금은 행복하지 않다고 느낄 뿐이지 그게 불행하다는 건 아니야. 너는 왜 그렇게 극단적이야?"

신경질적인 눈빛으로 유이를 노려보고는 재헌은 테이블에 얼굴을 묻었다. 만사가 다 귀찮은 모양이다. 진짜 갱년기인 건지도 모르겠다.

"나 이거 붙인다."

"뭐?"

"밖에 붙인다고."

"몰라, 너 하고 싶은 대로 해."

여전히 누운 채로 재헌은 건성으로 대답했다.

"좋았어."

씩 웃으면서 유이는 종이를 들고 밖으로 나가 사람들 눈에 잘 띄는 곳을 찾아 붙였다. 슬쩍 고개를 든 재헌은 눈을 가늘게 뜨고 창밖의 유이를 쳐다봤다.

유리를 사이에 두고 유이가 의기양양하게 웃어 보였다. 불길한 기운이 순식간에 카페 안을 가득 채웠다. 재헌은 손가락을 까딱거리며 유이에게 안으로 들어오라고 했다.

"뭐야?"

"뭐가?"

"방금 붙인 거 뭐였냐고."

"삼촌을 행복의 나라로 인도해 줄 거야."

"그러니까 뭐가."

"예쁘고, 예쁘고, 예쁜 사람 구합니다."

"어?"

"사람 구한다고 써서 붙여 놨어."

어깨를 으쓱해 보이고는 유이는 카페를 나가 버렸다. 대체 무슨 말인가 싶어서 재헌은 무거운 몸을 일으켜 밖으로 나가려고 카페 문손잡이를 잡았다. 하지만 손님이 들어오는 바람에 문을 열고 밖으로 채 나가기도 전에 다시 안으로 들어와야 했다.

"어서 오세요."

밝게 인사를 했는지 안 했는지보다 밖에 붙어 있는 종이가 신경에 거슬렸다.

아이들처럼 손을 앞뒤로 흔들면서 이재는 서준과 시종일관 웃는 얼굴로 걷고 있었다. 낙엽만 떨어져도 까르르 웃는 사춘기 소녀처럼 요즘 이재는 걱정할 일도, 조바심을 내는 일도 없었다. 이렇게 행복해도 되나 싶을 정도였다. 하나둘 자리를 잡아 가는 서준도 그렇고 모든 게 평화로웠다.

"오늘 저녁은 내가 살 거야."

"갑자기 왜?"

"그냥 사고 싶어."

"애들한테 말 안 했는데?"

"내가 했어."

"언제?"

"아까 문자 보냈어."

"치밀하네."

친구들도 그리고 서준도 서로를 편하게 생각해 주니 그것만큼 좋은 것도 없었다. 특히나 그 친구 중 한 명이 남자라는 사실을 거북해할 수도 있는데 서준은 그러지 않았다. 재헌을 그저 가족으로 받아 줬다.

"겨울 오기 전에 우리 여행 가자."

"어디로?"

"어디든."

"오늘 좀 이상한 거 알아요?"

"왜?"

"그냥 뭔가 설레는 것 같기도 하고, 살짝 흥분한 것처럼 보이기도 하고."

이재는 서준을 곁눈질로 흘깃거리며 그를 살폈다. 서준은 그저 씩 웃으며 이재의 눈빛을 모른 척했다.

"봐 봐, 내 눈을 피하고 있는 것도 수상해."

"그냥 모른 척 넘어가 주라."

"뭐가 있기는 있는 거예요?"

서준은 그저 말없이 이재의 허리를 더 세게 끌어안을 뿐이었다. 말하지 않는 무언가가 있다고 해도 좋았다. 나란히 발을 맞춰서 걷고, 같이 같은 곳을 향해 가는 지금 이 순간이 그냥 좋기만 했다.

이재는 서준의 어깨에 머리를 기댔다.

"하나도 안 더운 거 보니까 이제 가을인가 보다."

"그러게."

"여름이 끝나 가는 게 아쉬운데 가을도 기대돼요."

"서이재랑 함께하는 모든 계절이 나는 기대된다."

"나도."

"사랑해."

길을 걸으면서 숨을 내쉬듯이 자연스럽게 하는 사랑한다는 고백. 심장이 쿵 하고 내려앉지는 않아도 귓불이 달아오를 만큼 가슴이 뛰기는 했다.

근사한 사람을 내 사람이라고 광고하듯이 옆에 두고 걸을 수 있다는 게 이렇게나 가슴이 뜨거워지는 일이구나 싶었다. 여전히 해결하지 못한, 사실은 살면서 영원히 풀 수 없는 숙제를 안고 살아가야겠지만 그럼에도 지금은 충분히 행복했다.

서로가 서로에게 미안한 일이었지만 절대 강요하지 않았다. 그저 모른 척 입을 다물고 눈을 돌려 버렸다. 그렇게 해야만 두 사람이 함께할 수 있다는 걸 이재도, 그리고 서준도 알고 있었다.

"어이! 거기 두 사람, 길거리에서 너무 붙어서 걷는 거 아니야?"

뒤에서 진이의 우렁찬 목소리가 들려왔다. 이재는 걸음을 멈추고 활짝 웃으며 고개를 돌렸다.

"야, 내가 진짜 눈이 아파서 못 봐 주겠거든?"

"너무 좋은데 어떡해?"

이재는 보란 듯이 서준의 팔에 더욱 찰싹 달라붙었다. 한숨을 길게 내쉬면서 옆으로 다가온 진이가 서준에게서 이재를 날름 낚아채듯 빼앗아 갔다.

"하루 종일 붙어 있었을 텐데 그만 양보하시죠."

"그렇게는 안 되겠는데?"

다시 서준이 이재의 손목을 잡아 끌어당겼다. 이재는 못 이기는 척 서준에게로 홀라당 넘어가서는 그의 허리를 꽉 끌어안았다.

"아우, 의리 없는 년."

진이는 분하다는 표정으로 이재를 노려봤다. 이재는 환하게 웃으면서 한 손은 서준의 팔을, 다른 손은 진이의 팔을 잡으며 나란히 걷기 시작했다.

"아, 날씨 정말 너무너무 좋다."

"그래, 진짜 짜증 나게 좋다."

"해가 좀 짧아진 것 같아."

"그러게."

세 사람은 동시에 하늘을 올려다봤다. 옅은 주황빛의 하늘이 서서히 세 사람의 머리 위로 내려앉았다.

"여행 가고 싶다."

"어디로?"

"그냥 아무 데나."

"요즘 왜들 그래? 재헌이도 그렇고 너도 그렇고."

"너 혼자 행복한 거 보니까 배가 아파서 그렇다, 왜!"

"연애를 하세요."

"그래, 연애를 해."

"왜 남자들은 연애를 하면 꼭 잠자리를 요구해요? 그걸 해야 사랑하는지 아는 거예요? 마음이 중요한 거 아니에요?"

느닷없는 진이의 질문 세례에 서준은 헛기침을 하며 짐짓 못 들은 척을 했다. 이재는 뚱딴지같은 진이의 모습에 웃음이 터져 버렸다.

"난 심각해."

"그렇다고 그걸 내 남자한테 묻는 건 좀 아니지 않니?"

"아, 미안."

"여유롭게 기다려 봐. 네 그런 마음을 알아주는 남자가 나타날 거야."

"그럴까?"

"어. 세상에는 짝이 꼭 있더라. 그걸 하지 않아도 이진이라는 사람을 알아봐 주는 남자가 세상에는 있어."

"확실해?"

"어."

단호하게 이재는 웃음기를 싹 거둔 얼굴로 고개까지 끄덕이며 대답했다. 그제야 진이가 환하게 웃었다.

"근데 오늘 저녁은 뭐 먹어?"

"몰라. 우리 뭐 먹어요?"

"고기."

어느덧 세 사람은 재헌의 카페가 보이는 골목 어귀에 다다랐다. 빠르지 않은 걸음으로 골목을 걸어가면서 자연스럽게 저녁 메뉴에 대해 말하는 세 사람이었다.

"삼겹살?"

"아니, 소고기."

진이는 엄지손가락을 번쩍 들어 보이고는 빠른 걸음으로 두 사람에게서 멀어져 재헌의 카페로 쏙 들어갔다.

"무리하는 것 같은데?"

"나 스카우트됐어."

"응?"

이재가 걸음을 멈췄다.

"월급도 두 배는 많고, 내가 전부터 일해 보고 싶었던 데야."

"진짜요?"

"어. 금방 돈 모아서 집도 사고 서이재랑 결혼도 해야지."

"결혼?"

"올 크리스마스에 서이재한테 청혼할 거야."

이재는 눈만 깜박이며 서준을 보고 서 있었다. 서준은 그런 이재의 얼굴을 가만히 손으로 감싸 쥐었다.

"크리스마스에 눈이 오든 안 오든 서이재한테 결혼해 달라고 할 거야."

"서준 씨."

"그러니까 무슨 대답을 할지 지금부터 고민해 볼래?"

후끈했던 더위가 사라지고 선선한 바람이 불어올 즈음이었다. 빨간 노을이 어깨까지 내려왔고, 서서히 뛰던 심장이 속도를 내고 있었다.

"가능하면 긍정적으로."

서준의 붉은 입술이 이재의 핑크빛 입술을 향해 내려왔다.

"사랑해."

그 말과 함께 서준은 이재의 입술에 제 입술을 포갰다. 그의 뜨거운 숨이 이재의 입 안으로 들어와 그 안을 가득 채웠다. 몇 초의 짧은 시간이 흘렀지만 그 순간의 온도와 바람과 분위기는 두고두고 잊지 못할 순간이 되었다.

"나도 사랑해요."

입술이 떨어지고 이재가 서준에게 말했다. 그녀의 맑은 두 눈에 옅은 눈물이 맺힌 듯했다. 서준은 이재의 손을 맞잡았다. 한참을 그렇게 서로의 눈동자에 비친 모습을 바라보다가 두 사람은 다시 발을 맞춰 걷기 시작했다.

카페 문을 열고 안으로 들어가자 진이와 재헌은 팔짱을 긴 채로 어딘가를 뚫어져라 쳐다보고 있었다.

"뭐야?"

"새로 온 아르바이트생이래."

진이가 턱 끝으로 카운터 쪽을 가리켰다. 그곳에는 예쁜 아가씨가 방긋방긋 웃으며 서 있었다.

"갑자기?"

"어, 갑자기."

"아르바이트생이 필요할 정도로 바빴어?"

의자를 끌어당겨 이재는 서준과 함께 앉았다.

"아니."

시선을 예쁜 아가씨에게서 떼지 않고 재헌이 대답했다. 네 사람의 시선이 한 곳으로 향해 있었다. 그리고 그때 카페 안으로 손님이 들어왔다.

"어서 오세요."

예쁘게 생긴 아르바이트생은 더 환하고, 더 예쁜 얼굴로 인사를 전하며 방금 들어온 손님을 맞았다.

"진짜 예쁘게 생겼다. 몇 살이야?"

이재의 물음에 진이는 어깨를 들썩이며 잘 모르겠다는 대답을 했다. 이재와 진이, 그리고 서준까지 동시에 재헌을 쳐다봤다.

"스물세 살."

"어? 어리네?"

"그렇대."

"그럼 아직 대학생인가?"

"몰라."

"졸업했대?"

"몰라."

"집이 근처래?"

"몰라."

"넌 그럼 아는 게 뭐야?"

"몰라."

갑자기 재헌은 제 머리칼을 두 손으로 움켜잡았다.

"네가 뽑은 거 아니야?"

"아니."

이재와 진이는 말없이 시선을 교환했다. 그리고는 두 사람의 입에서 동시에 유이의 이름이 튀어나왔다.

"유이가 벌인 일이야?"

"어."

"왜?"

"행복하라고."

"뭐?"

"내가 오늘 사고를 칠 거 같거든?"

"어?"

말릴 틈도 없이 재헌이 의자를 밀고 일어나 커피를 내리고 있는 예쁜 아르바이트생 앞으로 걸어갔다.

뒤늦게 이재와 진이가 자리에서 일어났지만 딱히 뭔가를 하지는 못했다. 그저 몇 발짝 떨어진 곳에서 재헌이 혹시라도 예쁜 아르바이트생에게 나쁜 짓을 하지 않을까 지켜보고만 있을 뿐이었다.

"앞치마 벗고 나와요."

"네?"

"그만 나오라고요."

"왜요?"

해맑은 미소를 지으며 예쁜 아르바이트생은 되물었다.

"여기서 일할 필요 없으니까 그만 나오세요."

"저는 여기서 일을 해야 하는데요."

"네?"

"제가 돈이 필요해요. 집세도 내야 하고 공부도 해야 해요. 그걸 다 하기 위해서는 여기서 꼭 일을 해야 해요."

"여기서 아르바이트한다고 돈을 많이 벌 수도 없고, 그리고 나는 아르바이트생이 필요하지도 않아요."

"예쁘면 된다면서요."

"네?"

"예쁘고, 친절하고, 커피도 잘 만들어요."

예쁘게 생긴 아르바이트생은 할 말을 차분히 또박또박 잘도 했다. 계속 듣고 있다 보면 절로 고개가 끄덕여질 것만 같은 그런 말투였다.

"눈치도 빠르고 잔머리도 안 써요."

"아니, 그래도……."

"열심히 하겠습니다."

꾸벅, 고개를 숙여 인사까지 하는 아르바이트생을 재헌은 차마 냉정하게 거절하지 못하고 그저 입만 떠억 벌리고 있었다.

"잘 부탁드립니다."

고개를 든 아르바이트생은 재헌을 보며 하얀 치아가 보이도록 반듯하게 웃어 보였다. 때 묻지 않은, 어딘지 모르게 순수하고 맑았지만 강단이 있어 보이는 모습으로 재헌과 그의 친구들 전부 아무 말도 하지 못하게 만들었다.

"어서 오세요."

뒤이어 손님이 또 들어오자 아르바이트생은 주문을 받는 즉시 계산을 하고 음료를 만들며 일을 척척 해냈다. 딱히 뭘 가르칠 필요가 없어 보였다. 손도 빨랐고 머리도 좋은 듯했다. 그리고 그녀가 말한 대로 상당히 친절했다. 카페 안에 있는 남자 손님들이 그녀를 힐끔거리는 게 느껴질 정도였다.

"야, 너 그냥 써야 할 것 같은데?"

이재가 재헌의 옆으로 와서 팔꿈치로 그를 쿡쿡 찌르며 말했다.

"일 되게 잘한다."

"무서워."

"왜?"

"그냥 뭔가 내가 말려들 것 같은 느낌이 들어."

"음…… 그건 나도 든다."

"그냥 우선 한 달만 해 보라고 해."

어느새 진이도 옆에 와서 한마디 거들었다.

"근데 진짜 예쁘게 생겼다."

"그러게."

"예쁜 여자 좋아하면서 왜 그래?"

"그러게. 예쁜데 왜 무서운 생각이 들까."

처음 문을 열고 들어올 때부터 그랬다. 가슴에 찌르르한 전기가 흐르는 느낌이었다. 그 느낌이 너무도 강해 재헌은 제 왼쪽 심장을 손으로 짚어 보기까지 했었다.

"젊은데 예쁘기까지 하다니. 우울해지려고 한다."

"내 눈엔 서이재가 훨씬 더 예뻐."

서준이 이재의 허리를 껴안으며 꿀이 뚝뚝 떨어질 것 같은 눈빛을 해 보였다. 옆에서 닭살 돋는 사랑 놀음을 하거나 말거나 재헌은 그저 카운터를 지키고 있는 아르바이트생을 심란한 눈빛으로 보고 있을 뿐이었다.

"주문하신 커피 나왔습니다."

아르바이트생과 재헌의 눈이 마주쳤다. 그리고 그때 또 심장이 미친놈 널뛰듯이 뛰기 시작했다. 싱긋 웃는 아르바이트생을 보면서 재헌은 황급히 시선을 돌렸다. 하지만 이미 빠르게 뛰기 시작한 심장은 진정할 기미가 보이지 않았다.

야릇한, 가을은 그렇게 서서히 시작되고 있었다.